THOMAS RAAB

DER METZGER HOLT DEN TEUFEL

THOMAS RAAB

DER METZGER HOLT DEN TEUFEL

Kriminalroman

Piper
München Zürich

Mehr über unsere Autoren und Bücher:
www.piper.de

Von Thomas Raab liegen im Piper Verlag vor:
Der Metzger sieht rot
Der Metzger geht fremd

FSC Mix
Produktgruppe aus vorbildlich bewirtschafteten Wäldern und anderen kontrollierten Herkünften
www.fsc.org Zert.-Nr. GFA-COC-001223
© 1996 Forest Stewardship Council

ISBN 978-3-492-05419-5
2. Auflage 2010

Gesetzt aus der Minion
Satz: Uwe Steffen, München
Druck und Bindung: CPI – Clausen & Bosse, Leck
Printed in Germany

Vor den Augen der anderen ein Verschwundener werden und sich zugleich unübersehbar in deren Blickfeld befinden ist kein Kunststück.

1

Maximal ein Kilo Zucker auf drei Kilo Steinobst, so lautet der Geheimtipp, um die Marmelade ähnlich perfekt hinzubekommen wie ihre Oma. Und wer bei der Frucht aufs Geld schaut, kann sich auch gleich den Weg zur Herdplatte sparen. »Ohne die echten Wachauer schmeckt sie einfach nicht, die Marillenmarmelade!« – diesen großmütterlichen Leitsatz kennt jeder in der Familie. Ebenso die genaue Zeitangabe zum Thema Einkochvorgang: »Bis die Milchsäure den Muskel lähmt, so lange muss er dauern, der Stockeinsatz.« Und diesbezüglich hat ihre Oma eine Ausdauer, da kann sich eine Teilnehmerin der Olympischen Spiele zusatzernähren, auf dass die Brusthaare nur so sprießen, die Goldene im einarmigen Rühren ist vergeben.

Sandra Kainz wird dieses generationenübergreifende Erbe niemals antreten können, sosehr sie die Oma auch liebt. In einem aber ist sie ihr trotz der fehlenden Rexgläser ebenbürtig: im strikten Befolgen einer Rezeptur. In diesem Fall im Befolgen der Rezeptur zur Bewältigung ihres Lebens, darin ist sie Meister. Folglich sitzt sie wie immer um diese Zeit beim Sekretär, schreibt ihrem Nachbarn ein paar Zeilen und gibt sich anschließend der Pflege ihrer weiteren Sozialanschlüsse hin:

Qrz15h
Und, einen guten Tag gehabt?

Bungee11
Guter Tag? Ein klasse Tag war das! Draußen heizt die Sonne herunter wie Ende Juni. Keine überteuerten Sommerurlaube mehr, der Süden ist bei uns, mitten im Herbst. Morgen schnapp ich mir meinen Jack Russel, schmeiß ihn ins Fahrradkörbchen und hau ab ins Grüne.

schwarz_auf_weiß
Da ist wohl das Bungeeseil ein paar Zentimeter zu lang gewesen. Ein Hund im Fahrradkörbchen ist Fleisch am Grill, am Kühlergrill nämlich, und dass der Süden jetzt bei uns ist, nennt man Erderwärmung.

Bungee11
Den schönen Tag hab ich, und wenn ihr mich fragt: Um glücklich zu werden, muss man das Beste machen aus den Dingen, die nicht zu ändern sind.

Mein_Therapeut_ist_tot
Fragt dich aber keiner, Klugscheißer. Derartige Fertigprodukt-Weisheiten stehen auf jeder bedruckten Häuselpapierrolle, damit kannst du deinen Allerwertesten beglücken!

Bungee11
Fertigprodukt-Weisheiten! Dazu zwei Worte: »Der Schlüssel zum Glück« UND »Bestseller«.

fettarmes_Joghurt
Das waren jetzt fünf Worte UND wie bereits gesagt: bedruckte Häuselpapierrolle (DAS übrigens sind zwei Worte!).

Qrz15h
Na, da ist ja wieder einmal eine Bombenstimmung.

Kammerton
Wenn die Stimmung schlecht ist, muss man eingreifen, oder, Qrz15h? Also: Morgen stirbt der Nächste.

Wotan7
Na wunderbar, hoffentlich erwischst du den Richtigen. Kleiner Suchtipp: Fahrradkörbchen.

Gleiches-Recht-für-Alle
Wieso DEN Richtigen? Kann ja auch DIE Richtige sein.

2

»ENTSETZLICH KLINGT DAS ALLES.«

»Die stimmen!«

»Um Gottes willen, Metzger! Wenn das stimmen soll, bist du reif für die erste Therapiesitzung. Die spielen falsch, hundertprozentig.«

»Pospischill, die spielen noch gar nicht. Die stimmen ihre Instrumente!«

Stille.

Nicht nur Kommissar Eduard Pospischill hüllt sich in Schweigen, auch die Musiker warten nun auf ihren Einsatz. In manchen Fällen kann das schon ein Weilchen dauern. Da wird dann so ein plötzlicher Einstieg mitten hinein ins musikalische Geschehen, beispielsweise für eine Triangel, einen Gong oder Paukenschlag, eine ganz schön heikle Angelegenheit. Der muss perfekt sitzen.

Das sollte ein Anzug auch. Wie eine Zwangsjacke umschließt den Metzger sein einziger Zweiteiler, der Hochzeitsanzug seines Vaters, und kneift in jeder Körperfalte. Stocksteif sitzt der Restaurator neben seinem Freund in der vordersten Reihe einer Balkonloge und beobachtet den zum Bersten gefüllten Konzertsaal. Herausgeputzt und hölzern, als ginge es um die Erhebung in den Adelsstand, thronen die Besucher auf ihren Sitzplätzen. Willibald Adrian Metzger kommt sich trotzdem vor, als säße er im Warteraum zur Kontrolluntersuchung des Medizinischen Dienstes der Krankenkassa, so ein hysterisches Geräusper und Gehuste geht durch den Saal. Heftig wird die letzte Möglichkeit vor der sich anschließenden kulturbedingten Ruhepause genutzt, um diversen Zwängen noch ein wenig Auslauf zu gönnen.

Hypochonder darfst du hier keiner sein!, denkt er sich, während auch ihm langsam ein verstärkter Speichelfluss den Mund wässrig macht. Nicht, weil sich ein Gusto auf etwas Paniertes und frisch Herausgebackenes einstellt, sondern weil da gerade eine kleine Übelkeit im Anmarsch ist. So ein enger Anzug oder das vorm Weggehen noch schnell verdrückte Grammelschmalzbrot könnte einem Magen zwar tatsächlich zusetzen, der Metzger kämpft jedoch an einer anderen Front: Reichlich aufgetragene Duftwässerchen, kombiniert mit dem nun eifrig zum Auftritt des Dirigenten applaudierenden Publikum, das kann schon was. Genauso wie das Orchester. Hierzulande soll es kein besseres geben.

Der Dirigent holt aus, einsam beginnt ein Fagott, und erst nach und nach schmeicheln sich auch die übrigen

Instrumente dem Zuhörer ins Ohr. Wobei natürlich unter schmeicheln jeder etwas anderes versteht.

Volltönend setzt abermals die Stimme Eduard Pospischills ein: »Stimmen die schon wieder, oder willst du mir erklären, dass das jetzt nach Noten geht? Da setz ich mich aber heut noch zum Wirten und mal Kugerln auf ein paar Bierdeckeln.«

In der hinteren Reihe knirscht ein Holzsessel, es folgen ein dezentes Klopfen auf die Schulter des Restaurators und ein zischendes: »Meine Herren, Sie wissen aber schon, warum wir Zuhörer heißen?«

Dass dieser Kulturgenuss peinlich ausfallen könnte, hat Willibald Adrian Metzger schon beim Erhalt seiner Einladung befürchtet. »Metzger, stell dir vor«, wurde ihm da von Eduard Pospischill am anderen Ende der Leitung erklärt. »Da hab ich mein Lebtag noch nie etwas gewonnen, dann wird gestern am Polizeifest bei der Tombola meine Nummer gezogen, ich freu mich wie ein Hutschpferd, bekomm zwei Konzertkarten, und der einzige Kommentar meiner Göttergattin ist: ›Schad ums Geld für die Lose!‹ Was mach ich jetzt? So etwas lässt man doch nicht einfach verfallen, oder? Sag, willst du mich nicht begleiten? Mir fällt sonst keiner ein. Außerdem, bei so etwas war ich noch nie!«

Das hat er ihm sofort geglaubt, der Metzger, auch dass dem Pospischill da kein anderer mehr eingefallen ist, denn erstens sind die Freunde des Kommissars so spärlich gesät wie die Frauenrechte in Dubai, und zweitens ist Igor Strawinskys »Le Sacre du printemps« alles andere als leichte Kost.

Die Instrumentalisten leisten Schwerstarbeit. Ein Donnern dröhnt durch den Konzertsaal, ein Stürmen und Beben, dann kommen die Pauken. Kraftvoll, eins, zwei, als ginge es darum, eine Galeere vorwärtszutreiben, hinein in die Phalanx der gegnerischen Flotte. Die kleinste Unsicherheit wäre fatal. Fasziniert beobachtet Willibald Adrian Metzger die Präzisionsarbeit eines der beiden betreffenden Orchestermitglieder. Deutlich unterscheidet es sich von seinen Kollegen: Es trägt keinen Anzug.

Ein körperbetont geschnittenes schwarzes Kostüm schmiegt sich um die zierliche Figur der Schwarzhaarigen. Unweigerlich sieht sich der Metzger in den Reihen der Instrumentalisten nach weiteren Damen um und erkennt relativ rasch: Da gibt es leichtere Übungen. Erst inmitten der Celli stört eine Perlenhalskette samt dazugehörigem zierlichen Nacken das ansonsten so harmonische Bild zugeknöpfter weißer Hemden unter silbergrauen Krawatten und schwarzen Anzügen. Das war's dann aber schon. Zwei Frauen sind es also, die sich auf diesen fremden Planeten verirrt haben, als wären sie ungeladene Gäste einer Sitzung der FIFA, UEFA oder FIS – was den Metzger nicht weiter wundert. Nur weil es an diversen Musikuniversitäten seit Jahrzehnten von Studentinnen nur so wimmelt, heißt das ja noch lange nicht, dass sich das beste Orchester des Landes gleich von seiner mittelalterlichen Tradition verabschieden muss. So blickdicht die Vorhänge beim Bewerbungsvorspielen für frei gewordene Streicherposten auch sein mögen, die alteingesessene, durchwegs männliche Jury registriert schon rechtzeitig, wenn ihrer Herrenrunde da ein Weibchen mit dem Bogen in der Hand einen Strich durch die Quote machen will. Völlig synchron schießen also eine Horde maskuliner Bögen energisch auf und ab, kurz wird es ruhig, alles legt sich, wenn er könnte, auch Eduard Pospischill, am liebsten zu Hause in seine großzügige Sitzecke vor den Fernseher. Selbst der Metzger denkt mit Wehmut an seine geräumige Bundfaltenhose, sein Chesterfieldsofa und seine Plattensammlung. Gute Musik zu einem guten Glas Rotwein in einem gut belüfteten Raum zieht er jedem Maskenball inmitten transpirierender Menschen vor. Von Sich-Erheben und Nach-Hause-Gehen kann aber jetzt nicht die Rede sein. Nach Teil eins, genannt »Die Anbetung der Erde«, folgt die für klassische Konzerte übliche beifallslose Pause zwischen den einzelnen Abschnitten des Werks. Wobei die Zuhörer ohnehin gar nicht hätten klatschen können. In diesem sehnsuchtsvoll erwarteten Zeitfenster hat man zwecks abermaliger Bronchialentleerung schließlich alle Hände voll zu tun. Der Dirigent wartet geduldig, denkt beruhigt an seine private Krankenversicherung und gibt den Einsatz zu Teil zwei, lautend auf: »Das Opfer«.

Welch düstere Vorahnung den Herrn Strawinsky da auch immer gequält haben mag, das Wissen um die grausame Ereigniskette, für die seine musikalisch ausformulierte rituelle Tötung einer Jungfrau zum Zwecke der Versöhnung mit dem Frühlingsgott nun fast ein Jahrhundert später den Startschuss liefert, wird es nicht gewesen sein.

Ganz abgesehen davon: Von Frühling kann im Konzertsaal keine Rede sein, hier herrscht Hochsommer mitten im Herbst. Der Dirigent schwitzt dank der Turnübungen im Frack, die Musiker schwitzen dank des durch die Luft sausenden Taktstocks, die Zuhörer schwitzen dank der fehlenden Klimatisierung. Männer fassen sich an die Krägen, Frauen packen ihre Fächer aus, wedeln mit dem Programmheft oder ihren winzigen Handtäschchen, und schließlich durchmischt sich die reichlich parfümierte

Luft mit dem aus der Abendgarderobe hervorströmenden Eigengeruch: Synchron wie am Exerzierplatz heben die Menschen ihre Arme und lüften ihre Achselhöhlen. Der Applaus ist heftig, von der Luft ganz zu schweigen, ein jubelndes Publikum feiert frenetisch sein eigenes Durchhaltevermögen. So schlecht war dem Metzger schon lange nicht mehr.

Bis zur Pause müht sich Willibald Adrian Metzger noch durch die Notenfolge der zeitgenössischen Partitur, in der Pause dann nicht ohne Folgen durch die Menschenansammlung seiner Zeitgenossen. Genau das hat er befürchtet, hier auch noch einem bekannten Gesicht über den Weg zu laufen.

»Herr Metzger, Herr Metzger, so eine Überraschung!« Der Tabernakelschrank zwängt sich freudig winkend durch die Menge.

Dem Metzger fällt ja lange vor dem Namen seiner ehemaligen Auftraggeber das dazugehörige, von ihm auf Vordermann gebrachte Möbelstück ein. Hier muss er jedoch nicht weiter überlegen: »Frau Joachim, heute also ohne Herrn Weinstadler?« Der Spieltisch. Für den Tabernakelschrank und den Spieltisch nämlich wirkte sich der restauratorische Eingriff auch auf deren Besitzer aus. Seit sich Ingeborg Joachim und Otto Weinstadler vor der Metzger-Werkstatt über den Weg gelaufen sind, durchlaufen die beiden auch ihren zweiten Frühling. Als Vermittlungsprovision wurde dem Willibald der Tabernakelschrank inklusive ewiger Dankbarkeit zugedacht.

»Mein Otto macht sich nichts aus klassischen Konzerten. Ich bin mit Herrn Mühlbach und seinem Neffen Albert hier. Darf ich vorstellen!«

Ein aparter älterer Herr in Begleitung eines jungen, eleganten Mannes mit ungewöhnlich naturrotem Haar tritt aus dem Hintergrund hervor.

Stolz streicht Ingeborg Joachim heraus, dass Herr Wernher Mühlbach eigentlich ein Wernher von Mühlbach, in Wahrheit sogar ein Wernher Freiherr von Mühlbach ist. Was dem Herrn Mühlbach furchtbar peinlich zu sein scheint, denn prompt erklärt er, durch diesen Freiherrn mittlerweile so wenig frei zu sein, dass er sich freiwillig den Freiherrn spare. Ein »Freiherr« wolle im Jahr 2010 nämlich wirklich kaum noch jemand hören, geschweige denn würdigen. Mit der damit verknüpften Anrede »Hochwohlgeboren« würde man sich heutzutage, vom Zeitgeist für mögliche vergangene Standesüberheblichkeiten gnadenlos abgestraft, am ehesten eine einfangen.

Zwischen dem so unverblümt ehrlichen Mühlbach und dem Metzger fliegen auf Anhieb die Funken der Sympathie. Bei der Berufsangabe seines Gegenübers ist das Strahlen in den Augen des Herrn Hochwohlgeboren dann nicht einmal mehr vom Luster über seinem geadelten Haupt zu überbieten: »Ich brauch Ihre Kontaktdaten, Herr Metzger, wir müssen uns unbedingt wiedersehen. Ein verlässlicher Restaurator mit gutem Renommee kommt mir wie gerufen!«

Also werden Kontaktdaten ausgetauscht, Höflichkeitsfloskeln gewechselt und schließlich mit den Worten »Auf Wiedersehen!« die Hände geschüttelt.

Das mit dem Wiedersehen wird gar nicht so lange dauern, und wie gerufen käme dem Metzger jetzt dringend ein Schub sauerstoffreicher Atmosphäre. Wozu hat man Freunde: »Metzger, Mensch, da bist du ja, hab schon befürchtet, wir verlieren uns! Sag, bist du heiß auf diese zweite Hälfte, oder kann ich dich mit einem Krügerl beim Wirten bestechen?«

Wie gut das tut, dank der Ehrlichkeit eines Kulturbanausen den eigenen, schwer erarbeiteten intellektuellen Schein wahren zu können: »Na, wenn es sein muss, dann gehen wir halt!«

Und wie dann das Läuten die Menschen zurück zu ihren Plätzen zieht, zieht er bereits die große gläserne Schwingtür zu sich heran und einen rettenden Schwall Frischluft durch seine Nase, der Willibald.

Es ist einfach Zeit, sich zu verabschieden – auch für das jungfräuliche Frühlingsopfer.

3

Der Beifall zur Pause war frenetisch. Seiner nicht.

Die Menschen hören nicht hin. Vielleicht hören sie zu, aber selbst dann bekommen sie die wirklich wichtigen Feinheiten nicht mit. Sie sind taub für die Nuance, die das Gute vom Minderwertigen unterscheidet; sie registrieren schlechte Stimmung erst, wenn sie ihnen ins Gesicht springt und alles verdirbt; sie erkennen Leid erst, wenn es durchs eigene Wohnzimmer spaziert.

Nur, dann ist es zu spät.

Wie betäubt tritt er ins Freie. Ein laues Lüftchen weht ihm um die Ohren, die Musik des Himmels. Dann macht er sich auf den Weg. Blätter gleiten sanft zu Boden, bedecken den Asphalt mit einer weichen Schicht satter Farben und verhüllen das Darunter. Es ist immer der Herbst, der ihm sein Ich zurückgibt. Der Sommer verabschiedet sich, kann angewidert seine eigene Hitze, seine aufgesetzte Fröhlichkeit nicht mehr ertragen, rettet sich in feuchte Kälte und Hochnebel, schickt das lästige Geschrei der Kleinen, das schale Getöse der Großen zurück in überheizte Wohnzimmer und gewährt sich selbst endlich Stille.

Zeit der Ernte, Zeit der Reife. Auch für ihn.

Denn dieser eine Herbst wird die Ernte dessen einbringen, was er Jahr für Jahr mit viel Mühe hat reifen lassen. Geduld ist der alles entscheidende Vorteil, um tatsächlich früher anzukommen. Rechtzeitig die Weichen stellen und warten, bis der Zug kommt. Alles vorbereiten, still am Rand der Gleise sitzen, nicht hektisch aufspringen, wenn er sich nähert, träge und unpünktlich, und ihn schließlich vorbeifahren lassen bis ans Ende – direkt in den Abgrund. Heute ist sein zweites Mal.

Er studiert die Menschen, beobachtet die Abläufe, lässt sich selbst beobachten, bis er verwachsen ist mit der Umgebung, bis ihn keiner mehr wahrnimmt. Vor den Augen der anderen ein Verschwundener zu werden, obwohl man sich unübersehbar in ihrem Blickfeld befindet, ist kein Kunststück. Dafür genügt es, einfach nur da zu sein. Jede sich aufopfernde Mutter weiß das, jeder treuherzig spendable Ehemann, jedes Schattenwesen in der hintersten Reihe.

Aus dieser hintersten Reihe konnte er inmitten der Zuschauer mehr sehen, als er wollte, denn auch derjenige, mit dem er es in nächster Zeit auf höchst spannende Weise zu tun bekommen wird, war anwesend, nicht dienstlich, sondern als Privatperson. Umso besser. Umso eindringlicher wird sich der Ermittler dieser Sache annehmen.

Ein letztes Mal zupft er sein Kleid zurecht, richtet seine Pölsterchen, streicht sich übers Haar.

Auch brave Jungs brauchen Auslauf.

4

Es ist dann kein Wirtshausbesuch mehr geworden. Einen weiteren mit Menschen gefüllten, schlecht gelüfteten Raum hätte der Metzger nicht mehr ertragen, was folglich ebenso die Fahrt mit einem öffentlichen Verkehrsmittel oder einem Taxi ausschloss. Auch eine einsame lederne Rückbank hinter einem schon seit Stunden am Rande eines bunten Duftbaum-Mischwaldes hausenden Fahrer ist kein Garant für frische Luft. Dem Metzger blieb also nur mehr die Kraft seiner Beine.

Bis zur ersten Kreuzung hat sich der Kettenraucher Eduard Pospischill noch bemüßigt gefühlt, gierig an seiner Zigarette saugend die Abendluft zu aromatisieren und sein Rad neben dem dahinschleichenden Restaurator herzuschieben, dann wurde es der Hilfsbereitschaft des Kommissars zu blöd, immerhin hatte die eingeschlagene Richtung mit seinem eigentlichen Heimweg aber rein gar nichts zu tun, und es trennten sich ihre Wege. Zumindest im Hinblick auf seine Lunge war der Metzger heilfroh.

An und für sich ist so ein nächtlicher Stadtspaziergang im anbrechenden Altweibersommer eine beinah meditative Angelegenheit, der Ausklang des Jahres liegt in der Luft, aus den gefüllten Gastgärten klingt ein Hauch von Melancholie, und dank der doch schon herbstlichen

Abendtemperaturen braucht wegen ein paar gemächlicher Schritte keiner mehr zu schwitzen. Willibald Adrian Metzger stehen trotzdem die Perlen auf der Stirn. Immer noch ist ihm übel. Jetzt, wo seine Begleitung das Weite gesucht hat, kann das endlich auch seine Hose. Leider nimmt das der Knopf, den er da so verbissen aus dem Loch zu zwängen versucht, allzu wörtlich und verschwindet nach einem kurzen Schnalzer einige Meter entfernt im Kanalgitter. Wer lange still und heimlich unter Spannung steht, explodiert eben eines Tages völlig unvermutet, das wird der Willibald demnächst noch viel deutlicher zu spüren bekommen.

Mitgerissen von dieser Revolution, vollführt auch der Reißverschluss seinen Befreiungsakt. Keine Chance mehr, das zuzukriegen, wird dem Metzger nun klar, was ohne Gürtel auch für die Hose gilt. So angenehm dies für das eingeschnürte Gedärm auch sein mag, einen ungünstigeren Platz gäbe es wohl kaum. Wie gesagt, es ist ein lauer Abend, da geht man gern zu Fuß, es sind also nicht wenige Blicke, die den ahnungslosen Willibald da zu später Stunde auf dieser rege frequentierten Straße treffen. An einer Hausmauer lehnt ein Mann mit hochgeschlagenem Kragen und telefoniert, ein Stückchen entfernt umgarnen zwei Burschen eine junge Dame, auf einer der halbkreisförmig um ein Denkmal angeordneten Sitzgelegenheiten blättert ein Mann mit Hut und Vollbart im Licht der Straßenlaternen in einer Zeitung, und am Sockel dieses Denkmals springt ein zierlicher Bursche in blauer Jeans, weißem T-Shirt und auffällig roter Wollmütze, was die Farbkombination betreffend ein wenig an die flatternde Flagge Hollands, Luxemburgs oder Paraguays erinnert, mit seinem Rollbrett auf und ab. Irgendwie ist es ein entzückender Anblick, der sich dem Metzger da bietet, denn im Vergleich zu den Proportionen des kleinen Bengels wirkt alles andere einfach viel zu groß: die am Körper schlackernde Kleidung, die Haube, unter der kinnlanges blondes Haar zum Vorschein kommt, die über die Schuhe hängenden Hosenbeine, die Schuhe selbst, denen dieses gigantische hölzerne Sportgerät völlig widerspruchslos zu gehorchen scheint, das pompöse Denkmal, die Häuser dahinter, einfach alles, auch die aufmerksamen Augen im Gesicht des strahlenden Kindes. In Anbetracht dieses goldigen Engels, der ihn nun anblickt, ist er natürlich gleich ein wenig gerührt, der Willibald. Das war ihm in seinem Leben bisher nicht vergönnt: im Glauben, einen Schritt voraus, und im Wissen, immer einen Schritt hinterher zu sein, dem Heranwachsen eines Menschenjungen beiwohnen zu dürfen. Nur am Spielplatz gegenüber seiner Werkstatt ist er oft ungesehener Gast, wenn er hinter dem Fenster seines Gewölbekellers stehend mit dem schmerzhaften Wissen hinüberschaut, wahrscheinlich für den Rest seiner Tage den Kindern nur beim Schaukeln zusehen anstatt ihnen den nötigen Schubser geben zu dürfen. So unfassbar schnell geht alles vorbei.

Unfassbar schnell ist auch der Junge, und das in mehrfacher Hinsicht. Gekonnt bewegt er seinen fahrbaren Untersatz nun mit leichten, fließenden Bewegungen auf den Metzger zu, der mit der einen Hand seinen Hosenbund und in der anderen zusammengerollt sein Jackett hält. Natürlich könnte es als hilfsbereites Anliegen ausgelegt werden, wenn einem so ein reizender Knabe unter die Arme greift. In diesem Fall aber kann von Hilfe nur hinsichtlich der Entfaltungsmöglichkeit des Willibald beziehungsweise des Sakkos die Rede sein, denn nach einem kurzen Ruck hat er wenigstens eine seiner beiden Hände frei. Wer denkt auch in einer ohnedies garstigen Situation noch zusätzlich daran, auf der Hut sein zu müssen. Obwohl, ein Hut ist das schon, sogar ein alter, dass die Not des einen den Reichtum des anderen bedeutet.

Völlig paralysiert blickt Willibald Adrian Metzger dem Geratter hinterher. Hurtig sucht eine Gummisohle Halt auf dem Asphalt und bewegt das Skateboard, samt Sakko und einem Stückchen Erinnerung, in Richtung Nimmerwiedersehen. Das gilt nun ebenso für alle Anwesenden, die geschlossen auf das Verbrechen reagieren: So schnell kann der Metzger gar nicht um Hilfe rufen, ist er schon allein auf weiter Flur, hält sich handlungsunfähig mehr an der Hose fest, als er sie festhält, und überlegt, was denn da so alles in seinem flüchtigen Sakko war. Lang dauert sie nicht, seine Grübelei, dann nimmt er zusätzlich zur Beinbekleidung auch gleich die Beine in die Hand: »Ein besticktes weißes Stofftaschentuch, die Brieftasche und der Wohnungsschlüssel – der kann in meine Wohnung!«, geht es ihm panisch durch den Kopf. Da spürt man jedes Gramm Übergewicht, und weil beim Metzger diesbezüglich ein ansehnliches Sümmchen zusammenkommt, wechseln sich Laufen, schnelles Gehen und kurze Stopps ab. So geht es heimwärts, vorbei an den mit Münzeinwurf aktivierbaren Stadträdern, vorbei an seinem ehemaligen Gymnasium und somit auch vorbei an der Wohnung seiner Herzdame.

Im Erdgeschoss dieser pädagogischen Anstalt bewohnt Danjela Djurkovic ein kleines Apartment. Respektvoll ist die Beziehung zwischen der Schulwartin und dem Restaurator, was bedeutet: Die Djurkovic weiß, wie sehr ihr

Willibald in gehaltvollen Happen seinen ureigenen, eingefleischten Einzelgängertrott braucht, und bevor sie ihn zu sehr belagert, lässt sie ihm diesen kleinen Imbiss. Während der Woche also drängt sie sich nicht auf, mit der Konsequenz, dass sich die Beziehung der beiden vermehrt auf die Wochenenden und somit in die vier Wände des Restaurators verlagert hat. Und sie ist alles andere als zufrieden mit ihrer Gesamtsituation, die Danjela, auch der beiden Wohnungen wegen. Wozu um Himmels willen müssen zwei ausgewachsene Menschenkinder innerhalb desselben Grätzels zwei eigene Haushalte führen, wenn sie doch längst ohne jeden Zweifel wissen, dass sie die beiden einzigen ineinanderpassenden Steine eines zweiteiligen Puzzles sind. Einfach absurd ist das. Nur, eine derartige Widersinnigkeit muss ein Mannsbild schon ganz allein erkennen. Auffällig gesetzte Wegweiser in Richtung eines gemeinsamen Haushalts können nämlich ganz schnell um einhundertachtzig Grad umschwenken. Maximal vereinzelt gesetzte, ganz dezente Lockrufe sind da gestattet.

Was solche sanften Töne betrifft, herrscht an diesem Wochenende jedoch Funkstille. Denn natürlich sind die Renovierungsarbeiten im Stiegenhaus nicht wie vorgesehen zu Schulbeginn fertig geworden. Und natürlich ist es Danjela Djurkovic, die nun Wochenende für Wochenende als Schulwartin dieses humanistischen Gymnasiums mit allem, nur nicht mit Humanismus zu rechnen hat. Was da von den Arbeitern an Dreck fabriziert und liegen gelassen wird, gleicht einer verspäteten Abrechnung mit der eigenen Schulzeit.

So liegt sie also nach getanem Tagewerk erschöpft mit ihrem Hündchen Edgar auf ihrer viel zu weichen Matratze, als gegenüber ihres Fensters jenes Lebewesen vorbeiläuft, das in dieser Wohnung ohne Voranmeldung jederzeit willkommen wäre, selbst mitten in der Nacht.

Beim Metzger hat sich mittlerweile die Stimme der Vernunft gemeldet. »Was gibt es bei mir in der Wohnung für so einen Fratzen schon zu holen! Außerdem könnt ich selbst mit einer Münze und einem der Radeln den Kerl auf seinem Brettel nicht mehr einholen!« Da hat er natürlich recht, der Willibald, auch ohne zu wissen, dass das kecke Bürscherl gleich noch gewaltig an Geschwindigkeit zulegen wird.

5

Mit seinen immerwährend etwas traurigen und müden Augen steht der Hausmeister Petar Wollnar, Besitzer einer der beiden Reserveschlüssel zu Willibalds Domizil, nun im Vorzimmer seines einzigen Freundes und lauscht aufmerksam den besorgten Worten: »Es ist schrecklich, Petar. Alles weg! Geldbörse samt Jahresnetzkarte, Haus- und Wohnungsschlüssel, es ist die blanke Katastrophe! Was um Himmels willen soll ich tun!«

»Durchatmen!« Ein gutherziger Blick versucht jene beruhigende Wirkung zu erzielen, die der Hausmeister aufgrund seiner Wortkargheit verbal nie zu vermitteln imstande wäre. Dann erklärt er stichwortartig die weitere Vorgehensweise: »Schloss wechseln, dann Anzeige erstatten!«

Schlüsseldienst wird keiner benötigt, weil eines Abends einer der bis dahin üblichen Begegnungen im Stiegenhaus eine spontane Weinverkostung oben in der Restauratorenwohnung folgte, dann ein zwecks unfallfreier Bewältigung innig umschlungener Abstieg hinunter ins ebenerdige Hausmeisterdomizil und, dort angelangt, schließlich ein ausgiebiges Restelessen. Restelessen im wahrsten Sinn des Wortes, denn die beiden Herren waren dazumal genau das, was man als Übriggebliebene bezeichnet. Naheliegend, dass schon kurz nach dieser ersten gemeinsamen, vornübergebeugt am Küchentisch verschlafenen Nacht nicht nur Sorgen, sondern auch Wohnungsschlüssel ausgetauscht wurden.

Somit erspart sich der Metzger also den Aufsperrdienst, einen Schlosswechsel erspart er sich aber nicht. Und weil zugezogene Volksgruppen innerhalb ihres neuen Heimatlandes nicht nur besser vernetzt sind als dessen Ureinwohner, sondern sich in Notfällen auch tatsächlich aufeinander verlassen können, weiß Petar Wollnar, wer anzurufen ist: Pawel Zieliński. Das Telefonat ist sehr kurz, da Pawel Zieliński am Wochenende in seiner Heimat statt passiver Roaminggebühren doch lieber aktiv und gebührend seine eigenen vier Wände ausbaut.

»Schlosswechsel Montag früh«, schließt Petar Wollnar das Gespräch. Als würde ein Schlosswechsel jemanden, der uneingeladen in eine Wohnung will, tatsächlich von einer Visite abhalten können.

»Gut, dann kann auch die Anzeige warten!«, erwidert der Metzger in Vorfreude auf sein Schlafgemach.

Von Nachtruhe kann allerdings nicht die Rede sein. Unruhig wälzt er sich im Bett herum, schleicht aufgewühlt zur Toilette, sieht sie da bereits liegen, und am

Retourweg greift er zu. Richtiggehend auffordernd, mit sorgfältig abgestreifter Hülle wartet sie auf seinem Chesterfieldsofa im Wohnzimmer, die aktuelle Lektüre seiner Herzdame. Er liest wirklich gern, der Willibald, bevorzugt Biografien und Fachliteratur, ein derartiger Schund käme ihm für gewöhnlich aber niemals in seine Mansardenwohnung, außer ein Kasten steht schief.

»Ist Ratgeber auch gute Unterlage für Leben! Dreht sich um Perspektive, wirst du noch machen Augen!«, hat ihm seine Danjela allerdings erklärt. Seit sie dieses Werk studiert, macht er die Augen auch wirklich, denn wenn die Djurkovic neben ihm am Sofa sitzt, ist er seit Neuestem immer mit dabei: der Ratgeber mit dem Titel »Der Schlüssel zum Glück«. Und genau dieser Schlüssel liegt nun in seinen Händen.

So dick, wie der ist, muss das wohl ein ganzer Schlüsselbund sein, geht es ihm durch den Kopf. Wenn man dann allerdings die Flut derartiger Regelwerke der Anzahl grantig durch die Gegend marschierender Erdenbürger gegenüberstellt, fragt man sich schon: Wo sind sie alle, die glücklichen Menschen?

Müde hockt er sich im Pyjama in sein Chesterfieldsofa, öffnet einen Zweigelt Mitterjoch, schlägt den Ratgeber auf und liest. Und dann wird es spät.

»Guten Morgen, Metzger!«

»Pospischill?«

So aus dem Schlaf gerissen, hatte die hastige Überwindung der Distanz zwischen Chesterfieldsofa im Wohn- und Festnetzanschluss im Vorzimmer beinah ein ausgefülltes Aufnahmeformular in der Unfallambulanz zur Folge.

»Pospischill, ich fass es nicht! Es ist Sonntag, sechs Uhr! Hast du kein Privatleben?«

»Na wunderbar, das fragt mich die Trixi auch immer!«

»Es sind allein die Fragen, die uns die Antworten liefern.«

Es sind die gierig zum Rotwein konsumierten einhundertdreiundzwanzig Seiten, die ihm gestern Abend oder eigentlich heute Nacht zum Verhängnis wurden.

»Sag, Metzger, schläfst du gerade wieder ein, kämpfst du mit Restalkohol, oder geht's dir nicht gut?«

»Stimmt alles, wobei Letzteres ausschließlich an dir liegt! Außerdem wundert es mich überhaupt nicht, wenn deine Ehefrau, was dein Privatleben angeht, mit mir einer Meinung ist! Du hast keines, oder?«

Trixi Matuschek-Pospischill wäre nach ihrer Eheschließung und der in späterer Folge damit verbundenen Arbeitsniederlegung als Kellnerin gewiss gern verliebt mit ihrem angetrauten Eduard in der eigenen Jacht um die Welt gesegelt oder Wochenende für Wochenende in ihr Landhaus an den See gefahren. In Ermangelung des Schiffleins und des Zweitwohnsitzes musste sie sich allerdings damit zufriedengeben, einmal die Woche gemeinsam mit ihrem Gatten die Tanzschule zu besuchen. Das mit der Tanzschule funktionierte recht gut, das mit dem Sichzufriedengeben weniger, was keineswegs nur am fehlenden Reichtum lag. Und weil sich dieser unerquickliche Zustand so hartnäckig hält wie ein sich selbst mehrfach zum italienischen Ministerpräsidenten ernannter Mafioso, legt der Kommissar in letzter Zeit einen ganz besonderen Diensteifer an den Tag – und der hat ja bekanntlich vierundzwanzig Stunden. Vierundzwanzig Stunden, von denen Willibald Adrian Metzger am Wochenende für gewöhnlich mehr als fünf im Bett verbringt.

»Was quälst du mich, so zeitig in der Früh? Ich bekomm hier im Vorzimmer schon langsam kalte Füße!«

»Kalt ist gut: Metzger, stell dir vor, es gibt eine Leiche!«

»Verzeih, wenn mich diese Mitteilung aus dem Mund eines Kriminalbeamten nicht unbedingt überrascht.«

»Jetzt sei nicht so ein Grantler. Es ist natürlich eine Leiche, die du kennst.«

Zu lange dauert dem Restaurator die eingelegte Gesprächspause: »Muss ich jetzt raten? Ich kann mir wirklich eine bessere Unterhaltung vorstellen! Also: Was heißt, ich kenn ihn?«

»Wer sagt ihn? Sie. Die Schlagzeugerin haben wir gefunden! Du weißt schon: bumbumm!«, tönt es vergnügt durch die Leitung.

»Pospischill, ich nehme an, du meinst Pauke, und zum Lachen ist mir jetzt wirklich nicht. Was bitte ist an einer toten Musikerin so unterhaltsam?

»Verstorben ist gut! Galina Schukowa ist nicht einfach so verstorben, sie wurde ermordet. Kehle durchgeschnitten, nicht weit entfernt vom Veranstaltungsort in einer stillen Sackgasse. Gefunden haben wir sie in einer Mülltonne! Hat fürchterlich ausgesehen. Es gibt Leichen, denen sich der Todeskampf so ins Gesicht brennt, als wollten sie ihre Nachwelt zur Vorsicht mahnen. Das vergisst du nicht, von so was träumst du. Glaub mir, da hilft nur noch ein wenig Humor, sonst erträgt man das nicht!«

»Und um mich an deinen Heiterkeiten teilhaben zu lassen, rufst du an, sonntags, um sechs Uhr morgens, nach einer höchst unerfreulichen Nacht?«

Es folgt eine Kurzzusammenfassung der Ereignisse, nach deren Schilderung Pospischill noch die Frage stellt: »Hast du schon Anzeige erstattet? Im Hinblick auf etwaige Versicherungszahlungen ist das wichtig.«

»Die mach ich heute – so wie jetzt den Kaffee, denn Schlafen kann ich ja wohl vergessen.«

»Kaffee? Fein. Mach zwei.«

6

Um den Pospischill ins eigene Wohnzimmer zu bekommen, muss man keine Einladung aussprechen, der kommt ganz von allein. Da spielt es dann auch keine Rolle, wenn eine betroffene Person, so wie im Augenblick der Metzger, Lichtjahre davon entfernt ist, überhaupt an das mögliche Aussprechen einer solchen Einladung zu denken.

Während der Restaurator also noch etwas orientierungslos im Vorzimmer herumsteht, klopft es bereits an der Tür.

»Ja, Metzger, man lernt nie aus: Ich hab gar nicht gewusst, dass der Stoff, aus dem normalerweise Geschirrtücher oder Schnäuzfetzen fabriziert werden, auch für Pyjamas herhalten muss!«

»Pospischill, du Quälgeist. Sag, hast du vorhin aus dem Stiegenhaus angerufen, ich hab ja noch beinah den Hörer in der Hand!« Nach einem tiefen Atemzug fährt er fort: »Na, wenigstens weißt du, wo die Küche ist! Und mach den Kaffee nicht zu stark.«

Genervt schlappt der Restaurator ins Badezimmer, und wie er nicht unbedingt aufgeweckter aus diesem zurückkehrt, liegen zwei Kornspitz und zwei herrlich duftende Butterkipferl am bemüht gedeckten Küchentisch. Dann erfährt Eduard Pospischill, was sich sein Gastgeber in Anbetracht des frischen Backwerks so denkt:

»Du hast also vorhin am Telefon bereits gewusst, wo du heute Morgen kurz nach sechs Uhr frühstücken wirst?«

Er hat noch viel mehr gewusst, der Pospischill, und dass er auf diese Frage absolut nicht eingeht, verspricht nichts Gutes. »Du Pechvogel, wirst du also ausgeraubt! Nun denn, leg los, ich schreib mit!«

Willibald Adrian Metzger erzählt, während der Kommissar auf seinem Block notiert und schließlich erklärt: »Der Rotzbub wollte garantiert nichts anderes als dein Bargeld, hier liegt also sicher kein organisiertes Verbrechen vor, und keiner will in deine Wohnung, außerdem bin ja jetzt ich da!« Und mit Dasein meint Eduard Pospischill mehr, als dem Metzger lieb ist.

»Außerdem: Solche Kleinganoven gibt es heutzutage wie Sand am Meer, die finden wir ganz selten. Also: Um zwei Uhr ist die Leiche von einem Obdachlosen in einer Mülltonne gefunden worden, mit durchgeschnittener Kehle und Trommelschlägeln in ihren Händen. So ein hübsches Mäderl war das!«

»Wieso Mäderl?«

»Weil sie trotz ihrer achtundzwanzig Jahre ausgesehen hat wie eine Sechzehnjährige!«

»Schrecklich!«

Es folgen ein paar schweigsame Sekunden. Beinah synchron tauchen die beiden Herren ihre Butterkipferl in den Kaffee, dann meint der Metzger: »Und? Wie geht es jetzt weiter?«

»Zuerst wird der Tatort durchgeackert, dann der Gerichtsmediziner beliefert und nach möglichen Zeugen gesucht. Wenn du willst, nehm ich dich einmal mit auf einen Tatort, das ist interessant.«

»Machst du jetzt Witze oder ein Reisebüro auf? Außerdem hast du mich falsch verstanden: Bei aller Freundschaft, aber wie lang hast du noch vor, bei mir herumzuhocken, oder anders gefragt: Warum bist du überhaupt hier, am Sonntag um diese Uhrzeit, mit frischer Backware? Du willst doch etwas von mir! Darfst du nicht nach Hause?«

Langsam senkt Eduard Pospischill den Kopf. Und obwohl der Kommissar selten um spitzzüngige Antworten verlegen ist, steht ihm jetzt nicht gerade der Schalk ins Gesicht geschrieben. Das hat der Metzger natürlich nicht erwartet, dass er mit seinem lapidaren Sätzchen so einwandfrei ins Schwarze trifft.

»Es is grad etwas schwierig!«, erhält er als auffällig zurückhaltende Antwort.

»Was heißt ›es‹?«

»Na, sie, die Trixi. Wir mustern zurzeit ein wenig aus!«

»Pospischill, du sprichst in Rätseln. Warum ist Ausmustern schwierig?«

Deutlich energisch folgt die Erklärung: »Zwischen uns fliegen gerade die Fetzen, verstehst du's jetzt?«

Jetzt ist es also heraus. Und auch die weitere Erklärung lässt nicht lange auf sich warten: »Das ist immer dasselbe, wenn sie auch nur in die Nähe ihrer Tage kommt, ist sie ein wandelnder Sprengsatz. Wir haben nun mal keine Kinder, ich bin Alleinverdiener, meine Frau hat doch

Zeit, oder? Verlangt ja keiner von ihr, dass sie den Haushalt führt, aber wenn ich sie schon durchfüttern muss, kann ich doch erwarten, dass sie nicht nur auf meinem Konto, sondern auch die Wohnung aufräumt. Ein Saustall ist das bei uns, da kommst du nicht bei der Tür hinein, vom leeren Kühlschrank will ich gar nicht erst reden. Gestern hab ich es gewagt, in unserer momentan ohnedies heiklen Situation einen dezenten Einspruch zu erheben. Und was ist passiert? Aus der eigenen Wohnung bin ich geflogen. Und wer hat dann auf mich gewartet? Eine Leich. So schaut's aus, mein Leben. Traurig, oder? Apropos Trommel: Sag, könnt ich schnell bei dir meine Hose in die Waschmaschine schmeißen und vielleicht kurz duschen?«

Und wie dann ein für die so traurige Lebenssituation doch vergnügtes Pfeifen aus dem Badezimmer durch die Wohnung dröhnt, schleicht sich beim Metzger der Verdacht ein, es könnte noch schlimmer kommen. Und recht hat er. Das betrifft allerdings nicht den ausgemergelten Körper des Kettenrauchers Eduard Pospischill, der sich wenig später, nur umschlungen von einem Handtuch, triefend durchs Wohnzimmer bewegt, sondern die Antwort auf die Frage: »Und wo wohnst du jetzt?«

»Wohnen tu ich untertags ja eigentlich eh schon im Kommissariat. Ich bräuchte nur noch ein Bett zum Schlafen. Maximal für ein paar Nächte. Was denkst du, Wilibald, glaubst du, dein Chesterfieldsofa hält mich ein Weilchen aus?«

»Das Sofa schon!«

Eduard Pospischill kramt eine Zahnbürste aus seiner Umhängetasche hervor, verschwindet wieder ins Bad, und auch beim Metzger verschwindet der letzte Funken an Zurückhaltung: »Ja, gibt's das! Die Zahnbürste hast du also auch schon dabei! Ich bin kein Asylheim für vor die Tür gesetzte Ehemänner – die an ihrer Ausweisung übrigens zumeist gar nicht so unschuldig sind. Ich will mich ja nur ungern einmischen, aber bekanntlich hast du der Trixi versprochen, dir das mit einem Kind zu überlegen, und ihr angeraten, mit dem Kellnern aufzuhören. Das ist, soviel mir aus diversen Schilderungen bekannt ist, mittlerweile einige Jährchen her, oder?«

»Verdammt, Metzger, ich bin über vierzig. Das Kind wird zu mir Opa sagen, lange bevor ich auch nur theoretisch wirklich Großvater werden könnte!«

Richtig in Rage kommt er jetzt, der Willibald: »Dann stell nicht solche Versprechungen in den Raum. Nur zur Information: Die Trixi hat auch bald den Vierer vorne stehen. Da ist es selbst für den größten Idioten nachzuvollziehen, dass eine Frau in der Nähe ihrer Tage zum, wie du sagst, wandelnden Sprengsatz wird.«

»Bravo, Metzger, bravo. Ein toller Freund bist du!«

»So ein toller Freund will ich gar nicht sein, wie du ihn gerne hättest! Des Weiteren weigere ich mich, als Unterkunftsgeber für dich Partei zu ergreifen, also ruf deine Frau an.«

»Wie bitte? Es ist kurz vor sieben, bin ich verrückt, da weck ich doch meine Frau nicht auf!«

Der Metzger traut seinen Ohren nicht: »Schad, dass wir nicht verheiratet sind, dann läge ich jetzt wahrscheinlich noch gemütlich im Bett. Wenn du auch nur eine Minimalchance auf dieses Sofa hier haben willst, ruf gefälligst an, begrüß sie höflich, und gib mir den Hörer!«

So leise hat der Metzger den Pospischill noch nie reden gehört, dann wird ihm das Telefon überreicht: »Hallo,

Trixi, glaub mir, ich weiß, es ist früh, aber dein Mann will mein Sofa besetzen, was mir wirklich äußerst unrecht ist!«

Nervös geht der Kommissar im Zimmer auf und ab, während Willibald Adrian Metzger seine ganze Aufmerksamkeit dem ergiebigen Monolog auf der anderen Seite schenkt. Schließlich kommt auch er wieder zu Wort: »Also gut, ausnahmsweise! Wenn du momentan den Abstand brauchst, lass ich eben einem kleinen Spinner in seiner selbst verursachten Obdachlosigkeit ein Winkerl zukommen – aber bitte für einen überschaubaren Zeitraum. Seid so gut und bringt eure Angelegenheit ins Reine, was auch heißt: Wenn dein Göttergatte frische Wäsche braucht oder irgendetwas anderes, lass ihn rein, denn sein Hygieneservice und seine Jausenstation bin ich nicht!«

Zum Pospischill gewandt, setzt er fort: »Und du zieh deine Hosen an, gewaschen wird bei mir erst, wenn ich eine Maschine voll hab. Schlüssel bekommst du keinen, Straßenschuhe kommen nicht weiter als bis ins Vorzimmer, wenn du hier bist, wird nicht herumgeschnüffelt, es wird kein einziges Kleidungsstück irgendwo anders liegen gelassen als im Kleiderschrank oder Schmutzwäschekorb, nicht einmal ein Solosocken, die Schlafzimmertür bleibt zu, da drinnen hast du nichts verloren, am Häusel wird immer gesessen, und auch diese Tür steht nie offen, kapiert, geraucht wird am Gang, keine Barthaare im Waschbecken, keine Überschwemmung nach der Dusche, wenn du nicht drauf schläfst, ist das Sofa picobello leer geräumt, die Bettwäsche kommt in die Kommode, du benutzt niemals das Festnetz, schon gar nicht dienstlich, wenn mich die Danjela besucht, bist du weg, wenn sie hier übernachtet, bist du weg, wenn ich außer Haus geh, bist du weg. Du bist eigentlich gar nicht da!«

»Muss ich salutieren, wenn du an mir vorbeigehst?«

»Die Grundstellung reicht.«

»Danke für den Internatsplatz!«

»Für Schwererziehbare!«, vervollständigt der Metzger, verschwindet am WC und weiß dabei natürlich nicht, wie froh er am Ende noch sein wird, mit Eduard Pospischill sozusagen unter einem Dach gewohnt zu haben.

»Natürlich kannst du heute ohne Schlosswechsel außer Haus, oder glaubst du, der Junge liegt mit Feldstecher gegenüber unter dem Dachbalken und wartet, bis er endlich in die Wohnung kann, um deinen alten Teppich zu klauen? Gibt ja eh nichts zu holen hier, keinen Fernseher, keine Stereoanlage, nicht einmal ein Radiowecker, traurig ist das.« So dauert es nicht lange, bis die beiden Männer an diesem frühen Morgen aus jeweils dienstlichen Gründen die Wohnung verlassen. Früher, in der Lebensepoche ohne seine Danjela, verbrachte er die Sonntage ohnedies regelmäßig im heimeligen Gewölbekeller seiner Restauratorenwerkstatt. Wenn aber eines Tages ein Traum wahr wird und sich durch ein derartiges Prachtweib der Stau unerfüllter Sehnsüchte auflöst, staut es sich zwangsweise an anderen Stellen, das ist ein ehernes Gesetz. So weiß sich der Metzger nun also zu beschäftigen, obwohl das helle Geklingel der Glocke über seiner Eingangstür derzeit bedenklich selten ertönt. Kleinteile werden geordnet, Arbeitsgeräte gepflegt, die Arbeitsmaterialien auf ihren Bestand geprüft und eine Einkaufsliste erstellt. Richtig entspannen kann es hier, sein Hirn. Dann klingelt das Telefon.

»Ja, Metzger hier!«

Stille. Wobei es in diesem Fall zwei Sorten von Stille gibt:

– Die Stille, bei der die Verbindung hörbar in einem geräuschlosen, dumpfen, von einem gelegentlichen Knacken unterbrochenen Irgendwo gelandet ist. Der Metzger nennt das immer: »Anruf bei Gott« und beginnt allen ihm nahestehenden Verstorbenen, vorrangig seiner Mutter, herzliche Grüße auszurichten.

– Und die Stille, bei der die Verbindung hörbar wie gewünscht hergestellt wurde, sich der Anrufer aber so anstellt, als wäre ihm in letzter Sekunde vor der bevorstehenden Liebeserklärung an die heiß verehrte Deutschlehrerin, der längst fälligen Morddrohung an den Vermögensberater oder der notwendigen Entschuldigung bei einem gekränkten Herzen ein kleines Angsttröpferl ins Höschen gegangen.

Und weil der Metzger unheimlicherweise weitaus öfter seiner Mutter auf diesem Weg liebe Grüße ausrichten kann, als so einem fremden Schnaufen zu lauschen, ist er nun entsprechend unsicher: »Ja, hallo? Ich kann Sie hören. Was kann ich für Sie tun?«

Gleichmäßig wird weitergeatmet.

»Hören Sie mich denn nicht? Hallo! – Wissen Sie was, ich bin noch ein Weilchen hier, wenn Sie es sich überlegen und doch eine Auskunft brauchen, rufen Sie einfach noch einmal an! Ja?«

Und da hat er jetzt mehr gesagt, als ihm lieb ist, denn die gewünschte Auskunft hat er nun bekommen, der Anrufer.

Das setzt sich auch beim nächsten Telefongespräch fort, mit dem Unterschied, dass seine Danjela im Anschluss an das ihr Erzählte bedeutend wortreicher aus dem Hörer heraustönt: »Bist du geritten von Teufel? Pospischill auf Chesterfieldsofa, meine geliebte Chesterfieldsofa! Und wie lange darf meine Willibald jetzt spielen Kindermädchen von Polizistenjunge?«

»Maximal ein paar Tage, und wenn du bei mir bist, schmeiß ich ihn raus. Du wirst von ihm also nichts merken!«

»Ist keine Problem mit illegale Einwanderer. Bin ich ja eh in Schule, werd ich sowieso nix verbringen können Sonntag neben meine Willibald auf meine Chesterfieldsofa!« Reden und Denken ist eben nicht dasselbe, denn logisch, dass sich in den Gehirnwindungen der Danjela zusätzlich zu einem: »Bist du einfach bei mir, dann werd ich auch nix merken von Pospischill!« ein Funken Hoffnung hinsichtlich gewisser Umzugsambitionen einstellt, und dieser Gedanke kommt ihr nicht zum ersten Mal.

Nur kann das ganz gewaltig nach hinten losgehen, wenn man vor lauter Anstand nicht ausspricht, was längst ansteht.

7

Tausendfach war es nur ein Film in seinem Kopf, eine Bewegung vor dem Spiegel, geprägt von den Fragen: Wie fühlt es sich tatsächlich an, wird es wie geplant zügig und lautlos gehen, reichen die Kräfte, die Nerven, ist es überhaupt zu ertragen? Und es ist zu ertragen, beinah ein ehrwürdiger Akt, es geht zügig, und es ist einfach. Erschreckend einfach.

So viel Mühe hatte er auf sich genommen, um so weit zu kommen, und so unglaublich schnell war alles vorbei. Nein, es gibt nichts zu bereuen, die Banalität des Mordens nimmt ihm den letzten Funken Zweifel. Zu glauben, man müsse dazu das Gewissen ausblenden, ist der zweite große Irrtum der Menschheit nach dem ersten: der Annahme, es existiere so etwas wie ein Gewissen an sich.

Was für ein grenzenloser Schwachsinn, ja, was für ein Hochmut, davon auszugehen, es sei gerade dem Ungetüm Mensch eine innere Stimme angeboren, gewissermaßen ein Einflüstern Gottes, das über das persönliche Urteilsvermögen hinausgeht.

Das Empfinden von Richtig und Falsch ist nichts weiter als eine Anpassung an jene gesellschaftlichen Denk- und Gefühlsmuster, die innerhalb eines geschlossenen Systems Gültigkeit haben, eine Verinnerlichung vereinbarter Spielregeln, und der Mensch die simple Spielfigur am Schachbrett des Geschehens. Man muss sich nur bedienen. Die Partie ist eröffnet.

Wenn er am Ziel ist, werden sich ganze Generationen damit abmühen, ihren Familiennamen aus dem Gedächtnis dieser Welt zu streichen. Nur das ist die gebührende Strafe, der Tod allein ist es nicht.

Alles war, wie schon beim ersten Mal, nach Plan verlaufen. Bis auf eine Kleinigkeit.

Außerhalb des Lichteinfalls der Straßenbeleuchtung war er an die Hausmauer gelehnt stehen geblieben. Das Orchester spielte nicht mehr, lärmend strömten die Menschen an ihm vorbei und zerstörten die Stille.

Schließlich trat auch sie ins Freie. Wie ein Spaziergänger war er ihr gefolgt, ohne bemerkt zu werden. Nur wer sich bemüht unauffällig gibt, fällt auf. Die Menschen haben kein Auge für das Gewöhnliche. Wie zufällig war er neben sie getreten, hatte sie höflich angesprochen.

»Wir kennen uns doch!«, hatte sie vermutet.

Ja, das sagen viele, und genau das ist seine Stärke: zu gewöhnlich zu sein, um aufzufallen, und, endlich bemerkt, so viel Vertrautheit auszustrahlen, als sei er immer schon da gewesen. »Nein, wir kennen uns nicht, aber es fühlt sich so an, da haben Sie recht!«, war seine Antwort. So leicht ist der Mensch zu gewinnen mit ein bisschen Freundlichkeit. Gemütlich sind sie dahingeschlendert.

Schön sah sie aus, nur Schönheit allein ist zu wenig. Vor Leistung und Talent hat er Respekt. Sie jedoch war einfach zu schlecht, zu ungenau, völlig fehl am Platz in diesen Reihen. Fehler sind menschlich, Verfehlungen nicht. Sie beruhen auf einer Ereigniskette kleiner Verstöße, die jedes Mal die Möglichkeit zur Umkehr böten. Wer auf Dauer nicht einlenken will, muss in sein Schicksal laufen. So wie sie und so wie diese nicht nach Plan verlaufene Kleinigkeit: der Zaungast.

Außerplanmäßige Begegnungen, Zufälle, Pannen können ihn nicht beunruhigen, nicht aus der Bahn werfen. Damit ist zu rechnen, damit wird er umgehen, je nach Lust und Laune, denn egal, was passiert, er wird allem stets einen Schritt voraus sein. Keiner wird ihn jemals finden. Niemals.

Akribisch ordnet er seine Garderobe, streift sein Alltagsgewand über und macht sich auf den Weg, denn jetzt ruft sie, die Pflicht.

8

Mittlerweile kommt es Eduard Pospischill so vor, als verfüge Gerhard Kogler, der letzte Nacht am Tatort einmal mehr die Streichhölzer zwischen den Fingern gehalten hat, über magische Kräfte. Er als Vorgesetzter seiner Truppe zieht regelmäßig den Kürzeren und somit das Los des schwarzen Boten. So auch in diesem Fall: Zusammen mit Irene Moritz steht der Kommissar an diesem Morgen mit einer Schreckensmeldung vor dem Leben anderer.

Nichts ist furchtbarer, als Eltern ein allerletztes Mal von ihren Kindern erzählen zu müssen. Zögerlich öffnet sich die Tür der Familie Schukow, die von nun an dazu verdammt ist, für den Rest ihrer Tage nur noch eine Frau und ein Herr Schukow sein zu müssen. Es folgt ein Zusammenbruch mehr, an dem Eduard Pospischill teilhaben muss, eine Schilderung des Unfassbaren mehr, die er über die Lippen zu bringen hat, eine gefühlte Ewigkeit des Schweigens mehr, die er aufgrund der fehlenden Worte des Trostes nicht beenden kann. Jeden, der in einem derartigen Fall Selbstjustiz übt, kann er verstehen.

Eduard Pospischill klammert sich am Türrahmen fest. Schmerzhaft vermisst er seine Trixi, denn genau jetzt wäre es so leicht zu erklären, warum er sich nichts sehnlicher wünscht als eigene Kinder – und doch keine will. Es ist nichts als die blanke Angst, weil all das Böse, das Grauen und Verderben, dem er tagtäglich ins Gesicht zu blicken hat, eines Tages völlig ungefragt vor seiner Tür stehen könnte.

Was den Metzger an diesem Abend ungefragt vor der Tür erwartet, ist zwar bei Weitem harmloser, ein höchst ungutes Gefühl löst es bei ihm aber dennoch aus. Da hat er noch die letzten paar Stufen hinauf zu seiner Mansardenwohnung vor sich, lacht es ihm bereits entgegen, das unerwartete Begrüßungskomitee. Gut, dass er sich aus Konditionsmangel bereits am Stiegengeländer festhält, denn was da fein säuberlich zusammengelegt am Fußabstreifer wartet, lässt ihm vor Überraschung die Knie weich werden: das Sakko des väterlichen Hochzeitsanzugs.

Darauf gebettet die beängstigende Dreifaltigkeit aus Stofftaschentuch, Geldbörse und Schlüsselbund. Nichts angreifen, geht es dem Metzger sofort durch den Kopf, dann schließen sich gezwungenermaßen ein paar fragwürdige Gedanken an: Warum bringt ein Räuber seine Beute zurück, wo liegt da der Sinn? Wer sagt, dass, nur weil das Sakko vor der Tür liegt, der Überbringer nicht auch in der Wohnung war?

Mit hellwachen Sinnen öffnet der Metzger die Eingangstür, vorsichtig schleicht er durch seine Räume und fühlt sich wie dazumal als kleiner Junge, wenn ihm die obligate frei erfundene Einschlafgeschichte nicht von seiner Mutter, sondern ausnahmsweise von seinem Vater erzählt wurde. Kaum war die Stimme des Erzeugers verklungen und die Tür des Kinderzimmers geschlossen, konnte von Schlafen nicht mehr die Rede sein. Ohne genehmigten Asylantrag waren sie plötzlich alle da, die Dämonen im Kleiderschrank. Dass Buben zwecks friedlichen Hineingleitens in eine gute Nacht nicht wie Mädchen von liebevollen Feen und schrulligen Kobolden, sondern von blutrünstigen Monstern und barbarischen Helden erzählt bekommen wollen, ist genau auf demselben Mist gewachsen, auf dem sich die dazu passenden Verbrechen der Spielzeugindustrie einzufinden hätten.

Ähnlich wie einst im Kinderbettchen steht ihm auch jetzt der Schweiß auf der Stirn, dem Willibald, und schuld daran ist in gewisser Weise wieder der Mist, wenn auch nicht seiner. Da war wer am Klo, er könnte wetten. Es liegt zwar jeder Gegenstand an seiner Stelle, es wurde nicht herumgekramt, nichts durchwühlt und wahrscheinlich nichts gestohlen, trotzdem drängt sich dem heimkehrenden Restaurator eine quälende Frage auf: Ich mach doch genauso wie die Schlafzimmertür immer auch die Klotür zu, warum stehen jetzt beide offen? Jeder hat so seine Macken. Beim Willibald hat sich da mittlerweile eine kleine Zwangsneurose eingeschlichen, sowohl nachts als auch untertags. Wohn-, Schlaf- und Ausscheidungsbereiche gehören getrennt, aus Prinzip. Egal, wer da nach einer Bettbesichtigung die Tür vergessen hat, er selbst war es nicht, da ist er hundertprozentig sicher. Und Eduard Pospischill hat keinen Wohnungsschlüssel! Genau den muss er informieren.

Es dauert nicht lange, und der vom gerade unabkömmlichen Kommissar geschickte Beamte betritt das Stiegenhaus.

Herbert Homolka, das völlige Gegenteil dessen, was man sich unter einem Polizisten so vorstellt. Zart in seinem Erscheinungsbild, groß, schlaksig und wie zur Entschuldigung für seine Größe gebückt mit schwitzigen Händen.

Große Verwunderung steht ihm ins Gesicht geschrieben: »Ihre Angst, es könnte jemand in der Wohnung gewesen sein, ist völlig normal. Aber beruhigen Sie sich, ich bin mir sicher, da war keiner. Es wurde weder herumgekramt noch etwas entwendet, und zwei offene Türen sind wirklich kein Grund zur Sorge! Sie waren sicher ganz in Gedanken, und dann wohnt auch noch der Kommissar bei Ihnen, da stehen die Dinge schon mal kopf! Im Grund ist das ja einmal eine schöne Geschichte. Freuen Sie sich, der Täter hat auf seinem Rollbrett also plötzlich einen moralischen Umkehrschub erlitten und Ihnen schnurstracks Ihre Sachen zurückgebracht. Eine Adresse herauszufinden, das ist für jemanden, der sich im Internet ein wenig auskennt, wirklich kein Problem mehr. Also, das Sakko ist zurück, ist doch eine feine Sache, Herr Metzger!«

Trotz der beruhigenden Art dieses jungen Beamten zweifelt er, der Willibald: »Glauben Sie?«

»Natürlich. Aber da haben Sie schon recht, es muss nicht unbedingt der Dieb persönlich gewesen sein. Es gäbe natürlich auch andere Theorien! Zum Beispiel könnte der flüchtige Bursche von einem Auto leicht touchiert worden sein, dabei das Sakko verloren haben und gleich weitergefahren sein. Und dann hat sich der Lenker des Fahrzeugs seiner Bürgerpflichten erinnert und die Sachen gleich selbst zurückgebracht. Oder, anderer Ansatz: Die Mutter hat beim Zusammenräumen im Zimmer ihres missratenen Sohnes das Diebesgut entdeckt und heimlich das entwendete Eigentum seinem Besitzer zurückgebracht. Oder …!«

»Ist schon recht. Sie brauchen die Gegenstände also nicht, um Spuren zu entnehmen?«

»Unter uns gesprochen: Die Spurensicherung ist mit den schweren Verbrechen völlig ausgelastet. Nehmen Sie die Dinge, wie sie sind, seien Sie froh über den Zufall, und lassen Sie auf jeden Fall das Schloss wechseln.«

»Das passiert morgen!«

Herbert Homolka hebt die Gegenstände auf, drückt sie dem Metzger in die Hand und fordert ihn auf, einen Blick in die Geldbörse zu werfen. Bis auf den letzten Cent genau zählt der Metzger 123 Euro und schüttelt verwundert den Kopf: »Da fehlt nichts. Ein bisserl komisch ist das schon, oder?«

9

ZUM GLÜCK HAT DANJELA DJURKOVIC die bereits gelesenen Seiten ihres Ratgebers verinnerlicht und folglich am Telefon die richtigen Worte parat: »Kommt alles so oft zurück, bis ist erledigt!«

Hat er es also wieder, sein Sakko, dieses Zeugnis der verblichenen väterlichen Existenz. Wahrscheinlich führt deshalb an diesem Abend auch das Unterbewusstsein den Kochlöffel und lässt den Metzger die einzige Mahlzeit zubereiten, die auch sein Vater hat kochen können. Nach einer flotten würzigen Eierspeis mit Schnittlauch, einer steinharten Scheibe Schwarzbrot mit Butter und einem Gute-Nacht-Viertel-Rot landet er gegen dreiundzwanzig Uhr mit dem Gedankenfehler im Bett, in seinen vier Wänden sei alles beim Alten. Lange dauert es nämlich nicht, und der Tag endet ebenso unerfreulich, wie er schon begonnen hat.

Heftig pocht es an der Eingangstür: »Metzger, ich bin's – ich hab den Schlüssel vergessen!« Grinsend, mit einer Zigarette im Mundwinkel und einer gigantischen

Sporttasche in der Hand, steht Eduard Pospischill im Türrahmen.

»Pospischill! Nun denn, es war also doch kein böser Traum. Bleibst du hier auf Sommerlager? Was brauchst du so viel Gepäck für ein paar Tage? Und seit wann bitte hast du einen Schlüssel?«

»Eben! Wie soll ich da in die Wohnung kommen!«

»Als Luftverpester sind die Chancen auf Einlass sowieso gleich null.«

Zwischen Schuhsohle und Steinboden endet der Nikotinkonsum.

»Was noch?«

»Aufheben, oder wer soll das sonst wegräumen?«

Mit übertriebenem Keuchen bückt sich Eduard Pospischill, setzt seinen freundlichsten Blick auf und fällt in Anbetracht seiner Situation zumindest verbal auf die Knie: »Hast ja recht, oh du, mein Hausherr! Darf ich jetzt rein?«

»Jedenfalls für heute!«

Es dauert nicht lange, dann beginnt ein erschöpft sich am Chesterfieldsofa niederlassender einsamer Kommissar seinem Mitteilungsbedürfnis nachzukommen: »Das wird eine harte Nuss, das sag ich dir. So Spinner, die eine Leiche derart präparieren, haben einen Plan und sind schwer zu finden. Stell dir vor, Galina Schukowa war laut Gerichtsmedizin mit ihren achtundzwanzig Jahren noch Jungfrau. Sie wurde also nicht vergewaltigt.«

»Pospischill, ich weiß nicht, ob ich um diese Uhrzeit deine schockierenden Berichte wirklich hören möchte.«

»Wart's ab, denn nach Zufall sieht das nicht aus: Bei dieser haarsträubenden Strawinsky-Komposition, die wir gestern zu ertragen hatten, geht es um ein Jungfrauenopfer. Und dann finden wir eine Jungfrau mit durchgeschnittener Kehle! Denk mal nach, ist dir während des Konzerts irgendetwas aufgefallen?«

»Aufgefallen bist dort nur du, Pospischill! Aber wenn du mich schon fragst: Zwei Damen würde ich in Anbetracht der Größe des Orchesters als verschwindend geringen Frauenanteil bezeichnen, um nicht zu sagen als blanken Hohn!«

»Und wenn man bedenkt, dass da mittlerweile nur noch eine Musikerin übrig ist, bekommt das ›verschwindend gering‹ zusätzliche Bedeutung!«

Dem Metzger graut, was ist das für eine abartige Welt, die da von Eduard Pospischill in sein Wohnzimmer getragen wird?

»Das Besorgniserregende an der ganzen Sache ist, dass sich jemand nach einem Mord noch die Zeit nimmt, einer Person Trommelschlägel in die Hand zu stecken! Wenn ein Mörder an einem Opfer eine Botschaft hinterlässt, kann die nur an jene gerichtet sein, die den oder die Tote finden, also an die Außenwelt, was natürlich die Frage eröffnet: Was will uns der Täter sagen, und was hat er die nächsten Tage noch alles zu erzählen?«

Obwohl Pawel Zieliński am nächsten Morgen in aller Herrgottsfrüh beim Schlosswechsel große Gesprächsbereitschaft an den Tag legt, viel zu erzählen hat der Metzger nicht, zu sehr leidet er unter der beruflichen Flaute. Ein Auftrag käme ihm wirklich wie gerufen, kein Wunder also, wenn ihm in Anbetracht dieser unfreiwilligen Zwangslage seine Danjela abgängig wird. Ein wenig kramt er an diesem Montag in seinem Gewölbekeller herum, auch in den reichlich vorhandenen Schätzen, was ihm unter anderem einen besonders edlen Rotwein und ein weiteres durchaus beachtenswertes billigeres Fläschchen in die Hand spielt. Am späten Nachmittag schenkt er dem zweiten dann die notwendige Aufmerksamkeit und sich den wohligen dynamischen Gedanken: Heute werd ich sie noch überraschen!

Reichlich spät ist es dann geworden, wie der Metzger schließlich etwas angeheitert und beschwingt mit dem noblen Tropfen in der Hand den Weg zum Domizil seiner liebsten Madame Djurkovic antritt.

Nur je näher er seinem Ziel kommt, desto statischer wird seine Dynamik und desto dynamischer sein Hirn: Wenn sie so viel zu tun hat, kann ich sie doch nicht einfach stören! Die wird sicher ihre Ruhe brauchen.

Aus Ermangelung eines Gänseblümchens schlägt sich dieses Soll-ich-oder-soll-ich-nicht des Willibald Adrian dann in der Wegstrecke nieder. Schnurstracks marschiert er an seinem ehemaligen Gymnasium und somit an der ebenerdigen Wohnungstür seiner Danjela vorbei. Da ist es natürlich verständlich, wenn sich der männliche Eifer als Wiedergutmachung für die mangelnde Courage umgehend ein anderes Ziel sucht. Aus dem zögerlichen Dahinschleichen wird ein fester Schritt. Jetzt will er es wissen, der Willibald, jetzt will er ihm Aug in Aug gegenübertreten, dem bekehrten Dieb. Vielleicht hat er ja Glück.

Wenig später taucht es vor ihm auf, das Denkmal inmitten des kleinen Plätzchens. Er hat es geräumiger in Erinnerung, was kein Wunder ist, denn vorgestern war hier nichts los. Jetzt allerdings wimmelt es nur so von rollenden, hüpfenden, sich abartig verrenkenden Menschenkindern. Was um Gottes willen ist daran so reizvoll, mit einem ausgelatschten, nicht zugeschnürten Sportschuh einem Holzbrettel auf Gummirädern derart einen Kick zu verpassen, dass sich dieses maximal für ein paar Zentimeter in die Lüfte hebt.

Der Metzger versteht die Welt nicht mehr. In seiner Jugend wurde auf Pflastersteinen gehockt und durch hohe Fingerkunst mit der eigenen Glaskugel die Glaskugel des Gegners erobert, da hat man sich wenigstens noch miteinander beschäftigt. Heute springen die Burschen nebeneinander durch die Gegend, mit gigantischen Kopfhörern um die Ohren. Sicher, man weiß nicht, was sich die Burschen abgeschottet von ihrer Umwelt da zu Gemüte führen: die Brandenburgischen Konzerte, gregorianische Gesänge, Wagners Ring? Eines steht jedenfalls fest: Sie reden kein Wort miteinander und tragen selbst um diese Jahreszeit freiwillig Wollhauben. Welch Frohlocken für das mütterliche »Bist du auch wirklich warm genug angezogen?«.

Dem Metzger war als Kind dieser kratzende Schwitzkasten selbst im Winter nur durch Androhung der weitaus grausameren Alternative, nämlich der Pelzmütze mit herunterklappbarem Ohrenschutz, einzureden. Eine Pelzmütze mit Ohrenschutz, eine Kurzsichtigkeit mit Krankenkassafassung und der beste Notendurchschnitt mit Übergewicht, bessere Zutaten konnte sich ein Junge gar nicht aussuchen, um unter Garantie am Schulweg verdroschen zu werden, hin und retour. Das hätte er sich merken sollen, der Willibald.

Bemüht gelassen schlendert er also mit seiner Flasche Rotwein in der Hand an der Truppe vorbei und nimmt unbemerkt auf einer der Bänke Platz. Bis schließlich ein kleinwüchsiger Knabe, der um diese Zeit längst im Bett sein sollte und ebenso wie der Restaurator ein paar Kilo Hüftspeck zu viel durch die Gegend schleppt, sein Bretterl weder vorn noch hinten hochbekommt. Stattdessen schießt es scheppernd davon.

Nach einem kurzen schmerzbedingten Grunzen hebt Willibald Adrian Metzger seinen Fuß, stellt ihn auf das Skateboard und reibt sich seinen Knöchel. Zuerst steht nur der Kleine vor ihm, in blauer Jeans, weißem T-Shirt und blauer Wollhaube, also die Flagge von Honduras, El Salvador, Nicaragua oder Guatemala hochgestellt. Lang dauert es dann nicht, und es folgt eine höchst beachtliche Föderation: einmal blaue Jeans, gelbes T-Shirt, grüne Haube, also Gabun oder Saint-Vincent seitwärts; zweimal blaue Jeans, gelbes T-Shirt, rote Haube, also hochgestellt Andorra, Rumänien oder der Tschad; einmal blaue Jeans, weißes T-Shirt, grüne Haube, also Sierra Leone; und zweimal blaue Jeans, weißes T-Shirt und rote Wollhaube, also Holland, Luxemburg oder Paraguay – diese Kombination ist dem Metzger ja mittlerweile bekannt. Ein derart adjustierter Gartenzwerg hat ihm erst vorgestern das Sakko ein wenig äußerln geführt, bevor es wieder gut ausgelüftet zurück zum Herrchen durfte. Offenbar ist heute ein anderer Zweireiher an der Reihe, denn genau dieser kleine, magere Junge fehlt, da ist sich der Metzger absolut sicher.

Der größte der sieben Knaben, dem ein lichter Pubertätsflaum das Kinn mehr oder weniger bedeckt, entpuppt sich als Wortführer. Und entpuppen muss er sich wirklich, denn was der Bart an Längenwachstum und Fülle noch nicht geschafft hat, machen die Haare gut. Vom Rand der roten Haube hängen sie ihm übers Gesicht bis hinunter zum Kinn, so als wolle die Raupe sich selbst, den Schmetterling, in aller Ruhe ungestört schlüpfen lassen. Die Hälfte eines Auges blickt den Restaurator an, dann beginnt der Knabe mit unüberhörbaren Hinweisen auf einen möglicherweise bald eintretenden Stimmbruch voller Konfrontationslust zu sprechen: »Gib es ihm wieder!«

Wie konnte der Metzger auch nur annehmen, es ginge hier in Anbetracht seines schmerzenden Knöchels um einen Entschuldigungsversuch, um das Rollbrett geht es, mehr nicht. Unruhig steckt er eine Hand in seine Jacketttasche, sucht Halt, bewegt nervös seinen Wohnungsschlüssel durch die Finger und kommt zur Einsicht: Dass ein Fünfzehnjähriger einem über Vierzigjährigen das althergebrachte »Sie« verweigert, muss nicht zwangsweise als Hinweis auf die gut erhaltene Jugend dieses Vierzigjährigen aufgefasst werden.

»Schaut toll aus, was ihr da so macht mit diesen Brettern!«

Eine kleine Lüge an richtiger Stelle kann Wunder bewirken, nimmt der Metzger an und wird eines Besseren belehrt: »Bist du so ein Lustmolch, der sich an uns aufgeilt, sich volllaufen lässt und dann in einer dunkeln Gasse selber an die Hose geht, oder was?«

Was tun? Das ist die Frage, die sich dem Willibald nun stellt, gefolgt von der Überlegung, wann er zuletzt mit einem Fünfzehnjährigen zu tun hatte. Nur seine eigene Schulzeit fällt ihm ein, seine eigene unfreiwillige Entfremdung von der Jugend fällt ihm auf, und sein mittlerweile aus der Sakkotasche herausgenommener Schlüssel fällt ihm hinunter.

»Nervös?«, hört er nun von rechts außen, also Gabun oder Saint-Vincent, wobei bei diesem Jungen nicht nur die Haube, sondern auch die Haare grün sind.

»Glaub mir, wenn du jetzt an meiner Stelle sitzen würdest, und vor dir stünden sieben kräftige Burschen, da wärst du auch nervös. Das ist keine Schande. Eine Schande wäre es, wenn ihr mir mit Absicht einen Schrecken einjagen wollt!«

Und jetzt spricht endlich der Kleine, etwas Stärkere, dessen Stimme darauf hinweist, dass er vielleicht doch noch nicht ins Bett muss. Da hat der Stimmbruch also schon eifrig Spuren hinterlassen und bei näherer Betrachtung auch das Leben. »Vielleicht willst ja du uns einen Schrecken einjagen? Oder warum hockst du sonst da, mitten in der Nacht!«

»Ich sitze da, weil ich jemanden suche. Er sieht in etwa so aus wie ihr, nur etwas kleiner, mit roter Wollmütze, blonden Haaren, großen Augen und treibt sich auch hier herum. Zumindest letzten Samstag!«

Etwas Unruhe kommt auf, einige Burschen stecken die Köpfe zusammen, nur der Kleine vor ihm fixiert den Metzger unaufhörlich. »Warum suchst du den, wer bist du überhaupt?«

»Mein Name ist Metzger, und ich such ihn, weil ich mich bedanken möchte. Er hat etwas ziemlich Beachtliches gemacht. Etwas, das Rückgrat zeigt, und das soll er ruhig wissen. Ich denke, es würde ihn freuen.«

Stille, und es ist eine ganz ungute Stille.

Der Metzger sieht die Burschen an, jeden der Reihe nach, bei einem der Gesichter verharrt er ungewollt eine Spur länger, worauf abermals der Größte das Wort erhebt. Diesmal überschlägt sich seine Stimme: »Was glotzt du ihn so an?«

»Ich, ich, ich glotze nicht!«

Wutentbrannt haben sich nun beide Augen ein ausreichendes Blickfeld durch den haarigen Schleier verschafft. »Natürlich glotzt du. Ich erkenn das ganz genau, wenn er angeglotzt wird. Und immer sind es Erwachsene, die glotzen, immer! Ich mach dich fertig!«

Und jetzt wird dem Metzger erstmals bewusst, wie blöd seine Idee war, sich hierherzusetzen. Nicht nur, dass die Burschen heutzutage anders miteinander spielen, sie sind auch andere Spiele gewohnt. Da ist so eine kleine Maschinengewehrsalve auf Level neun, mitten hinein in die davonlaufende Menge, nichts Besonderes. Wenn ein Junge einem Passanten einfach so das Sakko aus der Hand reißt, werden sein Freunde wohl auch einen etwas liberaleren Zugang zum Thema Moral pflegen. Obwohl, dieser beschützende Ausbruch mit krächzender Stimme imponiert ihm in moralischer Hinsicht jetzt schon.

Abermals ist sein Gegenüber am Wort und lässt keinen Zweifel daran, wer hier tatsächlich der Anführer ist: »Bennie, hör auf!« Und Bennie hört auf. Der Vorhang fällt, und zwei Augen verschwinden im Dunkeln.

»Du suchst also wen!«, setzt der Kleine fort. Irgendetwas scheint ihn zu beschäftigen, apathisch starrt er auf die Füße des Restaurators, von denen einer immer noch auf seinem Rollbrett steht. Ohne den Blick zu heben, erklärt er plötzlich in sehr bestimmendem Ton: »Stell dir vor, da bist du nicht der Einzige!«

»Wie meinst du das?«

»So, wie ich's gesagt hab, mein ich das! Da war heut schon eine Frau da und hat nach ihm gefragt.«

»Ich weiß zwar nicht, warum auch noch eine Frau nach dem Burschen sucht, aber sollte der Junge, den ich sprechen möchte, auch euch abgehen, muss man Anzeige erstatten.« Und sie ist echt, die Besorgnis, die sich hörbar im Metzger breitmacht. Genauso echt wie das hämische Lachen auf der Gegenseite.

»Wen meist du mit ›man‹! Uns? Glaubst du wirklich, dass uns irgendeiner von euch Volljährigen ernst nimmt, von der Polizei ganz zu schweigen!«

»Seine Eltern müssen das natürlich machen.«

»Eltern? Sag, lebst du am Mond. Wer hat heute noch beide Eltern zu Hause herumsitzen? Und außerdem kann dir das alles völlig egal sein, bist ja hoffentlich schon ausgezogen. Erzähl uns lieber, warum du dich bedanken willst?«

»Weil er mir meine Geldbörse zurückgebracht hat, die …«, der Metzger hält kurz inne, steht sicherheitshalber auf und setzt fort: »… die mir abhandengekommen ist – und kein Cent hat gefehlt!«

Wieder stecken einige der Burschen die Köpfe zusammen, und wieder ist es die grüne Haube rechts außen: »Scheißkerl! Der lügt, hundertpro!«

Der kleine Dicke blickt kurz zurück, nickt langsam, wendet sich wieder dem Metzger zu und zischt: »Verdammter Lügner!«

Zielsicher spuckt er vor die Füße des Restaurators. Dann geht alles unglaublich schnell. Mit einer ungeahnten Wendigkeit tritt er vor, stößt den Metzger wuchtig zurück auf die Bank, kickt den Schlüsselbund in hohem Bogen ins Gebüsch und reißt das Skateboard an sich. Währenddessen haben der Grünhaarige und der Große namens Bennie jeweils ein Handy gezückt, der Anführer schickt einen schrillen Pfiff durch die Nacht, dann rollen sie davon. Alle, bis auf den einen, an dem kurz zuvor der Blick des Restaurators hängen geblieben war.

Ruhig steht er da, den Kopf leicht vorgeneigt, mit diesen unsagbar freundlichen Augen.

»Oskaaaaaar!«, dröhnt es durch die Nacht.

Langsam hebt er eine Hand zum Gruß, sagt höflich: »Auf Wiedersehen, gute Nacht!« und folgt den anderen, ohne Eile, mit gemächlichen Bewegungen.

Es ist ihm schon einmal zu Ohren gekommen, dem Metzger: Sie seien stecken geblieben zwischen Himmel und Erde, als übervollkommener Mensch und unvollkommener Engel zugleich. Sie ist doch auch irgendwie gut, diese Welt, denn keiner der sechs davonratternden Burschen würde ihn jemals Mongo schimpfen, keiner.

Oskar dreht sich um und lächelt.

10

Grossmutter war wieder einmal zu Besuch. »Nein, wirklich, mein Schatz, dieses Computerzeugs, du weißt ja, das ist nichts für mich!«, hat sie ihr erklärt.

Immer dieselbe Antwort, da ist die Oma einfach konsequent, so wie bei der Marillenmarmelade und bei dem, was stets dieser Antwort folgt. Denn natürlich hat Sandra Kainz, bevor sie in der mit warmem Wasser gefüllten Badewanne in einen zumindest andeutungsweise mit Entspannung vergleichbaren Zustand versinken konnte, ganz der stillen Vereinbarung entsprechend eine unangetastete Patience am Bildschirm offen gelassen.

Dieser Ablauf, der ihr dreimal die Woche zuteilwird, ist ein stilles Ritual. Durch die offene Tür wird er fast zum Standbild, der Rücken ihrer vor dem Computer sitzenden Oma. Nur die Ellbogen bewegen sich leicht hin und her, gelegentlich bewegt sich der Kopf, oder ein Seufzer dringt durchs Wohnzimmer. Seit ihre Großmutter ganz von allein herausgefunden hat, wie sich ein neues Spiel eröffnen lässt, bleibt Sandra so lange in der Badewanne, bis sich die Wasser- der Zimmertemperatur empfindlich angenähert hat. Dann zieht sie fröstelnd den Stöpsel, und der Abfluss schlürft die Wanne aus. Auch dieser Ablauf ist ein Ritual, nur eben kein stilles, denn die Kainz-Oma kehrt lärmbedingt aus ihrer geistigen Abwesenheit zurück: »Sandra, mein Schatz, bist du leicht schon fertig?«

Ja, das ist sie, nur mit dem »leicht« ist es vorbei, sobald die Wanne leer geworden ist. Kurz darauf ist sie weg, die Oma, mit dem obligaten feuchten Kuss auf die Stirn, und da sind sie, die Freunde. Sechsunddreißig hat sie allein auf Facebook, und auch hier dürften es ein paar sein:

Bungee11
Habt ihr gelesen von der toten Musikerin? Schrecklich! Welcher hirnverbrannte Idiot schneidet jemandem die Kehle durch und schmeißt ihn dann in den Mistkübel?

schwarz_auf_weiss
Was findest du schrecklich: die Tatsache, dass wer ermordet wurde, oder die Tatsache, dass es außerhalb deiner heilen Ratgeberwelt ein bisserl grauslich zugeht?

Bungee11
Ein bisserl grauslich? Was bitte ist grauslicher als so was?

Schleudertrauma
Ich kann mich täuschen, aber vielleicht gibt es ja doch ein paar Individuen, die im Gegensatz zu dir die Lektüre einer Tageszeitung nicht mit dem Horoskop, Sport- oder Gesellschaftsteil

beginnen, sondern von vorne: Innenpolitik, Außenpolitik. Da erübrigt sich die Frage, was grauslicher ist.

Qrz15h
Da bin ich anderer Meinung. So ein Mord konfrontiert uns mit der Unmittelbarkeit der Grauslichkeit des einzelnen Menschen, ohne die die Grauslichkeiten der Weltpolitik gar nicht möglich wären. Das Böse steckt in jedem von uns.

Silikonprophet
Jawohl, in jedem stecken. Da wär ich gern das Böse, und stecken würd ich gern in Angelina Jolie.

0-8-15
Was, die Jolie gefällt dir? Respekt, die gefällt doch sonst keinem! Bevor du mit der in die Kiste darfst, musst du in die Sandkiste und ein Kindergartendiplom vorweisen.

Wotan7
Um die Musikerschlampe ist es doch nicht schad. Die stammt aus einer stinkreichen Diplomatenfamilie. Da kommt mir wirklich keine Träne. Böse ist nur dieses liberalgeschwängerte Geschwafel. Nach außen auf die Barrikaden steigen für das ganze Gesindel und zwei Schnellbahnstationen entfernt die eigene Großmutter verrecken lassen im Gemeindebau.

Qrz15h
Wie gesagt: Das Böse steckt in jedem von uns. Der Keim allen Übels ist der Mensch.

Kammerton
Da hast du recht, Qrz15h, der Keim allen Übels ist der Mensch: Kommendes Wochenende stirbt der Nächste.

Schleudertraum
Beruhigend, kommendes Wochenende stirbt jemand. Das heißt, die ganze Woche davor stirbt niemand. Ist der Sensenmann also ein Netter und hat einen kleinen Wellnessurlaub eingeschoben, wunderbar.

11

Es dauert, bis der Metzger in den Stauden seinen Schlüssel findet, um schließlich völlig verdattert den Retourweg in Angriff nehmen zu können. Was war das jetzt für ein seltsamer Auftritt? Und warum haben alle mit überzeugender Einigkeit die Flucht ergriffen? Alle, bis auf Oskar?

Eine Zeit lang bleibt er noch vor dem Fenster seiner Danjela stehen und gibt sich in Anbetracht der dunklen Räume voll Selbstmitleid der Geisel des Konjunktivs hin: »Wenn jetzt noch Licht wäre, ich würde klopfen, bestimmt!« Dann schleppt er sich heimwärts, samt der Möglichkeitsform: »Natürlich hätte ich auch ohne Licht anklopfen können!« Im Wohnzimmer finden sich dann genau die zwei Richtigen, denn auch Eduard Pospischill wälzt sich wehleidig im Morast seiner eigenen, ebenfalls unerfreulichen privaten Lebenssituation und somit immer noch auf Willibalds Chesterfieldsofa – und das in völliger Lethargie, auch geistiger.

So kommt es, dass dem Metzger nach der Schilderung seiner sonderbaren Begegnung am Denkmal samt des abrupten Aufbruchs der Knaben nur die gelangweilte Bemerkung zu Gehör gebracht wird: »Na, sind sie halt abgehauen, die Buberln. Was hast du erwartet, dass sie mit dir auf ein Eis gehen?«

Wie gut das tut, mit einem Kriminalisten unter einem Dach zu wohnen. Und wie gut das tut, irgendwo seinen Unmut loswerden zu können: »Was immer du alles in deiner gigantischen Reisetasche bei meiner Tür hereingeschleppt hast, dein Hirn war jedenfalls nicht dabei. Es geht doch rein um die Frage, warum die Burschen aus heiterem Himmel auf und davon sind!«

»Hast du gehofft, sie verraten dir davor noch schnell den vollständigen Namen, die Anschrift und die Telefonnummer ihres Freundes? Außerdem, warum interessiert dich der Bursche, willst du Rache üben? Deine Sachen sind zurück, sei froh!«

»Sag, Pospischill, gestatte mir die Frage: Das ist jetzt keine Verstellung, dein schlichter Geist, oder? Nochmals: Warum werde ich nach meiner Bemerkung, der Junge hätte jeden Cent zurückgebracht, als Lügner bezeichnet und steh plötzlich allein beim Denkmal? Außerdem suchen die Burschen oder zumindest eine Dame ebenso nach dem Knaben. Da stimmt doch was nicht! Vielleicht ist der Junge abgängig!«

»Das ist alles die reinste Spekulation. Und wenn, vielleicht sitzt der Rotzbub in aller Ruhe zu Hause bei seiner Mama den verdienten Hausarrest ab! Abgesehen davon hab ich in Anbetracht einer durchschnittenen Kehle wirklich Besseres zu tun. Wie ist das bei dir? Wer von uns beiden geht eigentlich einkaufen? Der Kühlschrank ist leer!«

»Das tut mir wirklich aufrichtig leid, aber weißt du, lieber Eduard, bei leer denk ich in letzter Zeit ausschließlich an mein Wohnzimmersofa!«

Und auch wenn der Metzger natürlich versteht, dass die ermordete Musikerin das wichtigere Thema ist, lässt ihn das Unbehagen jetzt trotzdem nicht los.

Am nächsten Tag wird sein Wunsch erfüllt, denn Eduard Pospischill muss früh zur Arbeit. Auch der Metzger folgt seiner Berufung, wenn auch mit einigen Unterbrechungen.

Gegen elf Uhr gibt es in der Werkstatt den ersten Anruf: »Hallo, Quartiergeber, nur kurz: Tut mir leid wegen gestern, ich war einfach nicht gut drauf. Ohne konkrete Infos können wir aber nichts tun wegen des Burschen! Mit einem Namen, am besten dem Vor- und Zunamen, wär es leichter!«

»Welche Einsicht!«, hält sich auch der Metzger kurz und legt wieder auf.

Kurz vor zwölf klingelt es erneut: »Hallo, hier Metzger, Restaurator. Wer spricht?«

»Ich! Du warst gestern bei dem Denkmal, ja?«

Es ist eine volle, stakkatoartige Stimme, weitgehend ohne Sprachmelodie, und es ist eine akzentfreie deutsche Sprache.

»Ja! Und wer will das wissen?«

»Ich! Bis gleich.«

Das war's, aufgelegt. Nur wer ist ich, und was heißt bis gleich? Bis gleich heißt: bis kurz nach vier. Dann erfährt die Glocke über der Werkstatttür eine Erschütterung. Allein am Klingelgeräusch kann der Metzger erkennen, ob da gleich eine energische, gehetzte, zurückhaltende oder gar vorsichtige Person die Stiegen herunterkommen wird. Und selten noch hat ihn seine Glocke getäuscht.

»Hallo.«

Ja, der Metzger hat richtig gehört. Es war kein Hallo mit Fragezeichen, sondern ein Hallo mit Punkt, kein »Ist jemand hier?«, sondern ein »Hier bin ich«. Und genauso blickt dem Restaurator der Besucher unter seiner grünen Haube nun entgegen. Schweigend. Ein wenig dauert es, bis der Metzger sein Erstaunen unter Kontrolle hat.

»Hallo, Oskar, du heißt doch so?«

»Ja, Oskar heiß ich! Oskar Marek.«

»Hast du vorhin bei mir angerufen?«

»Nein, der Bundespräsident!«

Jetzt lächelt der Junge ja sowieso grundsätzlich und strahlt dabei eine Zufriedenheit aus, die ihresgleichen sucht, dennoch kommt es dem Willibald so vor, als hätte sich in diesen Gesichtsausdruck ein wenig Schalk dazugemischt.

»Der Bundespräsident, aha. Bekomm ich also endlich meinen Orden, oder will er einfach nur was von mir?«

»Ein Bundespräsident will einfach nur wiedergewählt werden!«

Der Junge macht also Witze. Witze, die der Metzger einem Jungen keineswegs zugetraut hätte, abgesehen davon, dass er ja gar nicht weiß, was er einem derartigen Burschen überhaupt zutrauen kann. Da geht es ihm aber nicht allein so, denn dort, wo sich all jene herumtreiben, deren größte Behinderung der Irrglaube ist, so etwas wie normal zu sein, sind jene Menschen, denen diese Behinderung fehlt, ausschließlich als Etiketten in öffentlichen Verkehrsmitteln oder als beschilderte Parkplätze vertreten: Integration hat eben nach wie vor Symbolcharakter. So macht der Metzger natürlich den üblichen Fehler: Er unterschätzt sein Gegenüber.

»Wie um Gottes willen hast du mich denn gefunden?«

»Metzger – Telefonbuch – Branchenverzeichnis – Telefonieren!«

Bei Telefonieren ist dem wohlwollenden Lächeln dann fast eine Spur Mitleid anzusehen.

»Und wie bist du hergekommen?«

»Präsidentenhubschrauber!«

Schön langsam begreift der Metzger, dass nicht nur das Rollbrett in der Hand seines Gegenübers als Transportmittel absolut ernst zu nehmen ist, sondern auch der Fahrer.

»Weiß deine Mutter, dass du hier bist?«

Oskar muss lachen. »Sehr lustig! Meine Mutter wohnt in ihrer Wohnung mit Hubert und ich in meiner mit Andrea, Roswitha, Markus und Jochen. Und einmal am Tag kommt die Sonja und hilft uns!«

Willibald Adrian Metzger ist ja ohnedies nicht hochbegabt, wenn es um Alterseinschätzungen geht, außer natürlich es handelt sich um ein Möbelstück oder einen Rotwein. Im Fall dieses lebensfrohen, kindlichen Gesichts tappt er aber völlig im Dunklen. Eines steht jedenfalls fest: Oskar ist kein Kind mehr.

»Was kann ich denn für dich tun?«

»Eichenholz, schön!«

Sein Besucher ist zielstrebig ins Innere der Werkstatt vorgedrungen und steht nun vor einer renovierungsbedürftigen Kommode. Vorsichtig legt er eine Hand auf die Oberfläche und spricht, eher zu sich: »Eiche: Geburtstag 21. März. Hartes Holz, starker Charakter, selbstsicher, tolerant, wohlwollend, strebt nach Unabhängigkeit, steht für Lebenskraft. Heiliger Baum. Schön.«

Dann scheint er Wurzeln zu schlagen, berührt sanft das betagte Möbelstück und schweigt. Wie eine Einheit sehen die beiden aus, und nichts dran wirkt gespielt. Eine derartige Natürlichkeit, wie sie von diesem Jungen ausgeht, hat der Metzger an einem Menschen noch selten beobachten dürfen. Oskar hat sich vorgeneigt und liegt mittlerweile mit seiner linken Wange auf der Kommode. Zu groß ist das Möbelstück, als dass aus den ausgebreiteten Armen eine Umarmung werden könnte.

»Ja, sag einmal, woher weißt du so viel über Eichenholz?«

Es dauert, bis Oskar sein Ritual beendet und sich aufgerichtet hat: »Ich arbeite bei Herrn Seipold in der Gärtnerei, aber hier ist auch alles sehr schön! Nur nicht das da!«

Oskar geht in den hinteren Bereich der Werkstatt, blickt den Metzger sehr verwundert an und streicht über die dürren Äste eines Bonsais: »Der ist schon im Paradies, muss man wegschmeißen!«

»Das Geschenk einer Kundin, was soll ich machen, hab mich redlich bemüht. So einen Baum muss man erst einmal durchbringen, da ist wahrscheinlich ein Säugling pflegeleichter. Aber was das Paradies betrifft, hast du recht: Diese Werkstatt ist tatsächlich mein Elysium. Der Bonsai ist somit schon daheim!«

Oskar lacht erneut.

»Also, was führt dich zu mir?«

»Philipp!«

»Wie bitte?«

Umgehend erfolgt mit fester Stimme die Antwort: »Philipp Konrad! Wegen dem warst du doch gestern beim Denkmal!«

Eine sonderbare Anspannung ergreift den Metzger: »Ist er wieder aufgetaucht?«

Oskar blickt zu Boden, irgendetwas dürfte ihn an dieser Frage irritieren. Immerhin wurde ja bisher von keinem behauptet, dass dieser kleine, magere Junge, der offenbar Philipp Konrad heißt, abgängig sei.

Nun muss eine bedeutsame Frage ja nicht zwangsweise beantwortet werden. Derart rhetorische Kniffe beherrscht bereits ein Dreijähriger. Um das zu kultivieren, muss man sich also wirklich nicht auf Staatskosten und Regierungsbänken den Allerwertesten wund hocken. Auch Oskar nutzt das ihm erteilte Wort einzig zur Verbreitung seiner persönlichen Botschaft: »Du hast von Philipp etwas zurückbekommen, hast du gesagt. Philipp gibt aber niemals etwas zurück. Schon gar nicht Geld!«

Erstaunt versucht es der Metzger mit der nächsten Frage: »Deswegen bist du hergekommen? Um mir das zu sagen?«

Und überraschenderweise erhält er eine noch erstaunlichere Erklärung: »Ja, weil das nicht gut ist, wenn man an Dinge glaubt, die nicht stimmen!«

Was für ein bedeutsamer Satz, geht es dem Metzger durch den Kopf. »Wie recht du hast. Wenn das also nicht gut ist, an Dinge zu glauben, die nicht stimmen, musst du mir aber auch erzählen, was mit Philipp los ist …«

»Gehen muss ich jetzt. Auf Wiedersehen, guten Tag.«

So unvermutet, wie Oskar aufgetaucht ist, verschwindet er wieder. Und weil er meint, was er sagt, trifft das natürlich auch auf den guten Tag und vor allem das Wiedersehen zu.

12

Lange muss der Metzger nicht warten, um die erhaltene Information weitergeben zu können. Zwar von Mann zu Mann, allerdings nicht Aug in Aug, sondern vom Schlafzimmer aus in Richtung Chesterfieldsofa: »Du solltest schlafen, denn morgen kannst du deiner Ankündigung gerecht werden und zeigen, was für ein Spitzenermittler du bist: Der Junge heißt Philipp Konrad! Gute Nacht.«

»Metzger, sag, schnüffelst du herum? Mir scheint, du bist …«

»Gute Nacht, hab ich gesagt!«

Mit dem Nachweis seiner Fähigkeiten lässt Eduard Pospischill allein schon aus Gründen des Stolzes nicht lange auf sich warten. Genauer gesagt, bis zur Mittagsstunde des nächsten Tages: »Hier sind deine Infos: Mutter Helene Konrad, Ärztin, geschieden, stinkreich und auf dem Erfolgstrip. Vater Stefan Konrad, betreibt dasselbe Spiel wie seine Ex, nur jenseits des Atlantiks. Nun zum Sohnemann: Philipp Konrad kommt also aus stinkreichem Haus, vierzehn Jahre alt, saubere Akte, klaut wahrscheinlich aus Vergnügen, dürfte bisher stets davongekommen sein mit seinem Diebesgut, ein schlaues Bürschchen also, sucht sich offenbar immer die etwas schwerfälligeren Zielobjekte aus!«

Unüberhörbar schenkt Eduard Pospischill seinem eigenen Witz die unverdiente Heiterkeit. Es dauert, bis er sich beruhigt, dann setzt er fort: »Bist du noch dran, altes Haus? Also: Nachdem privat niemand zu erreichen war, haben wir's in der Schule probiert. Da ist der Knabe dann offenbar nicht mehr so schlau wie bei der Wahl seiner Opfer …«, kurz droht eine neuerliche humorige Unterbrechung, die zum Glück nach ein paar tiefen Atemzügen endet: »… und ein angenehmer Schüler ist er auch nicht, sagt sein Klassenvorstand, ganz zu schweigen von seiner Mutter, ein Gift speiender Drache soll sie sein. Diese noble Dame gehört nach Auskunft des Kollegiums zu jenen selbstherrlichen Eltern, die sich in Wahrheit einen feuchten Dreck um ihre unter Denkmalschutz stehende Teufelsbrut scheren. Zum Glück, laut Lehrerin, fehlt ihr Sohn des Öfteren, so wie auch jetzt. Nachdem am Montag vorm ersten Läuten die Krankmeldung ausgeblieben war, wurde vom Klassenvorstand im Laufe des Vormittags mehrmals versucht, die Mutter zu erreichen, die dann genau so reagiert hat, wie zu erwarten war. Schroff, aufbrausend und unkooperativ: Ihr Sohn sei krank, und sie habe schon noch angerufen; was man mit diesen hysterischen Kontrollanrufen, Lehrpflicht hin oder her, bezwecke; würde man sich genauso engagiert um die Kinder kümmern, wenn sie auch in der Schule säßen und nicht nur marode und wehrlos im Bett lägen, hätte ihr Sohn sicher bessere Noten, und so weiter und so fort … Fazit: Schuld ist immer die Schule. Wir haben nach dieser Schilderung des Klassenvorstandes dann trotzdem abermals bei Frau Konrad zu Hause angerufen und diesmal die Nachricht hinterlassen, dass wir sie demnächst besuchen wollen.«

Helene Konrad muss dann gar nicht mehr kontaktiert werden, denn bereits an diesem Mittwochnachmittag legt sie mit ihrer Aufregung das Kommissariat lahm: Was diesem Pospischill einfalle, die Schule zu verständigen! Was die Lehrer von ihrem lieben Jungen halten sollen, wenn da die Polizei anrufe und sich über ihn erkundige! Ob diesen Idioten bei der Polizei nicht klar sei, dass man sich in puncto Diskretion anstelle eines Anrufes im Konferenzzimmer auch gleich in der großen Pause mit einem Megafon schreiend auf den Gang hätte stellen können. Was überhaupt diese unterschwelligen kriminellen Anschuldigungen sollten, von wegen Philipp habe etwas Gestohlenes zurückgebracht. Ob man damit behaupten wolle, ihr kleiner Junge sei ein Dieb. Ihr Kind stehle nicht, diese Verleumdung werde ein Nachspiel haben. So der erste Anruf.

Das Nachspiel folgte schneller als gedacht.

Denn bereits kurz darauf kam es zum zweiten Anruf. Völlig aufgelöst brüllte Frau Konrad ins Telefon, dass sie, heimgekommen von der Arbeit im Spital, ihren braven Jungen nicht mehr finden oder auch nur erreichen könne. Er sei wie vom Erdboden verschluckt, bei keinem seiner Freunde, nicht im Park, nirgends. Was nur heißen könne: Dieser Anruf der Polizei samt der am Anrufbeantworter hinterlassenen Nachricht habe ihn aufgescheucht, und so weiter und so fort. Fazit: Schuld ist immer die Polizei.

Da braucht der Metzger wenig später wirklich keinen Dolmetscher, um die eindeutige Botschaft zu entschlüsseln: »Ich bin schuld. Verdammt, ich hätte dich nicht bitten sollen, Eduard! Ich hab mir irgendwie Sorgen gemacht um den Jungen, und jetzt ist der Bursche unmittelbar nach Auftauchen der Polizei verschwunden!«

Hundsmiserabel fühlt er sich, und keines der gut gemeinten Worte ist ihm ein Trost: »Ja, spinnst du, Metzger. Völlig richtig war das alles! Mach dir keine Sorgen: Der Junge hat dich bestohlen und es nach unserem Anruf mit der Angst zu tun bekommen, ist doch logisch! Der taucht wieder auf, ganz von allein, garantiert!«

Aber Philipp Konrad taucht nicht gleich wieder auf, schon gar nicht von allein.

Und da ist er nicht der Einzige, denn wie sich im Zuge der beginnenden Verhöre aller Orchestermitglieder herausstellt, waren die beiden musizierenden Damen bis vor Kurzem eine Dreiergruppe: die beiden Jungen, also die ermordete Galina Schukowa und die Cellistin Annabelle Wertheim-Müllner, sowie die Grande Dame an der Harfe. Und dass von diesem Triumvirat nur noch eine übrig ist, nämlich Annabelle Wertheim-Müllner, liegt am Verschwinden der ehrenwerten Käthe Henrikshausen. Mittlerweile seien es etwa zwei Wochen, wurde dem Kommissar da während des Gesprächs von der äußerst aparten Annabelle Wertheim-Müllner erklärt: »Stellen Sie sich das vor. ›Ich geh schnell mit Fridolin vor die Tür!‹, hat die Käthe zu ihrem Mann gesagt. Gut, vor die Tür ist natürlich eine äußerst dehnbare Ortsangabe, und ganz ehrlich gesprochen: Wenn ich sie wäre, hätte ich bei so einem Langweiler von Mann, wie es ihr Walter ist, Walter sagt ja schon alles, auch meinen Dackel auf der anderen Hemisphäre äußern geführt!«

Sie fehlt tatsächlich, die kinderlose Käthe Henrikshausen, und der Pospischill hat somit die nächste Baustelle offen.

So wie der Metzger. Denn nicht nur, dass er seinen überreizten Untermieter auf das Thema Philipp Konrad gar nicht erst anzusprechen braucht, braut sich auch im Hause Djurkovic ein Gewitter zusammen. Bei den abendlichen, durchaus freundlichen Telefonaten ist ihm das erhoffte »Ach meine Willibald, sehen wir uns bald, hab ich schon große Sehnsucht!« nämlich nicht zu Ohren gekommen. Woher soll er auch wissen, dass seiner Danjela eigentlich seit Montag dieses »Kommst du einfach wieder wie letzte Montag vorbei nach Arbeit, schleichst du aber nix mit Flasche Wein herum vor Fenster, sondern klopfst du, auch wenn ist dunkel!« auf der Zunge liegt. Ganz nachvollziehen kann sie es nicht, was da in einem Männerhirn so vorgehen muss, um sich derart hartnäckig gegen die eigentlich deppensichere Gewissheit zu sträuben: Nichts liebt ein Weibchen wie Danjela Djurkovic mehr, als völlig überraschend von ihrem Auserwählten besucht zu werden. Warum aber geht er einfach weiter, mitten in der Nacht, ihr Willibald? Mit zwei möglichen Antworten wurde diese Frage bisher von ihrer Logik beschenkt: »Will er mir sagen was Schönes, und hat er Hose voll?« Oder: »Hat er schlechte Gewissen und Hose voll?«

Die vor ihren Augen richtige Lösung lässt nicht lange auf sich warten.

13

ES IST FREITAG, und obwohl es vom anbrechenden Herbst bis zur nächsten Osterwoche noch ein Weilchen dauert, wird es für den Willibald und die Danjela ein Karfreitag mitten im September – eingeläutet durch die Werkstattglocke. Diesmal scheint es, als wäre sie sanft über ihren kleinen gusseisernen Mantel gestreichelt worden. Auch die anschließenden Schritte hören sich eher nach

Einbrecher als nach Kundschaft an. Und wie gesagt, recht hat sie, die Akustik. Es wird ein Einbruch ins Leben des Restaurators, den er niemals für möglich gehalten hätte, so weit außerhalb seines Denkens wie die Mensur einer schlagenden Burschenschaft. Und doch versetzt es ihm einen Treffer bleibenden Ausmaßes.

Vor ihm steht eine Frau. Aufrecht, gertenschlank, perfekt angezogen, alles in Schwarz gehalten, eine Figur eins zu eins von einem der realitätsfernen Bilder einer Hochglanzformat-Lektüre hinein in die Wirklichkeit gepaust. Glattes dunkles Haar umrandet in beinah geometrischer Gepflegtheit ein wunderschönes Gesicht mit leuchtend smaragdgrünen Augen. So könnte sie ausgesehen haben, Kleopatra, geht es dem Metzger anerkennend durch den Kopf. Auch wenn dieses anmutige Bild keineswegs seinem Schönheitsideal entspricht, hat er jetzt doch ein wenig Herzklopfen.

»Für hübsche Menschen ist es einfach leichter, Willibald!«, hatte ihm seine Mutter einst erklärt, während sie ihrem einzigen Sohn mit den Worten »Im Leben zählt trotzdem nur die wahre Schönheit, merk dir das!« ihre üppige Liebe in Kombination mit ebensolchen Kochkünsten angedeihen ließ. Nicht, dass es auch nur ansatzweise die wahre Schönheit eines Menschen beeinträchtigen könnte, wenn ein aufrecht stehender Knabe, ohne sich vorzubeugen, seine eigenen Zehen nicht mehr zu Gesicht bekommt – nur, wissen das auch die anderen Mitschüler in der Turngarderobe? Der Metzger kann sich jedenfalls nicht daran erinnern.

Anders ist es bei dieser Fremden. Irgendetwas an ihr wirkt vertraut.

»Herr Metzger?«

Es ist eine sanfte Stimme, ganz typgerecht, genauso zart wie alles andere an ihr.

»Was kann ich für Sie tun?«

»Sind Sie Willibald Adrian Metzger?«

»Ja, der bin ich. Restaurator, wie Sie sehen können.« Dabei deutet er stolz in den Raum. »Brauchen Sie meine Hilfe, wollen Sie etwas in Schuss bringen lassen, suchen Sie etwas Schönes?«

Sie lächelt, und die Werkstatt lächelt mit. Dann meint sie, und sehr bedacht klingt jedes ihrer Worte: »Eigentlich trifft alles zu: Ich brauche Ihre Hilfe, muss etwas in Schuss bringen und suche etwas Schönes!«

»Na, da bin ich jetzt aber gespannt!«

Sie tritt ein paar Schritte näher, und nun nimmt der Metzger auch ihren Geruch wahr. Ein Hauch von Karamell, Erdbeere und Zitrone. Abermals erhöht sich sein Puls, und gut ist das, dieser allmähliche Anstieg der Herzfrequenz. Denn schlagartig in jene Bereiche zu kommen, die dem Metzger gleich noch ins Haus stehen, wäre in der körperlichen Verfassung des Restaurators denkbar ungesund.

»Nach etwas Schönem suche ich, weil vor ein paar Tagen meine Mutter gestorben ist. Sie war mein Ein und Alles, wissen Sie. Mein Lebensmensch, meine Freundin, meine …« Sie stockt, atmet tief, umfasst den Gurt ihrer Handtasche, als versuchte sie in Anbetracht des drohenden emotionalen Absturzes die Reißleine zu ziehen. Dann spricht sie weiter, mitten hinein in das durch den Raum klingende, etwas hilflose »Mein Beileid« des Metzgers.

»Ich will mir schöne Eckpfeiler für dieses weitere Leben suchen, muss es in Schuss bringen, mich allem stellen. Verstehen Sie das?«

Der Metzger ist durch diese Offenheit etwas überrumpelt. Therapeut bin ich aber keiner!, geht es ihm durch den Kopf, dann meint er: »Ja, das versteh ich sehr gut, Frau …?«

»Verzeihn Sie, ich hab mich noch gar nicht vorgestellt. Sophie Widhalm, freut mich sehr!«

Eine Spur zu lange bleibt ihre zarte Hand zwischen den kräftigen Fingern des Willibald Adrian liegen. Nur diesen winzigen Moment, in dem unmissverständlich klar wird: Da ist mehr.

Beim Metzger nistet sich ein Schwarm flugfähiger Insekten in der Magengrube ein, ihm ist heiß. Für so etwas ist er einfach nicht in Übung, einfach nicht der Typ und einfach zu alt. Außerdem könnte diese anmutige Erscheinung in ihrer jugendlichen Zartheit beinah als meine Tochter durchgehen!, besinnt er sich. Was natürlich einer typisch männlichen Fehleinschätzung zugrunde liegt. Denn einer Frau wären sie bereits beim ersten Hinsehen aufgefallen, diese kosmetisch aufgetragenen Blendungsversuche samt den darunterliegenden Hautalterungen und Fältchen in den Augenwinkeln.

Nichtsdestotrotz, Sophie Widhalm ist eine seiner bisher jüngsten Kundinnen. Ans Restaurieren denkt man eben erst, wenn Altes bewahrt werden soll, wenn vertraute Gesichter abhandenkommen, wenn in all dem, was zurückgelassen wurde, die Suche nach dem Verlorenen beginnt.

»Frau Widhalm, wie gesagt, der Verlust Ihrer Mutter tut mir sehr leid, und ich versteh Sie wirklich gut. Aber ob ich Ihnen in Ihrer jetzigen Situation mit meinen Möbeln schöne Eckpfeiler für Ihr weiteres Leben bieten kann, wage ich zu bezweifeln. Zierstücke können sie vielleicht sein, aber Orientierungspunkte wohl eher nicht!«

Es ist ein auffordernder Blick, dem der Metzger da standhalten muss, einer, der auf ein Entgegenkommen wartet, dann sieht sie zu Boden und flüstert: »Die Möbel habe ich auch nicht gemeint!«

Dieses ewige Warten ist ja gar nichts für Danjela Djurkovic. Eigentlich hätte sie ihren Willibald nach Montag einfach anrufen und für den nächsten Abend einladen sollen. Heute ist Freitag, keinen Tag länger mehr hält sie das aus. So anstrengend kann die Arbeit ja gar nicht sein, dass ein Herz nicht noch ein wenig zusätzliche und vor allem erfreuliche Beschleunigung vertrüge. Zu Mittag legt sie also den Schrubber beiseite und ihre wohlverdiente Pause ein. Weit weg ist er ja nicht, der Gewölbekeller samt ihrem Willibald. Außerdem schmeckt der hausgemachte Zwetschgenkuchen diesmal wirklich hervorragend. Euphorisch und getragen von liebevollen Gedanken, macht sie sich auf den Weg.

Wenn diese Göttin Sophie Widhalm keine Möbel sucht, warum steht sie dann hier?, fragt sich der Metzger, während sich sein Überraschungsbesuch langsam aus der stehenden Position vorneigt und einen weiteren Schritt näher kommt. Auch ihr Atem duftet angenehm süß.

Eigentlich müsste er nun zurückweichen, der Willibald, nur wo soll er hin, hinter ihm ist die Werkbank. Allein dieser Abstand zum Gesprächspartner verdeutlicht eine Situation, bei der es an und für sich mit dem Sprechen gleich ein Ende hat. Es sind zwei warme, zarte Hände, die die kräftigen des Restaurators sanft umschließen; es ist ein tiefer Blick, der nicht um die Burg den Anschein erweckt, woanders hinsehen zu wollen als in diese fremden Augen; es ist die geputzte Glasscheibe, an der Danjela Djurkovic nun besser vorbeispaziert wäre.

»Willibald, nur du bist der Grund, warum ich hier bin!« Wie eine gehauchte Schicksalsmelodie verhallt der Satz in die beinah atemlose Stille. Ewig wirkt die Pause der Sprachlosigkeit.

Schweiß steht dem Metzger auf der Stirn: »Das … das … das muss ein ganz ein großes Missverständnis sein!«

»Ein ganz ein großes Geschenk ist das. Und ich weiß es erst, seit ich so viel Zeit am Sterbebett meiner Mutter verbracht habe!«

Der Metzger versteht die Welt nicht mehr.

So wie vor der Werkstatt Danjela Djurkovic mit ihrem Zwetschgenkuchen in der Hand hat in der Werkstatt Sophie Widhalm Tränen in den Augen: »Willibald, ich bin deine Schwester!«

Die Zeit steht still, für einen kurzen Moment, dann läuft sie rückwärts. Das kann sie nämlich weitaus besser, als auf einen Sprung in der Zukunft vorbeizuschauen. Sie kann es sogar so gut, dass der eine oder andere aus seiner Flucht in die Vergangenheit gar nicht mehr zurückkehrt. Was dann natürlich nicht nur zeitlich gesehen ein wenig nach hinten losgeht. Ein Gegenwartsverweigerer, der zwangsweise in der Gegenwart, die er verweigert, leben muss, das ist wie ein Gefängnisausbruch von einer Zelle mit Fenster zum Hof in eine Zelle mit Fenster zur Straße. Willibalds Vater erwischte es noch schlechter: Er ist vom Gemäuer der Ehe über Umwege in den Bunker seiner Einsamkeit gewandert. Danach gab es für den vierzehnjährigen Willibald kaum noch Kontakt zu seinem Erzeuger, gab es während der wenigen Begegnungen keine Innigkeit, gab es später nicht einmal mehr die Begegnungen, gab es nichts zu bekommen und schließlich nichts zu erben. Sein Vater hat sich bis zur Scheidung wie eine flüchtige Bleistiftzeichnung in das Dasein seines Sohnes eingetragen und dann selbst ausradiert.

Er hat seinem Sohn also nichts vermacht und nun doch etwas hinterlassen. Hier steht eine Fremde, die sich als Halbschwester ausgibt, erfüllt von familiärer Wiedervereinigungsrührung, und beim Metzger will und will sich nicht einmal die Sehnsucht nach Erstkontakt, geschweige denn Familienzusammenführung einstellen. Ganz im Gegenteil.

Behutsam löst er seine Hände und tritt einen Schritt zurück. »Wie alt sind Sie?«

»Du, sagen wir doch bitte ›Du‹, Willibald! Dreiunddreißig Jahre bin ich, meinen Vater habe ich nie kennengelernt, aber wir haben denselben! Es ist so ein Geschenk, so ein unfassbares Geschenk.«

Unfassbar ist das richtige Wort. Jetzt muss er sich auf seine Werkbank aufstützen, denn schlecht in Mathematik war er nie, der Metzger. Dass sein Vater bei Worten wie Moral und Verantwortungsgefühl ein Fremdwörterlexikon zur Hand nehmen musste, war ihm bekannt, dass er es dann aber nicht einmal aufgeschlagen hat, erschüttert ihn zutiefst. Aus dieser unangenehmen Rechenaufgabe mit seinem eigenen Alter und der eben genannten Zahl 33 geht die Zahl 12 hervor. Zwölf Jahre war er alt, der Metzger, da hockte sein Vater noch selbstherrlich zu Hause auf dem Wohnzimmersofa und diktierte seiner Familie, wie was zu geschehen habe.

»Meine Mutter war damals als Lehrmädchen in der Stadt. Mehr weiß ich nicht. Sie hat mir immer nur erzählt, ich sei das Kind einer einzigen wunderbaren Frühlingsnacht im April und ihr größtes Geschenk. Weihnachtsgeschenk würd ich da wohl eher sagen, an einem 22. Dezember geboren. Weißt du, sie hat nie geheiratet oder nach deinem Vater auch nur einen weiteren Mann gehabt, zumindest habe ich davon nichts mitbekommen. Ich war ihr ganzer Lebensinhalt. Meine Großeltern sind früh gestorben, und kurz vor ihrem Tod hat sie mir im Hinblick auf die Tatsache, dass ich nun ganz allein sein würde, von dir erzählt!«

»Da hat sich mein Vater in dieser einzigen wunderbaren Sommernacht also wenigstens deiner Mutter gegenüber so viel Ehrlichkeit abringen können, neben seiner Berufung zum Liebhaber auch noch von seinem belanglosen Dasein als Ehemann und Vater eines minderjährigen Knaben zu berichten!«

Mit gesenktem Kopf steht der Metzger, ähnlich seiner Danjela, draußen auf der Straße, in seiner Werkstatt.

»Willibald, das tut mir jetzt leid. Ich wollte dich nicht ...!«

»Verzeih, Sophie, aber wenn man gerade erfährt, dass der eigene Vater noch gewissenloser war, als man ohnedies schon wusste, ist es mit der Freude ein wenig schwierig. Außerdem kenn ich das nur zu gut: früh verstorbene Großeltern und eine Mutter, die nach ihrer Scheidung allein ein Kind großzuziehen hat und keinen anderen Mann mehr findet. Da haben wir also nicht nur den Vater gemeinsam!«

»Ich wusste das nicht! Ich wusste nicht, dass es dich schon zum Zeitpunkt meiner Zeugung gegeben hat, das hat mir meine Mutter nicht erzählt. Ich wusste also nicht, wie alt du bist oder wie es um die Ehe deiner Eltern gestanden hat. Nur, für die Verfehlungen unseres Vaters kann ich nichts, ganz abgesehen davon wäre ich ohne diese Verfehlungen auch gar nicht am Leben – ein schrecklicher Gedanke. Irgendwie dachte ich, mir steht ein kleiner Bruder gegenüber, und jetzt bin ich die kleine Schwester! Völlig unabhängig, wann und unter welchen Umständen wir aus welchen Menschen hervorgegangen sind, für mich zählt nur die wunderbare Tatsache, dass es dich gibt. Wir, Willibald. Du und ich, wir sind nicht allein!«

Der Metzger ist, wie sein Vater, nicht gerade der überschwängliche Typ, ganz im Gegensatz zu seiner Halbschwester. Das kann er sich lebhaft vorstellen, dass sich sein alles andere als beständiger alter Herr mit einer lebhaften, bildhübschen und vor Emotionen nur so sprühenden jungen Dame, wie sie die Mutter von Sophie Widhalm zweifelsohne gewesen sein muss, einer lauen Sommernacht hingegeben hat. Dafür kann das daraus hervorgegangene Leben wirklich nichts.

Und während er so vor sich hin grübelt, kommt schließlich auch er in den Genuss sprühender Emotionen.

Sophie Widhalm sucht Nähe in der innigen Umarmung ihres Anverwandten, und Danjela Djurkovic sucht endgültig das Weite.

14

Es kommt vor, dass der Piepston eines Anrufbeantworters oder einer Mailbox als Startschuss für einen derart ungestümen verbalen Langstreckenlauf herhalten muss, da kann man beim Abhören der Nachricht in aller Ruhe die verdreckten Außenfenster putzen oder den Parkettboden abschleifen.

Der Metzger hingegen kommt in unwichtigen Fällen mit einem »Ich war's!«, in wichtigen mit einem »Ich war's, bitte um Rückruf!« aus. Wozu Maschinen besprechen, wenn man mit realen Personen reden kann. So viele Nachrichten kann er seiner Danjela allerdings heute gar nicht mehr hinterlassen, dass die auch nur ansatzweise an einen Rückruf dächte.

Im Grunde verstehen sich die beiden ja blind. Wenn aber ihr an sich berührungsscheuer Willibald mit Kundinnen Händchen hält und treuherzig kuschelt, die wie geschaffen sind, um sich als weibliche Hauptrolle in einem der unzähligen Werbeblöcke für Epiliergeräte, Enthaarungscremes, Binden, Tampons, Deosticks, Diätschokoladen, Margarine oder Weichspüler über den Bildschirm zu räkeln, dann ist es allerdings vorbei mit diesem Verständnis. Geschäftssinn ja, sich verkaufen nein, alles, was recht ist.

Und recht ist dem Metzger dieser Überfall keineswegs, vor allem mit den sich daraus ergebenden Konsequenzen. Wie es nämlich nach Austausch der privaten Kontakte zu einer weiteren Umarmung von weiblicher Seite kommt, diesmal zwecks Verabschiedung, öffnet es völlig überraschend die Tür, dieses herrliche Funkeln Lebensglück.

In Gestalt Wernher von Mühlbachs und zweier kräftiger Herren strahlt es die Treppe herunter, wobei das Leuchten anfangs nur von diesem wunderschönen, sehr ungewöhnlichen französischen Louis-seize-Sekretär ausgeht: Makassar-Eben- und Rosenholz auf Eiche, mit schwarzer Marmorplatte, rotem Leder und gold geprägtem Rand. Ein Prunkstück.

»Komm ich wohl gerade zu einem ungünstigen Zeitpunkt, Herr Metzger. Mit so einer Schönheit müsste ich Sie ja prompt wieder allein lassen. Darf ich mich kurz vorstellen: Wernher von Mühlbach!«

Das »von« hat er jetzt unüberhörbar hineingeschummelt, der Herr Hochwohlgeboren, man will doch, wenn es gerade passt, ein wenig imponieren.

»Oh, sehr erfreut! Sophie Widhalm, danke für Ihr Kompliment. Ich bin die Schwester!«

»Ja, schau dich einer an, welch Prachtfamilie!«

Sie haben ja keine Ahnung, erwidert der Metzger im Geiste, während er mit einem gequälten Lächeln das weitere Geschehen über sich ergehen lässt. Denn der Übergabe dieses Arbeitsstückes folgen das Zücken einer Flasche Champagner, die Verkündigung der Aufnahme in den erlauchten Kreis all jener, die auf lange Sicht Hand an das wunderbare spätklassizistische Palais Mühlbach legen dürfen, und die Einladung in dasselbe: »Dieses Wochenende, Herr Metzger, aber was red ich, morgen schon, ja morgen, sind Sie mein Gast. Mir ist natürlich klar, das ist jetzt äußerst kurzfristig, aber so ist das Leben. Von Samstag auf Sonntag feiern wir unser großes traditionelles Spätsommerfest, und ich will, dass Sie dabei sind. Da sehen Sie dann gleich, welch wunderbare Prachtstücke noch auf Ihre würdige Instandsetzung warten. Ich hoffe, das wird eine lange Verbindung! Und bitte, bringen Sie unbedingt Ihre einzigartige Schwester mit!«

Nach einem Blick der Unterwürfigkeit in Richtung Sophie Widhalm und einer höfisch-perfekten Verbeugung ist er weg, der Mann des Adels. Sophie Widhalm ist begeistert und der Metzger sprachlos. »Nein, ich muss nicht mitkommen, wenn du dir überrumpelt vorkommst!«, erklärt sie strahlend, was einer Zusage gleichkommt.

Überrumpelt? Niedergewalzt trifft es eher!, denkt der Metzger. Nur, was soll er machen. Immerhin wurde ihm gerade von Herrn Mühlbach, ohne noch von Zahlen gesprochen zu haben, das lukrativste Angebot seines bisherigen Restauratorendaseins unterbreitet: Exklusiv für den Hochadel zu arbeiten und das gesamte antike Mobiliar eines städtischen Palais auf Vordermann zu bringen, das kann einem im Hinblick auf die Altersvorsorge einiges an Sorge nehmen, von den zurzeit etwas flauen beruflichen Umständen ganz zu schweigen. Einer so feierlich ausgesprochenen Einladung mit Widerspruch zu begegnen wäre wohl kein guter Einstand.

»Lernen wir uns wenigstens kennen!«, antwortet der Metzger also und ahnt nicht, wie recht er damit hat. Beim Verabschieden notiert Sophie Widhalm ihre Telefonnummer auf ein Stück Papier und erklärt lächelnd: »Mobil bin ich immer erreichbar. Und mit immer meine ich auch immer, außer natürlich, es gibt kein Netz!«

Na, so einen Hieb muss man erst einmal zusammenbringen, denkt sich der Metzger, um anschließend zu registrieren, dass es bei seiner Danjela mit der Erreichbarkeit nicht weit her ist, und das, obwohl es reichlich Gesprächsbedarf gäbe.

Wenn etwas Schweres auf die Seele drückt, zwingt eine schier unüberwindliche Müdigkeit den Körper in die Knie und fordert unerbittlich Beachtung. Das war ja auch wahrlich kein kleiner Happen, der dem Metzger da vorgesetzt wurde.

Bis zum Abend dauert dieses Regenerationsschläfchen auf der barocken Chaiselongue im hinteren Bereich seiner Werkstatt. Wobei von Regeneration nicht wirklich die Rede sein kann, denn das Aufwachen gerät zu einem dieser sonderbaren Prozesse des Zu-sich-Kommens, bei denen der Geist nach seiner Rückkehr in die Wirklichkeit feststellen muss: Es war doch kein Traum. Jeder Kater nach durchzechter Nacht ist angenehmer als so ein dumpfes Gefühl abhandengekommener Realität.

Willibald Adrian Metzger steht als Wissender vor einer Halbschwester, vor der beruflichen Chance seines Lebens, vor der unausweichlichen Tatsache, mit einer fremden Frau in die ihm fremden Gewässer des Hochadels eintauchen zu müssen, und als Unwissender vor bitteren Stunden. Sein großes Glück dabei ist, dass er nicht über jenes Wissen verfügt, das Trixi Matuschek-Pospischill mittlerweile mehr beschäftigt als ihre eigene Krise. Das kann man nämlich nicht behaupten, dass ihr dieses Häufchen Elend namens Danjela Djurkovic samt der Geschichte von einer in Willibalds Armen liegenden Schönheit nun ungelegen käme. Folglich ist es für die etwas inhaltsreicheren hinterlassenen Nachrichten: »Bitte, Danjela, ruf mich zurück, es ist dringend, ich hab dir wirklich wichtige Dinge zu erzählen. Es gibt eine Halbschwester!« hoffnungslos zu spät.

»Wirklich wichtige Dinge hat er dir zu erzählen, dass ich nicht lach! Der hat ein schlechtes Gewissen, das ist alles!«, wurde der Danjela von ihrer neuen Freundin süffisant entgegengeschmettert. Dieses peinliche »Halbschwester« wollte der Trixi halt nicht so recht über die Lippen kommen, klingt ja als Ausrede auch wirklich nur lächerlich. Da stünde den männlichen Sippschaften ja ein schier unermesslicher Zuwachs ins Haus, würde jeder Ehebrecher seinen Mätressen eine kleine, nie nachkontrollierbare Blutsverwandtschaft andichten.

Freunde können sich verdammt hartnäckig selbst die Nächsten sein.

15

Wie gut es sich anfühlt, wenn der Zug in Fahrt gekommen ist, wenn er sich zwischen seinen Vorbereitungen zurücklehnen und einfach nur warten darf. Und warten kann er, das hat er gelernt, genauso wie die ihn umgebende Hörschwäche in Anbetracht der Hilferufe anderer, den daraus resultierenden Schmerz und das Alleinsein. Mit der Hörschwäche und dem Alleinsein hat er seit jenem Tag, an dem seine Zwillingsschwester nicht mehr lebendig aus dem Wald zurückgekommen ist, leben gelernt. Nur den Schmerz wird er nicht los.

Zu zweit sind Menschen eher fähig, sich wahrzunehmen, aufeinander zu achten. Genau das haben sie, sich behütet und gestützt. »Wir sind eins«, hat sie ihm stets zugeflüstert, »du bist ich, und ich bin du.«

Zu dritt jedenfalls ist immer einer allein. Selbst dann, wenn der, der allein ist, alles unternimmt, um dazuzu-

gehören. Alles hatte er nach ihrem Tod unternommen, wirklich alles. Vergeblich. Das für ihre Eltern Wichtigste, seine Schwester, war verloren, er nur das schlechte Duplikat. »Üben, üben, üben, du musst mehr üben, nimm dir ein Vorbild an ihr, so begabt war unser Kind, so unendlich begabt!« Von nun an musste er, der ohnedies in seinem ganzen zerbrechlichen Erscheinungsbild nichts von einem Jungen hatte, noch mehr zu jemand anderem werden.

»Alles, was wir uns wünschen, ist, dass du ein braver Junge bist.« Das ist er vordergründig geworden: ein richtig braver Junge, der tut, was man ihm sagt, nicht widerspricht und sich nützlich macht. Nützlich ganz im Sinne einer zum Herzeigepüppchen des elterlichen Eifers gewordenen Spieluhr. Hintergründig aber ist er ganz wer anderer geworden, jemand, der die Hinterlassenschaft des einzigen Menschen, der ihm wahrhaftige Liebe entgegengebracht hat, mit Würde zu tragen imstande ist: »Du bist ich, und ich bin du.«

Geschniegelt vor versammeltem Haus musste er in Erscheinung treten, schöne Töne zum Besten geben und Applaus ernten. Applaus, der nicht ihm galt, sondern den Geltungsdrang seiner Eltern befriedigte.

Hier wurde nicht gefragt: »Wie geht es dir?«, »Warum weinst du?«, »Weshalb verschließt du dich?« Vielleicht hätten all diese Frage genutzt, um die eine Frage niemals stellen zu müssen: »Warum ist sie nicht so wie sonst aus dem Wald zurückgekehrt, sondern auf einen Baum geklettert mit einem Strick in der Hand!«

Schließlich kam jener Tag, an dem seine Eltern völlig ansatzlos während einer seiner täglichen Übungsstunden in gewohnter Zweisamkeit in seinem Zimmer auf-

tauchten und ihm erklärten, wie lieb sie ihr nun einziges Kind doch hätten. Da wusste er bereits: Hier stimmt was nicht. Als ginge es um eine Werbesendung, wurde erklärt, dass er in naher Zukunft zwei Zuhause sein Eigen nennen könne; also eine Mutter da und einen Vater dort. Was selbstredend ziemlich bald nur noch eine Mutter da bedeutete. Und das traf doppelt, denn erstens war sein Vater der Gütigere, und zweitens ist ein verlorener Vater nicht automatisch gleichzusetzen mit dem Fehlen männlicher Präsenz. Eine Mutter blieb ihm also, eine Mutter und Männer, deren Namen er sich irgendwann nicht mehr merken wollte. Wozu auch, sie kannten ja auch den seinen nicht. Eine Mutter, die für ihn nichts weiter war als ein dumpfer Geist mit gespreizten Beinen, der sich vergnügte mit allem, was kraftstrotzend, schwitzend, aggressiv durch die Gegend lief. Er hat genug gesehen von all diesen Frauen, die sich fortpflanzen, prall, lüstern und blind vor Dummheit, auch vor der des hirnlos auf ihnen ächzenden Mannes, und nur wenig später heulen sie sich, als die Verlassenen, die sie geworden sind, mit ihren Kindern an den Brüsten, die Kehle aus dem Hals, auf Trost, Mitgefühl, Hilfe hoffend. Unerträglich ist sie mittlerweile für ihn geworden, diese Anmaßung. Jeder Vollidiot hätte im Vorhinein sagen können, dass es genau so enden würde. Und genau diese weibliche Blindheit, davon ist er felsenfest überzeugt, führt die Welt ins Verderben, sie sichert genau jenem Typus das Überleben, der sich auf die Brust klopfend gegenüber den Schwächeren behauptet, seine Mitmenschen unterdrückt und eines Tages alles ausrottet.

»Geh hinaus in den Wald!«, wurde ihm von seiner Mutter aufgetragen, auf dass sie sich in Ruhe vergnügen

konnte. »Geh hinaus, spielen mit den Jungs, hat ja auch deine Schwester gemacht.« Und dieses Spielen hat er bis heute nicht vergessen.

Bei dreien ist eben immer einer allein.

16

»VERDAMMT, VERDAMMT, verdammt!« Mittlerweile hat er alle Jacketts und alle möglichen Kombinationen durchprobiert, aber nichts erweckt den Eindruck der für diesen Anlass notwendigen Eleganz, auch nicht auf andere: »Metzger, kauf dir einen Anzug, so was braucht man immer, spätestens beim eigenen Begräbnis!«

»Wenn ich dann also genauso sinnlos herumlieg wie du jetzt? Sag, hast du nichts zu tun? Wo zum Beispiel ist Philipp Konrad?« Daraufhin wird dem Metzger erklärt, es seien im deutschen Sprachraum um die hunderttausend Menschen, die jährlich verschwinden, einige tauchen Tage später wieder auf, als wäre nichts gewesen, viele brechen bewusst alle Kontakte ab und beginnen irgendwo ein neues Leben, und manch einer kommt nie wieder lebend zurück. Ernsthaft könne man sich nur um die wirklichen Problemfälle kümmern, und das seien vorrangig Kinder.

»Und was bitte ist dieser Philipp anderes als ein Kind?«, bekommt Eduard Pospischill daraufhin ziemlich erbost zu hören.

»Das stimmt schon, aber mittlerweile haben wir Frau Konrad persönlich gesprochen, und eines sag ich dir:

Selbst der bissigste Hund kann einem leidtun. Die Dame ist ziemlich am Boden zerstört. Jedenfalls weiß ich seither, dass Philipp vor seinem Verschwinden den halben Kleiderschrank ausgeräumt, die tragbare Playstation und was weiß ich alles eingepackt hat. Allesamt Gegenstände, ohne die ein Vierzehnjähriger heutzutage nicht leben kann. Der hat sich einfach aus dem Staub gemacht, was bei den grauenhaften Familienverhältnissen durchaus zu verstehen ist.«

»Und wem hab ich die Rückkehr meines Sakkos zu verdanken? Denn abhauen und vorher noch schnell gestohlenes Geld zurückbringen, das klingt ja wirklich einleuchtend!«

»Metzger, ich bitte dich, lass mich zufrieden mit dieser Geschichte. Der Bursche wird gesucht, mehr können wir nicht machen! Außerdem hab ich wirklich andere Sorgen. Die Ermittlungen stocken, die Verhöre sind extrem mühsam, diese Harfenistin Käthe Henrikshausen samt Dackel Fridolin taucht nicht auf, und, und, und. Du glaubst gar nicht, wie mir der Hut brennt!«

»Na, dann bring ihn vor die Tür, bevor sich meine Wohnung entzündet!«

»Keine Sorge, ich geh schon! Nur wenn du Pech hast, sehen wir uns am Abend!«

»Wie bitte?« Der Metzger ist entsetzt. Das braucht er wie den Holzwurm: einen Zwangsausflug mit Sophie Widhalm, begleitet von Eduard Pospischill. »Was heißt, wir sehen uns? Du bist eingeladen, und dann sagst du mir nichts?«

»Erstens sag ich ja gerade was, und zweitens bin gar nicht ich eingeladen, sondern die Cellistin. Freu dich, kommst du wieder in den Genuss eines Gratiskonzerts, denn die Dame soll dort aufgeigen, so wie eventuell auch die Polizei. Wie wir nämlich herausgefunden haben, waren Annabelle Wertheim-Müllner und die ermordete Galina Schukowa dermaßen lieb miteinander, dagegen sind Tom und Jerry Ministranten. Das klingt aber jetzt sogar für dich einleuchtend, oder: zwei Weibsbilder, die sich inmitten einer Horde Frackträger in die Haare kriegen? Der Dame werden wir heute ein wenig auf den Zahn fühlen, und wer weiß, vielleicht findet unser dentaler Eingriff auch am Abend statt!«

Ein schelmisches Grinsen ist dem Kommissar anzusehen, und ohne eine Erwiderung abzuwarten, sucht er mit einem rettenden Ratschlag das Weite: »Was ist mit deinem zurückgekehrten Sakko, warum ziehst du nicht das an?«

Keine blöde Idee! Und so findet die vor Jahren im Ausverkauf erstandene und nie getragene beige Schnürlsamthose doch noch einen Partner, was in Kombination mit dem weißen Hemd und den Schweinslederschuhen ein durchaus ansehnliches Bild ergibt.

Der Metzger packt eine kleine Reisetasche, was braucht ein Mann schon für eine Nacht, nimmt einen nervösen Schluck vom bereits erkalteten Pospischill-Kaffee und widmet sich schließlich abermals der Kontaktaufnahme mit Danjelas Mailbox, diesmal mit der Nachricht: »Ich muss aus beruflichen Gründen für zwei Tage weg und meld mich von unterwegs!«

Dass die Djurkovic-Mailbox zurzeit nur über Lautsprecher und von vier Ohren abgehört wird, versteht sich von selbst: »So ein Schwein, der ist um keinen Deut besser als mein Eduard. Jetzt verbringt dein sogenanntes Herzblatt mit dieser Dreckschlampe auch noch das Wochenende. Sag, Danjela, hat dich der schon jemals irgendwohin auf ein Wochenende eingeladen?«

Keine drei Minuten nach der vereinbarten Zeit fährt ein silberner Wagen vor. Und weil Autos neben ihrer Mobilität ebenso dazu dienen, in Sekundenschnelle ein trügerisches Symbol des Wohlstands, des Ansehens und der Lebensauffassung ihrer Insassen abzugeben, unabhängig von der Laufdauer des Leasingvertrages, erwartet ein dominantes Männchen beim Stichwort »junge Dame« am ehesten einen Opel Corsa, Renault Clio oder irgendeinen Schrumpfasiaten. Bei dem, was da nun um die Kurve kommt, gäbe manch unrasierte Kinnlade den Zahnbelag frei. Weil dem Metzger aber in Ermangelung eines eigenen Führerscheins diesbezüglich jegliche Wahrnehmung fehlt, gilt in Anbetracht des bulligen Geländewagens sein einziger Sinneseindruck der offenkundigen Tatsache: Da kann ich gut einsteigen.

Sicher, dass das Fahrzeug neu ist und nicht wenig Geld gekostet haben wird, fällt ihm schon auf, viel stärker jedoch registriert er den wunderbaren Duft im Inneren, die makellose Schönheit der Lenkerin und seine ungeputzten Schweinsledernen.

»Da stört's ja dann gar nicht, wenn wir von der Fahrbahn abkommen!«, beginnt er das Gespräch, mit Blick auf seine Schuhe.

»Ja, aber glaub mir, bei Wintereinbruch bin ich froh über den Allrad!«

So ist das mit der Kommunikation, man spricht vom Gleichen und meint was völlig anderes.

Es folgen zum Bühnendeutsch der sonoren männlichen Stimme des Navigationsgeräts verschiedene Erörterungen:

– über die Launenhaftigkeit des Wetters – dabei geht es hinaus aus der Stadt;

– über die weiten berufsbedingten Fahrten einer selbstständigen Unternehmensberaterin – dabei geht es die Schnellstraße hinunter durch den wald- und villenreichen Süden der Metropole;

– über Taktiken zur Motivation der Mitarbeiter eines Unternehmens, denen in puncto Arbeitsfreude die Luft ausgegangen ist – dabei geht es nach einer scharfen Rechtskurve beinah über eine ebenso scharfe Randsteinkante.

Beinah, weil darüber für dieses beeindruckende Reifenprofil kein Problem gewesen wäre. Das kann natürlich leicht passieren, sogar auf Staatsebene: ein selbstgefälliger Lenker eines massiven Gefährts, der ein wenig auf rechts außen vergisst. Der einmal eingeschlagene Kuschelkurs bleibt nicht ohne Konsequenzen. Viel zu schneidig, vor allem im Hinblick auf das rechte Vorderrad, nimmt Sophie Widhalm also die Kurve, und an der Außenseite der mächtigen Gummierung kommt es zur einschneidenden Reiberei. Nach einem selbst durch die geschlossenen Scheiben hörbaren, immer lauter werdenden Zischlaut wird dem Metzger klar: Einen Allrad stört es nur dann nicht, von der Fahrbahn abzukommen, wenn er ganz dem Namen entsprechend auch auf alle Räder zurückgreifen kann.

Willibald Adrian Metzger weiß nun endlich, dass der protzige Haltegriff direkt vor ihm am Armaturenbrett nicht nur zum kommoden Einsteigen gedacht ist, und Sophie Widhalm beweist, dass sie nicht nur als Unternehmensberaterin eine Ahnung davon hat, was zu tun ist, falls jemandem die Luft ausgeht. Denn obwohl das Gefährt schlagartig sein Fahrverhalten ändert und von der

Fahrbahn abkommt, betätigt sie seelenruhig die Kupplung, lässt den Wagen kontrolliert durch ein wunderbar gestutztes Buschwerk gleiten und in einer Wiese ausrollen.

Platz dazu bietet sich genug: Da stehen sie nun, die Widhalm, der Metzger und der Geländewagen, inmitten einer wunderbar gepflegten Landschaft, auf einem weitläufigen Rasen. Pedantisch geschnittenes Grün, kein Grashalm länger als das Nachbarpflänzchen, kein Herbstblatt, keine Tierlosung, kein Blümchen, kein Bienchen, kein Grashüpfer, wahrscheinlich nicht einmal ein Regenwurm. Da braucht es kein Schild, nicht einmal für Einzeller, hier kapiert jeder: Betreten verboten, ganz zu schweigen von Befahren.

»Jetzt wären feste Schuhe ein Hit!«, erklärt Sophie Widhalm mit Blick auf ihren hohen Absatz.

»Dass man damit überhaupt Auto fahren kann!«, murmelt der Metzger und setzt selbstlos, mit den Worten eines wahren Gentlemans, hinzu: »Aber wenn du mich einweist, mit und ohne stummes H, ich mach das!«

»Aber ich bin doch Mitglied bei einem Pannendienst.«

»Aber das Reserverad hängt hier an der Heckscheibe, das kann doch nicht so schwer sein.«

»Aber du hast ein weißes Hemd an. Aber bitte, wenn du dir das jetzt wirklich einbildest mit dem Reifenwechsel! Ich würde nur an deiner Stelle das Hemd ausziehen.«

Es steht außer Frage, dass Willibald Adrian Metzger immer, außer unter dem Pyjama oder unter der Dusche, ein Unterleibchen trägt, und es steht ebenso außer Frage, dass noch nie eine Dame, außer vor sicher schon dreißig Jahren die damalig spindeldürre Schulärztin Frau Dr. Horner, bei der ersten Verabredung den Metzger in einem dieser Unterleibchen zu sehen bekommen hätte.

»Das geht schon!«, meint er noch, der unwissende Willibald, aber bereits nach dem Lockern der verdreckten Schrauben, dem ersten Hantieren mit dem noch nie verwendeten öligen Wagenheber und der damit verbundenen Schweißentwicklung wird ihm klar: »Ich bin am Weg zum vielleicht wichtigsten Kunden, den ich je hatte, hab zwar zwei Unterleibchen dabei, aber nur ein Hemd, und das trage ich gerade am Leib, na wunderbar!«

Was bleibt ihm also anderes übrig, als vernunftgesteuert seiner Halbschwester denselben Augenschmaus zu gönnen wie einst der Schulärztin Frau Dr. Horner. Und so wird Sophie Widhalm Zeugin des farbenfrohen Gemäldes eines hysterisch gestutzten grünen Rasenteppichs, eines darin geparkten silbrig glänzenden Geländewagens, einer als Unterlage für den Mechaniker darauf ausgebreiteten rot-blau karierten Decke und eines davorstehenden blassen Restaurators im mattweißen, ärmellosen Rippleibchen. Einem Rippleibchen, unter dem sich neben der übermäßig vorhandenen Körperfülle auch deutlich der handwerkliche Beruf abzeichnet.

Und während sich langsam unter heftigen Keuchgeräuschen die Räder immer mehr vom Rasen heben, entgeht dem kurbelnden Metzger als Trost für diese Sonderübung der durchaus liebevolle, ja sogar ein wenig aufreizende Blick, der ihm da im Hintergrund aus heiterem Himmel zugeworfen wird. Was der andere heitere Himmel zu bieten hat, entgeht ihm allerdings nicht. Kein Wölkchen steht am Firmament, dennoch schlägt es mit einem dumpfen Klopfgeräusch am Dach des Autos ein, klarerweise samt deutlich hinterlassener Delle.

»Das ist ja lebensgefährlich!«, erklärt der Restaurator geduckt, ganz in Gedanken an ein mögliches überraschendes Ende. Als wäre es dem Universum ein Bedürfnis, diesem jenseitigen Ruf gleich ein weiteres Zeichen hinterherzuschicken, folgt dem Auftritt des Hagelkorns nach einiger Zeit der Auftritt einer geradezu göttlichen Erscheinung – da hat Sophie Widhalm bereits zur Sicherheit auf der Ladekante der geöffneten Heckklappe Platz genommen.

Strahlend weiß schwebt sie über den Rasen, mit einem leisen Surren. Der Schöpfer ist wahrlich von launiger Natur, das zeigt sich nicht nur am Ameisenbären, am Schnabeltier und am Schweinehund. Lange dauert es nämlich nicht, dann hat es sich ausgeschwebt, und ein stattlicher, groß gewachsener junger Mann mit halblangem, dunklem und lockigem Haar, sonnengegerbter Haut und Dreitagebart steigt wie die irdische Manifestation des Himmelsvaters in weißem Poloshirt, weißem Strickpullunder mit Zopfmuster, beiger Hose mit weißen Streifen, weißen Schuhen mit beigen Streifen und beigen Lederfingerlingen mit Lederflechtung aus seinem durchwegs in Weiß gehaltenen Elektrofahrzeug. Da kann er zumindest farblich beinah mithalten in seiner beigen Cordhose und seinem mattweißen Rippleiberl, der Willibald. So launig sich die Natur Gottes zeigt, so launisch dürfte es um Gottes Willen bestellt sein, natürlich vorausgesetzt, der Schöpfer bedient sich tatsächlich dieses geschniegelten Schaubildes seiner selbst.

Dass das zumindest der Herr in Weiß zu glauben scheint, daran besteht kein Zweifel: »Um Gottes willen!«, ist sein gar nicht überraschender Gruß. »Sie können doch hier nicht den Wagen in den Rasen stellen und picknicken, das ist ein Golfplatz!«

Das ist also ein Golfplatz, lernt der Metzger nun dazu, und weil sich seine Gesamtsituation im Augenblick nicht unbedingt entspannend aufs Gemüt auswirkt, zeigt er seine Lernfähigkeit gleich in aller Öffentlichkeit: »Dann ist dieses Hagelkorn, das da gerade zum Glück nicht auf uns, sondern samt bleibendem Eindruck am Autodach gelandet ist, wohl ein Golfball? Am Golfplatz kann man also in mehrfacher Hinsicht wen treffen?«

Auf Basis ihrer umfassenden Vollkaskoversicherung entfleucht Sophie Widhalm in ihrem Kofferraum, der vom Überraschungsgast nicht eingesehen werden kann, ein dezenter Lacher.

Der Gigolo in Weiß allerdings denkt gar nicht daran, seinem Gesicht Entspannung zu gönnen. Äußerst gereizt antwortet er: »Ja, so etwas nennt man Golfball, und wenn der wirklich auf Ihrem Dach gelandet ist, bedeutet das, ich werde jetzt von dort oben abschlagen müssen! Oder ist er Ihnen vielleicht doch in die Pfirsichbowle oder ins Lachstatar gefallen! Obwohl, rein optisch sind Sie ja eher der Knacker- und Dosenbier-Picknicktyp.«

Sophie Widhalm lacht nun nicht mehr. Wutentbrannt springt sie hinter dem Wagen hervor, scannt blitzschnell ihr Gegenüber, kann sich nicht ganz gegen den Gedanken wehren, dass es weitaus hässlichere Mannsbilder gibt auf dieser Welt, und geht trotzdem zum Angriff über: »Picknick! Sagen Sie, kann es sein, dass Sie Ihren Dauerwellen eine kleine Seh- beziehungsweise Wahrnehmungsschwäche zu verdanken haben? Dass Golfer in mehrfacher Hinsicht einen gewaltigen Schlag haben, überrascht mich ja nicht wirklich!«

Jetzt lächelt der Metzger.

»Was erlauben Sie sich, das …«

Es steht außer Frage, dass Sophie Widhalm ihren Duellpartner nicht zum Stich kommen lässt, zumindest vorerst: »Ich erlaube mir, Ihre Entschuldigung und Hilfe anzunehmen, ansonsten sehe ich wirklich keine Veranlassung, mich weiter Ihrer Gesellschaft auszusetzen!«

Als wäre »Gesellschaft« das Stichwort, landen zwei weitere Bälle, diesmal im Rasen, kurz danach tauchen die beiden dazugehörigen ähnlich adjustierten Herren auf. Eiligen Schrittes schieben sie eigenartige Wägen herum, einer hinter, der andere vor sich her. Förmlich vor sich sieht auch der Metzger die Kleinkinder am Spielplatz gegenüber seiner Werkstatt, wenn sie hurtig mit ihren Puppenwägen durch die Wiese marschieren.

Als könnte sie Gedanken lesen, erklärt Sophie Widhalm: »Schau dir das an! Ist doch fein, wenn sich die Männer den Irrglauben viel Geld kosten lassen, in elitären Kreisen ihren Geschäften nachgehen zu können, und in Wahrheit leitet sie unbewusst ein darwinscher Entwicklungsprozess zur Übungsstunde im Wagerlschieben, damit das dann später für uns Frauen sorgenfrei klappt, wenn die Herren der Schöpfung endlich die Kinderwägen übernehmen. Eines Tages stehen sie an der Supermarktkassa in der Schlange, und wir fahren mit dem, was sie bis jetzt unter Wagen verstanden haben, zum Jahresservice, das sag ich dir – die Natur ist gerecht!«

»Einen feuchten Dreck schert sich die Natur um Gerechtigkeit, das werden Sie schon noch merken. Sie sollten sich also nicht aufspielen, junge Dame!«, mischt sich der Herr im Elektrofahrzeug nun ein: »Wissen Sie eigentlich, wen Sie vor sich haben?«

»Ja, das weiß ich, Sie haben sich ja eindrucksvoll vorgestellt: Einen rücksichtslosen Ignoranten und unsympathischen Egomanen hab ich vor mir, und mehr interessiert mich gar nicht!«

»Mich interessiert jetzt jedenfalls Ihr Kennzeichen!«, wird abschließend in Richtung Sophie Widhalm zurückgeschossen. Bei diesem Schuss bleibt es allerdings nicht, denn wenig später erhöht sich die Anzahl der Bälle und somit auch der Zuschauer auf vier. Seltsam ist, dass die hinzugekommenen Männer kein Wort verlieren, weder vor- noch miteinander, was den nun wieder mit dem Reifenwechseln voll beschäftigten Metzger zu dem Irrglauben veranlasst, man kenne sich nicht. Denn natürlich kennt man sich, einen unter ihnen kennt in gehobenen Kreisen nun wirklich jeder, und natürlich schiebt dieser eine als Einziger kein Wagerl, und natürlich ist es dem hierarchischen Ordnungsprinzip zu eigen, dass der Mensch, je höher die Macht einer anwesenden Person ist, umso eher entweder schweigsam in eine ehrerbietig falsche Scham oder lautstark in eine schamlos falsche Ehrerbietung verfällt. Hier hält man also gottergeben die Klappe – bis auf den Göttlichen selbst: »Sie werden von mir hören, junge Dame! Diese Ehrenbeleidigung hat ein Nachspiel!«

»Sie spielen also gerne! Das ist mir schon klar, dass so jemand wie Sie, der sich jedes Vorspiel erkaufen muss, eher zum Nachspiel tendiert!«, setzt Sophie Widhalm nach, und sie hätte besser geschwiegen. Dann fahren sie weg, die Geschwister, und endlich versteht der Metzger, warum keiner der Herren, anstatt sinnlos herumzustehen, einfach sein Wagerl weitergeschoben hat.

Im Rückspiegel kommt sie langsam zum Vorschein, die kleine umgeknickte Fahnenstange.

17

Das Palais Mühlbach entpuppt sich als feudaler Landsitz und der wieder fahrtüchtige Wagen als genau das richtige Gefährt, um sich allein schon bei der Ankunft als dazugehörig auszuweisen. Beim Aussteigen allerdings trennt sich dann die Spreu vom Weizen. Was um Himmels willen mach ich hier?, stellt sich der Metzger die Frage, während sein Auge fasziniert all die geparkten Nobelkarossen samt deren Nummerntafeln fixiert. Da kann man was lernen: Zum Beispiel, dass der Gedankenschluss von Reichtum samt der entsprechenden Privatschulbildung auf Intelligenz genauso stupide ist wie der von Armut auf Dummheit. Denn da stehen sie alle: Ein HERZI1, ein LOVE6, ein CHEF01 & ein CHEF02, ein REICH1, MILLE1, GELD99 und GOLD24, ein schon etwas einfallsreicheres DDUCK1, ZORRO7 oder JB007 und ein ganz besonders originelles, da braucht man dann die Privatschule wirklich, OVID1, PHI314 und HZ440 mit durchschimmernd auf der Heckscheibe angebrachtem Violinschlüssel. Natürlich würde dem Metzger diese HZ440 nicht besonders ins Auge stechen, sieht ja aus wie ein gewöhnliches Kennzeichen, wäre da nicht sein Erinnerungsvermögen. Manches vergisst man eben nicht mehr, selbst wenn man möchte. Das kann einem nämlich nachhaltig die besten Leberknödel oder Frittaten versalzen, so ein in der Schulzeit bei jeder Gelegenheit mit erhobenem Zeigefinger hingepfeffertes:

»Ist der Löffel konkav, bleibt die Suppe brav,
ist der Löffel konvex, macht die Suppe klecks!«

Kein Wunder also, wenn das Hirn des Willibald in Anbetracht dieses HZ440 nun völlig automatisiert bei seinem alten Musiklehrer Professor Greiner landet:

»440 Hertz, trara,
das ist das Kammertönchen a,
der erste Geiger spielt es rein,
dann stimmt sich das Orchester ein!«

Womit er wieder bei seiner eingangs gestellten Frage wäre: Was um Himmels willen mach ich hier? Eine rein rhetorische Frage natürlich, denn bei seiner traurigen Auftragslage liegt die Antwort auf der Hand: Da muss man schon einmal über seinen Schatten springen. Groß ist der im Augenblick aber nicht, denn die Sonne steht hoch und zeigt, was sie kann. Heiß ist dem Metzger in seinem schwarzen Sakko, was ihn in Anbetracht der herannahenden Truppe etwas mit Neid erfüllt.

Ein Mann in fliederfarbenem Hemd, schwarzer Hose und ab dem dritten Hemdknopf versenkter dunkelvioletter Krawatte übernimmt den Wagen, ein anderer des reichlich vorhandenen und identisch gekleideten Servicepersonals empfängt die beiden mit einer Liste, markiert ihre Namen und erklärt: »Fräulein Sophie Widhalm und Herr Willibald Adrian Metzger, für Sie hat Herr Freiherr von Mühlbach zwei Einzelzimmer im Hotel ›Zum goldenen Bären‹ reserviert, Ihr Gepäck übernimmt unser Transportdienst, wenn Sie mir bitte folgen!«

Zu dritt besteigen sie genauso ein Elektrofahrzeug, wie es sich gerade eben am Golfplatz als Herrschaftsfahrzeug vor ihnen eingebremst hat. Mit einem surrenden Geräusch geht es in beachtlichem Tempo am Anwesen vorbei zur Rückseite. Eine gigantische Wiese zwischen einer herrlichen Gartenanlage tut sich auf, aus deren Mitte ein kolossales, etwas orientalisch anmutendes Partyzelt emporragt. Gäste, darunter hochrangige Wirtschaftspersönlichkeiten, bekannte konservative Politiker und Vertreter der Kulturszene, schlendern mit Sekt- oder wahrscheinlich Champagnergläsern durch die Gegend: wunderbare Kleider, Hüte, Maßanzüge, hie und da ein buntes Sakko, ein Glitzerhauberl, wahrscheinlich ein Künstler, und, da wird dem Metzger immer ein wenig unwohl – Trachten. Nicht dass er grundsätzlich etwas gegen regional gewachsene Bekleidungsgepflogenheiten hätte. Schwieriger wird's mit dem Hinschauen erst dann, wenn pseudoaristokratische Stadtmenschen ihre maßgeschneiderten Lederhosen, Knickerbocker, Pfoardhemden und Dirndln vorwiegend zur Sommerfrische am Gebirgssee, zur Bauverhandlung in gehobene Skiorte oder zum Stelldichein auf weidmännische Tanzveranstaltungen ausführen. Und beinah Netzhautschäden verursacht es ihm, wenn sich diese Faschingsgilde dann mit dem wahren Adel durchmischt, um unterwegs im Ledersattel mit Büchsen, Steck- und Halstüchern inmitten privater Ländereien nicht nur ein bisserl herumzuballern, sondern nebenbei auch die Politik des Landes zu bestimmen.

»Wir bringen Sie kurz in Ihr Quartier, der ›Goldene Bär‹ gehört zum Anwesen und bildet seine Außengrenze, zum Palais sind es dann in etwa zehn Gehminuten. Sie können aber jederzeit unseren Shuttleservice nutzen. Der Empfang findet um vierzehn Uhr auf der Festwiese statt, die Festtafel wird um neunzehn Uhr im Sonnensaal eröffnet, und das Frühstück gibt es wieder ab acht Uhr auf der Festwiese. Wenden Sie sich bei jedem Anliegen bitte gerne an uns!«

Ein längeres Stück Föhrenwald lassen sie hinter sich, dann bremsen sich die kleinen Gummireifen ein. Es folgt ein »Genießen Sie Ihren Aufenthalt!«, und die nächste lila Krawatte übernimmt.

Erst auf seinem Zimmer ist er wieder allein, der Metzger. Es ist ein im Landhausstil gehaltener Raum, der feine, süße Duft von Zirbe liegt in der Luft, und sogar der Klodeckel und das Telefon sind aus Holz – was keineswegs bedeutet, dass Danjela Djurkovic deshalb abhebt. Mittlerweile macht sich der Metzger wirklich Sorgen, seit gestern Vormittag hat er sie weder erreicht noch sonst etwas von ihr gehört.

Was sich gehört, weiß Sophie Widhalm. Dreizehn Uhr dreißig bei der Rezeption haben sie ausgemacht, und um dreizehn Uhr dreißig erscheint sie. Ja, sie erscheint, und dass sie dabei ihr Erscheinungsbild verändert hat, überrascht den Metzger keineswegs. So bilden sein Jackett, die bereits beim Reifenwechsel getragene Schnürlsamthose und sein nicht mehr reinweißes Hemd das perfekte diametrale Ensemble zum kurzen Schwarzen seiner dem Olymp entstiegenen Halbschwester. Eines ist sicher, auffallen werden sie beide.

Dann beginnt der Spießrutenlauf. Wie oft sich der Metzger an diesem Nachmittag mit neiderfüllten Blicken das »Oh, was für wunderschöne Begleitung; wo und vor allem wie haben Sie sich denn so eine Göttin geangelt; oh, was für eine Anmut; oh, Unternehmensberaterin, phantastisch!« und mit herablassenden Blicken das »Ah, Restaurator, interessant; aha, dann sind Sie also sozusagen ein Bediensteter unseres lieben Wernher!« anhören muss, weiß er nach seinem gewiss bereits weit über dem geplanten Pro-Kopf-Verbrauch liegenden Verzehr dieser stehend gereichten mobilen Happen nicht mehr.

Natürlich hat sich seine Halbschwester, die dank einer Mischung aus Mitleid, Belustigung und Sadismus keinem erzählt, sie sei mit dem Dicken da blutsverwandt, bisher blendend unterhalten. Sophie Widhalm könnte spielend den Plan einiger hier versammelter Damen in die Tat umsetzen, sich auf der Stelle von einem Jungfreiherrn ihrer Wahl in den Föhrenwald abschleppen lassen und allerhöchstens neun Monate später dem erlauchten Kreise angehören. Folglich mutiert sie auf der Festwiese dank der ihr zuteilgewordenen Aufwartung auch in Windeseile zum Todfeind Nummer eins aller hier versammelten alleinstehenden Adelstöchter.

Logisch, dass der Metzger bis auf ein kurzes Gespräch mit Wernher von Mühlbachs rothaarigem Neffen Albert, der sich nach der flüchtigen Begegnung vergangenen Samstag in der Pause des Konzerts noch an den Restaurator erinnern konnte, nicht viel zu Wort gekommen ist. Beinah wäre er schon einem der Elektrofahrzeuge zugelaufen, hätte ihn nicht endlich der Gastgeber erwischt: »Ahhh, mein Willibald Adrian!«

Bei diesem überschwänglichen »Mein« staunen dann zusätzlich zum Restaurator auch ein paar der im Umkreis stehenden Aha-dann-sind-Sie-also-sozusagen-ein-Bediensteter-von-unserem-Wernher.

»Und wo ist die Schönheit des Abends?!«

Lächelnd nähert sich Sophie Widhalm, und könnte er Gedanken lesen, der Willibald, würde sie ihm in den Köpfen so mancher Dame nicht entgehen, diese schauerliche Lektüre: »Schönheit des Abends, jetzt bist du richtig tot!«

»Gehen wir?«, erklärt Wernher von Mühlbach, umarmt linker Hand den Metzger, rechter Hand dessen Halbschwester und steuert zufrieden auf seinen Wohnsitz zu.

»Wir spazieren jetzt eine Runde. Ich zeig Ihnen das Anwesen. Die da …«, dabei deutet er zurück in die Runde seiner Gäste, »… die brauchen uns nicht! Die haben ihren Champagner und genug zu essen, deshalb sind ja auch die meisten gekommen!«

Und wie es der Teufel so will, sind noch nicht alle da.

»Wird Zeit, dass du auftauchst!«, schmettert Wernher von Mühlbach einem der offenbar im Palais einquartierten Spätankömmlinge überraschend unhöflich entgegen. Dann umarmt er beinah väterlich die Schönheit des Abends und erklärt stolz: »Darf ich vorstellen: Das sind Sophie Widhalm und Herr Metzger. Ja, und das ist Eugen, mein Sohn!«

Nein, nein, nein!, denkt sich der Metzger, ich schließe jetzt nicht von den Kindern auf die Eltern! Nur kann er denken, was er will, dieses seltsame Gefühl lässt ihn nicht mehr los.

Sophie Widhalm bleibt ungerührt: »Na, wir kennen uns ja bereits!« Nur ihre Augen funkeln, als wäre eine Heerschar mit gezückten und geschärften Klingen aufmarschiert. »Ist doch fein, jetzt brauchen Sie sich das Kennzeichen nicht mehr zu merken!«

18

Sicher, vor dreissig Jahren war das auch schon kein Renner: der Gratiskursus darüber, wie sich das Leben unserer Urururahnen angefühlt haben könnte. Heutzutage allerdings kann ein Stromausfall richtiggehend entwurzeln, eine Existenz beenden, ohne dass sie zwangsläufig an der Beatmungsmaschine hinge. Denn wenn er ausfällt, der Computer, hängt er im Netz, der Mensch, zappelt hilflos herum, ohne Chance auf die gewohnte Reisebewegung zwischen Senden und Empfangen. Gut, dazu muss der Strom im Grunde ja gar nicht ausfallen, dazu reicht der alles erschütternde Einzeiler beim Öffnen eines Browsers: »Es besteht keine Verbindung zum Internet.« Ein Himmelreich für versierte Freunde, was für diese Freunde natürlich der Hölle gleichkommt.

Sandra Kainz muss warten, den ganzen Tag. Dann endlich: Ihr Nachbar ist zu Hause. Es folgen so wie immer die endlosen Stunden der Marter: »Ich kann ihn ja nicht schon wieder bitten. Das ist unzumutbar, da verderb ich mir noch den guten Kontakt.«

Dann läutet es, jemand steht vor der Tür, ohne Vorankündigung. »Sind Sie zu Hause? Ich bin's, Ihr virtueller Freund, ich mach mir Sorgen, den ganzen Tag ist nichts von Ihnen in meinem Posteingang gelandet, ist alles in Ordnung?«

Wenig später kauert er unterm Schreibtisch, ihr edler Ritter, ihr Spezialist, der ihr alles installiert, eingerichtet und schließlich gezeigt hat, wo man sich etwas gepflegter unterhalten kann.

Mit zu Dank verpflichteten Augen sitzt sie neben ihm. So ein treuer Blick bleibt natürlich nicht unerwidert: »Das ist doch kein Problem, Frau Kainz, wirklich, das mach ich gerne. Außerdem, was täte ich ohne Sie, ist doch schön, wenn man nicht so allein herumschwirrt in dieser anonymen Welt, oder?«

Ja, so schön ist das!, geht es ihr durch den Kopf, durchs Herz, durch den Körper.

Leider ist das alles für ihn nur ein Handgriff, und leider ist das alles wieder viel zu schnell vorbei. Ein kurzer Test, ein kurzes Einschalten und Durchgehen der Einstellungen, und weg ist er.

Nun ist sie wieder allein, zum Glück nicht ganz, jetzt, wo die Verbindung wieder steht:

Wo_Ist_Derrick

Na, viel tut sich ja nicht gerade bei der Aufklärung des Mordes an dieser Musikerin. Mir scheint, die Polizei hat eine Runde Herbstferien eingeschoben. Und wenn die Bullen genauso viel hackeln wie die Lehrer, sprich Herbst-, Weihnachts-, Semester-, Pfingst-, Sommerferien, dann können wir uns noch auf ein paar frische Frauenleichen gefasst machen. Also, meine Damen: daheim bleiben!

fettarmes_Joghurt

Wollen wir den Herren des Gesetzes jetzt nicht unrecht tun, vielleicht sind sie ja gerade auf Razzia im Rotlichtviertel. Man darf den Kontakt zur Basisarbeit nicht verlieren. So, ich geb mir jetzt eine Folge CSI Miami, da geht wenigstens was weiter.

schwarz_auf_weiss

Ja, genau, gib sie dir nur alle, die Folgen CSI, Criminal Minds, Criminal Intent, Colde Case … Gibt genug zu lernen aus dem Land der unbegrenzten Möglichkeiten. Knallen ja mittlerweile auch schon bei uns die Kinder in der Gegend herum. Gott schütze Amerika! Da haben sie ein kleines Wörtchen herausgelöscht, sag ich euch. Gott schütze vor Amerika, muss es heißen.

0-8-15
Na, das sind ja einmal mutige Ansichten, ist ja gerade gar nicht modern, auf die Amis und die Lehrer hinzudreschen. Ohne Pädagogen können sich die Frauen endlich wieder durchgehend mit ihren Fratzen an der Hand in aller Ruhe um die Felder, den häuslichen Herd und die kranken Schwiegereltern kümmern, während die Männer lustig jagen gehen – auf dass dann selbst der größte Schwachkopf kapiert: Nicht einmal ein einziger der sogenannten Ferientage, von denen ja nur geistige Amöben glauben können, sie würden sich nicht im Gehalt niederschlagen, ist ungerechtfertigt.

Qrz15h
Das ist mir aber auch aufgefallen, dass man nun seit einer Woche nichts über die tote Musikerin gelesen hat. Das macht einen schon stutzig, das stimmt.

Kammerton
Stutzig ist ein gutes Wort, Qrz15h, sehr treffend. Gestutzt gehört auf dieser Welt nämlich eine Menge. Heute ist es wieder so weit.

Wotan7
Jawohl, her mit der Heckenschere, und schnipp, schnapp, weg sind sie, die illegalen Einwanderer, die Langzeitarbeitslosen und das ganze Ausländerpack.

Bungee11
Danke für den Beitrag. Ich will eh ein paar Kilo loswerden. Jetzt kann ich endlich kotzen gehen.

Qrz15h
Sag, Kammerton, stehst du auf mich, oder warum widmest du deine schwachsinnigen Einträge immer nur mir?

vorher_nachher
Übrigens, wer ein paar Kilo loswerden, sich also etwas abnehmen lassen will, ich kenn da eine Spitzendiät, bei Interesse: Treffpunkt Kasino.

19

Um siebzehn Uhr waren sie zurück im »Goldenen Bären«. Selten noch hat sich der Metzger auf Anhieb so ungezwungen unterhalten und so viel Respekt für seine Arbeit verspürt. Wernher von Mühlbach scheint ihm eine Persönlichkeit von ganz seltenem Schlag zu sein.

In Gegenwart eines solchen Charakterkopfes fällt es dem Metzger auch nicht schwer, beim Abschied unverblümt sein Innerstes auszubreiten: »Herr Mühlbach, bitte nehmen Sie es mir nicht übel, aber ich werde mich heute Abend von der Festtafel fernhalten!«

»Warum das?«

»Ich war einfach nicht auf so was eingestellt und hab keinen Anzug oder Smoking mit!«

»Und wen stört das?«

»Mich! Ich werde da definitiv der Einzige sein, dem es an der geeigneten Kostümierung mangelt. Selbst die bunten Vögel vom Nachmittag werden sich in Pinguine verwandeln, hundertprozentig. Wissen Sie, das ist wie bei einem

Gemälde: Es müssen einfach Rahmen und Inhalt zusammenpassen, diesbezüglich bin ich ziemlich altmodisch. Darf ich Ihnen meine Halbschwester anvertrauen?«

»Ich kann Sie ja schlecht verpflichten, mein Freund, aber Ihr Wunsch sei mir Befehl! Sie versäumen jedoch so einiges.«

Da hat sich Sophie Widhalm bereits in ihr wunderbares Abendkleid gehüllt, beim Chauffeur des Elektrofahrzeugs schwere Konzentrationsschwierigkeiten hervorgerufen und, umgeben von einer Traube paarungswilliger Primaten, an ihrem ersten Glas Champagner genippt, als der Metzger noch immer unschlüssig in seinem Zimmer hockt. Was tun, wenn vergebliche Anrufversuche bei seiner Danjela im Viertelstundentakt nicht zum Ziel führen?

Er muss mit der Polizei Kontakt aufnehmen: »Also, Pospischill, wo bist du?«

Eduard Pospischill flüstert in sein Mobiltelefon: »Keine Sorge, Metzger, ich stör dich schon nicht beim Besäufnis mit deinen neuen adeligen Freunden. Eher störst gerade du mich, denn es geht jetzt ganz schlecht, ruf mich später an!«

Willibald Adrian Metzger lässt sich nicht abwimmeln und setzt fordernd nach: »Schaust du bitte bei der Danjela vorbei, sie hebt nicht ab, und ich mach mir Sorgen!«

»Da brauchst du dir keine Sorgen zu machen, die war heut schon hier«, kaum hörbar flüstert er weiter, »bei der Trixi nämlich, da bin ich auch grad, aber nicht lang, glaub mir!«

Eduard Pospischills Heimweh und Sehnsucht haben sich soeben in Luft aufgelöst. Was die hohe Kunst betrifft, nicht zu sagen, was man will, sondern den anderen durch rhetorische Kniffe so weit zu bringen, völlig eigenständig dieses Ungesagte klipp und klar zwischen den Zeilen zu lesen und schließlich zu artikulieren, ist er zwar ein Nativespeaker, nur unbegabt ist seine Trixi diesbezüglich auch nicht. Und wenn sich zwei gleichzeitig nicht sagen, was sie wirklich denken, ist der intensivste Sprachkurs verlorene Liebesmüh. So verlief dieses Gespräch zwischen dem Eduard und seiner Trixi folgendermaßen:

Trixi: »Was willst du hier?«

(Übersetzung: Eigentlich schön, dich zu sehen. Bitte sag, dass alles gut wird, ich recht habe und du wieder einziehst.)

Eduard: »Ich hol nur ein paar Sachen!«

(Übersetzung: Bitte sag, dass ich endlich wieder bleiben kann.)

Trixi: »Soll ich dir packen helfen?«

(Übersetzung: Muss ich dich also reizen, damit du dich auf die Füße stellst?)

Eduard: »So viel ist es nicht, den Rest kannst du behalten!« (Übersetzung: Muss ich dich also reizen, damit du mir um den Hals fällst?)

Trixi: »Dann geh nur zu deinem Weiberheldenfreund. Ihr seid's mir ja eine feine Männer-WG, der eine belügt seine Frau, der andere betrügt sie – und wenn du das da nicht mehr brauchst: Ich brauch's auch nicht!« Es fliegt das Hochzeitsfoto durchs Wohnzimmer.

(Übersetzung: Ja sag, kapierst du noch immer nicht, wie du mir fehlst?)

Eduard: »Viel Spaß mit den Glassplittern!«

(Übersetzung: Jetzt könntest du dich einem Lachanfall hingeben, anschließend fallen wir uns erleichtert in den Arm und übereinander her!)

Natürlich hat sie sich ausschließlich ihrem Mundwerk hingegeben und ist lautstark über den ab diesem Zeitpunkt nur noch schweigsamen Ehemann hergefallen, und genau das wird sie noch bitter bereuen, die Trixi. Nein danke, grübelt der Kommissar auf dem Weg zurück in sein Notquartier vor sich hin: Nicht werden wie ein Herr Konrad, der irgendwo im Ausland hockt; nicht dazu beitragen, dass die Exfrau mit materiellem Überfluss versucht, dem verlassenen Kind gerecht zu werden, und dabei doch nur Fehler macht, Fehler, die sie aus ihren strengen, verbitterten Augen nur noch traurig auf ihr Leben blicken lassen; und schließlich nicht dafür verantwortlich sein, dass die eigenen Kinder eines Tages vor ihrem Zuhause davonlaufen müssen, auf Heimatsuche ins Niemandsland.

Zumindest ist ihr nichts passiert!, flüstert der Metzger vor sich hin und beschließt, bevor er sich im »Goldenen Bären« eine kleine Abendmahlzeit genehmigt, noch ein wenig seine aufgestauten Energien loszuwerden.

Gemächlich marschiert er durch den Föhrenwald und landet beim zurzeit für ihn wichtigsten Thema: Was treibt die Danjela ausgerechnet zu Trixi Matuschek-Pospischill, an der sie ja sonst kein gutes Haar lässt, und wieso ruft sie nicht zurück?

Grübelnd bleibt er stehen: »Wieso?«

»Wieso sind Sie nicht beim Essen? Das ist die Frage.«

Hinter ihm steht, wie aus dem Nichts aufgetaucht, Albert von Mühlbach. Seine helle Haut hat sich zumindest im Gesicht dem Rot seiner Haare angepasst, der übrige Farbton ist undefinierbar, denn das, was der Metzger vom Restkörper zu sehen bekommt, ist überzogen von Sommersprossen. Unter einem ärmellosen Leibchen ragen sehnige Arme hervor, und weil die Beine von ebenso dünner und drahtiger Ausführung sind, wirkt die Laufhose eher wie ein keckes Röckchen.

»Ich bin nicht so der Gesellschaftsmensch!«, beantwortet der Metzger die Frage. »Und Sie?«

»Ich esse nach achtzehn Uhr nichts mehr. Außerdem ist mir heute Morgen meine Laufeinheit ausgefallen! Also, ich muss dann weiter.«

Es folgt ein höfliches Armzeichen, dann nimmt er ein Tempo auf, das dem Metzger eindrucksvoll verdeutlicht, wie Albert von Mühlbach sozusagen aus dem Nichts auftauchen konnte. Logisch, dass der Retourweg mit ambitioniertem, deutlich schnellerem Schritt in Angriff genommen und in weiterer Folge der Gastgarten des »Goldenen Bären« ignoriert wird.

So landet Willibald Adrian Metzger nach einem neuerlichen vergeblichen Anrufversuch und einer erfrischenden Dusche viel zeitiger als sonst in dem wohl besten Bett, in dem er jemals liegen durfte.

Schlafen gehen bedeutet aber nicht gleichzeitig auch schlafen können. Kurz vor halb zwölf erhellt ein bombastisches Feuerwerk nicht nur den Nachthimmel, sondern gewiss auch die Gehirnwindungen der übrigen Waldbewohner: »Mit was für Schwachköpfen muss ich mir da meinen Lebensraum teilen!«

Der Metzger hat sie eigentlich noch nie mögen, diese Volksbelustigungskrachereien, seit er jedoch hautnah am Probanten Edgar, Danjelas kleinwüchsigem Promenadenmischling, miterleben darf, mit welch blankem Entsetzen so ein Hunderl den Jahreswechsel samt den hirnlos in den Himmel geschossenen Millionen feiert, empfindet er nur noch Verachtung für all die Knallfrösche.

So ist er also putzmunter, wälzt sich gereizt auf dieser wunderbaren Biomatratze, und wenn er den Zeiger richtig deutet, ist es mittlerweile eins. Um zehn nach eins beschließt er mit einer gehörigen Portion Ärger im Bauch, zumindest sein geistiges Tohuwabohu zu beenden.

Einmal hat es geläutet: »Metzger, das ist ja lustig, ich bin grad bei der Tür herein. Komisches Gefühl, allein in deiner Wohnung. Also, was ist im Kühlschrank, hast du mir was vorgekocht?«

»Bin ich ein Wirtshaus? Cholesterinhaltiges Obst wäre verfügbar: Eine geschmalzene Ohrfeige kannst du haben, wenn ich zurück bin!«

Lachend erwidert der Kommissar: »Meinst du vielleicht so eine, wie sie dich erwartet, wenn du einer gewissen Danjela Djurkovic über den Weg läufst?«

Da ist er nun sprachlos, der Metzger.

Eduard Pospischill, der am anderen Ende der Leitung mit fragendem Blick eine steinharte Scheibe Schwarzbrot in die Höhe hält, scheint sich prächtig zu amüsieren. »Schau, Metzger, wenn wir Männer Stille Post spielen, dann kommt das Startwort ›Treue‹ beim Letzten als ›Schatz-ich-muss-noch-mal-ins-Büro‹ an. Wenn Frauen Stille Post spielen, dann weiß jede aber so was von hundertprozentig, was da weitergegeben wird, und zwar bis ins Detail. Der Mann ist eben vorrangig mit einem Fortpflanzungs-, die Frau mit einem Mitteilungsbedürfnis ausgestattet! Offenbar haben sich unsere Damen inhaltlich ausgetauscht! Also, du kleiner Schurke, das hätte ich von dir ja nie gedacht!«

Willibald Adrian Metzger klopft verärgert mit der Handfläche auf das Polster der leeren Bettseite neben sich: »Pospischill, mach mich nicht wahnsinnig und komm auf den Punkt! Was hättest du nie von mir gedacht, und warum sollte sich Danjela gerade bei deiner Gattin über mich beschweren?«

»Ich weiß nur, was mir die Trixi, wie ich mir vorhin ein bisserl frische Wäsche geholt hab, außer unserem Hochzeitsfotoalbum noch so an den Kopf geworfen hat. Geh nur zu deinem Weiberheldenfreund, hat sie gesagt. Ihr seid's mir ja eine feine Männer-WG, der eine belügt seine Frau, damit wird sie wohl mich gemeint haben, der andere betrügt sie, damit dürfte sie dich gemeint haben!«

»Ich versteh das alles nicht!«

»Mehr gibt es da leider nicht zu erzählen, weil mir dann meine Gesundheit bedeutend wichtiger war. Außerdem …!«

Willibald Adrian Metzger hat aufgelegt, er muss nichts mehr wissen. Dreimal hat es geläutet, dann war sie mit verschlafener Stimme am Apparat: »Djurkovic!«

Ansatzlos kommt der Metzger zum Thema: »Und jetzt erklärst du mir, warum du seit vorgestern schwerer zu erreichen bist als, äh, als – verdammt noch mal, keiner ist schwerer zu erreichen. Hast du eine Ahnung, was ich mir für Sorgen mach?«

Keine Antwort, zum Glück auch kein Freizeichen, dann ein Schluchzen.

»Was ist los? Ich hab dir mehrmals eine Nachricht hinterlassen, dir von meiner Halbschwester erzählt, und, und, und. Sprich zu mir, Danjela, ich bin's, dein Willibald!«

Das Schluchzen geht in das für Danjela typische geräuschvolle Weinen über, welches sich allerdings keineswegs nach einer sensiblen Gefühlsregung, sondern viel eher nach einer erkältungsbedingt rotzenden Nase anhört. Dann spricht sie, wie man unter Tränen eben so spricht: »Ni-i-ix mei-hi-hine Willi-ibald!«

»Wie bitte?«

»Ha-ha-halbschwester! Ha-ha!«

»Ich versteh nicht!«

Keine schniefende Antwort, nur das Freizeichen.

Ein wenig braucht es, bis Willibald Adrian Metzger versteht. Wie kann ihm seine Danjela nur so etwas zutrauen? Etwas verdattert sitzt er aufrecht in seinem Bett, dann passiert etwas, womit er in Anbetracht einer solchen Situation niemals gerechnet hätte.

20

Wie lange es schon her ist, so viele Jahre ist er nicht hier gewesen. Und dennoch kommt es ihm wie gestern vor. Alle sind sie wieder da, diese alten Gefühle der Schande, der Verlorenheit und der inneren Kälte. Heute wie damals.

Damals, als seine Mutter den Mann gefunden hatte, dessen Namen er niemals vergessen wird.

Er war vierzehn, da wurde das Elternhaus verkauft, da ging es mit Umzugskartons in eine entfernte Stadt, hinter einer glückerfüllten Mutter aufs Standesamt, wenig später ins eigene neue Zimmer, mit einer Tür, die sich nicht verschließen ließ, nur um in der Nacht von außen heimlich geöffnet werden zu können.

Welche glückerfüllte Mutter glaubt schon ihrem Kind.

Er war ein sechzehnjähriges Kind, da wurden wieder Kartons gepackt, da ging es damit zur Kleidersammlung, hinter einer trauernden Mutter zum Friedhof, wenig später in den Schwimmkurs, mit dem Vorsatz, niemals ebenso in die Gefahr zu kommen, als Erwachsener mitten im Winter heimlich von einem Kind ins Wasser gestoßen zu werden. »Ich wollte nachspringen, aber er war verschwunden und das Wasser so kalt und dunkel!«

Welche trauernde Mutter glaubt nicht ihrem Kind.

Und von da an war ihm klar, was es für ihn in diesem Leben zu erledigen gab. So leicht kommt ihm in Zukunft keiner der Verbrecher mehr davon. Denn diese erste Tötung, dieser blinde Akt der Rache, hatte ihn nicht zufriedener gemacht, ganz im Gegenteil. Er selbst hatte dem Bösen nur dazu verholfen, sang- und klanglos von der Bildfläche zu verschwinden, feierlich verabschiedet von der unwissenden Trauergesellschaft.

Nach seinen nächsten Morden werden sich die Bösen ins Gesicht blicken müssen, ohne jemals wieder wegschauen zu können, werden die Täter vor den hass- und schamerfüllten Augen der eigenen Familie im irdischen Dasein dahinschmachten, als wären sie direkt in der Hölle gelandet. Strafe, sodass sie als Lektion über den Rand des Betroffenen hinauswirkt, muss betroffen machen und mehr als nur einen betreffen. Er wird für das Gute kämpfen, und dazu ist jedes Mittel recht, auch der Tod anderer.

Mit diesem Vorsatz ist er zu dem geworden, was er heute ist. Er kennt sich und seine vielen verschiedenen Gesichter, und er weiß, womit er Schwierigkeiten hat: mit der Fähigkeit, sich gehen zu lassen, sich Freude einzugestehen. Und verdammt, diesmal muss es anders sein, denn er ist auf dem richtigen Weg.

Es muss die Tage der Beherrschtheit, der Tarnung geben, die zur Überbrückung dienen, zum Studium und zur Or-

ganisation, aber es muss auch diesen einen Tag geben dürfen, an dem er seiner Lust für einen kurzen Moment freien Lauf lässt und dieses Gefühl der Erfüllung in vollen Zügen auskostet. Es ist wie ein Rauschen, als stünde er am Ufer eines reißenden Flusses. Der Geist blendet sich völlig aus, und alles beschränkt sich auf die Wahrnehmung der blanken Existenz. Das Pochen des eigenen und fremden Herzschlags, der Duft der Angst, der heftig werdende Atem, der verzweifelte Widerstand, das kurze Gurgeln, das Zucken, das warme Strömen über seine Hand, das Schwinden der Kräfte, das Erschlaffen des Körpers, die Stille.

Nur das Rauschen bleibt.

Noch nie zuvor war er erfüllt von einem derartigen Gefühl der Stärke, Überlegenheit und Immunität. Die Menschen sehen nur das, was sie sehen wollen.

Und jetzt, jetzt darf es endlich wieder passieren.

21

Willibald Adrian Metzger beginnt zu lachen. Heraus will sie, seine ganze Verzweiflung. Es ist kein Frohlocken aus Überheblichkeit, sondern ein Ausdruck tiefster Erleichterung. Was auch immer für ein Einflüsterer seiner Danjela da auf der Schulter sitzt, er wird ihren Irrtum morgen aus der Welt schaffen. Ganz recht ist ihm das jetzt zwar nicht, aber ein wenig gebauchpinselt fühlt er sich durch diesen Eifersuchtsausbruch schon, der Willibald. Warum ich, warum hab ich so ein Glück!, durchdringt ihn ein innerer Freudenstrahl. Auf mich, grad auf mich ist ein derartiges Prachtweib eifersüchtig – auf mich!

Mit so einer Entflammtheit ist natürlich schlecht schlafen, weshalb der Metzger nun barfuß in seine Schweinsledernen schlüpft, das Sakko über seinen warmen Pyjama streift und abermals das Dach des »Goldenen Bären« verlässt, um sich unter dem Dach des Großen Bären ein wenig die Füße zu vertreten. Klar ist die Nacht, rein die Luft, neu der Mond, schlecht die Sicht. Außer dem Licht des Hoteleingangsbereichs flackert nur eine dünne Sichel am Firmament, was für das angrenzende Waldstück eine ziemlich schwache Beleuchtung hergibt.

Der Metzger liebt es, durch die Nacht zu spazieren, obwohl das natürlich schon etwas anderes ist, wenn er im spärlichen Schein der Straßenlaternen von seiner Werkstatt nach Hause schlendert. Hier aber ist es stockfinster, nur die am Weg fehlende Vegetation lässt nach oben hin eine dünne Schneise zum Himmel offen. Rhythmisch knirschen die Steine unter den Fußsohlen, immer wieder raschelt es leise im Gebüsch, schaurig und wohl zugleich fühlt er sich, der Metzger, wie ein kleiner Abenteurer eben. Von der Festwiese ertönt leise eine Art Unterhaltungsmusik, vereinzelt geht noch ein Feuerwerkskörper hoch, und aus dem Wald ertönt ein Knall, ein versprengter Kracher, was auch immer. Allein unterwegs ist er jedenfalls nicht. Auch das plötzlich einsetzende schrille Quietschen hält er eher für das akustische Vorspiel des sich in der Ferne brunftig jagenden Jungadels als für einen Ausdruck blanken Entsetzens. Etwas mulmig ist ihm dabei dennoch zumute.

Es geht aber auch anders, denn diesem Krach folgt ein Hochgenuss, der durchaus ebenso ein Quietschen sein könnte. Hier allerdings ist ein Meister am Werk: Irgendwo im Gehölz spielt ein einzelnes Streichinstrument Bach in Vollendung! Das Prélude der Cellosuite Nr. 1. Die verdächtige Musikerin also. Für wen auch immer dieses kleine Privatkonzert gedacht ist, er oder sie ist ein Glückspilz.

Still bleibt der Restaurator stehen und lauscht den Klängen. »Einfach göttlich!«, flüstert er vor sich hin. Was für ein erhabener Moment, in der Finsternis des Waldes stehen und derartig beispiellose Kunst hören zu dürfen.

Kunst, die mit einem Schlag abbricht und in eine ergreifende Stille übergeht. Langsam spaziert der Metzger weiter, dann verharrt er abermals wie gebannt. Das Knacken der Äste abseits des Weges ist ihm nun doch eine Spur zu unheimlich. Da braucht es nämlich schon ein paar Kilo mehr, um so ein Hölzchen zu brechen, und dass sich in der Gegend genügend Wildschweine herumtreiben, verrät bereits die Speiskarte des »Goldenen Bären«. Willibald Adrian Metzger kehrt um, man muss es ja nicht übertreiben, vor sich sieht er in der Ferne die Eingangsbeleuchtung des Hotels und neben sich, völlig unvermutet, nichts mehr. Gleißend hell ist das Strahlen, direkt in sein Gesicht. Da hat der Metzger noch das Funkeln in den Augen, ist sein Umfeld längst wieder dunkel.

»Hallo! Ist da jemand?«, gibt er nun vorsichtig von sich.

»Natürlich ist da jemand, oder haben Sie geglaubt, ein Wildschwein hat sich verirrt und gibt Lichtzeichen? Mann, haben Sie mich erschreckt!«

»Was heißt: ich Sie? Und was bitte ist an Schritten auf einem öffentlichen Kiesweg so Angst einflößend, um einem Spaziergänger gleich das Augenlicht zu nehmen?«

Abermals geht die Taschenlampe an und beleuchtet

von unten ein zartes Gesicht, mit üppig geschminkten, etwas verschmierten Lippen, ansehnlichem Muttermal auf der rechten Wange und einer schmalen Nase mit daraufsitzender extravaganter Brille. Dunkelbraune Stirnfransen reichen fast bis zur Oberkante der Fassung.

»Glauben Sie mir, bei dem, was da durch den Wald läuft, darf man sich schon schrecken!«

»Und wer genau ist dieses ›man‹?«

»Sehr erfreut, Antonia Lenz, Pyrotechnikerin. Ich hab gerade drüben in der Lichtung das Feuerwerk abgebaut.«

Was für ein klingender Name und außergewöhnlicher Beruf, denkt sich der Metzger anerkennend. Das ist doch einmal eine erfrischende Abwechslung in der Tristesse jener beruflichen Geschlechtertrennung, die diesen in Männerhand dahinsiechenden Planeten überzieht wie eine nicht ausrottbare Pandemie.

»Pyrotechnikerin, schau, schau. Apropos schauen: Haben Sie nicht ein bisserl was übersehen? Da geht ja immer noch einiges hoch!«

Antonia Lenz flucht, um dann zu erklären: »Typisch Mann, trauen Sie einem Weibchen also keine saubere Arbeit zu. Ich muss Sie aber enttäuschen, das war nicht von mir, mein Zeug kenn ich. Nein, ein Schuss war das vorhin. Da sind nämlich, so wie bei jedem derartigen Anlass, garantiert wieder ein paar angesoffene Adelssprösslinge unterwegs, zünden ihre eigenen Raketen und knallen wild durchs Gemüse auf alles, was sich bewegt.«

Dann wandert der Strahl der Taschenlampe den Körper des Restaurators abwärts.

»Und Sie? Sie lüften Ihren Pyjama aus?«

»Gezwungenermaßen! Schlafen wär mir lieber. Sie können sich ja gar nicht vorstellen, was da gerade für eine unsinnige vorgezogene Silvesterkracherei stattgefunden hat!«

Antonia Lenz muss lachen und meint: »Na, wir sind zwei Pantoffelhelden! Kommen Sie, ich bring Sie in Ihr Bettchen, bevor uns der nächste besoffene Schütze mit einer Wildsau verwechselt. ›Goldener Bär‹, nehm ich an? Nur eines sag ich Ihnen, die Party da draußen dauert noch länger.«

Ein Stückchen marschieren die beiden schweigsam nebeneinanderher.

»Und, haben Sie auch das Gefiedel gehört? Das war ja recht ordentlich, was meinen Sie?«, murmelt Antonia Lenz.

»Recht ordentlich? Ich finde, das war überwältigend!«

Da teilt nicht jeder seine Meinung.

22

Nach diesem kurzen, aber intensiven Ausflug gibt es für den Metzger dann doch noch so etwas Ähnliches wie Nachtruhe.

Zumindest in Etappen, denn es muss nach drei gewesen sein, als ihn das Gegröle einiger zurückkehrender Gäste erneut aus dem Schlaf reißt. Gegen sechs fällt abermals ein Schuss, und es bleibt nicht der einzige.

Um sieben Uhr reicht es ihm, und er steht auf.

Dass er dann um acht Uhr erst der Zweite sein wird, der sich auf der Festwiese einem über mehrere Tische reichenden Frühstücksbüfett stellen muss, hätte sich der

Metzger nicht gedacht. Obwohl, Albert Mühlbach weiß ganz genau, was er will. Ein paar versprengte Gemüseteile, eine Scheibe Ananas und eine Scheibe Vollkornbrot dekorieren seinen Teller.

Ein freundliches Guten Morgen wird ausgetauscht, dann geht der Restaurator auf Jagd. Manche der angebotenen Speisen würde er ja durchaus dieser Tageszeit zuordnen. Austern mit Champagner, Rehfilet mit Wokgemüse, Weißwürste mit Laugenbrezeln und Gulaschsuppe mit Bier vom Fass haben sich seinem Magen, in diesem Fall sogar leerem Magen, zu so früher Stunde allerdings noch nie aufgedrängt.

Jetzt ist das natürlich eine blöde Sache, wenn der Verdauungstrakt nach deftiger Überladung eines großflächigen Porzellantellers schreit, und die einzige außer dem Servicepersonal noch anwesende Person kaut auf einer Stange Sellerie herum. Da wäre Ablenkung nicht schlecht.

Und die kommt. Denn während der Metzger die erste kulinarische Fährte aufnimmt, kehrt bereits manch anderer von seiner Jagd zurück.

Imposant sticht eine Horde stattlicher Rösser aus dem Föhrenwald und trommelt ihren Rhythmus auf die Festwiese. Fünfzehn Reiter zählt der Metzger, und wenn er es nicht besser wüsste, er hätte bei diesem Anblick ein wenig Schwierigkeiten mit der Zeit, genauer gesagt dem Jahrhundert.

Beinah synchron öffnen sich die großen doppelflügeligen Glastüren des Palais, und die geladene Gesellschaft stürmt heraus, um ihre Helden in Empfang zu nehmen. Und Heldinnen. Denn keineswegs besteht die herangaloppierende Truppe nur aus Männern. Auch drei Damen sind darunter: einmal wallendes Haar, einmal Naturlocken mit

Strähnchen und einmal ein Pagenkopf. Welch ein Anblick. Ein wenig blinzeln muss er, der Metzger, zum Augenarzt muss er längst, das weiß er, und seinen Arm heben sollte er auch, denn der Gruß gilt ihm. Erst im Vorbeitraben erkennt er, wer ihm da gerade so energisch zugewunken hat und einfach überall gute Figur macht: Sophie Widhalm.

Wie kommt sie nur auf diesen Gaul, und wo bitte hat sie die Ausrüstung her?, rätselt er vor sich hin, und eines weiß er mit Sicherheit: Seine Halbschwester muss sich zwecks Eröffnens einer Minimalchance auf ein Hineingeheiratetwerden in derartige Kreise gar nicht erst als ausreichend fruchtbar oder finanz- und herkunftstechnisch fruchtbringend erweisen, viel eher ist sie ein Duellgrund.

Wenig später kann sich der Metzger, umgeben von hungrigen, verschwitzten, etwas nach Stall duftenden Reitern endlich ausreichend Fleischliches auf seinen Teller laden. Ein Guten-Morgen-Kuss, als wären sie seit ihrer Kindheit ein Herz und eine Seele, wird ihm verpasst, die Geschichte eines wunderbaren Abends wird ihm erzählt, der Auftritt dieses einzigartigen Streichquartetts wird ihm geschildert, dessen Cellistin im wohl berühmtesten Orchester des Landes spielt und Tochter eines einflussreichen Geschäftsmannes, Gottlieb Wertheim-Müllner, ist: »Dort sitzt er, schau, neben dem Wirtschaftsbonzen Leugendorf und dem Mann der Gesundheitsministerin.«

Es folgen Erörterungen über den weiteren Abendverlauf, das Feuerwerk und die Einladung zum morgendlichen Ausritt.

»Ausritt? Da mussten sich aber einige erst den Weg freischießen!«

Sophie Widhalm erklärt schmunzelnd: »Ach, du meinst die Knallerei. Das waren nicht wir, das war der

Hausherr höchstpersönlich mit ein paar ausgewählten Gästen. Da wurde nicht hoch zu Ross, sondern von einem Hochstand aus der Tag begrüßt.«

Und dieses »Wir« ist dem Metzger nun nicht entgangen. Sie gehört also schon dazu!, wird ihm klar, dann kommt, was kommen muss: »Bleiben wir aber schon bis zur Abendveranstaltung?«

»Ich muss dringend heim, Sophie, wirklich dringend!«

»Aber …«

»Wegen und am besten auch mit dir.«

Sophie Widhalm hört aufmerksam zu, gelegentlich legt sich ein Lächeln auf ihre Lippen, und als der Metzger mit seiner Djurkovic-Erzählung schließlich zum Ende kommt, weiß seine Halbschwester: »Unglaublich, wie du sie lieben musst. Dieses Strahlen in deinen Augen, wenn du von ihr erzählst. Schön!« Langsam senkt sie den Kopf: »Ich vergönne es dir wirklich, bin aber zugegebenermaßen schon auch ein wenig neidisch.«

Als könnte er Gedanken lesen, streicht ihr von hinten Wernher von Mühlbach über die Schulter: »Meine Liebe, eine prächtige Figur hast du gerade auf Macbeth abgegeben!«

Weder entgeht dem Willibald jetzt das »Du« noch der ständige Blick seiner Halbschwester in Richtung des beim Büfett stehenden Mühlbach-Erben mit seinem halblangen dunklen Haar, der sonnengegerbten Haut und dem Dreitagebart. Wie bei der gestrigen Begegnung im Palais funkeln ihre Augen, nur sind es diesmal die schillernden Sternchen und nicht die gezückten, geschärften Klingen. Der Metzger ist fassungslos. Benehmen und Stil sind gegen den Magnetismus der größten Ungusteln und Egoisten dieses Erdballs chancenlos.

Weiter nicht zu übersehen sind die sanft auf Sophie Widhalms Schulter ruhende Hand des Freiherrn und sein durchaus vertrauter Blick, der nun auch in Richtung des Restaurators schwenkt: »Ist doch schön, wenn sich die Jugend austobt! Und, wie war die Nacht?«

»Wie die Nacht war? Nicht so kurz wie Ihre, denk ich.«

»Fünf Uhr ist bei mir Tagewache, länger kann ich nicht schlafen, und glauben Sie mir, der Frieden einer Morgendämmerung und das stille Warten auf den Bock machen süchtig!«

Wie der Frieden einer Morgendämmerung mit dem Erlegen eines Bockes zusammenhängen soll, versteht er jetzt nicht wirklich, der Metzger, und es ist nicht das Einzige. Denn nach einer kurzen, aber umso freundlicheren Plauderei steuert Wernher von Mühlbach die Gulaschsuppe an und verkündet dabei: »Also, Sophie, wie ausgemacht, nächste Woche kommst du mit zur Drückjagd, und wir, Herr Metzger, sehen uns am Mittwoch!«

»Drückjagd. Ist das die Zwangsverpflichtung all jener, die sich bevorzugt vor so einer Jagd drücken? Oder hab ich gar eine Jägerin zur Halbschwester?«

»Keine Sorge, ich darf mich nur als Treiber beteiligen. Das wird lustig und ist ein Kinderspiel, hat mir gestern zumindest Eugen erklärt: Man spaziert gemütlich durchs Gehölz und kann dabei sogar plaudern, was ja für uns Frauen nicht unwichtig sei, hat er gemeint – sehr charmant übrigens, oder was meinst du? Dabei kommen die Wildschweine, Rehe und Hirsche in Bewegung, werden vom Treiber sozusagen aus den Einständen gedrückt – deshalb der Name. Nur im Gegensatz zur Treibjagd läuft das Wild nicht hektisch davon, sondern schlendert in Seelenruhe auf seinen gewohnten Routen den Jägern direkt in die Arme. Ja, und die Schützen haben dann ausreichend Zeit, die Ankömmlinge zu beurteilen und zu erlegen. Ist das nicht spannend?«

Das Blitzen in ihren Augen ist nicht zu übersehen, auch nicht die Verwunderung im Gesichtsausdruck ihres Anverwandten: »Das wird dann also lustig, aha! Und wer bitte ist Eugen?«

Die Frage ist natürlich eine rein rhetorische. Das Erröten im Gesicht Sophie Widhalms und das Herannahen des Mühlbach-Sohnes allerdings sind echt. Viel zu schnell geht es, dann ist er in Gesprächsweite: »Geben Sie mir eine zweite Chance, Herr Metzger? Ich bin untröstlich wegen des Vorfalls gestern beim Reifenwechseln!«

Na, was soll er da machen, der Willibald, wenn ihm der Sohn seines neuen Brotgebers die Hand reicht. So wird also höflich genickt, auch wenn ihm eher nach Kopfschütteln zumute ist.

Was Herr Mühlbach junior, als stünde er erneut am Golfplatz, gleich als Einladung zum nächsten Schlag betrachtet. »Außerdem bin ich Ihnen, noch bevor Sie an unser Mobiliar Ihre kunstvolle Hand angelegt haben, zu größtem Dank verpflichtet!«

»Aha?«

»Haben Sie diese wunderbare Göttin hierhergebracht oder nicht?«

Ab diesem Zeitpunkt fühlt sich der Metzger absolut fehl am Platz, auch wenn der Erbe dieses Anwesens perfekt vorgetäuschte Bemühungen zeigt, ein intaktes Dreiergespräch zu führen. Es wird geturtelt nach allen Regeln der Kunst. Was braucht es da einen Dritten – möchte man meinen!

Lange dauert es zum Glück nicht, und der Tisch füllt sich mit weiteren Gästen. Alle werden sie manierlich vorgestellt, es wird auf noble Art und Weise das gegenseitige Desinteresse demonstriert, also der belanglose Austausch von Höflichkeiten praktiziert, und weil es ziemlich bald erschöpft ist, das Thema Wetter, »So schön!«, landet man über den Umweg Feuerwerk, »War das schön!«, beim gestrigen wunderbaren, tragischen ersten Satz des Streichquartetts Nr. 11 von Ludwig van Beethoven: »Das war ja erst schön!« Zuerst wird geschwelgt, als säße der stinkreiche Vater der Künstlerin in Hörweite, dann folgen Beiträge über die Erhabenheit derartiger Instrumentalmusik, über die bevorstehende Premiere von »La Bohème«, über die neue, phantastische georgische Sopranistin, den heldenhaften spanischen Tenor, über die jede Genmanipulation in den Schatten stellenden möglichen Kinder dieser beiden Ausnahmekünstler, über das Muss eines Platzes in den vordersten Reihen, und schließlich folgt Empörung – die gewiss noch viel größer wäre, wenn bekannt würde, dass der Metzger vom Beethoven-Streichquartett Nr. 11 genauso viel Ahnung hat wie vom Kulturgenuss in einer dieser unverschämt überteuerten vorderen Reihen.

Auslöser dieser Empörung ist die Jüngste in der Runde. Eine gewisse Clarissa von Hohenried wagt die Feststellung: »Ich find das Gesinge nicht so toll, sondern hör lieber was Rockiges. Beim Joggen gibt dir das den ultimativen Kick!«

Schonungslos fällt Clarissa von Hohenried schwerster Häme zum Opfer, nicht nur aufgrund ihrer volksnahen Wortwahl. Lautstark wird über die Auswüchse derartiger Primitivmusik sinniert, wie sie von der wahren Kultur ablenke, wie sie die Masse zu geistigen Schrumpfköpfen erziehe, wie sie keine weitere instrumentalistische Qualifikation voraussetze, außer einen Gitarrenverstärker aufdrehen zu können, und wie geistig minderbemittelt man sein müsse, so etwas, das samt den dazugehörigen Dilettanten vernichtet gehöre, überhaupt mögen zu können.

Gut, er hört selbst auch lieber Bach, der Metzger, dennoch registriert er mit Grauen die Verachtung in den Gesichtszügen der Wortführer, im Besondern eines gewissen Rupert, das beschämte Gesicht Clarissa von Hohenrieds, das zustimmende Kopfgenicke der einen, das betretene Schweigen der anderen, und einmal mehr wird ihm klar: Faschismus wächst nicht von unten nach oben, er wächst von oben nach unten. Er ist keine dem Volk entsprungene Strömung, er stammt aus den Köpfen der vermeintlich Gebildeten des Landes, denen es aufgrund ihrer Vernetzungen und ihrer Macht möglich ist, etwas ihnen Widerstrebendes, etwas sie Gefährdendes eines Tages mir nichts, dir nichts hochoffiziell für gefährlich zu erklären und verschwinden zu lassen.

Verschwinden ist auch genau das, was der Metzger jetzt will. Da braucht er gar nicht lange zu warten, denn Eugen von Mühlbach erhebt das Wort: »Ich hab euch ja noch gar nicht vorgestellt. Also, lieber Rupert, das ist Sophie Widhalm, liebe Sophie, das ist Rupert von Leugendorf!« Willibald Adrian Metzger hat sich also trotz seiner Anwesenheit für die anderen in Luft aufgelöst.

»Oh, ein Leugendorf!«, entgegnet Sophie Widhalm mit ernstem Blick: »Der Apfel fällt nicht weit vom Stamm, sagt man immer!« Ob der Größe seines Vaters fühlt er sich klarerweise geschmeichelt, der grinsende Adelssprössling, woher soll er auch wissen, dass Sophie Widhalm in ihrer Funktion als Unternehmensberaterin über die durchaus zwielichtigen Unternehmungen der Familie Leugendorf bestens im Bilde ist. Da haben sich genau die Richtigen zu einer brüderlichen Symbiose zusammengeschlossen!, beurteilt der Metzger sorgenvoll die beiden nun mit Sophie befassten Herren.

Eine erlösende Überraschung ist es dann, was ihm wenig später zu Gehör gebracht wird. Denn trotz merklicher emotionaler Verquickungen erhebt sich seine Halbschwester, erklärt, sie müsse jetzt aufbrechen, verteilt Küsschen da und Visitenkärtchen dort, erntet haufenweise Verabschiedungs- und Wiedersehenswünsche und schnappt sich den verdattert dreinschauenden übergewichtigen Herrn an ihrer Seite. Für diese großherzige Rettungsaktion soll sie in Gottes Namen jagen gehen!, denkt er sich dankbar, der Willibald.

Kurze Zeit später erklärt eine erleichterte Frauenstimme: »Na, das ist ein widerlicher Schnöselhaufen!« und eine mittlerweile bekannte männliche Stimme: »Nehmen Sie die Ausfahrt. Dann bleiben Sie links.«

Um zu vermeiden, dass Sophie Widhalm so weit nach rechts abdriftet, dass ihr die Zugehörigkeit zu dieser Truppe sicher wäre, braucht es kein Navigationsgerät. Ihrer Sehnsucht nach einem gestandenen, gut situierten Mannsbild würde eine kleine Kurskorrektur trotzdem nicht schaden.

23

»Djurkovic.«

»Na, wenigstens hebst du ab. Wir sind in ein paar Minuten bei dir, und wehe, du bist nicht da!«

Ja, auch der Metzger kann einfach auflegen.

Es ist elf Uhr, Edgar war noch nicht draußen, und jetzt das!

Nach einer Horrornacht, in der ihr die ohnedies längst im Hintergrund schimmernde Klarheit über ihr denkbar dämliches Verhalten allmählich mit unübersehbarer Tiefenschärfe ins Bild gerückt ist, spürt sie eine Nervosität, dagegen war ihr Vermählungsakt zwecks Bleiberecht mit dem Schulwart Johann Djurkovic wie ein Durchlauf Stadt-Land-Fluss mit dem Buchstaben E. Was soll sie ihrem Willibald erklären, und warum sagt er »wir«? Bringt er die Drecksschlampe, wie die gute Freundin Trixi Matuschek-Pospischill diese junge Dame zu bezeichnen pflegt, gleich mit?

Edgar beginnt zu melden, der Hund sollte hinaus, schleunigst.

Ungeachtet dieses Hinweises beginnt Danjela Djurkovic fieberhaft herumzuräumen, geht beim Vorzimmerspiegel vorbei, wirft einen Blick hinein und erstarrt: der Besuch der alten Dame. Wie schlecht sie aussieht, ungepflegt, fettige Haare, Augenringe, Sorgenfalten, eine blasse Haut und dieses Doppelkinn, alles völlig gegensätzlich zu jener Person, die das altvertraute »Ich« ihres Willibald in dieses sonderbare »Wir« verwandelt hat! Und weil eine Frau spätestens ab Kindergarteneintritt über einen Malkasten verfügt, nimmt die Djurkovic den ihr zugeworfenen Fehdehandschuh auf und greift zum Pinsel. Hektisch wird der Schminkkoffer ausgeräumt. Das kann sie leider ganz schlecht, die Danjela, zeichnen, basteln und formen.

Der Verwandlung einer optisch Todkranken zur farbenfrohen, erstmals geschminkten Sechzehnjährigen kommt einzig der schrille Klingelton aus dem Vorzimmer dazwischen. Edgar kläfft nun erst recht, nach dreimaligem Läuten ist es so weit, und er springt seinem Gelegenheitsherrchen winselnd vor Freude und Rettungssehnsucht die Beine hoch.

»Also der Hund will mich sehen, das steht eindeutig fest!«, bemerkt Willibald Adrian Metzger, erkennt mit geübten Augen sofort: »Und raus muss er auch!«, nimmt ungefragt die neben der Tür hängende Leine und erklärt: »Dann lass ich euch mal alleine.«

Wenn man bei einem Hund bis zum letzten Drücker wartet, erspart man einander jede Menge sinnloser Meter. Es unterliegt nämlich einem Irrtum zu glauben, dass so ein Viecherl, wenn es nicht wirklich dringend muss, in seiner städtischen Einzelhaft Freude daran hätte, auf den verdreckten Gehsteigen endlos herumzulatschen und seinem Herrli oder Frauli auf der Suche nach Sozialanschluss Gesellschaft zu leisten. Die Würste am Asphalt sind im mehrfachen Sinn ausschließlich Ergebnisse, die größter Not bedurften, Notdurft eben.

So kommt es, dass Edgar nach einem äußerst schnell erzielten Ergebnis schnurstracks den Heimweg anpeilt und feststellen muss, dass der schwergewichtige Metzger ganz gegen sein Naturell in die Gegenrichtung marschiert. Ursache dieses überraschenden Bewegungsdrangs des Restaurators ist ein Spektakel, das am Ende der Hundewiese vor seinem ehemaligen humanistischen Gymnasium die Sonntagsruhe stört. Denn Schüler, die während der Woche bevorzugt ihren Schulen fernbleiben, hängen dann gern am Wochenende, wenn es ums Wollen geht, vor genau diesen Schulen herum, es müssen nicht einmal die eigenen sein – ist ja auch ein perfekter Treffpunkt, noch dazu, wenn so eine prächtige Stiege mit herrlich geschwungener Balustrade hinauf zum großen hölzernen Tor führt. Beinah die komplette föderierte Armee rollender Halbwüchsiger ist anwesend und stürzt sich auf ihren Brettern grölend das Geländer der Steintreppe hinunter, wahrscheinlich von der flüssig zugeführten Wahnvorstellung irregeleitet, fliegen zu können. Der Metzger kann und will zwar gar nicht hinsehen, allein die Geräuschkulisse verursacht ihm körperlichen Schmerz, dennoch ziehen sie ihn magnetisch an, die Fragen: Was ist los mit Philipp Konrad? Warum besucht mich dieser Oskar?

Weil die Sturzgefahr bei solch lebensgefährlichen Manövern natürlich erheblich ist und so ein Halbwüchsiger durchaus Verantwortung kennt, besonders gegenüber seiner wertvollen technischen Gerätschaft, wird beim Sturzflug auf den obligaten Kopfhörer samt MP3-Player verzichtet, was dazu führt, dass dieses plötzlich hervorgestoßene krächzende »Wir bekommen Besuch!« auf allgemeines Gehör stößt.

Ein von allen beachteter Zeigefinger streckt sich in Richtung des Restaurators, dann braucht der Metzger gar nicht mehr weiterzugehen, denn sie rückt ganz von selbst an, die Armada auf Gummirollen. Edgar beginnt energisch zu bellen. Es ist der kleine, untersetzte Anführer, der vom Brett springt, unbekümmert auf den Hund zugeht, ihn zu streicheln beginnt und dabei zum Metzger aufblickend mit ruhiger Stimmer erklärt: »Na, sind wir wieder ein bisserl Bubischauen?« Etwas Bedrohliches liegt in seinen Augen. »Wieder hier, um uns ein paar Lügen aufzutischen?«

Unverkennbar sind die Burschen nicht aus reiner Wiedersehensfreude angerückt. Nur Oskar, der diesmal etwas im Hintergrund geblieben ist, hebt seine Hand, lächelt und neigt verträumt den Kopf zur Seite. Edgar ist einwandfrei außer Gefecht gesetzt, und dem Metzger bleibt nur noch die Wahl, winselnd um Gnade zu flehen oder mit wehenden Fahnen unterzugehen. Er entscheidet sich, ganz im Sinne der Kostümierung seiner Gegner, für die Flaggenlösung: »Erstens ist das alles andere als lustig, euch bei euren Selbstmordversuchen zuzusehen, zweitens könnt ihr mir glauben, ich lüg euch nicht an, sondern es wäre mir bedeutend lieber, Philipp würde jetzt hier stehen, und drittens, was habt denn ihr Helden bisher unternommen, um herauszufinden, wo er sich aufhält? Soviel ich weiß, ist er mittlerweile nicht nur krank, sondern auch verschwunden, oder?«

Da schauen sie jetzt, die Burschen: »Was bist du, ein Bulle, woher kennst du plötzlich seinen Namen?«

Dem Metzger ist völlig klar, dass er Oskar hier rauszuhalten hat, was ihn zur alternativen, im Grunde gar nicht gelogenen Antwort veranlasst: »Nein, ich bin kein Bulle, aber ich werd das Gefühl nicht los, dass da etwas nicht stimmt, folglich hab ich ein paar alte Kontakte aufgefrischt.«

Deutlich steht nun den Knaben die Verunsicherung im Gesicht. »Kontakte! Mit den Bullen wollen wir nichts zu tun haben!«

Oskar im Hintergrund hat leise zu summen begonnen.

»Und warum wollt ihr mit denen nichts zu tun haben? Als ich euch erzählt hab, Philipp hätte mir mein Geld zurückgegeben, habt ihr mich Lügner geschimpft und seid auf und davon, was doch heißt: Philipp war es nicht, der mir mein Portemonnaie gebracht hat. Eines weiß ich aber mit Sicherheit, gestohlen hat er es. Philipp hat mir von seinem Skateboard aus mein Sakko aus der Hand gerissen, das steht fest. Wie kommt es dann zu mir zurück, wenn nicht durch ihn, habt ihr da eine Idee? Und warum, meine Herren, habt ihr Angst vor der Polizei, macht ihr so etwas auch?«

Das Schweigen spricht für sich. Was hat er auch erwartet, der Metzger. Mit seinem Hunderl, seinem biederen Äußeren und seiner behäbigen körperlichen Statur ist er nicht gerade der geeignete Kandidat für etwaige Verbrüderungen mit Halbstarken. Genau die rücken nun langsam näher, und dem Metzger ist es ein Rätsel: Wieder sind Mobiltelefone auf ihn gerichtet. Wollen sie ihn entmaterialisieren, einen unsichtbaren Stempel verpassen, sind diese Geräte gefährlich?

Einer faucht: »Was wir machen, geht dich nichts an!«, ein anderer zischt: »Auf was warten wir?«

Oskars Augen zwinkern nervös, sein Kopf ist zur Seite geneigt, er lächelt nicht mehr, Edgars Schwanz wedelt nicht mehr, und der Metzger weiß nicht mehr weiter. Was nötigt die Burschen, ihm hier am helllichten Tag zu Leibe zu rücken? Ist es ein Ausdruck ihrer Angst, ist es ihre große Sorge um den verschollenen Freund, ist es ein Hilferuf?, sinniert der Metzger, legt selbst kurz die mögliche Option eines derartigen Notrufs auf die Waagschale und erhält völlig unvermutet einen Schnellsiederkurs, wie so ein Alarmsignal am effizientesten zu klingen hat.

Schrill ist der Schrei, da müssen sich diverse Einfachverglasungen krampfhaft an ihre Rahmen klammern, und prompt die Reaktion: Beinah gleichzeitig springen die Burschen von ihren Holzbrettern und bilden einen schützenden Kreis, in dessen Mittelpunkt, mit hochrotem Kopf, Oskar steht. Beide Hände an seine Ohren gepresst, die Augen fest zusammengekniffen, den Kopf zum Himmel gewandt, brüllt er sich die Kehle aus dem Leib.

Es ist Bennie, der als Erster auf ihn zugeht, auf ihn einredet und behutsam beide Hände auf die seinen legt: »Alles gut, Oskar, es ist alles gut!«

Genauso abrupt, wie der Schrei eingesetzt hat, hört er wieder auf. Die Arme hat er heruntergenommen, die Augen geöffnet, nur das hochrote Gesicht und der zum Himmel gerichtete Blick sind geblieben. Dann hebt sich erneut eine Hand und deutet aufwärts in die Krone eines der vereinzelt am Wegesrand stehenden Bäume. Es sind sehr ruhige Töne, die Oskar nun von sich gibt: »Kastanie: Geburtstag 15. bis 24. Mai, 12. bis 21. November. Reagiert sensibel auf Frost, braucht mildes Klima. Fröhlicher, diplomatischer Charakter. Sehr verlässlich, selbstkritisch. Kastanienmensch, Familienmensch, glückliche Mischung. Guter Baum. Schön.«

Kurz danach senkt sich sein Blick, sucht die Augen des Restaurators, findet sie, und genau in diesem Moment kommt es wieder zurück, das Lächeln. Vielleicht täuscht er sich, der Metzger, aber aus diesem Ausdruck an Zufriedenheit ist nun doch so etwas wie Verbrüderung herauszulesen.

Diesen friedlichen Moment und die entschärfte Situation muss er ausnutzen: »Bitte hört mir zu. Ich weiß nicht, was los ist, aber irgendwas stimmt nicht, da bin ich mir sicher! Es muss euch doch klar sein, dass ihr Philipp mit eurem Schweigen keinen guten Dienst erweist. Stellt euch vor, euch passiert so etwas wie vielleicht ihm. Wollt ihr dann Freunde, die euch im Stich lassen und nicht alles tun, um zu helfen? Ich nicht! Wisst ihr was? Damit ihr mir vertraut …«, der Metzger zückt seine Geldbörse und zieht eine Visitenkarte mit der Werkstattanschrift heraus, »… das bin ich. Da stehen meine Kontaktdaten drauf. Ich verspreche, ich verpfeif euch nicht. Aber um Himmels willen, wenn ihr etwas wisst, das helfen könnte, sagt es! Und jetzt geh ich.«

Ungerührt wirft der Metzger eine Visitenkarte auf den Weg, nimmt Edgar in die Arme, schmunzelt Oskar zu und dreht sich um. Er ist schon beinah hinter der Ecke verschwunden, da hört er ein: »Warte!«

Ein Skateboard rattert über den Gehsteig, ein wenig dauert es, dann steht der Anführer abermals vor ihm, diesmal allein.

»Wenn du uns bescheißt, mach ich dich kalt!«

»Um mir das zu sagen, bist du mir also nach?«

»Ich weiß was!«

»Wer ist ich?«

Es ist ein tiefer Blick, der schon viel zu sehen bekommen hat in diesem jungen Leben und der nun alles aus den Augen des Restaurators herauszulesen versucht.

»Ich bin Sven, und Philipp ist wie mein Bruder. Wir wissen alles voneinander und passen aufeinander auf. Verstehst du. Er, er …« Sven legt eine kurze Gedankenpause ein. Nach einem tiefen Seufzer fährt er fort. »Er ist am Sonntag alleine los, weil … weil … weil wir Streit hatten. Philipp hat Geld gebraucht, und ich wollte nicht mit. ›Ich schaff das auch allein, ist ja nicht das erste Mal!‹, hat er mich angebrüllt. Und weil wir so einen Streit nie lange durchziehen, hat er mich wie immer, wenn er allein unterwegs war, danach euphorisch angerufen: ›Ich hab's geschafft. Ist aber nicht viel!‹ Dann hat er zu fluchen begonnen, und ich hab nur noch gehört: ›Scheiße, da passiert was!‹ Seither ist sein Handy abgedreht, über Internet antwortet er auch nicht, und am Festnetz hat man seine Mutter dran. Was bedeutet, Philipp ist für mich unerreichbar, denn die Alte kann mich nicht riechen. Ich sie auch nicht, obwohl mir so eine Mutter tausendmal lieber wäre als meine eigene, die kümmert sich wenigstens. Jedenfalls hat sie mir erklärt: ›Was mit Philipp ist, geht dich nichts an!‹, ja, und dann ist er verschwunden. Der hat einfach sein Handy nicht mehr aufgedreht, das ist doch nicht normal!«

»Und da warst du nicht bei der Polizei!«

»Bin ich wahnsinnig! Die Bullen können mir gestohlen bleiben. Die tun doch nichts für uns, für die sind wir Dreck!«

Der Metzger ist entsetzt, irgendetwas ist passiert, irgendetwas Schwerwiegendes. Die Burschen haben Angst, und sie haben offenbar niemanden, dem sie sich anvertrauen können.

24

Mehrmals muss der Metzger dann läuten, bis ihm endlich zögerlich die Tür zur Schulwartwohnung geöffnet wird. Dann kann sogar Edgar etwas lernen, denn durch und durch perfekt ist sie, die beschwichtigende Demutsgeste, mit der Danjela Djurkovic ihrem Rudel entgegentritt. Betreten blickt sie mit geneigtem Kopf zu Boden, kaut ein wenig auf ihren weit über den Rand bemalten Lippen, dann folgt ein unterwürfiger Augenkontakt: »Ach Willibald, hab ich wirklich überlegt Meuchelmord. Bitte bist du nix böse, weiß ich ja eh, war große Blödsinn. Hast du keine Ahnung, was passiert, wenn Weiberhirn verübt Anschlag auf Weiberherz. Da geht Logik auf Tauchgang. Ist wie will beweisen, dass eins und eins ist eins, verstehst du. Fühl ich mich hundsmiserabel. Aber sieht sie einfach aus so gut, Sophie. Nix wie Schwester!«

»Danke für das Kompliment!«

Lange dauert sie, die stille Umarmung im Vorzimmer, dann kommt, Hand in Hand mit dem inneren Frieden, der Appetit zurück. Immerhin hat sie die letzten Tage kaum einen Bissen hinuntergebracht, die Danjela: »Geb ich aus statt Friedenspfeife Mittagsmenü!«

Selten zuvor hat der Metzger seine Danjela so ruhig erlebt wie dann im Anschluss, alle Sensoren hellwach. Schweigsam war sie vor allem deshalb, weil am Tisch im Grunde nur eine Person wirklich viel zu erzählen hatte: Sophie Widhalm.

Ähnlich einem offenen Buch hat sie in sich lesen lassen und ihr Inneres ebenso freizügig serviert wie die spärlich bekleidete Kellnerin den von ihr bestellten Vogerlsalat auf Keferbohnen mit Hühnerstreifen, das Geselchte mit Sauerkraut der Danjela und die geröstete Leber mit Petersilienkartoffeln dem Willibald. Was den Metzger weitaus mehr faszinierte als die vorgetragene Lebensgeschichte seiner Halbschwester, war diese Inbrunst, mit der Danjela Djurkovic an jedem Wort hing, das da so offenherzig aus dem Mund Sophie Widhalms herauskam. Hinein ist ja ohnedies nichts gekommen, denn wenn jemand von vier servierten Hühnerstreifen bereits nach Verzehr der beiden kleineren Stücke und einiger läppischer Blätter Grünzeugs sein Besteck parallel und mit den Griffen nach rechts auf den Teller legt, weiß er alles, der Willibald. Kein Wunder, wenn man da zu hundert Prozent dem anorektischen Schönheitsideal einer Frau entspricht. Aber jagen gehen!, vernahm der Metzger den Aufschrei seiner inneren Stimme. Während die Djurkovic also dezent, aber doch zügig ihrem Geselchten zu Leibe rückte, brachte sie ihre Kunst des Zuhörens auf ein derart hohes Niveau, dass Sophie Widhalm den mittlerweile schlappen Feldsalat mit einigen salzigen Tränen nachmarinierte und meinte: »Jetzt hat mir der Himmel nicht nur einen Bruder, sondern auch noch eine Schwester geschickt!« Die hohe Kunst des Zuhörens besteht eben nicht allein aus stummem Kopfgenicke, sondern auch darin, das eigene aufmerksame Schweigen gekonnt mit einigen unverfänglichen, allgemeingültigen Sätzchen zu verfeinern, was im Fall der Danjela, dank Studium ihres Ratgebers, zu folgenden immer paarweise auftretenden Ergebnissen führte:

– »Kann ich gut verstehen, is wirklich nix leicht« und »Jaja, gibt in alles, was passiert, Sinn«.

– »Packt man immer mehr ein, als was braucht man auf Reise!« und »Is besser, lasst du hinter dir, was kannst du nicht nehmen mit«.

– »Dauert nix ewig, Regen« und »Wenn du glaubst, geht nix mehr, kommt Licht«.

Dem Metzger ist da natürlich ein »daher« auf der Zunge gelegen, direkt neben dem letzten Stück Leber. So hat er sich's also verbissen.

Genauso wie:

– die Bemerkung, dass er sich schon gefreut hätte, wenn seine Herzensdame mit der Umsetzung ihrer Weisheiten bei ihm angefangen hätte, zuhören allein wäre da schon völlig genug gewesen;

– das Aussprechen eines an seine Halbschwester gerichteten »Wann sehen wir uns wieder?«; haben sich ja ohnedies die Damen in naher Zukunft einen herrenlosen Abend ausgemacht.

Entsprechend herzlich fiel die Verabschiedung der beiden aus. Da wurde umarmt, als kenne man sich mit gerötetem Oberschenkel seit der ersten Sechsfachschutzimpfung beim Kinderarzt, geküsst, als wäre man die auserwählte Trauzeugin, und selbstverständlich Datenmaterial ausgetauscht, den Metzger hätte es nicht gewundert, wären sie dabei gewesen, die Sozialversicherungsnummern.

Die Schlussworte seiner Danjela lauteten: »Geb ich dir gute Buch für schwere Zeit!« Die Schlussworte seiner Halbschwester kannte er dann schon: »Mobil bin ich immer erreichbar. Und mit immer meine ich auch immer, außer natürlich, es gibt kein Netz!«

Dann lief endlich wieder fast alles in geordneten Bahnen. Bis auf eine Ausnahme, denn überraschenderweise hat sich der Metzger zu der Bemerkung hinreißen lassen: »Rückblickend betrachtet, erstaunt es mich schon, was mir Madame Djurkovic alles zutraut und auf welche absurden Gedanken sie so kommt: Ich denke, man darf dich nicht so viel allein lassen!«

Welch eine Sternschnuppe am Horizont der weiblichen Sehnsüchte. Dabei weiß sie noch gar nicht, welche Bestellung ihr Willibald morgen mit Angabe der Lieferadresse bereits im Vorhinein bezahlen wird.

Es folgt ein Abend in trauter Zweisamkeit, und wie sich der Metzger zu später Stunde aus reinster, ja bewusst liebevoll sadistischer Absicht auf die Heimreise begibt, fällt ihm dieser Weg nach Hause richtig schwer.

Einen Tag lang hockt Eduard Pospischill also ganz allein in seinem Ausweichquartier, und das tut der gemarterten Seele gar nicht gut. Welches Mannsbild denkt schon gern nach über sich und die Welt. Schlecht war ihm ja schon oft, diese seelische Übelkeit jedoch ist ihm neu.

Früher als sonst gönnt er sich an diesem Sonntag seinen Dienstschluss, als wüsste er, was kommt, als hätte er eine Ahnung, wie sehr er seine Kräfte noch benötigen wird. Gemütlich ist es beim Metzger, ordentlich und gepflegt, jedes Möbelstück hat seine Geschichte, nichts in dieser Wohnung verbreitet Unruhe. Was leider auch das Fehlen der nun nötigen Ablenkung bedeutet. Wenn der Unterkunftgeber keinen Fernseher besitzt, was soll man da bitte auf sich allein gestellt anderes machen, als zeitig schlafen zu gehen. Und schlafen kann er, der Pospischill, überall, jederzeit und völlig unempfindlich gegenüber Außeneinflüssen – dank seiner Gehörstöpsel. Da schlummert es sich hervorragend, selbst bei heftigem Geklingel, Gepolter und Geschrei.

So kommt es, dass zu vorgerückter Stunde ein erschöpfter Restaurator unruhig vor seiner eigenen Wohnungstür steht. Ja, steht! Denn wenn der Schlüssel, den Eduard Pospischill nun endlich bekommen hat, innen steckt, wenn das Vorhängeschloss ordnungsgemäß eingehängt und die Tür zwischen Vor- und Wohnzimmer ebenso wie die müden Augen am Chesterfieldsofa geschlossen wurden, dann gibt es maximal im Stiegenhaus ein Weiterkommen. Da hilft nur das Auffangnetz wahrer Freundschaft.

»Pst!«

Hausmeister Petar Wollnar hat sich im Pyjama die Treppen von seiner Parterrewohnung hinauf in den letzten Stock geschleppt und legt besorgt seinen Zeigefinger an die Lippen. Für dieses Wohnhaus fühlt er sich einfach verantwortlich, und dazu gehört unter anderem die Einhaltung einer gewissen Ordnung. Und froh ist er, der Metzger, über dieses prompte, diensteifrige Erscheinen, denn auch wenn er mittlerweile von zwei sehr eigenwilligen Herren als deren einziger Freund bezeichnet wird, trifft diese Bezeichnung aus der Sicht des Restaurators ausschließlich auf den Hausmeister zu.

Gut, der Wollnar ist ein vom Leben geprügelter Mann, aber die Vorherrschaft seiner Ex Zusanne Vymetal, der ehemals besten Freudin Danjela Djurkovic', war dann der Prügel zu viel. Ihre Kontrollsucht, so bezeichnete das der Metzger, also ihr Beschützerinstinkt, so bezeichnete das die Vymetal, erweckte immer mehr den Eindruck, sie hätte ihn adoptiert. Und weil sich Zusanne Vymetal im Lauf der Zeit immer weniger als heißer Feger denn als grober Besen herausstellte, wurde dem Wollnar beim Stiegenhauskehren klar: Der Umgang mit nur einem Besen reicht ihm vollkommen – womit die Beziehung ziemlich wortlos ein Ende fand.

So endet dieser Tag für Willibald Adrian Metzger sowohl menschlich also auch kulinarisch bestens versorgt am Wollnar-Sofa, und das kennt er ja schon zur Genüge.

Was er dann am nächsten Morgen in seiner Wohnung findet, kennt er allerdings nicht. Diesmal wird sein Läuten erhört, auch wird die Tür geöffnet; was nicht geöffnet wird, ist sein Tor zur Erinnerung. Denn gesehen hat er sie noch nie, der Metzger, diese Person, die da vor ihm steht. Kein Funken an Erstaunen ist der jungen Dame anzumerken, der in Gegenwart des Restaurators durchaus ein »Papa« über die Lippen kommen könnte. Mit einer Selbstverständlichkeit, als stünde ihr Name am Türschild, macht sie keinerlei Anstalten, den Metzger hereinzubitten, sondern erklärt in striktem Ton: »Wer sind Sie, und was wollen Sie hier?«

Der Metzger ist selten sprachlos, jetzt weiß er aber wirklich nicht weiter, worauf die Dame fortfährt: »Ich schätze mal, die Bibel auslegen. Danke, wir brauchen keine Erleuchtung!«

Dann fällt die Tür ins Schloss.

Im Metzger ist der Entscheidungsprozess »Lachen oder Wüten« noch nicht abgeschlossen, trotzdem läutet er abermals, entdeckt in den Augen seines Gegenübers einen Hauch von Wüten und entscheidet sich für den Humor: »O doch, eine kleine Erleuchtung kann jeder brauchen!«

»Ich fass es nicht, mit eurer Hartnäckigkeit schafft ihr es noch zu einer anerkannten Weltreligion. Ich hab wirklich Dringenderes zu tun!«

»Ich auch. Die Toilette besuchen können wäre jetzt zum Beispiel fein – und zwar in meiner Wohnung!«

»Na, dann sind Sie hier falsch!«, meint die Dame noch, dann dürfte ihr Hirn doch zu arbeiten beginnen. Deutliche Zeichen der Unsicherheit mischen sich in ihren harschen Blick.

»Da wär ich mir an Ihrer Stelle nicht so sicher. Gestatten, Willibald Adrian Metzger, die Initialen meines Namens, da müssten Sie aber jetzt schon auf meine Seite wechseln, stehen hier am Türschild, die Schlapfen an Ihren Füßen haben Größe 43 und sind von mir, und der Kaffee in Ihrer Hand kommt aus meiner Küche, vom Häferl ganz zu schweigen!«

Und während Eduard Pospischill geschäftig ins Vorzimmer tritt, widmet sich auch der Metzger seinem Geschäft, würdigt den Hausbesetzer keines Blickes und verschwindet auf dem WC: »Aber Zuhörer brauch ich keine, ab ins Wohnzimmer und Tür zu!«

Und weil für den Willibald ein guter Tag mit einem gründlichen Toilettenaufenthalt beginnt, dauert seine Rückkehr ein Weilchen. Auf jeden Fall ausreichend lang, um das im Wohnzimmer wartende Pärchen die Peinlichkeit des eben Geschehenen auch ausreichend auskosten zu lassen. Dann bricht er das betretene Schweigen: »Bevor Sie sich nun bei mir vorstellen, Gnädigste, sei dir versichert, Pospischill: Dein Aufenthalt hier ist somit beendet. Das muss ja selbst in deinen Dickschädel hineingehen, dass das Aussperren eines Wohnungseigentümers über Nacht zum Zwecke der heimlichen Lustbefriedigung eines verheirateten Mannes mit einer Dame, die im Übrigen jene Tochter sein könnte, die genau dieser verheiratete Mann seiner eigenen Frau bis dato noch nicht geschenkt hat, absolut inakzeptabel ist, noch dazu, wenn der Hauseigentümer die Ehefrau persönlich kennt!«

Jetzt entscheidet sich auch die Dame für ein Lächeln: »Herr Metzger, Ihre Phantasie in allen Ehren! Aber erstens ist mir mein Verhalten von vorhin wirklich äußerst unangenehm, bitte verzeihen Sie, aber obwohl ich schon so viel von Ihnen gehört und sogar mehrmals indirekt mit Ihnen zu tun hatte, wusste ich ja nicht, dass Sie das sind. Und zweitens, ich würde niemals, wirklich niemals mit einem Vorgesetzten ins Bett steigen, so schön kann der gar nicht sein! Mein Name ist Irene Moritz, ich bin hier, weil mich Kommissar Pospischill zur Dienstbesprechung herbefohlen hat. Gerhard Kogler kommt noch, Herbert Homolka, den kennen Sie ja schon, kommt nicht, der ist krankgemeldet, und alles Weitere müssen Sie mit Ihrem Freund hier besprechen.«

»Metzger, es ist so viel passiert, ich hatte keine Wahl, und dass ich gestern eingeschlafen bin, tut mir leid. Wir haben hier ganz in der Nähe einer prekären Angelegenheit nachzugehen. Die beiden Kollegen waren schon vor Ort, und weil wir uns möglichst abgeschottet besprechen müssen, hab ich sie kurz hergebeten. Wie gesagt: Es handelt sich um eine wirklich äußerst heikle Angelegenheit!«

Nervös klopft Eduard Pospischill mit dem Bügel seiner Brille auf den Couchtisch. Auffordernd ist sein Blick, vielsagend die eingeschobene Gesprächspause.

Der Metzger kennt sich aus: »Wenn du mir gerade verdeutlichen willst, dass ich aus Datenschutzgründen oder warum auch immer das Feld räumen soll, zeig ich dich an wegen Hausfriedensbruchs. Das kann ich ja dann gleich bei Ihnen machen, Frau Moritz, oder?«

So erlebt der Metzger also die erste Dienstbesprechung seines Lebens und erkennt dabei den kleinwüchsigen, kahlköpfigen, abgemagerten Kettenraucher Eduard Pospischill nicht wieder. Ein gestandenes Mannsbild mit Durchschlagskraft präsentiert sich dem Metzger da in seinem eigenen Wohnzimmer, absolut fokussiert, nicht nur wegen seiner lesetechnisch notwendigen, an der Nasenvorderkante getragenen Hornbrille. Messerscharf ist sein Verstand, unmissverständlich seine Autorität und klar seine Direktiven.

Was dem inzwischen hinzugekommenen Gerhard Kogler und dem fehlenden Herbert Homolka auch trotz Schnauzbart an Männlichkeit fehlt, macht Irene Moritz wieder wett. Nicht durch Mangel an Weiblichkeit, sondern durch ihre resche, schlagkräftige, ja durchwegs Angst einflößende Art.

Von Irene Moritz verhört werden? Nein danke.

Nein danke, fällt dem Metzger dann auch zu dem ein, was durch sein Eindringen in die eigene Mansardenwohnung ans Tageslicht kommt. Da wäre er gern noch ein Stündchen länger ausgesperrt geblieben.

25

»Wo kam es her?«

»In etwa von dort drüben!«

Annabelle Wertheim-Müllner, die Erzfeindin der ermordeten Galina Schukowa, ist also abgängig.

Aufgefallen war das ihrer Familie beim Antritt der

Heimreise vom Palais Mühlbach in Richtung der eigenen Feudalvilla am Stadtrand, da dachte man noch, sie, die doch so gern Männerherzen brach, sei bei jemand anderem eingestiegen. Dann konnte man sie nicht erreichen, da dachte man noch, sie sei mit dem, bei dem sie eingestiegen war, auch irgendwo abgestiegen. Dann wurde Sonntagabend das Abonnementenkonzert des Orchesters ohne sie begonnen, da dachte man dann schon, ein weiteres Männerherz könnte gebrochen worden und ihr in weiterer Folge gefährlich zugestiegen sein, zügelte die Sorge aber mit der Tatsache, dass das Töchterchen Annabelle nicht nur ein guter Schütze sei, sondern auch stets eine kleine Pistole mit sich trug.

Dieser Pseudoberuhigungsversuch funktionierte nur bis in die frühen Morgenstunden. Um fünf Uhr wurde die Kriminalpolizei alarmiert, und gegen sieben Uhr wurde Willibald Adrian Metzger unfreiwillig nicht nur anwesender, sondern auch mitteilender Teil einer Dienstbesprechung.

»Was heißt, du hast sie gehört?«

»Gestern um halb zwei in der Nacht hab ich sie spielen gehört, mitten im Wald, da bin ich mir absolut sicher. Ich hab auch einen Zeugen beziehungsweise eine Zeugin!«

»Auf was warten wir!«

Nun ist es acht, die Vögel zwitschern, Eugen von Mühlbach vertritt seinen abwesenden Vater, und Willibald Adrian Metzger vertritt sich im Kiefernhorst des Adelsgeschlechts abermals die Füße. Vor ihm ein uniformierter Beamter mit Spürhund, hinter ihm Gerhard Kogler und der Freiherr junior, neben ihm Eduard Pospischill.

»Kannst du das einschränken? Von dort drüben ist etwas vage!«

Das war nun die zweite Nacht, die der Metzger mehr oder weniger auf seinen Schlaf verzichten musste, entsprechend schlecht ist er auf den Kommissar zu sprechen:

»Bin ich der Spürhund da vorne? Ich weiß nur, es war links vom Kiesweg und ein ziemliches Stückchen weg!«

Schweigend wird dahinmarschiert, dann zeigt der Hund Unruhe, die Leine spannt sich so wie die Nerven der Beteiligten, es folgen ein Gewinsel und schließlich ein Bellen.

Eduard Pospischill betrachtet kurz den Fundort und dreht sich energisch um: »Kogler, benachrichtigen Sie die Spurensicherung!«

Wenig später landet er also doch an einem Tatort, der Metzger, und es wird nicht sein letzter sein.

Ziemlich bald wird rein durch das genaue Betrachten der Umgebung klar, dass die Blutspuren von zwei unterschiedlichen Personen stammen müssen. Die Sportschuhabdrücke der Größe 43 deuten auf einen Mann hin, die Abdrücke der nackten Füße mit der geschätzten Größe 36 auf eine Frau.

Eine dermaßen große Blutlache samt Schleifspur und dann diese vereinzelten in der Gegend verteilten Tropfen Blut, das passt einfach nicht zusammen. Die dunkle Pfütze mit der daraus hervorgehenden kurzen Schleifspur dürfte zur Dame gehören, ebenso wie der kleine türkise Stofffetzen. Die Patronenhülse wiederum lässt auf den vom Restaurator geschilderten und von Antonia Lenz als solchen enttarnten Schuss schließen.

Wenn der Schuss, wie der Metzger nun felsenfest behauptet, vor dem nächtlichen kurzen Solokonzert der Annabelle Wertheim-Müllner abgegeben wurde, könnte das bedeuten, dass einer der beiden Anwesenden durch die Patrone verletzt wurde. Weiter führt das Vorhandensein der zur Selbstverteidigung gedachten Pistole von Fräulein Annabelle Wertheim-Müllner zu der Schlussfolgerung, der Schütze könnte sie selbst gewesen sein, was weiter bedeuten könnte: Angeschossen wurde der Mann.

Theoretischer Handlungsverlauf: Frau schießt Mann an, Frau spielt Cello, Frau wird verletzt, eventuell tödlich, Frau wird ein Stück weggeschleift, dann getragen oder im schlimmsten Fall irgendwo verstaut, Mann versorgt seine Wunde. Der Aussage Eugen von Mühlbachs nach zu urteilen, der Annabelle Wertheim-Müllner als musikalischen Zwischengang des feierlichen Galadiners bewundern konnte, könnte diese Wundversorgung mit einem Fetzen des von der Musikerin getragenen türkisen Kleides erfolgt sein.

Warum das Ganze? Diese Frage bleibt offen. Warum war die Vermisste barfuß? Wozu auf jemanden schießen, wozu dann noch spielen? Klingt nach Zwang, so Eduard Pospischill, klingt besorgniserregend.

Sosehr der Restaurator von Grauen erfüllt ist, beeindruckt ihn doch, wie präzise und vor allem mit beinah hellseherischen Fähigkeiten hier gearbeitet wird.

Von einem Streifenfahrzeug wird Willibald Adrian Metzger schließlich heimgebracht, heilfroh, mit der Sache nun nichts mehr zu tun zu haben, und heilfroh, endlich seine Bestellung aufgeben zu können.

Für Eduard Pospischill ist es dann ein Leichtes, die Namen der geladenen Gäste zu organisieren. Wie das Who's who der einheimischen konservativen Innenpolitik, des Bankenwesens und der Wirtschaft liest sich diese Liste.

Diese Liste durchzuarbeiten bedeutet Krieg an allen Fronten, das weiß der Kommissar jetzt schon. Beim geringsten Anzeichen von polizeilicher Ermittlung verwandelt sich das Umfeld dieses Personenkreises in eine Sperrzone und umgibt sich mit einem schier unüberwindbaren Schleim aus heuchlerischer Hilfsbereitschaft.

Da werden sie alle an die Front ziehen müssen: Herbert Homolka kann sich seine Krankheit an den Hut und alle anderen anstecken; Irene Moritz kann sich an Härte und Durchsetzungsvermögen selbst übertreffen; Gerhard Kogler kann endlich einmal zeigen, dass er zur Demonstration seiner Männlichkeit den Schnauzbart gar nicht bräuchte; selbst der obrigkeitshörige Vorgesetzte Oberst Reinfried Jung wird seinen Kopf aus diversen Mastdärmen herausziehen müssen, um sich einen Überblick zu verschaffen; Eduard Pospischill kann sich nun noch mehr in seine Arbeit vertiefen, und Willibald Adrian Metzger kann sich seinen Wunsch, mit der Sache nichts mehr zu tun zu haben, noch ein Zeitchen genauso in die Haare schmieren wie Eugen von Mühlbach seine Pomade.

26

Eine dreckige Schlampe, erfüllt von Hochmut und Wollust, gut in dem, was sie tat, aber nicht gut genug für den Platz, den sie anderen wegnahm, genau das ist sie gewesen. Ihre Zeit war gekommen. Der Ablauf, wo es zu geschehen habe und wie es zu Ende gehen würde, alles war geplant. Doch es kam anders, völlig unvermutet. Ihre geöffneten Beine, das zwischen ihren Schenkeln ruhende anmutige Instrument, ihre sich sanft bewegenden Brüste, während sie den Bogen über die Saiten gleiten ließ, ihr ekstatisches, an sich manierliches Spiel, all das, kombiniert mit seinem Wissen über ihren bevorstehenden Tod, ließ in ihm eine ungeahnte Erregung hochsteigen, der er nicht mehr Herr zu werden schien und dann auch nicht mehr Herr werden wollte. Warum sollte er sich nicht einmal gehen lassen. Er, der sein ganzes Leben ein Gefangener war, zuerst in seinem Körper und nun in den selbst auferlegten Vorgaben.

Er wusste, sie würde nach ihrem Auftritt bald aufbrechen. Und es geschah genau wie vorhergesehen. Streng gehorchte sie ihren Prinzipien. Unauffällig war er ihr zum Wagen gefolgt.

Er wusste, sie würde sich zumindest auf ein Gespräch einlassen. Er wusste aber nichts von ihrer versteckten Neigung, von ihrer Hingebungsfähigkeit einer Frau gegenüber.

Auf all die Komplimente und Umschmeichelungen reagierte sie mit einer ihm unbekannten Bereitwilligkeit und derart eindeutigen Gesten, dass ihm aufgrund des Gedankens an das, was nun kommen könnte, für einige Momente die Kontrolle entglitt. Sie übernahm das Kommando, wollte nicht zu ihm in den Wagen steigen: »Gleich hier im Wald lass es uns machen. Ich zeig dir, wie gut ich spielen kann!«

Er willigte ein. Still ist er ihr tief ins Unterholz hinein gefolgt, dann blieb sie stehen.

»Komm, fass mich an, tu es endlich!«

Er hat ihr gehorcht, sie von hinten gepackt, ihr Kleid abgestreift, sie entblößt, heftig war sein Atem.

»Zieh dich aus, und mach es leise, ganz leise und zärtlich, ich mag es still!« Sie war es gewohnt, den Ton anzugeben.

Niemals hätte er sich entkleidet, nicht nur weil er jemand anderer war, als er vorgab zu sein, sondern weil es ihm um etwas völlig anderes ging. So tief, sich an ihr zu vergehen, wäre er niemals gesunken, völlig ausgeschlossen. Es war nicht der Gedanke an diesen lächerlichen Akt, der ihm Lust bereitete. Es war dieses plötzliche, unbändige Verlangen zu sehen, wie ihre Begierde schlagartig in Verzweiflung umschlagen würde. Wie ihr plötzlich der Schrecken ins Gesicht geschrieben stehen und sich die Vorzeichen ändern würden.

Langsam umfasste er ihren Hals: »Du magst es also still!«

»Ja, ganz still!«

Fester wurde sein Griff, intensiver seine Erregung: »Still genug!«

»Lass mich los!« Sie begann zu ächzen, und endlich war sie da, die blanke Angst. »Was bist du für ein Schwein, was …!«

Er konnte nicht abbrechen, konnte sich nicht zügeln, wollte es zu Ende bringen.

Dann kam der Schmerz. Der Lauf ihrer Pistole war direkt auf sein Gesicht gerichtet, seine Hand schnellte hoch, dann fiel der Schuss, streifte seine Schulter. Er schlug sie zu Boden, sie schrie, er rang ihr die Waffe ab, presste sein Messer an ihre Kehle, zog sie hoch, ganz zu sich heran: »Wolltest du mir nicht zeigen, wie gut du spielen kannst? Dann spiel!«

Sie spielte um ihr Leben, wie in Trance, nackt, erbärmlich zitternd, in Hockstellung, ohne Chance, sich dieses Leben tatsächlich zurückzuholen.

Er sah ihren wogenden Körper, ihre geschlossenen Augen, ihre Tränen. Präzise und tief war sein Schnitt, kein Würgen, nur das warme Blut und die Stille des Waldes.

Ein ungeahntes Gefühl der Genugtuung durchströmte seinen Körper, bis schließlich der Verstand einsetzte. Er musste weg, alles wie geplant erledigen und arrangieren. Der Wald wird sein Geheimnis hüten, die sich selbst überlassene Natur würde dafür sorgen, dass niemand Spuren fand.

Diese Annahme war falsch.

Seine Schulter schmerzt. Hinter dem durchsichtigen Vorhang steht er am Fenster und blickt auf die Straße. Er darf sich keinen Fehler mehr erlauben, nur ist das schwer, Fehler entpuppen sich zumeist erst im Nachhinein als solche.

Und er muss dafür sorgen, dass die Geschichte bald ein Ende nimmt, nicht weil er entdeckt werden könnte, keiner wird ihn jemals finden, sondern aus Angst vor sich selbst: Maßlosigkeit ist ein Nährboden des Versagens.

Zeit, die nächste Weiche zu stellen.

27

Es ist zwar nicht vorgesehen, dass ein Chesterfieldsofa einem obdachlosen Polizisten als Schlafplatz dient, dem Metzger fehlt die Belegung nun aber trotzdem. Bereits die zweite Nacht in Folge zeigt Eduard Pospischill aus dienstlichen Gründen seinem Notquartier und somit auch seinem Quartiergeber die kalte Schulter. Im Großen und Ganzen hat er nämlich recht gut funktioniert, dieser Testlauf in puncto Zusammenleben mit einer zweiten Person. Spurlos geht es nämlich nicht an ihm vorbei, dieses eben erst absolvierte kurze Durchrütteln seiner eigenen Beziehung und dieses Beben, welches immer noch das Haus Pospischill in Trümmer legt.

Dass dem Metzger in seiner Einsamkeit all diese Gedanken kommen, während er auf dem leeren Chesterfieldsofa hockt und den Ratgeber seiner Danjela liest, versteht sich von selbst. Obwohl, in Wahrheit liest er ihn ja gar nicht, der Willibald. Keiner schmökert offiziell im »Schlüssel zum Glück«, genauso wenig wie niemand rechtsradikale Parteien wählt, niemand keine Mülltrennung betreibt, niemand mit zuckendem Fernlicht auf der Überholspur auffährt und natürlich niemand im Internet an einen FKK-Strand surft.

»Was du tun willst, tu jetzt!«, eröffnet dem Metzger nun fett gedruckt das nächste Kapitel, und ja, in gewisser Weise hat es schon seine Faszination, so ein als Neuentdeckung verkaufter Sammelband längst bekannter Klugheiten. Das, was hier abgedruckt als Erleuchtung verkauft wird, kann einem zwar alles frei von der Seele weg die Urli-Oma erzählen, aber weil eben die wenigsten noch eine Urli-Oma haben oder mit ihren Großeltern seltener kommunizieren als mit ihrem Automechaniker, verkaufen sie sich hervorragend, diese Machwerke.

Für den Metzger jedenfalls ist das eben Gelesene der notwendige Schub, um diese eine einzige für ihn bedeutsame Nummer zu wählen: »Stört es dich, zu wissen, dass du mir fehlst?«

»Willibald, rufst du so spät an und stellst du dann so blöde Frage!«

Am Küchentisch sitzt sie gerade, die Djurkovic, Wattebausche zwischen ihren wulstigen Zehen, auf dass er trocknen kann, der frisch lackierte Rotton auf ihren Nägeln. Sie wird zwar nie und nimmer eine Sophie Widhalm, aber darauf ankommen lassen, dass eines Tages wirklich so ein blöder Trampel aufmarschiert, der ihr ihren Willibald wegschnappt, will sie es auch nicht.

»Stört es dich dann, wenn du heut Nacht ein wenig rüberrutschen musst?«

»Ist Frage zwar genauso blöd, aber schon viel besser!«

Was dem Metzger am nächsten Morgen von Eduard Pospischill zu Gehör gebracht wird, bleibt nicht lange dem Auge der öffentlichen Wahrnehmung verborgen. Noch am selben Tag wird es zur Schlagzeile Nummer eins, wer da in der parkartigen Gartenanlage des weit über die Grenzen bekannten und im eigenen Land höchst unbeliebten Millionärs Dr. Gottlieb Wertheim-Müllner im Cellokoffer anstelle des dazugehörigen Instrumentes gefunden wurde. Der Stolz der ganzen Familie: Tochter Annabelle. Bereits am zweiten Tag nach diesem abscheulichen Fund wird die erste Tageszeitung darüber berichten, wie es dieser Musikerin überhaupt gelingen konnte, neben der Tochter des Diplomaten Dr. Alexander Schukow und der Harfenistin Käthe Henrikshausen als dritte Instrumentalistin in wohl einem der weltbesten Orchester unterzukommen. Weiter wird zu lesen sein, dass seit der Gründung dieser Virtuosenvereinigung, von diesen dreien abgesehen, noch nie ein anderes Weibchen durch die Reihen der Herren marschieren durfte, außer die Königspudeldame Fatima des ersten Geigers Viktor Hubertus vor, maximal eine Flitzerin während und schließlich eine Putzfrau nach dem Konzert.

Umgehend wird das Konkurrenzblatt reagieren und gefinkelte Theorien darüber aufstellen, warum gerade diesen beiden Damen die Kehle durchgeschnitten wurde, und anhand einer verbildlichten Darstellung erläutern, welcher Art ein Körper gefaltet werden muss, um überhaupt in einem Cellokoffer Platz zu finden. Auch werden in weiterer Folge die Informationen darüber nicht ausbleiben, wie lange ein solcher Koffer mit entsprechendem Inhalt unbemerkt im Garten hätte liegen bleiben können, bevor dem häufig geschäftsreisenden Herrn Dr. Wertheim-Müllner zum röstfrischen Kaffeegeruch noch ein anderes Düftlein in die Nase gestiegen wäre. Es werden quer durch alle Tageszeitungen Berichte über die fragwürdigen Geschäfte der trauernden Familie das Land überfluten, im Gegensatz dazu wird die Familie die Öffentlichkeit zuerst an ihren Schmerzen und schließlich an ihren Klagen teilhaben lassen.

»Denn klagen kann er, der Wertheim-Müllner, das hätte den Herausgebern dieser Schmierblätter ja ausreichend bekannt sein müssen! Immerhin hat er während der letzten Jahre so ziemlich jeden Prozess gewonnen.

Und gönnen tu ich es dieser pietätlosen Brut, das sag ich euch.«

»Ich« ist in diesem Fall Kommissar Eduard Pospischill, »euch« seine ansonsten so diensteifrige Truppe, und ansonsten heißt es, weil den eifrigen Kollegen in Anbetracht der Orchestermitglieder der Diensteifer allmählich abhandenkommt.

Bereits am heutigen ersten Tag, an dem umgehend mit den Befragungen begonnen wurde, hat Irene Moritz Gerhard Kogler wissen lassen: »Eine Menge an aufgeblasenen Hohlköpfen ist das; wenn die am Rummelplatz herumstehen, kann sich ein Luftballonverkäufer mit voller Ladung in der Hand verstecken gehen!« Von aufgeblasen kann bei Gerhard Kogler nämlich nicht die Rede sein. Ganz im Gegensatz zum gerade erstmals anwesenden ersten Geiger, Viktor Hubertus, samt seiner piekfein rasierten Königspudeldame Fatima.

Eduard Pospischill hat das Los der weiteren Vernehmung gezogen, denn Irene Moritz ist kurz aus ihrer so heiß geliebten dienstlichen Rolle der unnachgiebigen Herzlosen geschlüpft und vegetarisch Mittag essen gegangen, Gerhard Kogler sitzt klarerweise am selben Mittagstisch, und der Waschlappen Herbert Homolka ist für Vernehmungen nur brauchbar, wenn er hinter der Spiegelwand zuhört. Abgesehen davon, musste das Buberl seinen aufgrund eines kleinen Fiebers über Telefon verkündeten Krankenstand abbrechen, was ihm eine Gefährlichkeit verpasst, da traut sich selbst ein Zwölfjähriger zuschlagen.

So hockt Herbert Homolka also aufmerksam nebenan, Eduard Pospischill aufgekratzt im Verhörzimmer und ihm gegenüber dieser lächerliche Hubertus-Lockenkopf samt dem noch lächerlicheren Versuch einer Schwarzfärbung desselben, dem blauen Blazer mit goldenen Knöpfen, dem glatt gebügelten Hemd darunter, dem hellblauen Stecktuch darin, den Schuppen darauf, dem nasalen Ton und dem ebenso hoch getragenen Riechorgan. All das, kombiniert mit der deutlich zum Ausdruck gebrachten Missachtung seines Gegenübers und dem ständigen Tätscheln des hechelnden Hundes, veranlasst den Kommissar, von jenen wunderbaren Zeiten zu träumen, als in diesen Räumlichkeiten eine etwas heftigere Form des Tätschelns noch zur guten Sitte zählte. Langweilig ist ihm, dem Pospischill, seine Fäuste jucken ihn, und sein Kugelschreiber träumt von einer zielstrebigen Expedition ins ziemlich große Hubertus-Nasenloch. Dann lässt er doch noch aufhorchen, der Herr Viktor:

»Schrecklich, wirklich schrecklich! Jetzt sind es also schon drei!«

»Drei was?«

»Na, drei Opfer!«

»Da müssen Sie mir ein wenig helfen, Herr Hubertus, denn ich komm nur auf zwei! Also bitte erzählen Sie.«

»Das sind jetzt sicher schon ein paar Wochen, seit Käthe Henrikshausen, unsere Harfenistin, einfach verschwunden ist.«

»Das ist uns bekannt, wir suchen sie auch schon seit geraumer Zeit. Aber warum glauben Sie, die Dame sei ein weiteres Opfer?«

»Weil ich Ihren Mann Walter gut kenne. Und so unter der Hand sag ich Ihnen jetzt was! Vor der Polizei tut er zwar besorgt, aber der ist mit Sicherheit heilfroh, diese Schnepfe los zu sein. Und das zu Recht! Mit so einem Drachen als Ehefrau wünscht sich jeder eines Tages, Siegfried höchstpersönlich möge dem ›Nibelungenlied‹ entsteigen und sich quietschfidel auf Jagd begeben. Das wissen doch alle, die Käthe war die Chefin, also auch die Finanzchefin im Haus. Grad, dass er sich in seiner Frühpension einen Gspritzten hat leisten dürfen, der Walter. Hauptsache, diesem Dackeltier hat es an nichts gefehlt!«

Da redet grad der Richtige, denkt sich Eduard Pospischill, während neben ihm munter weitergetätschelt und weitergesprochen wird: »Seltsam ist nun, und das hat er mir vor ein paar Tagen im Vertrauen erzählt: Sie hat bis heute kein Geld abgehoben, keinen einzigen Cent. Das passt einfach nicht zu ihr.«

»Vielleicht hat sie ja ihr eigenes geheimes Konto!«

Viktor Hubertus überlegt: »Ja, das wäre möglich. Da ist man ewig ein treuer Ehemann, und dann macht sich die Frau mit ihrem heimlich abgezweigten Reichtum davon. Eine Horrorvorstellung, so was!«

Und weil Eduard Pospischill noch immer im Wohnzimmer seines einzigen Freundes haust, kommt er über seine eigene Situation ins Grübeln. Weiber! Zuerst nehmen's dir deine Privatsphäre, dann deine Eigenständigkeit, dann deine besten Freunde, und wennst ein Pech hast, nehmen's dann auch noch Reißaus.

»Herr Kommissar? Sind Sie anwesend? Jetzt nehm ich mir extra Zeit hierherzukommen, und dann hören Sie mir nicht zu! Horrorvorstellung, habe ich gerade gesagt.«

»Ja, Horrorvorstellung. Wenn ich Sie recht verstehe, wollen Sie mir sagen, Walter Henrikshausen könnte seine Käthe samt Hund selbst beseitigt haben? Fallen Ihnen vielleicht noch ein paar andere Kandidaten ein, die Käthe Henrikshausen nicht unbedingt wohlgesinnt sind? Hatte sie Feinde, wurde ihr Leben bedroht?« Genüsslich zündet sich Eduard Pospischill eine seiner etwa dreißig täglichen Selbstgedrehten an.

»Nicht so wie gerade meines!«

»Wie meinen Sie das?« Überrascht hebt der Kommissar die Augenbrauen.

»Sag, wissen Sie nicht, dass in öffentlichen Gebäuden seit Neuestem Rauchverbot herrscht?«

»Was, es gibt ein Rauchverbot?« Eduard Pospischill behält den erstaunten Blick bei und brüllt in Richtung der Spiegelwand, dass es Herbert Homolka dahinter nur so aus seinem krankheitsbedingten Halbschlaf reißt: »Warum sagt mir das hier keiner? Rauchverbot, na so was!«

Dann wendet er sich mit einem genussvollen Lungenzug wieder seinem Gast zu, bläst ihm den Qualm entgegen und erklärt: »Bekomm ich jetzt also auch noch eine kleine Gratisgesundheitsberatung, wie sie heutzutage ohnedies auf jeder Zigarettenpackung steht. Aber ich seh schon, Sie sind ein bisserl nikotinempfindlich, und weil ich ja kein Unmensch bin, schick ich Ihnen einfach wieder meine nette Kollegin herein!«, worauf ihn der erste Geiger erneut aufhorchen lässt.

»Nein, um Gottes willen, bitte rauchen Sie nur!«

»Wieso diese plötzliche Bekehrung – soll ich Ihnen eine drehen?«

»Na, das ist erst eine grobe Person, Ihre Kollegin. So eine Furie! Um mir die zu ersparen, fang ich notfalls tatsächlich das Rauchen an, das sag ich Ihnen. Frauen sind mir ja ohnedies nicht geheuer. Das Letzte, was ich brauch, ist diese Versuchung des Teufels, sowohl im Orchester als auch in meinem Privatleben! Und die da draußen, die will ich mir ja nicht einmal vorstellen müssen.«

»Heißt das, Sie bevorzugen Männer oder ...!« Unangenehm fällt ihm das jetzt auf, dem Pospischill, wie der Hubertus dasitzt, kerzengerade, und seinen Pudel streichelt.

»Das ist aber wirklich meine Angelegenheit!«

»Offenbar nicht, oder hab ich mich verhört, was Ihre abfälligen Äußerungen zuerst gegenüber Frau Henrikshausen und nun gegenüber unserer hervorragenden Mitarbeiterin Irene Moritz betrifft. Gestatten Sie mir die Frage, wie hoch Ihre Freudensprünge in Anbetracht des weiblichen Nachwuchses in Ihrem Orchester waren?«

»Wie hoch? Vom Sitzen ins Liegen, um es Ihnen bildlich zu veranschaulichen. Schlecht waren die, da kann ich in jeder Fußgängerzone den nächstbesten Konservatoriumsstudenten engagieren. Das Einzige, was nicht schlecht war, waren die Geldkoffer, die von den Vätern da wohin auch immer geflossen sind, da könnt ich wetten. Und glauben Sie mir, ich hätte mich diesbezüglich als absolut unbestechlich erwiesen. Wir waren und sind nun wieder ein Aushängeschild an Qualität. Meinetwegen, um Käthe Henrikshausen ist es eventuell schad, die war nicht so übel – gut, wer spielt schon Harfe, aber die beiden Jungen! Die Morde an den Damen sind Gräueltaten im menschlichen Sinn, nicht aber im musikalischen!«

»Na, dann erzählen Sie mir mal, wer im Orchester Ihre Auffassung teilt und, möglichst detailliert, wo Sie gewesen sind, als die beiden Damen ermordet wurden. Gespielt haben Sie ja jeweils nicht!«

»Sehr originell! Was, glauben Sie, wollte Ihre Kollegin die ganze Zeit von mir wissen? Ich dachte, um zu den von Ihnen gewünschten Informationen zu kommen, wären Sie bei der Polizei wirklich etwas einfallsreicher.

Sehr gerne geb ich aber auch Ihnen noch einmal dieselbe Antwort: Ich war bei meiner Mutter. Sie hat mich gepflegt!«

»Wie bitte? Und Sie kritisieren meine Originalität?«

»Ich war bei meiner Mutter, weil ich mit meiner Mutter unter einem Dach wohne.«

Jetzt ist der Pospischill natürlich in Anbetracht des künstlich verjüngten Mittfünfzigers doch etwas überrascht: »Ja, das ist natürlich jetzt durchaus originell! Gratuliere. Sind Sie also frisch geschieden?«

»Was soll diese Fragerei, und was hat Sie das zu interessieren? Natürlich bin ich nicht frisch geschieden. Da müsste man ja vorher heiraten, oder? Ich hab's doch schon gesagt: Frauen, nein danke!«

»Von dieser Einstellung ist Ihre Mutter ja offensichtlich verschont geblieben! Sie leben also noch bei Ihrer Mutter. Allein?«

»Täusche ich mich, oder ist aus Ihrer Formulierung, so wie bei Ihrer Kollegin vorhin, nicht nur Unglauben, sondern auch eine gewisse Form der Geringschätzung herauszuhören?«

Na, der ist lustig, dieses Muttersöhnchen!, denkt sich der Pospischill und meint: »Erstens gibt es da ein Sprichwort vom Hineinrufen in und Heraustönen aus dem Wald, sehr geehrter Herr Hubertus, und zweitens: Es gibt kein lächerlicheres Alibi, als sich als Einzelkind auf seine verwitwete Mutter zu berufen!«

»Ob Sie mir das jetzt glauben oder nicht, ist Ihr Problem. Genauso wie die Tatsache, dass sich im Orchester mittlerweile berechtigte Sorge breitmacht. Denn die Frage stellt sich schon: Wer ist der Nächste? Was gedenken Sie da zu tun?«

»Mir stellt sich eher die Frage, wer ist die, ich wiederhole, *die* Nächste? Das ist jetzt die zweite Dame aus Ihren Reihen, die das Zeitliche segnet, und ohne Frau Henrikshausen ist Ihr Haufen, wie Sie ja selbst so vielsagend bemerkt haben, sogar wieder gänzlich von der so störenden Weiblichkeit befreit, also was machen Sie sich Sorgen!«

»Da muss ich Sie korrigieren. ›Aus unseren Reihen‹ stimmt nicht ganz!«

»Annabelle Wertheim-Müllner war aber doch Orchestermitglied?«

»Lassen Sie es mich so erklären, dass auch Sie es verstehen. Also: Fußball, da kennen Sie sich ja sicher aus, da gibt es einen Kader und eine Mannschaft, da gibt es dann die sogenannten Stammspieler, dann die, die auf der Ersatzbank sitzen, und schließlich die auf der Tribüne. Frau Schukowa als zweite Pauke saß maximal auf der Tribüne, und auch Frau Wertheim-Müllner war kein Stammspieler!«

»Stammspielerin!«, berichtigt Eduard Pospischill nüchtern und beendet sein Verhör.

28

Wenn es um körperliche Belange geht, ist Sandra Kainz nicht unbedingt die Schnellste. Geistig aber nimmt sie die Luftlinie. Und weil sie nichts vergisst, weil sie alles auf ihren Festplatten speichert, sowohl auf der ihr eingebauten als auch auf der externen, bekommt sie nun beim Lesen der Onlineausgabe ihrer bevorzugten Tageszeitung den Frost. Umgehend öffnet sie direkt neben dem Leitartikel in einem neuen Fenster ihr Textprogramm und somit die dorthin chronologisch hineinkopierten Dialoge, an denen sie bisher teilgenommen hat. Manchmal ist da wirklich Gutes dabei, und Gutes sollte nicht verloren gehen. Das hier allerdings ist in Abstimmung mit den Zeitungsberichten übel, wirklich übel:

Wenn die Stimmung schlecht ist, muss man eingreifen, oder, Qrz15h? Also: Morgen stirbt der Nächste.

Das schrieb Kammerton am Tag vor dem Mord an der ersten Musikerin.

Da hast du recht, Qrz15h, der Keim allen Übels ist der Mensch: Kommendes Wochenende stirbt der Nächste.

Das war eine knappe Woche vor dem Tod der zweiten.

Stutzig ist ein gutes Wort, Qrz15h, sehr treffend. Gestutzt gehört auf dieser Welt nämlich eine Menge. Heute ist es wieder so weit.

Das war dann am Tag des zweiten Mordes.

Zufall? Hellseherische Fähigkeiten? Die kleine Lücke, durch die ein verborgenes Mitteilungsbedürfnis nach außen drang? Vielleicht gelingt es ihr, diesem Mitteilungsbedürfnis einen weiteren Eintrag zu entlocken:

schwarz_auf_weiss
Da ist ja ein ordentlicher Frauenhasser am Werk. Ist sie jetzt also wieder gesäubert, die nach dem Taktstock marschierende Her-

renrasse. Abgesehen davon, genauso grauslich wie die Morde sind die Zeitungsartikel.

Erwachsenenbildung1

Also ich find die Berichterstattung nicht grauslich, sondern äußerst lehrreich: ist fast wie der Grundkurs zum Serienkiller.

Qrz15h

Richtig. Wenn sich ein Psychopath das alles ausschneidet und in ein Album klebt, hat er diesbezüglich Fachliteratur.

Kammerton

Sehr freundlich, Qrz15h, jede Hilfe wird dankend angenommen: Gibt genug Dreck zu beseitigen.

Qrz15h

Bei Psychopath und bei Dreck reagiert er also, unser Kammerton? Das spricht für sich.

das_kleine_ich_bin_ich

Falls es dir noch nicht aufgefallen ist, hier spricht jeder für sich.

0-8-15

Schwachsinn, oder heißt du tatsächlich »das_kleine_ich_bin_ich«. Wir sind doch alle hier, um aus lauter Einsamkeit und Langeweile unter dem Schutzmantel der legitimierten Ichverleugnung Anschluss zu suchen, wo und bei wem auch immer.

fettarmes_Joghurt

Stimmt, und quasi geschlechtslos sind wir hier alle auch. Wobei man bei dem komplexbeladenen Mist, der hier oft zu lesen ist, schon zur Einsicht gelangt, dass der eine oder andere wahrscheinlich mit einem ziemlich kleinen Zumpferln durch die Gegend laufen muss.

Qrz15h

Ehrlich gesagt, machen mir einige der Einträge sogar Angst. Die heben sich ab und haben mir einfach einen zu realen Bezug zur aktuellen Tageszeitung.

Kammerton

Angst? Wunderbar! Sich abheben? Wunderbar, in einer Welt, in der eine Mittelmäßigkeit regiert, die nie etwas anderes an ihrer Seite ertragen wird als eine Mittelmäßigkeit, die um noch einen Deut mittelmäßiger ist.

Silikonprophet

Tut das eigentlich weh: Hirnwixen? Probier's mal weiter unten, dann bist du vielleicht ausgeglichener.

29

»Das ist zu viel!« Kampfbereit streckt sich die junge Frau hinter der Scannerkassa aus ihrer gelangweilten Arbeitshaltung und blickt grimmig über das Laufband: »Was passt Ihnen denn nicht, was, bitte schön, ist zu viel?«

Seit beim Kreisler ums Eck endgültig der Rollbalken ins Schloss gefallen ist, kommt er gelegentlich hierher, der Metzger, und holt sich aus diesem Lebensmittellabyrinth seine ungekühlte Flasche Mineralwasser, sein anonymes Semmerl mit vor seinen Augen frisch aufgeschnittener Wurst und seine grußlose Zahlungsaufforderung.

»Im Grunde passt das alles ganz wunderbar: Sie haben mir nur zu viel herausgegeben!«

Die Neue an der Kassa, die gerade die Vertretung der Neuen vom letzten Monat vertritt, sinkt in ihre Arbeitsposition zurück, meint: »Aha!«, verzichtet auf ein Danke und nimmt sich den Schein. Nein, dieser Schein trügt nicht, denkt sich der Metzger, dieses Fräulein will offenbar nur eines: baldigst vertreten werden. Das sollte klappen.

An diesem von der Todesmeldung der Cellistin dominierten Mittwoch ist der Metzger abermals ins Palais Mühlbach unterwegs, um zwei weitere Möbelstücke abzuholen: ein zum Stil des Schreibtisches passendes Sitzmöbel, eine sogenannte Bergere, und, ebenfalls dazu passend, einen wunderbaren Louis-seize-Kleiderschrank aus Eichenholz mit profilgerahmter Tür, deren als Reliefschnitzerei eingearbeiteter und von Blütenranken umgebener Faun ein wenig an ein kleines Teufelchen erinnert.

Es ist kurz nach zehn Uhr vormittags, und nach all dem, was es heute bereits zu erledigen gab, ist ein Gabelfrühstück wirklich zulässig. Während eine Hand das Lenkrad bedient und die andere am Gangschalter liegt, lässt sich so ein Wurstsemmerl theoretisch ja auch hervorragend verspeisen. Petar Wollnar fährt schon mit zwei leeren Händen äußerst kommod, mit der Jause zwischen den kräftigen Hausmeisterfingern könnte man sich jedoch problemlos freihändig auf der Ladefläche des Pritschenwagens stehend ein gut eingeschenktes Seidel Bier genehmigen. So dauert die Fahrt also entsprechend lange, denn eines hat den Wollnar die Not gelehrt: gut kauen. Das Verstärken der Geschmacksempfindung mittels durch die Mundhöhle strömender Luft ist zwar in Mitteleuropa nicht üblich, der polnische Hausmeister schmatzt dennoch genüsslich vor sich hin. Um eine derartige Geräuschkulisse in Verbindung mit einer gemächlichen Fahrweise und einem deftigen Aroma unversehrt zu ertragen, braucht man schon Kenntnis über meditative Beruhigungstechniken. Und weil der Metzger über diese nicht verfügt, kommt ihm das Überholmanöver eines Sportwagens sehr gelegen.

Mit Höllengeschwindigkeit schneidet der schwarze Zweisitzer den Pritschenwagen und nimmt, ohne zu blinken, die Ausfahrt. Genau der richtige Fluchtweg also: »Vorschlag«, meint der Metzger geduldig, »du fährst da jetzt auf den Baumarkt-Parkplatz, isst in Ruhe fertig, und ich geh schnell auf die Toilette!«

Die wahre Ursache dieser spontanen Idee ist nicht das Hinterteil des Willibald, sondern das des Sportwagens. Wenn es nämlich einen sinnvollen Grund gibt, um für teures Geld seine Kreativität walten und sich ein Wunschkennzeichen stanzen zu lassen, dann den, dass sich bei anderen Fahrern so ein MAUSI1, BABY1, KEBAB5 oder AMEN1 erheblich nachhaltiger auf die Netzhaut brennt als eine willkürliche Zahlenkombination. Und dieses HZ440 mit durchschimmernd auf der Heckscheibe angebrachtem Violinschlüssel, das da gerade vorbeigeprescht und auf den Kundenparkplatz abgefahren ist, hat er am Schotterweg des Palais Mühlbach schon einmal gesehen, der Willibald.

Ein elegant gekleideter, braun gebrannter Mann, der dem Metzger am vergangenen Wochenende in trauter Runde als Rupert von Leugendorf wortgewaltig den Appetit verdorben hat, entsteigt eilig dem Sportwagen, während der Wollnar noch immer die geeignete Parklücke sucht. Ist ja auch wirklich ein Problem, denn wo bitte soll man sich hinstellen, wenn fast alles leer ist.

Rupert von Leugendorf also. Was treibt einen Herrn dieses Kalibers in einen Baumarkt, der hat doch eigenhändig noch nie im Leben eine Glühbirne wechseln müssen!, denkt der Metzger alles andere als vorurteilsfrei.

Es dauert etwas, dann tritt auch der Restaurator durch die Glasschiebetür und steht vor turmhohen Regalketten in einer monströsen Halle. Sein Vorhaben einer prophylaktischen Blasenentleerung, die ja nie schaden kann, scheitert am gesperrten Kunden-WC. Mit dem längst vergilbten Aufkleber »kaputt« wird den Heimwerkern unmissverständlich das Motto dieses Hauses nahegelegt: »Repariert's euch euern Dreck gefälligst selbst!«

Während nun ein Kunde in Lebensmittel-, Textil- oder Möbelgroßmärkten zur Förderung seines sorgenfreien Konsumverhaltens mit einem dermaßen wirkungsvollen Fühlen-Sie-sich-frei-und-unbeschwert-Klangteppich eingelullt wird, dass Durchsagen wie: »Der kleine Michi sucht seine Mama, bitte melden Sie sich bei Kassa 4!« keine Seltenheit sind, herrscht in einem Baumarkt akustische Nüchternheit. Nur das Surren der Gabelstapler, das Plätschern der Springbrunnen im Bereich »Garten und Freizeit« und der Geräuschpegel bei den Testgeräten der Werkzeugabteilung sorgen für ein angemessenes Ambiente. Geredet wird hingegen nicht viel. Der Begriff »Beratung« beschränkt sich auf Aussagen wie: »Ameisenfallen finden Sie im Gang 23, Regal 7, Rasendünger im Gang 17!« Da stehen sie dann, die zig verschiedenen Modelle von »Wenn Sie's schlucken, sind Sie tot!« bis »Das können's Ihrem Katzerl ins Futter mischen!«. Und weil einem genau das dann keiner mehr sagt, liegen neben den Ameisenfallen gelegentlich nicht nur die Ameisen.

Schweigsam spaziert der Metzger durch die Regallandschaft, beobachtet die auffällig wenigen Angestellten beim Schlichten, Ordnen und Ignorieren der Kunden, streift durch die Abteilungen Elektrik, Sanitär, Holz, Werkzeug, Auto & Rad hinaus ins Freie und landet schließlich in der Gartenabteilung.

Die Gartenabteilung eines Baumarktes zeigt die Qualität seiner Geschäftsführung und folglich das Engagement seiner Angestellten. Pflanzen lügen nicht, und diese laschen Kräuter, trockenen Blumen und armseligen Büsche und Bäume, die den Willibald nun umgeben, sprechen eine unmissverständliche Sprache. Am liebsten würde er sich den nächstbesten Schlauch schnappen, der Willibald, und zu spritzen beginnen.

Nur, gespritzt wird schon!

Zwischen den dichten, mannshohen Zypressen steht Rupert von Leugendorf. Mit großer Aufmerksamkeit ist sein gesenkter Kopf auf seinen gezückten kleinen Taktstock gerichtet, der mit einem gezielten Strahl die Pflänzchen bewässert. Wenn sich diverse schwache männliche Blasen Hilfe suchend auf einem Baumarktparkplatz einbremsen, in drängender Vorfreude die Glasschiebetür durchschreiten und dann vor verschlossenen Toilettentüren stehen, kann sich das also auf die Verfassung der Pflanzen einer Gartenabteilung recht traurig auswirken. Um derart zwischen die Zypressen auszutreten, bedarf es aber schon einer erheblichen Not beziehungsweise Alkoholisierung.

Willibald Adrian Metzger ist aus Sicherheitsgründen in den nächsten Gang zwischen die Thujen getreten und wartet wie gebannt, was als Nächstes passiert. Lange muss er da nicht warten. Denn als ob nichts gewesen wäre, torkelt Rupert von Leugendorf aus der Schneise heraus und steuert gemächlich dem Ausgang zu.

In der Abteilung »Auto & Rad« wird aus einem Regal eine Plastikpackung mit einer darin eingeschweißten Halogenglühbirne genommen, dabei hebt er kurz den Kopf, dreht sich um und schaut dem Metzger frontal ins Gesicht. Und während dem Restaurator der Schweiß ausbricht, tut sich im Kopf des Pflanzengießers nichts. Was ist von einem selbstherrlichen Hirn auch anderes zu erwarten, als dass es keine graue Zelle für ein ebenso graues, zufällig am selben Tisch hockendes Mäuslein übrighätte? Und gut ist das.

In der Elektrikabteilung verschwindet eine kleine Taschenlampe, die zuvor vom Alarm auslösenden Magnetstreifen befreit wurde, im perfekt geschnittenen schwarzen Sakko des Adligen. Einen Gang weiter verlassen still und heimlich zwei 1,5V-Alkalibatterien die schützende Gemeinschaft ihrer Großpackung und gesellen sich zum Lichtspender. Bei den Kassen, wo ein angestellter Kunde hoffentlich so lange in der Schlange stehen bleiben soll, bis der dort feilgebotene Billigramsch die Metamorphose zum preisgünstigen Superschnäppchen vollzogen und es in den Einkaufswagen geschafft hat, rutscht gemeinsam mit einem schwarzen Stanleymesser noch ein Schokoriegel in den Hosensack. In Gegenwart der jungen Dame an der Scannerkassa wird mit kokettem Lächeln und den bemüht alkoholfrei gesprochenen Worten: »Das ist alles, hübsches Fräulein!« der für die Halogenglühbirne fällige Betrag übergeben. Dann folgt ein beschwingtes An-die-frische-Luft-Treten.

Willibald Adrian Metzger ist eher die Luft weggeblieben, denn mit ziemlicher Sicherheit hatte er während seiner Beschattungstätigkeit mehr Muffensausen als der Beschattete beim Durchschreiten der Kassa selbst. Ein Maßanzug, ein Lächeln und eine gute Gesichtsfarbe genügen völlig, um die Welt hinters Licht zu führen.

Petar Wollnar hat seine Wurstsemmel längst fertig gegessen, und um ehrlich zu sein, wäre ihm jetzt statt des brunzwarmen Mineralwassers ein kaltes Bier bedeutend lieber. Zumindest bis der schwarze Sportwagen mit überhöhtem Tempo den Weg zur Ausfahrt in Angriff nimmt. »Doch keine so gute Idee, Alkohol am Steuer«, erklärt er dem am Rückspiegel baumelnden Schlüsselanhänger in Gestalt eines Plüschtigers. Die Stofftiere hat sie fast alle dagelassen, seine Frau, wie sie eines Tages mit Sack und Pack und Kindern die Villa ihres Chefs, eines Zahnarztes, der Parterrewohnung ihres Mannes, eines Hausmeisters, vorzog. Jetzt baumelt die Raubkatze also nicht mehr als süßer Anblick an der Schultasche seiner Tochter, sondern als trauriger Rückblick am Rückspiegel seines Pritschenwagens. So ändern sich die Perspektiven.

Willibald Adrian Metzger ist mittlerweile eingestiegen, deutet auf das Fahrzeug, klopft sich an die Stirn, und während Petar Wollnar Fahrt aufnimmt, erhält er einen Kurzbericht über die öffentliche Latrine in der Gartenabteilung. Am Ende dieser absurden Geschichte, da sind sie längst auf der Schnellstraße, kommt es zum nächsten ungeplanten Zwischenstopp. Von der Straße abgekommen, steht der Sportwagen im Grünen.

Noch bevor der Metzger einige Meter dahinter aussteigen kann, packt ihn der Hausmeister zurückhaltend am Arm, überreicht ihm die Mineralwasserflasche und überwindet sich zu einer seiner seltenen Lautäußerungen: »Notfalls fest zuschlagen!«

»Du meinst, das muss ich? Lieb von dir, Petar, aber was soll passieren?« Es gibt wohl keine unsinnigere Aussage, denn passieren kann immer etwas.

30

»Hallo!« Das gibt schon einen ziemlichen Knall, wenn eine Motorhaube zufällt. Natürlich vorausgesetzt, es ist nichts Weiches dazwischen. Gespalten ist der Kopf, den der Metzger nach Hochklappen des gewichtigen Stücks Blech zu Gesicht bekommt, zwar nicht, Rupert von Leugendorf wird allerdings ein Zeitchen brauchen, um sich im Spiegel wieder als Rupert von Leugendorf zu erkennen.

Die erste Handlung, die der Metzger am schwer atmenden zukünftigen Universalerben eines gigantischen Imperiums setzt, ist, ihn aus dem Motorraum zu hieven und ihm den Inhalt der Mineralwasserflasche über den Kopf zu leeren – natürlich mit großer Vorsicht, dabei nicht die von der Stirn bis zum Kinn wie eine Teilungslinie verlaufende Rötung zu benetzen. Dann beugt er sich über den am Boden liegenden Körper und rüttelt behutsam an den Schultern: »Hallo, bitte kommen Sie zu sich!«

Ob das Prickeln der Kohlensäure oder der Schmerz die gewünschte Wirkung erzielt, wird der Willibald nicht herausfinden können, den ihm entgegengebrachten Ausdruck des Dankes wird er allerdings nie mehr vergessen: »Was wagen Sie es, sich an mir zu vergreifen?«

Das, was die angeschwollenen Augen an Sehschlitzen freigeben, bringt ausreichend Verachtung zum Ausdruck, um den Metzger ein angemessenes Stückchen zurückweichen zu lassen. »Sie sind mir etwas hilfsbedürftig vorgekommen, und ich hab mir erlaubt, Sie zu befreien!«, stellt er verwundert fest.

»Befreien. Überfallen haben Sie mich, schätz ich mal, den Deckel auf den Kopf geknallt, während ich die Glühbirne des Abblendlichts gewechselt habe. Bei meinem Auto fällt die Motorhaube nicht einfach zu. Haben Sie registriert, was das für ein Wagen ist?«

Der Metzger ist fassungslos. Rupert von Leugendorf aber legt noch einen Gang zu: »Das ist vielleicht bei Ihrem Schrottkübel so, dass da alles auseinanderfällt!« Panisch greift er sich in die Sakkoinnentaschen und brüllt: »Und jetzt geben Sie mir meine Geldbörse!«

»Ihr Benehmen, Herr Leugendorf, kann ich nur als Folge einer heftigen Gehirnerschütterung deuten!«

»Und woher, wenn nicht aus meiner Geldbörse, kennen Sie meinen Namen?«

Das hätte er sich denken können, der Metzger. Rupert von Leugendorf hat keine Ahnung mehr, wer da alles auf dem Fest mit ihm bei Tisch gesessen hat. Er ist zwar ein gutmütiger Kerl, der Willibald, bei derart menschenverachtender Arroganz verliert jedoch selbst er an Zurückhaltung: »Ihren Namen? Der hat auf Ihrem Rücken gestanden, während Sie sich im Baumarkt nach Ihrem Urinalakt in der Gartenabteilung mehrfach selbst bedient haben und anschließend mit einem Lächeln im Gesicht durch die Glasschiebetür marschiert sind. Aber vielleicht reicht ja das Licht Ihrer gestohlenen Taschenlampe, um Ihnen bezüglich unserer Bekanntschaft eines Tages Erleuchtung zu bringen! Ansonsten helfe ich Ihnen gerne weiter: Probieren Sie's beim Stanleymesser und Schokoriegel, vielleicht steckt sie ja dort, die Geldbörse!«

Danach fasziniert es den Willibald, zu welcher vielsagenden, verblüfften Fratze sich das entstellte Gesicht des Herrn Leugendorf noch zu verziehen imstande ist: So wie mit der Zeit das Herrl dem Hund gleicht und der Ehepartner dem anderen, gleicht der Scheißkerl eines Tages eben einfach dem Arsch.

Mittlerweile hat es zu regnen begonnen. Der Metzger schafft es in Gegenwart des schweigsamen Hausmeisters problemlos, seiner Entrüstung über das soeben Erlebte Ausdruck zu verleihen. Und gut ist es, dieses Dampfablassen, denn seine Nerven wird er noch brauchen.

So wie auch Wernher von Mühlbach.

Mitgenommen sieht er aus, freundlich ist seine Begrüßung, zuvorkommend geleitet er den Metzger und den Wollnar in die Vorhalle des Palais. Dort warten bereits die Möbel samt zweier Bediensteter, die die massiven Stücke in das Transportfahrzeug laden sollen.

Derweilen breitet der Hausherr vor seinen Kurzbesuchern den Grund seiner Niedergeschlagenheit aus: »Verzeihen Sie, ich bin heute ein denkbar schlechter Gastgeber, aber das nimmt mich alles so mit. Wissen Sie, die Wertheim-Müllners sind mir wirklich sehr liebe Freunde, und Annabelle kannte ich, seit sie ein kleines Mäderl war!« Nach einem tiefen Seufzer setzt er fort: »Kann man nur hoffen, dass die Polizei ordentlich arbeitet, bevor noch mehr junge Frauen umkommen. Sie konnten am Montag ja bereits den Ermittlungen dienlich sein, wie mir mein Sohn Eugen erzählt hat. Ich glaube nicht an Zufall, wie gut, dass Sie also nicht beim Bankett waren!«

Der Metzger erzählt kurz von seinem nächtlichen Ausflug und meint: »Ohne Antonia Lenz wäre mir ja gar nicht aufgefallen, dass es sich bei dem Knall um einen Schuss gehandelt hat!«

»Antonia Lenz? Wer bitte ist Antonia Lenz?«

»Ihre Pyrotechnikerin.«

»Meine Pyrotechnikerin? Wie absurd! Herr Metzger, dieses Feuerwerk macht mein Angestellter und enger Vertrauter Gustav höchstpersönlich. Und das seit nunmehr fünfzehn Jahren!«

Die Möbel sind verladen, der wunderschöne große Louis-seize-Kleiderschrank, dem eines der Beine fehlt, ist mit Gurten auf die Ladefläche montiert, so wie in gewisser Weise auch Petar Wollnar in die Fahrzelle vorn. Auch er wartet angeschnallt auf die Abfahrt. Was steht er da also noch lang herum, der Metzger? Dann weiß der Hausmeister, warum: Wenn einer Pech hat, dann sein Freund.

Genauso viel Staub wie der mit hoher Geschwindigkeit über den Kiesweg daherkommende Sportwagen wirbelt dann auch der herausspringende Lenker auf: »Sie!«, tönt es über den Vorplatz. Rupert von Leugendorf steuert energisch mit blutverschmiertem Gesicht auf den Restaurator zu und brüllt aus voller Kehle: »Sie unterstehen sich, hierherzufahren und Radau zu schlagen!«

Willibald Adrian Metzger ist sprachlos, ganz im Gegensatz zu seinem Dienstgeber: »Was erlaubst du dir, wie um Gottes willen redest du mit einem mir sehr lieben Bekannten?«

Einem mir sehr lieben Bekannten, wie wunderbar das klingt!, lächelt der Restaurator still in sich hinein.

Wernher von Mühlbach allerdings lächelt nicht, direkt Angst einflößend sind seine ansonsten so friedlichen Gesichtszüge: »Außerdem, was ist mit dir passiert? Hast du wieder getrunken?«

Es ist ganz offensichtlich, dass Rupert von Leugendorf hier so etwas wie zu Hause ist und beim Hausherrn auf nicht allzu große Beliebtheit stößt.

»Ein Bekannter?«

»Ja, einer, mit dem du, soviel ich das mitbekommen habe, am Sonntag zusammen beim Frühstückstisch gesessen hast, meinem Frühstückstisch wohlgemerkt, und das als Gast auf meinem Fest! Du suchst sicher Eugen. Er ist in der Garage. Wenn du uns also jetzt bitte entschuldigst!«, was in diesen Kreisen nichts anderes bedeutet als: »Verzieh dich!«

Und weil Rupert von Leugendorf über entsprechende Sprachkenntnis verfügt, folgt seinem devoten Kopfgenicke ein auffällig beschleunigter Abgang.

»Was war das jetzt bitte?«, gibt Herr Mühlbach besorgt von sich. Der Metzger erörtert kurz den Zwischenfall, natürlich ohne Baumarktausführungen, und erfährt die nächste durchaus interessante Neuigkeit: »Damit umgibt sich mein Sohn! Mit einer solchen Gestalt, dem Nachwuchs der Schwester meiner verstorbenen Frau. Eugen und er kennen sich von klein auf, was soll ich machen! Ein begnadeter Geiger ist das, dieser Kerl, lässt sich aber völlig gehen. Verschwendetes Talent. Aber er hat's natürlich auch nicht leicht. Das ist kein Vergnügen, immer wieder vom eigenen Vater hören zu müssen: ›Der so junge Karl-Heinz ist im Gespräch für einen Regierungsposten, stell dir vor. Der Richard von den Weinfrieds hat gerade zum zweiten Mal promoviert, ja, und der Klaus-Severin von den Ludwigs absolvierte kürzlich höchst erfolgreich seine Richterprüfung!‹ Trotzdem, Unterstützung hatte er genug bekommen. Und jetzt sagen Sie mir, Herr Metzger, gibt es eine größere Sünde, als seine Begabungen schleifen zu lassen!«

Schleifen lassen!, denkt sich in diesem Zusammenhang Petar Wollnar und hat weniger die Möbel in seinem Pritschenwagen vor Augen als den Zahnarzt seiner Frau. Er mag sie einfach nicht, die Menschen, die glauben, mit Geld alles bekommen zu können, sogar die Frauen und Kinder anderer. Er mag sie einfach nicht.

31

»Die haben einen Saustall beisammen, pfui, pfui, pfui!«, das weiß Eduard Pospischill mittlerweile. Was die Orchesterfront bisher an Informationen ans Tageslicht befördert hat, verdirbt einem langfristig jeden klassischen Musikgenuss. Von wegen hohes Niveau, Anstand und Sitte. Sicher, es gehört schon einiges dazu, ein Instrument wirklich zu beherrschen, aber üben muss ein Leistungssportler auch. Beharrlich vertritt der Kommissar die Ansicht, dass beispielsweise ein Bahnradfahrer, nur weil er scheinbar wie vertrottelt im Kreis fährt, noch lang kein größerer Idiot sein muss als jemand, der tagtäglich seine Etüden herunterträllert.

Wenn man bei so manchem der Orchestermitglieder von der gepflegten Sprache absieht, bleibt ein Niveau über, da wird jeder Gemeindebau, jede Plattenbausiedlung zum Regierungsviertel: Endlosschleifen der kleinen Nachtmusik à la ständige Bordellbesuche, permanente Grabenkämpfe innerhalb der eigenen Reihe, wahrscheinlich heißt es deshalb Orchestergraben, Dauersaisonkarten in Spielkasinos, Fettabsaugungsorgien vor größeren Konzertreisen, man will sich ja vor manch weiblichem japanischen Fan eine ansehnliche Blöße geben, und, und, und. Der Pospischill könnte ein Liste veröffentlichen, da würde selbst der treueste Dauerabonnent seine Karten nicht einmal mehr verschenken.

Die Ermittlungen, also die Suche nach dem Frauenmörder, laufen auf Hochtouren, was nichts anderes bedeutet, als einen scheinbar aussichtslosen Kampf an vielen Fronten zu führen: im beruflichen Umfeld der Opfer und der vermissten Käthe Henrikshausen, also im Orchester, und im privaten Umfeld der drei Damen, was auch das Mühlbach-Sommerfest einschließt.

Da sind dann natürlich weiterführende Hinweise Gold wert:

Es gibt also, oder eigentlich gibt es sie ja nicht, eine Pyrotechnikerin namens Antonia Lenz, Mitte dreißig, die dem Metzger kurz nach dem Schuss, dem Schrei und dem Cellokonzert im Wald über den Weg gelaufen ist, die in Wahrheit eine andere sein muss, auf jeden Fall groß, schlank, üppig geschminkt, mit auffälligem Muttermal auf der rechten Wange, schmaler Nase, Bubikopf und extravaganter Brille. Wobei eine Alterseinschätzung bei Nacht und weiblichem Vollanstrich ebenso verlässlich ist wie der Sündenfall Adams und das geozentrische Weltbild.

Und es gibt zwei tote Musikerinnen des Orchesters, Töchter einflussreicher Familien, die mehr oder weniger beide zum Bekanntenkreis des Herrn Mühlbach zählten. All das weiß man, weil Willibald Adrian Metzger zusammen mit Herbert Homolka im Nebenraum sitzt.

Herbert Homolka darf nicht verhören, aber er darf zuhören, und er darf ein wenig herumspielen, bevorzugt am Computer. Blöd ist sie ja nicht, die Menschheit samt ihrem genetischen Adaptionsverhalten. Während die Welt aus allen Nähten platzt, reduziert der Mensch seine Bedürfnisse auf ein Zwei-Quadratmeter-Umfeld, aus dem heraus er mittlerweile beinah alles bewerkstelligen kann.

Flinke Finger huschen über die Tasten, der Metzger kommt da kaum mit und folglich aus dem Staunen gar nicht heraus. Mit der Maus in der Hand des Kriminalbeamten verwandelt sich das, was dem Willibald an vagen Beschreibungen über die Lippen kommt, in Windeseile zu einem beinah lebendigen Ganzen. Unheimlich ist das.

»So, da hätten wir unser Phantombild!«, gibt Herbert Homolka stolz von sich, auch wenn das, was dem Metzger da vom Bildschirm entgegenlacht, mit Antonia Lenz maximal den Bubikopf, das Muttermal, die Brillenfassung und die braunen Augen gemeinsam hat. Aber was soll er auch anderes beschreiben können? Erstens war es Nacht, zweitens ist er ein Mann, da ist das Wissen um die genannten Merkmale ja bereits eine Höchstleistung, und drittens, woher soll man wissen, was heutzutage an einer Frau alles echt ist?

»Und, hab ich sie gut getroffen?«

»Getroffen hab ich sie, Herr Homolka, und ganz ehrlich gesagt: Das hier würde ich jetzt nicht unbedingt als Wiedersehen bezeichnen!«

Herbert Homolka zieht seine Augenbrauen hoch, schmunzelt vergnügt, greift erneut zu seinen Arbeitsgeräten, und eine durchaus unterhaltsame Stunde später liegt ein kleiner Stapel Ausdrucke am Schreibtisch. Erst der Blick auf die Wanduhr bringt den Restaurator zurück in die zeitbestimmte Realität: »Was, es ist schon siebzehn Uhr?«

»Vergessen Sie die Uhrzeit, wenn Sie am Computer sitzen!«

»Beim Computer!«, korrigiert Willibald Adrian Metzger lächelnd.

»Sagen wir im Computer, das stimmt am ehesten, so wie uns das Kastel verschluckt. Also, welche Lady nehmen wir?« Herbert Homolka breitet die Bilder am Boden aus.

»Lady? Sind eher ein paar Püppchen geworden!«, stöhnt der Metzger.

»Herr Metzger, Sie wissen aber schon, dass es nicht darum geht, die Schönste herauszufinden!«

»Es tut mir leid, aber wenn die Gesichter von unten mit einer Taschenlampe angeleuchtet wären, tät ich mich sicher leichter! Nehmen wir die da!«

»Na, die hat wenigstens Stil!«, scherzt Herbert Homolka und bringt den eifrigen Helfer zur Tür: »Nur eines darf man natürlich nicht vergessen. Es gibt genug Schmarotzer, die es immer wieder als ungeladene Gäste in eine Gesellschaft schaffen, sich dort den Magen vollschlagen und keinem auffallen. Vielleicht war Ihre Begegnung ja nur ein kleiner Blutegel am Büfett des Hochadels.«

Mulmig ist dem Metzger auf dem Heimweg. Angenommen, die Frau hinter dem Pseudonym Antonia Lenz hat tatsächlich etwas mit dem Mord zu tun – und einiges spricht dafür: der Zeitpunkt ihres Erscheinens, der Schuss, der Schrei, das Cellospiel davor und vor allem die Tatsache, dass Wernher von Mühlbach gar keine Pyrotechnikerin engagiert hatte –, wie kaltblütig muss sie sein, sozusagen mit frischem Blut an den Händen einen dermaßen überzeugenden und mit so viel Natürlichkeit gespickten Auftritt hinzulegen? Und genau dieses Blut an ihren Händen mag durchaus vorhanden gewesen sein, gesehen hat der Metzger ja nur kurz ein im Schatten liegendes Gesicht.

32

Sven Lippert kann nicht mehr schlafen. Seit am Sonntag, einen Tag nach dem letzten Kontakt zu Philipp, dieser Typ namens Metzger beim Denkmal aufgetaucht ist, hat ihn alles nur noch mehr verunsichert. Wenn er Philipp, der ihm wie ein Bruder ist, doch bloß begleitet hätte, es wäre ihm sicher möglich gewesen, ihn aufzuhalten. Diese ständige Klauerei hat Auswüchse angenommen, da musste ja einmal etwas passieren.

Es hatte bei diesem späten Anruf am Samstag zuerst noch alles gut geklungen: »Fette Beute, sag ich dir, den Typen hättest du sehen sollen, dagegen bist du sportlich. Siehst du, es geht auch ohne dich!« Dann legte er auf mit den Worten: »Ich meld mich später! Scheiße, da passiert was!«

Nur: Philipp hat sich nicht mehr gemeldet. Und jetzt ist er verschwunden.

Aufgetaucht ist dafür wer anders. Nicht nur dieser Metzger, auch diese seltsame Frau. Heute vor der Schule, er könnte schwören, er hat sie wieder gesehen.

Nachdenklich holt er mit einem kräftigen Abstoß Schwung und nimmt Fahrt auf. Stets folgt er derselben Strecke, beinah blind könnte er sie absolvieren, kennt jede Gehsteigkante, jedes Schlagloch, jede Kurve. Zügig beschleunigt er sein Tempo. Mit leichter Innenlage geht es um die scharfe Rechtskurve, schließlich taucht sie vor ihm auf, seine Lieblingsstelle, einzig hier müsste er die Augen öffnen: das starke Gefälle hinunter über speckige alte Pflastersteine und mit einem Höllenlärm vorbei am Imbissstand. Herr Johann, der Besitzer, verflucht sie zwar regelmäßig: »Wenn ich euch dawisch, werd's ihr faschiert, ihr Gfraster!« Aber genau dieses Geschrei gibt der an sich schon perfekten Strecke den wahren Unterhaltungswert. Außerdem, erwischt hat sie der Johann bis jetzt noch nie.

Wie gesagt: bis jetzt.

Herr Johann: »Heinzi, jetzt bitte hör auf, du weißt, ich mach gern mein Gschäft, aber an einem Mittwochabend, einem normalen Wochentag, musst du nicht besoffen sein. Sag, hast du morgen nicht zu arbeiten, was sollen sich deine Schüler denken. Ich verkauf dir jetzt kein einziges Bier mehr. Bratwürstel wären fertig. Außerdem bringt dir das die Claudschi auch nimma zurück, jeden Tag mit einem Fetzn ins Bett fallen und regelmäßig bei mir den Tank wieder auf Betriebstemperatur bringen. Und: Du solltest Bewegung machen, das hilft. Am besten ist man zu Fuß unterwegs, das nimmt das Tempo aus der Alltagshektik und den Alkohol aus dem Blut. Mach einen Ausflug ins Grüne. So viel schwere Schicksale gibt's auf dieser Welt, Heinzi. Das ist doch noch lang kein Grund zum Aufgeben, wenn einen die deppate Oide, ohne dass man da groß und breit hat nachhelfen müssen, ganz von allein sitzen lässt, oder? So was wünschert sich unsereins!«

Heinzi: »Die Claudschi wor net deppat – ich habe sie geliebt!«

Herr Johann: »Stimmt, sie war nicht deppat. Sie nicht! Der Deppate warst du. Zum Narren hat's dich g'halten und zum Idioten gemacht. Da, dreh dich um, da kommt grad noch einer die Straßen herunter. Diesmal is es der Blade, da geht's noch ein bisserl schneller. Gfraster sind das, richtige Gfraster. Wenn die sich eines Tages irgendwo einbauen mit ihren verteufelten Bretteln, rühr ich keinen Finger und wein ich keine Träne, das kannst du mir glauben. Ja, da schau her, das nimmt sich jetzt auch richtig wer zu Herzen. Ganz schön schnell, der Einsergolf, oder!«

Heinzi: »Herzen, ja! Geliebt hab ich sie, aus ganzem Herzen!«

Herr Johann: »Bitte, Heinzi, schau dir das an, da kommst du auf andere Gedanken, das ist wie Fernsehen. Uiuiui, das wird jetzt richtig knapp. Ich fress einen Besen, wenn sich das noch ausgeht!«

Heinzi: »Ausgehen wird die Claudschi nie wieder mit mir, nie wieder! Das ist vorbei. Wir kommen nie wieder zusammen, hat sie gemeint, nie wieder.«

Herr Johann: »Zusammenkommen werden die zwei da vorne, das musst du dir bitte ansehen. Ich trau mich wetten, wir haben jetzt gleich ein inniges Pärchen. Ja – ja – ja bist du deppat, des kléscht. Wahnsinn, host scho amoi so an Salto gesehn. Salto mortale, kann man da nur sagen. Nein, des Burscherl steht nimma auf. Na ja, sag ich's nicht immer: Zu Fuß ist man am besten unterwegs. Ja, gibt's denn so was, der bleibt nicht einmal stehen, der Wagen, und Kennzeichen hat er auch keine. Heinzi, was mach ma jetzt, wir können den Burschen da nicht einfach so liegen lassen. Diese Gfraster, man hat einfach keine Ruhe von denen. Heinzi, bist so lieb, schaust du schnell auf die Würsteln! Aber das Bier rührst mir nicht an!«

33

»Muss ich nur noch schnell vorbeischauen bei hysterische Pflegefall, bevor gehen wir auf Lepschi!«

»Auf was und bei wem?«, muss sich Sophie Widhalm von der am Beifahrersitz mitreisenden Danjela den notwendigen Vokabelunterricht erbitten, denn weder lässt sich Lepschi von einem fließend gesprochenen Englisch und Französisch oder einer erweiterten Russisch- und Spanischkenntnis herleiten, noch kann sie mit dem hysterischen Pflegefall etwas anfangen.

»Lepschi heißt, sich schöne Abend machen. Und hysterische Pflegefall ist Frau, die ihre Mannsbild gleich droht mit Scheidung!«

»Na, kommt drauf an, weshalb!«

So erhält Sophie Widhalm unterwegs eine ausführliche Einweisung in die Sachlage, womit die beiden ja schon mittendrin wären in ihrem Weiberabend. Es dauert nicht lange, und sie sind zu dritt: »Hast du deine Gemahl schon genug eingeschenkt, glaub ich, hat sogar er kapiert, dass ist Zeit für ändern!«, kommt es der Djurkovic alles andere als uneigennützig über die Lippen, wie sie nun nach dem telefonischen Hilferuf mit ihrer neuen Freundin Sophie Widhalm bei ihrer alten Freundin Trixi Matuschek-Pospischill im Türrahmen steht. Immerhin ist das Chesterfieldsofa und somit ihr Willibald seit beinah zwei Wochen besetzt.

»Kommt doch rein!«, ist die erste folgenschwere Anweisung. »Man muss den billigen Wein, den der Schnorrer immer einkauft, nur mit Limonade mischen, dann lässt er sich schon trinken!« die zweite, »wir können uns ja was vom Chinesen kommen lassen!« die dritte und: »Fühlt euch nur wie zu Hause, der Fremdkörper ist eh nicht da!« die letzte.

Alte Platten werden hervorgekramt, da kann die deutlich jüngere Sophie Widhalm noch etwas lernen, es wird im Kollektiv mitgesungen, dann getanzt, feuchtfröhliche Verschwesterungen durchgeführt, und dann, da dreht sich die Welt der drei strahlend Postpubertierenden schon ganz von allein, kommt, was kommen muss. Wer sagt, dass es zu einer exzessiven Feier gut gelaunter, sich vor Lachen windender Damen einen sich entblößenden, glatt rasierten Muskelprotz braucht! Völlig unnötig, denn die wirklich stattliche Sammlung an chronologisch geordneten Fotoalben tut es auch. Den allergrößten humoristischen Reibach erzielt dabei klarerweise die Gastgeberin selbst.

»Da schaut's, da hat der Stinker noch Haare! Da waren wir auf Städtereise, mein Gott, war der Raunzer da noch jung! Mein Gott, war das nett, unser FKK-Urlaub in Kroatien, hat ein ganz schönes Schwanzerl, das Afferl, gell! Meine Güte, das Hochzeitsalbum!«

Dann wird es ruhig.

Ein Hochzeitsalbum und drei Frauen, eine davon ohne Partner, eine mit Partner, aber ohne Trauschein und eine mit Trauschein, aber ohne Partner, da können selbst die Chippendales nichts mehr ausrichten. Und weil als kulinarischer Rettungsanker das erkaltete süß-saure Schweinefleisch und die schlabberige knusprige Ente auf Bambussprossen-Morchelpilzgemüse nichts taugen, greift man zum allerletzten Notnagel: Schokolade und Eierlikör.

»Glaubd ihr, had jede Besiehung ihr nadühliches Ablaufdatum!«, lallt Trixi Matuschek-Pospischill in die Runde, und wenn er könnte, er würde antworten, der Eierlikör: »Ich jedenfalls schon!«

Folglich wird kurze Zeit später inmitten der großzügigen Sitzecke vor dem Fernseher mit dem Leid ebenso verfahren wie zuvor mit der Freude: Es wird geteilt. Man windet sich gemeinsam, nur eben jetzt nicht mehr vor Lachen. Sie hat es ihm ja gesagt, ihrem angeheirateten Schnorrer: »Da darfst du nicht sparen, Eduard, ein Ledersofa ist einfach viel dankbarer, wenn es um wirklich arge Flecken geht!«

Natürlich ist es ein Sofa mit Stoffbezug geworden, natürlich wird die heutige Zusammenkunft auf immer und ewig als großräumige Erinnerung auf demselben erhalten bleiben, und natürlich erträgt es keine Dame, wenn ein Abend derart zu Ende geht.

Eduard Pospischill rotiert. Seit die Mordserie durch die Tötung Annabelle Wertheim-Müllners an die Öffentlichkeit geraten ist, wird von jeder erdenklichen Seite auf mannigfaltige Art und Weise Druck gemacht. Bis hinauf in Regierungskreise. Immerhin ist Gottlieb Wertheim-

Müllner ein bedeutender Wirtschaftsbonze, und nur der Himmelsvater oder der Höllenfürst weiß, wer alles in diesem Land an seiner Leine läuft.

Nicht nur der Fall ist heftig in Bewegung geraten, was den Kommissar noch ziemlich ins Schleudern bringen wird, auch die Waschmaschine seines Gastgebers verhält sich ähnlich. Denn wie die beiden Herren zu später Stunde in der Küche vor einem Glas Wein sitzen, meldet der Piepston aus dem Badezimmer den nächsten Arbeitsschritt, was bedeutet: Eduard Pospischill wechselt mit einem vollen Glas Rotwein ins Wohn- und Willibald Adrian Metzger mit dem leeren Wäschekorb ins Badezimmer.

»Was haben wir also?«, denkt der Kommissar, konzentriert auf seine Arbeit, laut vor sich hin, während sein Haushälter die Trommel ausräumt, klarerweise mit Pospischill-Unikaten.

»Zwei Unterhosen in fünf Tagen, das haben wir! Sag, was bist du für ein Saubartl!«

Was Eduard Pospischill dezent übergeht: »Wir haben zwei tote und ein verschwundenes Orchestermitglied. Nummer eins: Harfenistin Käthe Henrikshausen, ist vom Gassigehen mit Dackel Fridolin nicht mehr zurückgekehrt. Nummer zwei: Die Dame an der Pauke, Galina Schukowa, Kehle durchgeschnitten, wurde mit Schlägeln in der Hand gefunden. Nummer drei: Cellistin Annabelle Wertheim-Müllner, wurde am Mühlbach-Anwesen die Kehle durchschnitten und am Wertheim-Müllner-Anwesen mit Bogen in der Hand im Cellokoffer gefunden. Alles drei Musikerinnen desselben Orchesters. Überspannte Paschas, einige ohne Alibi, sind da bei dem Haufen dabei, das glaubst du gar nicht. Dann haben wir deine

Antonia Lenz samt Phantombild, wobei wir eine Frau als Täter eher ausschließen, eine schier unüberwindliche Gästeliste haben wir und die Presse im Nacken. Wunderbar. Ich sag dir, den Kerl finden wir erst, wenn er einen weiteren Fehler macht!«

Der Metzger hat begonnen, den im Wohnzimmer aufgestellten Wäscheständer zu füllen: »Es gibt auch noch den verschwundenen Burschen, nur zur Erinnerung. Wie wär's übrigens, wenn du deine edlen Stücke selber aufhängst, bei derart windigen Unterhosen kann man ja nur von der eigenen Frau auf die Straße gesetzt werden!« Dabei wird ein löchriges Exemplar in die Luft gehalten, macht sich auf den Weg durch dieselbe und landet auf der Schulter des Kommissars. Während der Metzger ein Stück nach dem anderen aus dem Wäschekorb nimmt, beginnt er laut nachzudenken: »Apropos Mistkübel! Eine Musikerin wurde in einer Mülltonne gefunden und die andere neben der hauseigenen Mülltonne der Villa. Vielleicht will der Täter seine Opfer bewusst als Abfall deklarieren. Da stellt sich die Frage: Was haben die beiden getan, um in den Augen eines Verrückten als dermaßen unwert zu gelten?«

Mittlerweile hat sich Eduard Pospischill zu seinen Socken gesellt und begleitet diese unbeholfen auf ihrem Weg vom Wäschekorb hinauf in die Gemeinschaft vor sich hin hängender Artgenossen.

»Sprich bitte weiter. Was, meinst du, könnte das Unwertes gewesen sein?«

»Na ja«, setzt der Metzger fort, »das werdet ihr sicher alles schon überlegt haben: Wie man zum Spielen der Pauke einen Schlägel braucht, braucht eine Cellistin ihren Bogen. Und weil genau diese beiden Dinge bei den toten

Musikerinnen gefunden wurden, könnte man schon die Frage stellen: Gibt es da jemanden, der an der Tonerzeugung der beiden Damen etwas zu bekritteln hätte, ein verrückter Musikliebhaber, ein pedantischer Mitmusiker, ein Neider? Vielleicht ist irgendein Frauenfeind der Auffassung, dass die beiden Damen für so ein ehrwürdiges Orchester ihre Instrumente nicht ausreichend professionell bedienen konnten. Apropos bedienen: Du hast in deinem Leben noch nie etwas auf einen Wäscheständer aufgehängt oder jemals überhaupt so ein Ding in die Hand genommen?«

»Wenn es mir vorm Fernseher die Sicht verstellt, schon. Aber nicht schlecht, deine Analyse, Metzger, wirklich nicht schlecht. Haben wir uns alles auch schon überlegt, trotzdem, es geht nichts weiter, irgendwo ist in diesem Fall der Hund drinnen! Vom Durchbruch sind wir meilenweit entfernt.«

Was nicht stimmt, denn genauso hört es sich nun an, als wollte jemand durchbrechen. Energisch pocht es an der Eingangstür. Dem beinah zeitgleich erklingenden erbosten Ruf der Herren: »Aber hallo!« folgt im Chor ein einstimmiges: »Wir sind's!«

»Metzger, hast du uns Besuch bestellt?«, grinst der Kommissar, während die Eingangstür geöffnet wird, dann bewegen sich seine Mundwinkel in die Gegenrichtung.

»Überraschung!«, schmettern die Damen durchs Vorzimmer, die Djurkovic umarmt ihren Willibald, die Trixi, als ob nie etwas gewesen wäre, ihren Eduard und Sophie Widhalm sich selbst, dabei dreht sie sich im Kreis und beginnt zu kichern.

Ihre Einsamkeit währt nicht lange, denn Petar Wollnar ist dem Lärmen durchs Stiegenhaus gefolgt und bringt trotz der Einmaligkeit des phantastischen Ereignisses einer sich ihm an den Hals werfenden Schönheit ein entgeistertes »Stockbesoffen, die Damen!« heraus.

Der Metzger bringt gar nichts heraus, während er, erfüllt von der Einsicht, in die Runde blickt: Er gehört dazu, zu diesem Kreis, das hier ist seine Bande, Familie, das ist sein Netz. Beinah alle sind sie hier. Danjela Djurkovic, Petar Wollnar und Eduard Pospischill, nur Edgar bewacht zufrieden die Schulwartwohnung.

Trixi Matuschek-Pospischill und Sophie Widhalm sind zwar noch ein wenig lose Teile dieser Mannschaft, aber auch das wird sich ändern. Oft reicht nur ein Wimpernschlag, und neue Teile kommen, alte gehen verloren.

34

Das letzte Mal hat sich Kammerton also zweimal verewigt. Sandra Kainz ist aufgeregt, es fühlt sich seltsam an, so als wäre sie an etwas Großem dran. Etwas erschreckend Großem. Kurz ist ihr der Gedanke gekommen, ihrem Nachbarn diesbezüglich eine schnelle Mitteilung zu senden, dann aber hat sie es sein lassen. Ach, ihr Nachbar, sie weiß nicht, was er beruflich so treibt, warum so ein Mann wie er allein lebt. Die kurze Zeit, seit sie hierhergezogen ist, weil in diesem Altbau die Lifttür, die Eingangstür und das Stiegenhaus breit genug sind, weil ihre Oma in der Nähe wohnt und weil sie es theoretisch nicht weit zur Uni hätte, hat sie zumindest eines herausgefunden: Ein feinfühliger Charakter ist er, ein herzensguter

Mensch, einer, von dem sie als Partner nur träumen kann. Von einer Beziehung träumen wird sie nämlich ein Leben lang, da ist sie sich absolut sicher, denn dort, wo ihr Blick in fremden Augen auf Liebe hofft, begegnet sie immer nur dem Mitleid. Das ist zu wenig.

Hier jedenfalls kennt man einander nicht, sieht einander nicht und erwartet voneinander nichts. Hier ist sie wie jeder andere auch:

Bungee11
Da hat jemand seinen Spinat nicht aufgegessen, oder warum hat es jetzt plötzlich so ein Sauwetter? Geht mir das auf den Keks, diese düstere Nebelsuppe, diese grauen Tage, wirklich!!

0-8-15
Genau, lass uns über das Wetter reden, das ist ein spannendes Thema! Sag, hast du heut noch nichts gefuttert: Spinat, Keks, Suppe? Oder bist du schwanger – ich hab mir ja schon öfter gedacht: Bungee11 muss weiblich sein.

Qrz15h
Wird da gerade verdeckt über das weibliche Geschlecht hergezogen? Bringt mich, so wie manch anderen, der hier aufgeigt, nicht grad in »gute Stimmung«.

Silikonprophet
Stimmt, ich würde auch lieber über ein unverdecktes weibliches Geschlecht herziehen.

Kammerton
Qrz15h zeigt Sehnsucht nach mir, wenn ich das Aufgeigen und dieses plumpe Stilmittel der Hervorhebung durch zwei Anfüh-

rungszeichen richtig deute. Um zur guten Stimmung gleich einen Beitrag zu leisten: Es ist angerichtet, der Tod wartet.

Qrz15h
Sag, verfolgst du mich? Lass mich in Ruh mit deinen kranken Spielchen, und such dir einen Therapeuten.

Bungee11
Hallo, Kammerton, das wollt ich dir immer schon sagen: Du hast ein a mit einem u verwechselt. Was du verzapfst, klingt nämlich eher nach Kummerton.

schwarz_auf_weiß
Wau, Bungee11, was für geistige Höchstleistung. Aber vergiss den Legastheniker, der ist sowieso nicht zu retten, erzähl uns lieber was von deinem Fahrradkörbchen: Ist dein Vierbeiner schon unter die Räder gekommen? War der Wagen vollkasko-versichert? Wie hast du den Hund zubereitet? Wer war alles zum Essen eingeladen?

Kammerton
Keiner ist zu retten. Die Menschheit misshandelt sich selbst, sie richtet sich selbst, sie beseitigt sich selbst. Sie schreibt ihre Geschichte mit Tinte in ein Buch, dessen Seiten aus Löschpapier bestehen.

Simsalabim
Und du bist der Tintenkiller? Schad, dass das mit dem Löschpapier nicht auch hier funktioniert, da könnte man sich das Lesen so eines Schundes ersparen.

Qrz15h
Hoffentlich hast du nicht recht, Simsalabim! Mir reicht das hier für heute, ich geh schlafen.

Kammerton
Dann schlaf gut, während sie Nummer 1 finden. Dann schlaf gut, bevor es morgen weitergeht.

Siegeswille
Die Nummer 1 sind wir. Am Sonntag ist Derby, wer geht hin? Ich hätte Karten über.

35

AUS DER ERDE SIND WIR genommen, zur Erde kehren wir zurück, Erde zu Erde, Asche zu Asche, Staub zu Staub. Trotz der Geläufigkeit dieses Sätzchens ist der Mensch in der Regel nicht daran gewöhnt, dem emsigen Treiben saprotropher Organismen, die als Fäulnisfresser von sich zersetzenden organischen Stoffen leben, beizuwohnen und somit Zeuge irgendeines Stadiums der Verwesung zu werden. Schon gar nicht bei den eigenen Artgenossen. Und weil sich ein toter Körper an der Luft etwa doppelt so schnell zersetzt wie einer im Wasser und viermal so schnell wie ein begrabener, eröffnet sich für Irene Moritz, Herbert Homolka und Gerhard Kogler an diesem Morgen ein grauenhafter Anblick. Vor allem nach fast zweiwöchiger Lagerung in einer Mülltonne. Das kommt eben vor, dass große Container in abgelegenen Gegenden nicht so oft von einem Wagen der Müllabfuhr beehrt werden wie die Gewebesammelstelle einer Krankenanstalt. Wenn es sich dann auch noch um einen rostigen Container inmitten einer stillgelegten Industrieanlage handelt, muss schon der Zufall kräftig Hand anlegen. Der Kühlschrank, den Herr Opold mitten in der Nacht darin versenken wollte, ist dieser Zufall, und Herr Opold ist der Mann, der völlig aufgelöst den diensthabenden Beamten am Revier aus seinem Halbschlaf reißt: »Ich hab nicht reingschaut und mich gwundert, warum da kein Pumpera zu hören ist. Ja und dann …!«, wird am anderen Ende der Leitung fassungslos in den Hörer geschluchzt.

Wirklich zuweisen kann dieses grauenhafte Fundstück dann erst Herbert Homolka, was daran liegt, dass immer noch der Kühlschrank auf den Oberschenkeln der Leiche liegt. Ausschlaggebend waren ein seltsamer blauer und roter Draht, der um die Hände des Opfers gewickelt war, und Homolkas einzigartiges Fachwissen: »Rote und blaue Saiten findet man bei einer Konzertharfe!«

Als dann nach Entfernen des Kühlschranks zwischen den Beinen ein behaartes, überdimensional großes rattenähnliches Wesen zum Vorschein kommt, ist auch für einen musikalischen Laien klar: Dackel Fridolin und Käthe Henrikshausen sind aufgetaucht. Sie waren also nach Galina Schukowa und Annabelle Wertheim-Müllner die Nummer drei und vier, in der Chronologie der Morde betrachtet, sogar die Nummer eins und zwei.

»Jetzt herrscht Krieg!«, ist der einzige Kommentar, den Irene Moritz über die Lippen bringt, ohne zu ahnen, dass sie sich da zu ihrer Vorstellung von Krieg noch ein paar Steigerungsstufen wird einfallen lassen müssen.

Es ist Samstag drei Uhr nachts, und der Chef hat sein Diensthandy nicht eingeschaltet.

Blöd sind sie ja nicht, die Bonobos. Bevor oder nachdem sich so ein Zwergschimpanse mit einem seiner Artgenossen in die Haare bekommt oder bekommen hat, schenkt er ihm lieber intensive körperliche Zuneigung. Das glättet die Wogen und bringt Entspannung. Und weil das Erbgut dieser Affen sich kaum vom menschlichen unterscheidet, ist es naheliegend, dass Eduard Pospischill sein Telefon abgedreht hat, gibt ja auch wirklich genug zu versöhnen mit seiner Trixi.

Ins Taxi gehievt hat er sie, die Stiegen raufgetragen, als wären sie frisch verheiratet, ins Bett gelegt, in der Wohnung sofort alle Fenster verdunkelt, sich zu ihr gekuschelt, und dann waren sie beide weit davon entfernt einzuschlafen. Der Pospischill weiter als seine Angetraute. Und ein Geschenk war das für den Eduard, denn was gibt es Schöneres, als wenn von zwei glückerfüllten Menschen auch noch der eine dem anderen beim Schlafen zusehen darf. Nur ist halt das Glück ein Vogerl. So zwitschert es schließlich kurz nach drei, das neuartige schnurlose Gerät mit Digitaldisplay namens Festnetz.

Die Neuigkeiten lassen keinen Zweifel: »Aha, Käthe Henrikshausen!«

Ein sanftes »Eduard« tönt aus dem Schlafzimmer. Einen zärtlichen Kuss samt einem »Du bist mein Engel!« bekommt sie dann noch zum Abschied, und mit seligem Gesichtsausdruck winkt Trixi Matuschek-Pospischill ihrem Ehemann hinterher. Nie mehr wird sie seine Worte vergessen.

Willibald Adrian Metzger will Danjela Djurkovic schlafen lassen. Wenigstens hatte sie es ins Land der Träume geschafft. Ihm und wahrscheinlich auch der Partei einen Stock tiefer war das leider nicht gelungen. Er liebt seine

Danjela samt ihrer so wohlgeformten Weiblichkeit. Seit er aber diese Nacht erfahren musste, welche Töne sogar Frauen nach massivem Alkoholeinfluss zu entlocken sind, liebt er sie noch mehr. Selig und vor allem beinah lautlos hat sein Prachtweib neben ihm geschlafen, während Sophie Widhalms zarter Körper im Wohnzimmer Grunz- und Gurgelgeräusche hervorbrachte, dagegen ist ein Braunbärgehege eine Grotte der inneren Einkehr.

Weder der duftende Kaffee noch der herumräumende Metzger kann die beiden Damen wecken. In Windeseile landet eine mit zwei Kopfschmerztabletten dekorierte nette Morgenpost auf dem fertig gedeckten Frühstückstisch, und die Belegschaft des Sanatoriums bleibt allein zurück. Heute ist Samstag, und bei dem, was zurzeit alles unerledigt in seiner Werkstatt herumsteht, wird das ein ganz normaler Arbeitstag. Einzige Ausnahme ist die selbst auferlegte Pause auf seiner Chaiselongue. Mit einer Arbeit will er nämlich endlich fertig werden, bevor er daran verzweifelt, und das ist die mittlerweile zum Zwang gewordene Ratgeberlektüre.

Es sind grauenvolle Erörterungen, die da vor versammelter Runde aus dem Mund der an sich bildschönen Kollegin Irene Moritz den Raum erfüllen. Der Tod fragt nicht nach dem Alter, dem Taufschein, oft nicht einmal nach der Geburtsurkunde. Er wütet nach Lust und Laune, hält dem Atem der Lebenden einen Spiegel vors Gesicht, und erst wenn sich das Glas beschlägt, lächelt er ihnen entgegen: Das ist es, was ich euch nehmen werde, genau das! Er interessiert sich nicht für die Frage: Wer tötet auf derart grausame Weise drei Frauen, zwei in der Blüte ihres Lebens? Der Tod nimmt, was er kriegen kann.

»Alle drei Opfer weisen einen Schnitt an der Kehle auf, die Schnittrichtung verläuft von rechts unten nach links oben, was bedeutet, der Täter ist wahrscheinlich Linkshänder und größer als seine Opfer. Er muss zumindest kräftig genug sein, um eine Dame transportieren zu können, denn wie bei Annabelle Wertheim-Müllner im Wald fehlt auch in der stillgelegten Fabrik jede längere Schleifspur. Wir haben abermals sehr tiefe Fußabdrücke gefunden, die darauf hindeuten, dass das Opfer getragen wurde. Im Fall Annabelle Wertheim-Müllner muss er gleichzeitig das Cello transportiert haben, im Fall Käthe Henrikshausen den Hund, in beiden Fällen deuten die Spuren nicht auf einen zweimaligen Fußmarsch zur Mülltonne hin, was nahelegt, wir haben es mit einem kräftigen Mann zu tun. Einem Mann, der eventuell irgendwo am Körper durch den von Annabelle Wertheim-Müllner abgegebenen Schuss verwundet wurde. Alle drei Damen weisen sonst keinerlei Spuren einer Gewaltanwendung auf, was bedeutet, sie haben ihren Mörder entweder gekannt, ihm vertraut oder ihn aus anderen Gründen freiwillig an sich herangelassen.«

Gerhard Kogler macht weiter: »Warum werden Galina Schukowa und Annabelle Wertheim-Müllner so platziert, dass man sie finden muss, warum wird Käthe Henrikshausen auf einem seit Ewigkeiten verfallenen Fabrikgelände versteckt, wo keine Menschenseele mehr hinkommt? Was oder wen haben Galina Schukowa, Annabelle Wertheim-Müllner und Käthe Henrikshausen gemeinsam? Sie spielten im selben frauenfeindlichen Orchester, kann so etwas ein Todesurteil sein?«

Eduard Pospischill hat dank Willibald Adrian Metzger eine Antwort parat: »Was uns auch zur Frage zurückführt, warum der Täter seine Opfer in den Mistkübel schmeißt. Wenn man Mord als Ausdruck der subjektiven Verachtung bezeichnen will, ist die Beförderung einer Leiche in eine Mülltonne das objektive Symbol dafür. Es zeigt der Welt: Diese Person ist Abfall, sie gehört beseitigt. Übt der Täter also eine Form der Selbstjustiz, bestraft er Verbrechen, sorgt er aus seiner Sicht für Gerechtigkeit? Was sagen uns diese Verbrechen? Spielten die Musikerinnen einfach nur falsch? Was ist das Motiv?«

Herbert Homolka holt tief Luft, richtig anzusehen ist ihm seine Aufregung, immerhin ist er, der Frischling, nicht gerade der Wortführer in dieser Runde und trotz der abgeschlossenen Ausbildung am ehesten derjenige, den man hier Kaffee holen schickt. Dann zeigt er eindrucksvoll, was stille Beobachter zu leisten imstande sind: »Da haben Sie nicht ganz unrecht, Herr Kommissar, wenn ich mir die Bemerkung erlauben darf. Denn dass die drei Opfer allesamt nicht unbedingt die herausragenden Musikerinnen waren, das stimmt schon!«

Irene Moritz kann sich kaum halten: »Homolka, haben Sie Lust auf einen Spitalaufenthalt, oder was soll diese Bemerkung? Wollen Sie Chauvinist andeuten, die drei Damen wären die schlechtesten Instrumentalisten im Orchester gewesen? Mir platzt gleich der Kragen, und das wollen Sie nicht erleben, das garantier ich Ihnen!«

Jetzt ist er neugierig, der Pospischill, wie sich sein Lehrbub da herausredet.

»Sie verstehen mich falsch, Frau Kollegin. Natürlich gibt es viele im Orchester, die allein schon wegen ihrer Mitgliedschaft in dieser Truppe dem Größenwahn verfallen und dadurch immer schlechter und schlampiger werden. Dagegen waren die drei Damen natürlich immer noch hervorragend. Aber so etwas übersieht ein Mann gerne, vor allem wenn sich aus zugegeben gutem Grund eine Frau anbietet, an der er seine Kritik anbringen kann. Und die berechtigte Frage, warum gerade die beiden jungen, wirklich nicht schillernden Musikerinnen in diesem Orchester gelandet sind, muss man sich bei allem Respekt schon stellen dürfen.«

Ja, und dann sorgt er für die Überraschung des Tages, der Homolka: »Viktor Hubertus ist nicht nur Perfektionist und, wie beim Verhör zu beobachten war, Linkshänder, was man übrigens ebenso an seiner Geigenhaltung erkennen kann, er ist auch ein bekennender Frauenfeind. Nur warum?« Es folgt, was die Spannung betrifft, eine inszenierungstechnisch perfekt eingeschobene Pause.

»Homolka –«, reagiert Eduard Pospischill entsprechend, »was soll das! Wollen S' den Oscar als bester Nebendarsteller? Reden S' gefälligst weiter!«

»Na ja, mein Auftrag war, mit Frau Hubertus ein Gespräch zu führen. Das hab ich gestern gemacht. Eine übrigens sehr nette Dame, ja, und die hat dann bei mir ihr Herz ausgeschüttet: Wie leid es ihr tue, dass ihr Viktor, seit ihm als Student im Uniorchester das Herz gebrochen wurde, keine Frau mehr finde. Auf meine Frage, ob sie sich erinnern könne, wer denn damals für das gebrochene Herz verantwortlich gewesen sei, hat sie von einer um etwa zehn Jahre älteren Harfenistin namens Käthe gesprochen.«

Jetzt leuchten seine Augen ein wenig, nur ist ihm dieses Glück nicht lange vergönnt.

»Und Jahrzehnte später ist diese Käthe Henrikshausen der Auslöser dafür, dass ein verwöhnter, bald pensionsreifer Bubi drei Morde begeht?«, mischt sich Irene Moritz frustriert und hörbar zweifelnd ein. »Eines steht auf jeden Fall fest: Wir haben es mit einem Verrückten zu tun, und die sind bekanntlich besonders schwer zu schnappen! Außer er macht einen Fehler. Und genau dann werd ich da sein!«

36

Es geht dem Ziel entgegen. Der nächste Hinweis wurde gefunden, genau so, wie er es wollte. Mit ihr, seinem ersten Opfer, hätte er Freundschaft schließen können: dieser netten Dame mit ihrem Dackel, die immer zur selben Zeit am selben Ort vorbeispaziert war. Einem Ort, an dem er wochenlang auftauchte, sich hinsetzte, bis sie ihn eines Tages ganz von selbst ansprach, immerhin sah man sich des Öfteren.

»So spät noch allein unterwegs, das kann gefährlich sein ohne Hund!«, hat sie fürsorglich gemeint.

»Ach, ich liebe die Nacht, sitz einfach nur hier und lass die Stille wirken!«, war seine Antwort. Von da an ist er gelegentlich ein Stück neben ihr hergeschlendert, hat den Hund gefüttert, sie anfangs heimwärts begleitet und schließlich ganz nach Hause gebracht. Sie war sein erster Schnitt, und ja, es war ein schöner Schnitt. Als sie regungslos in seinen Armen lag, hat er fast so etwas wie Liebe empfunden.

Mit ihr machte er den Anfang, um sie auftauchen zu lassen, wenn alles sich dem Ende nähern soll. Und es könnte schneller gehen als gedacht, denn mittlerweile hat er unerwartete Hilfe bekommen, von mehreren Seiten.

Jetzt muss er dafür sorgen, dass die Fäden langsam zusammenlaufen.

37

WILLIBALD ADRIAN METZGER ist in der Werkstatt gelandet, empfangen von einer unfassbaren Nachricht. Das, was da gerade auf seinem Anrufbeantworter zu hören war, wird er als Beweis an sicherer Stelle aufbewahren, nur damit Eduard Pospischill nicht eines Tages behaupten kann: »Etwas Derartiges hab ich nie gesagt!«

Er hat es gesagt, laut Zeitanzeige um drei Uhr fünfundvierzig: »Metzger, ich dank dir so! Dass du da warst, dass du so eine Frau hast wie die Danjela, ohne die das gestern Abend alles nicht passiert wäre, dass du mir dein Sofa überlassen hast, dass du mein Freund bist. Mein bester Freund. Bist ja auch der einzige! Die Trixi will nach dem ganzen Theater die Danjela einmal ins Theater ausführen, als kleines Dankeschön, sehr originell! Ich führ dich auch mal aus, Ehrenwort, aber eines sag ich dir, da suchen wir uns eine garantiert unterhaltsamere Stegreifbühne, beispielsweise den Wirten ums Eck!«

Ein paarmal lässt er es abspielen, der Metzger, nicht nur um es glauben zu können, sondern weil sich so eine Mitteilung einfach auch wohltuend anhört. Dann wechselt er die Kassette und beschließt, dass es mit Sicherheit nicht zuerst die Trixi sein wird, die seine Danjela demnächst ausführt, denn heute ist sie angekommen, seine bereits bezahlte kleine Bestellung.

Es ist ein Freitagmorgen, und es ist ein sehr früher Morgen. Grund dafür ist die zu erledigende Arbeit am Louis-seize-Kleiderschrank. Prächtig aufgestellt steht er im hinteren Bereich der Werkstatt, und dass er mit seinen drei Beinen überhaupt stehen bleibt, liegt einzig an dem fast perfekten Ersatz des fehlenden vierten. Ein passenderes Stück, zumindest was die Höhe betrifft, hätte er in seiner Werkstatt gar nicht finden können. Da hat er also Glück gehabt, der Kasten, und verantwortlich für dieses Glück ist natürlich der entsprechende Schlüssel dazu, klarerweise in gebundener Form und klarerweise, ohne zuvor zu Ende gelesen worden zu sein.

Nun kann er also aufrecht arbeiten, der Metzger, anstatt am Boden Gymnastik zu betreiben, und das ist auch gut so. Nicht nur, weil er viel mehr ein Kunsthändler als ein Kunstturner ist, sondern weil hier offensichtlich jemand der Meinung war, man müsse im Inneren des Kastens direkt auf die wunderschöne Maserung des massiven Eichenholzes eine gemusterte Tapete kleben, und zwar fixiert mit einem Kleister von dermaßen dauerhafter Bindung, da kann eine kirchliche Trauung nicht mithalten. Selten zuvor haben solch herbe Töne seinen Gewölbekeller erfüllt. Er kann es ja gut verstehen, dass sich bei einer derart schlampigen Arbeitsweise, wie sie von sogenannten Spezialisten zuhauf an den Tag gelegt wird, jeder selbst versucht, ganz nach dem Motto: Bevor mir der Fachmann etwas kostspielig ruiniert, richt ich's mir lieber preiswert selbst. Aber das hier zeugt schon von höchst bedauernswerter Blödheit.

Wie eine Maschine bewegt der Metzger also seine Spachtel auf und ab, sprüht das Papier ein, schabt und stöhnt und schwitzt, dann kann er etwas erkennen. Anfangs überrascht ihn das keineswegs, unter Tapeten stecken eben oft die größten Überraschungen. Auch diese Kastenrückwand dürfte der künstlerischen Entfaltung eines Kindes gedient haben. Wobei das ja heutzutage nicht immer so leicht auseinanderzuhalten ist, zeitgenössische Malerei und die ersten Kreativversuche eines Zweijährigen. Der Einsatz eines Filzstifts spricht in diesem Fall eher für ein kindliches Werk, die deutlich erkennbare Symbolsprache für ein fortgeschrittenes Alter. Ausdruckskunst mit einfachen, schnörkellosen, klaren Bildern. Und diese Bilder lösen einen Ausruf des Erstaunens aus.

Es sind düstere Zeichnungen. Hauptsächlich strichmännchenähnliche Figuren mit Köpfen ohne viel Firlefanz, denen allesamt die Bösartigkeit, das Teuflische ins Gesicht geschrieben steht. Je mehr der Metzger freilegt, desto mehr Köpfe kommen zum Vorschein, immer paarweise. Zwei Totenköpfe, zwei auf Pfähle gespießte Köpfe, zwei Köpfe mit blutenden Einschusslöchern, zwei Köpfe am Fuße eines Schafotts, dazwischen zwei Strichmännchen am Galgen und zwei Gräber, wobei bei dem einen in der linken oberen Ecke unter Einbindung der beiden Seitenlinien so etwas Ähnliches wie eine nach unten hängende Krone, die ein wenig wie der Buchstabe W aussieht, zu erkennen ist und beim anderen einfach die rechte obere Ecke deutlich dicker gezeichnet wurde. Schaurig ist der Anblick, und, das muss sich der Metzger nun leider eingestehen, die Tapete war wirklich schöner. Eine derartige Bildsprache, versteckt im Inneren eines Kastens, deutet nicht unbedingt auf eine glückerfüllte Hand des Künstlers hin!

Bis zum frühen Nachmittag kann er sich arbeitender- und fluchenderweise auf den Beinen halten. Einzige Lichtblicke in dieser Tristesse sind die beiden Anrufe seiner Herzensdame inklusive der aus dem Hintergrund zugerufenen gut gelaunten Grüße von Halbschwesterchen Sophie. Ausgeschlafen dürfte sie also sein. Ganz im Gegensatz zu Willibald Adrian Metzger. Lange dauert es nicht, dann fordert sein Köper ziemlich ansatzlos mit auf der Werkbank aufgestützten Armen den Preis für die ihm geraubte Nachtruhe.

Von Ruhe kann dann aber nicht die Rede sein.

Ein unbekanntes »Hallo?« lässt ihm beinah das Herz stillstehen. Er hat Besuch! Wie elektrisiert reißt es ihn hoch. Einmal mehr steht unweit entfernt eine elegante fremde Dame mit einem an sich hübschen Gesicht, wären da nicht die deutlichen Anzeichen des Kettenrauchens, die dunklen Augenringe und dieser auf Anhieb unsympathische Kontrollblick. Skeptisch mustert sie den Metzger von oben bis unten. Eine von vornherein derart verhärmt dreinblickende Dame ist für gewöhnlich Innenministerin oder Notstandshilfebetreuerin am Arbeitsamt.

»Hab ich Sie erschreckt?«

»Nein, nein!«, antwortet der Metzger brüchig. Stattdessen will er wissen: »Wie sind Sie denn hier unbemerkt hereingekommen?«

»Teleportation.«

Etwas braucht er jetzt, der Willibald, dann wird ihm neben der Unsinnigkeit seiner eigenen Frage klar: Aha, eine Lustige also!

»Wenn Sie die Glocke nicht hören, und die ist ja nicht grad leise, würde ich während des Nachmittagsschläfchens an Ihrer Stelle zusperren. Es gibt Böses auf dieser Welt!«

Und eine Gescheite ist sie auch noch, wunderbar!

»Nicht gerade viel zu tun? Kann man von dem da denn überhaupt leben?«, setzt sie fort, deutet in die Werkstatt und legt offenbar keinen Wert darauf, neue Freunde zu gewinnen.

»Gestatten Sie mir die Frage: Sind Sie vom Finanzamt oder von der Wohlfahrt?« Jetzt ist er putzmunter, der Willibald.

Und dann geschieht ein Wunder. Die Dame kann lächeln, was den in Fahrt gekommenen Willibald gleich noch ein wenig mehr beschleunigt: »Gestatten Sie mir gleich die nächste Frage: Lachen Sie mich jetzt an oder aus? Ich tippe nämlich auf Zweiteres.«

»Na, wenn Sie zu jenen Menschen gehören, die gerne Lotto spielen, dann tippen Sie. Allerdings hoffe ich schon, Sie bauen Ihre Theorien auf festeren Boden.«

»Theorien? Ich bin Handwerker, Frau …?«

Die Frage nach dem Namen wird übergangen, dafür protzt sie mit ihrem Wissensvorsprung: »Ein Handwerker sind Sie? Das kommt mir aber nicht so vor, Herr Metzger, Willibald Adrian Metzger, denn sonst wäre ich gar nicht hier. Grund für meinen Besuch, der hiermit endet, sind besorgniserregende Neuigkeiten.« Dabei dreht sie sich auch schon wieder um, geht zum Ausgang, öffnet die Tür und erklärt mit auffordernd ernstem Blick, mitten hinein in den hohen Glockenton: »Ein Theoretiker sind Sie, einer, der offenbar nichts von der Umsetzung in die Praxis hält. Und wissen Sie, warum? Ein Junge wurde überfahren, ich mag ihn zwar nicht, aber als Freund taugt er was! Da hat es jemand einfach nicht der Mühe wert gefunden, vor Svens Skateboard die Bremse zu betätigen. Ja, das können sie hervorragend, die Menschen, aus Bequemlichkeit einfach alles laufen lassen, nicht wahr, Herr Metzger. In diesem Fall wird der Fuß am Gaspedal wohl nicht aus Bequemlichkeit liegen geblieben sein. Wollten Sie nicht etwas tun?«

Der Metzger ist fassungslos: »Sagen Sie, was fällt Ihnen ein, und was heißt, Sven wurde überfahren, ist er tot?«

»Nein, gottlob ist er das nicht, da haben Sie also schon wieder Glück gehabt.«

»Was heißt, ich hab Glück gehabt, und wieso um Himmels willen schon wieder, das, das …!«

Dann fällt die Tür ins Schloss.

38

SOPHIE WIDHALM ÄRGERT SICH. So viel durcheinanderzusaufen, und das ausgerechnet am Abend, bevor sich nach Langem wieder einmal die Gelegenheit bietet, an der Seite eines Mannes mit erfreulicher Herkunft und wirklich gepflegtem Äußeren einen kleinen Testlauf zu wagen – das ist schon grenzdebil.

»Brauchst du nicht jammern, bist du auch wunderschöne Frau mit ein bisserl Ringe unter beide Augen, kaputte Frisur und schlechte Atem!« Die tröstenden Worte ihrer, ja, so fühlt es sich an: ihrer Seelenverwandten Danjela Djurkovic entsprechen zwar nicht eins zu eins dem, was eine Dame in Anbetracht eines deftigen Katers gern zu Gehör bekommt, aber was soll's. Heute werden sie alle zur Geltung kommen, die Waffen einer Frau, und etwas Zeit hat sie ja noch: »Sei doch ein bisschen früher da, sagen wir vierzehn Uhr, das wär fein!«, hatte er ihr mit diesem eindeutigen Lächeln vorgeschlagen.

Und jetzt fährt sie über den Schotterweg, innerlich angespannt, aber zufrieden, denn was da im Spiegel der heruntergeklappten Sonnenblende zum Vorschein kommt, das kann sich schon sehen lassen. Zumindest optisch wäre sie ihn wieder los, den Kater. Was die inneren Nachwirkungen angeht, sind der schwere Kopf, der ständige Durst und der weiche Gang zwar keine schlechten Voraussetzungen, wenn ein Weibchen zur Erlegung eines Männchens auf die Pirsch geht, für eine Drückjagd allerdings bräuchte man schon ein wenig mehr Standfestigkeit.

So eine, wie sie Eugen von Mühlbach an den Tag legt. Breitbeinig steht er vor seinem Hauptwohnsitz. Es ist vierzehn Uhr, was bedeutet, Sophie Widhalm steigt pünktlich aus ihrem Wagen. Und pünktlich heißt für sie zur tatsächlich ausgemachten Uhrzeit, nicht zu früh, nicht einmal die fünf Minuten vor der Zeit, die irgendeines Soldaten Pünktlichkeit sein sollen, und keinesfalls zu spät. Mit einer widersinnigen Akademisches-Viertel-Begründung, das sich in der Studentenversion zeitlich gesehen ja durchaus auf eine saloppe Bouteille ausdehnen kann, braucht ihr erst recht keiner zu kommen. Zuspätkommen, egal, ob es inskribiert oder promoviert hat, ist ausschließlich ein Zeichen mangelnden Respekts.

Was sie nun zu Gesicht bekommt, könnte sie als ebensolchen auslegen, wäre sie realistisch. Nur gleicht der Realismus im Zustand aufgewühlter Hormone dem eines Fisches am Angelhaken, der mit durchstoßenem Maul, bereits jämmerlich erstickend, behauptet: »Ach, das ist doch nur ein Halskratzen.« Längst hat sie es wieder verdrängt, wie einfühlsam sich der liebe Eugen vor genau einer Woche am Golfplatz verhalten hat. Und nun wartet der junge Freiherr nicht allein, obwohl er es war, der Sophie Widhalm aufgetragen hatte, früher zu kommen. Nur, wozu sonst hat sie früher kommen sollen, wenn nicht, um mit Eugen allein zu sein? Gut, würde es sich um Wernher von Mühlbach handeln, also den Vater, der da wie ein Satellit um seinen Sohn herumschwirrt, könnte das durchaus als aussichtsreiche Botschaft gedeutet werden. Er ist es aber nicht, und die Aussichten könnten ernüchternder nicht sein. Ernüchternd und in gewisser Weise unappetitlich. »Was um Himmels willen hat dieser Kotzbrocken hier zu suchen?«, flüstert sie in sich hinein, wobei es ihr bei der ihr entgegenblickenden entstellten Visage schon etwas Phantasie abverlangt, Rupert von Leugendorf überhaupt als solchen zu erkennen.

Eugen von Mühlbach begrüßt sie überschwänglich, nähert sich bei seinen beiden behutsam auf die Wangen geklatschten Begrüßungsküssen auffällig ihrem nach Pfirsich duftenden Lippenbalsam und protzt dabei mit seinem samtweich rasierten Kinn. Es ist ein kräftiges Kinn, eines, an dessen Enden mit pulsierender Regelmäßigkeit die Backenknochen zum Vorschein kommen. Das liebt sie an einem Mann, wenn sich seine innere Spannung, sein sprudelnder Testosteronhaushalt und seine abrufbereite Aggression wie ein locker sitzender Colt durch einen sich ständig zusammenbeißenden Kiefer offenbaren.

»Toll siehst du aus. Ist das wirklich dein erstes Mal?«, flüstert er ihr ins Ohr.

So weit kommt es noch, dass sich Sophie Widhalm ihre Drückjagdpremiere optisch hätte ansehen lassen. Da sind für diverse Kleider, die ungetragen in ihrem Schrank hängen, schon mehr sinnlose Scheine über den Verkaufstisch geflattert als für diese traurige Jägerkostümierung – die sie ja eventuell noch ein zweites Mal wird brauchen können. Das hängt klarerweise vom heutigen Jagderfolg ab. Momentan steht ihr diesbezüglich allerdings dieser geschniegelte Lackaffe im Visier herum, und das, ohne auch nur den geringsten Anschein zu erwecken, sich in seine Rolle als drittes Rad am Wagen einfügen zu wollen. Wenig später hocken sie also zu dritt im Salon, trinken Tee und reden. Nur sie reden nicht mit ihr, die beiden Herren, vielmehr reden sie auf sie ein, peitschen sich gegenseitig vorwärts.

Eugen erzählt von seinen Pferden, Rupert von seinen PS. Dann erzählt Eugen von seinen Pferden und Rupert von seinen PS, bis schließlich der eine bei seinen Pferden und der andere bei seinen PS landet. Das sind aus Sophie Widhalms hormonell beeinträchtigter Sicht ja durchaus spannende Themen – für fünf Minuten. Nach einer Stunde allerdings und mit dem Wissen, welche Viskosität eines Öles sich wie auf die Motorleistung eines Autos und welche Zusammensetzung des Futters sich wie auf das Gedärm eines Pferdes auswirkt, interessiert sie der Rückstoß der an der Wand hängenden antiken Vorderladerpistole nach einem gezielten Schuss jedoch weitaus mehr. Verschwindet dieser Leugendorf denn gar nicht mehr?

Selten zuvor hat Sophie Widhalm jemanden kennengelernt, der ihr nicht nur auf Anhieb, sondern auch nach mehrmaligem Hinsehen einfach nur unsympathisch gewesen wäre. Alles, aber auch wirklich alles an Rupert von Leugendorf schreit nach Gewalteinwirkung – und dem Zustand seines Gesichts nach zu urteilen, dürfte sie mit dieser Auffassung nicht allein sein. Trotzdem, zumindest einen Freund hat er, und die Hosen an in dieser Freundschaft hat er auch. Nicht ein Wort kann sie, ohne unterbrochen zu werden, mit ihrem Zielobjekt Eugen wechseln.

Mittlerweile verzichtet sie auch auf ein heuchlerisches »Ach wirklich! Interessant! Was, 230 km/h auf der Autobahn, faszinierend!« Und diese selbst auferlegte Schweigehaft ist der Beginn allen Übels. Denn so, wie man trotz Entsetzen und Grauen den Blick nicht wegbekommt von einem aktivierten Schlachtschussapparat, einer Vierteilung oder einer Irgendwer-sucht-irgendwen-für-irgendwas-Castingshow, so starrt Sophie Widhalm gebannt auf diesen vis-à-vis sitzenden Potenzprotz, samt seinen Knickerbockern mit am Rand eingesticktem Hirschgeweih, den makellos geputzten Haferlschuhen, dem dunkelgrünen Hemd, mit diesem grün karierten Halstuch, dem protzigen Siegelring auf wulstigen Fingern, der karibischen Elektrobräune und diesem lächerlichen pseudozerzausten Haar, bei dem sich unübersehbar jede einzelne Unregelmäßigkeit genau dort befindet, wo sie mit Haargel in mühevoller Detailarbeit hinarrangiert wurde. Und all das über einem derartig entstellten Gesicht! Da muss man erst einmal wegsehen können. Logisch, dass Sophie Widhalm nun nicht umhinkann, sich dem Rätsel zu widmen: »Was um Himmels willen findet Eugen von Mühlbach an Rupert von Leugendorf, und was bitte soll dieser brüderliche Auftritt?«

Und so kommt es, wie es kommen muss. Denn kaum wendet sich Rupert von Leugendorf seinem Harndrang zu, diesmal in gesitteter Manier, nützt Eugen von Mühlbach die Gelegenheit der endlich kurz entstandenen Zweisamkeit. Sophie setzt die Teetasse ab und sieht ihm in die Augen. Worauf ihr erklärt wird: »Hab ich mir ja gedacht, dass du ihn mögen wirst.«

»Ja, ich liebe grünen Tee!«

Eugen lacht beinah hysterisch auf. »Ich hab es doch gesehen, Sophie. Und bitte, es ist absolut in Ordnung. Ja, es freut mich sogar!«

»Wovon sprichst du gerade, Eugen?«

»Wie fasziniert du Rupert beobachtet hast! Der ist ja ansonsten wirklich ein fescher Kerl.«

»Wie bitte!« Sophie Widhalm ist fassungslos. Zu behaupten, sie hätte eben etwas oder gar jemanden fasziniert beobachtet, bedarf ihrer Auffassung nach schon einer gepflegten Vokabelschwäche hinsichtlich der menschlichen Körpersprache oder schlichtweg einer erschreckenden Unsensibilität.

»Weißt du, Sophie, seit ich dich zum ersten Mal gesehen hab, war mir klar, mit dir kann man Pferde stehlen, und Rupert ist einfach mein bester Freund. Er wollte dich unbedingt kennenlernen!«

»Aha!«, ist alles, was Sophie herausbringt, obwohl ihr natürlich schon der Gedanke kommt: Was brauchst du in Anbetracht deiner zum Bersten gefüllten Stallungen noch Pferde stehlen!

An sich ist es ja ein gutes Zeichen, wenn sich die Angebetete noch vor dem ersten Kuss die Absolution der besten Freundin erteilen lässt – falls es ihr ernst ist. Und das weiß Sophie Widhalm natürlich, was ihr nun ein wenig

Herzklopfen beschert. Vielleicht gilt dieses Prozedere ja auch für Männer!

Wenn es darum geht, sich Hoffnungen zu machen, gibt ein einsames Frauenherz so schnell nicht auf. Und so ernst ist es dem Freiherrn junior, da wird dieses einsame Frauenherz noch ganz schön Augen machen.

Weil Rupert von Leugendorf, wenn er für kleine Jungs austritt, nun ein ganz ein Ungezwungener und Schneller ist, ist es schnell wieder vorbei mit der Zweisamkeit. Zum Glück auch mit der Dreisamkeit. Die ersten Gäste der Jagdgesellschaft sind eingetroffen, gleichzeitig betritt Wernher von Mühlbach den Salon. Herzlich begrüßt er Sophie Widhalm, dann wendet er sich überraschend abweisend dem Freund seines Sohnes zu: »Erklärst du mir bitte, was du hier machst?«

Rupert von Leugendorf läuft an jenen Stellen seines Gesichts, die ihm das noch ermöglichen, rot an und stottert: »Ich, ich wollte, wollte nur kurz, kurz …«

»Wann sich mein Sohn mit dir trifft, das ist seine Sache, auch wann er dich hierher einlädt, aber wenn du dich nicht an mein dir gegenüber ausgesprochenes Jagdverbot hältst, bist du hier, solange ich am Leben bin, Gast gewesen, ist das klar?«

»Ich hatte nicht vor zu bleiben, sondern hab ohnedies einen Termin mit einem Agenten.«

Mit einer Verbeugung verabschiedet sich der Betroffene und verlässt den Salon. Wernher von Mühlbach widmet sich seinen Gästen, und Eugen liefert die ausständige Erklärung: »Ein bisschen zu viel herumgeknallt hat er meinem Vater, ja, und einmal hat er …« Er stockt etwas und setzt flüsternd fort: »Einmal hat er ein Wild nur angeschossen, um es dann eigenhändig mit dem Messer zu töten. Ist auch nichts anderes als mit dem Gewehr, ist doch nur ehrlicher, oder?«

Der Platz vorm Palais hat sich gefüllt. Ein sehr eleganter Herr begrüßt die Jagdgesellschaft, dann folgt ein äußerst ausführlicher theoretischer Teil, unter anderem mit einer Erklärung der Sicherheitsbestimmungen und Informationen über: Wo und wen jagen wir eigentlich? Wo stehen die Schützen? Wen ruf ich an, wenn etwas passiert, und schließlich der Hinweis, dass die Jagd bei »Hahn in Ruh« abgebrochen wird.

Den Irrtum, es könnte sich dabei um einen balzenden Auerhahn oder irgendeinen vorlauten Gockel handeln, den es infolge einer gezielter Treffereinwirkung zur letzten Ruhe niederlegt, klärt justament ein weiterer aufgeblasener Vogel auf. Mit stolzgeschwellter Brust, begamsbartetem Hut und geschultertem Jagdgewehr stellt einer der Schützen neben ihr klar: »›Hahn in Ruh‹ heißt: Finger weg vom Abzug, alles klar? Hahn ist gleich Abzug.« Dabei wandert die Hand in die Luft, drückt ins Leere ab: »Logisch, oder!«, senkt sich nicht zur Gänze, sondern legt sich, begleitet von einem schmierigen Grinsen samt leichter Obstlerduftnote, auf die zarte weibliche Schulter. Was Horst Erhardter keineswegs logisch findet, ist die Tatsache, dass da jetzt bei so einer Jagd offenbar auch schon Adelsbräute mitspazieren dürfen, die sich sonst ja nie im Geäst herumtreiben außer auf einen Seitensprung. Geschichten könnte er erzählen, der Herr Erhardter!

»Logisch!«, entgegnet Sophie Widhalm, schickt ein vielsagendes Zucken durch ihren Oberkörper, was der Hand klarerweise egal ist, und sieht ihn in Gedanken wieder vor sich, den Vorderlader im Salon. Rettend wirkt sich erst die Verteilung der orangefarbenen Bänder für die Schützen und der leuchtend orangefarbenen Warnwesten für die Treiber, auch Drücker genannt, aus.

Aber Hauptsache, grün angezogen!, ärgert sich Sophie Widhalm still über ihren teuren Einkauf und findet den Maskenball hier mittlerweile nur noch lächerlich. Unförmig mit einem neonleuchtenden Ding bekleidet, wie es sonst nur die Parkplatzeinweiser bei Zeltfesten tragen, durch den Wald zu spazieren, und das an der Seite eines stattlichen Mannes, der natürlich auch in einer derartigen Verunstaltung immer noch prächtig aussieht, genauso stellt sich eine Dame ihr erstes Rendezvous vor.

»Wir gehen als Dreiergruppe!«, erklärt Eugen von Mühlbach, »und orientieren uns einfach an den beiden Hundeführern links und rechts von uns.« Dann geht es los, hinein in den Wald.

Also eine Dreiergruppe, wunderbar. Fühlt man sich nicht so allein, wenn einer verloren geht. Wieso Dreiergruppe, versteht Sophie Widhalm allerdings nicht ganz, denn sie sind zu zweit.

Es dauert nicht lange, dann ist alles klar. An einen auffällig großen alten Baum gelehnt, steht Rupert von Leugendorf und grinst.

»Ich liebe Drückjagden, vor allem das Treiben!« Und weil es offenbar in Jägerkreisen so üblich ist, landen auch seine wulstigen Finger auf der zarten weiblichen Schulter.

»Wunderbar, sind wir jetzt vollzählig!«, lächelt Eugen von Mühlbach, und doch ist Unsicherheit in seinen Augen.

Na wunderbar!, denkt sich auch Sophie Widhalm und meint: »Aber wolltest du dich nicht mit einem Agenten treffen?«

»Der hat mich schon zweimal versetzt, jetzt dreh ich den Spieß mal um!«

Die Jagd kann beginnen.

Aufgabe: Wildschweine aus ihren Einständen herausdrücken, dadurch in Bewegung bringen und auf diese Art zu den Ständen der Schützen geleiten. Je gemütlicher, desto besser, auch für die Säue, denn ein langsamer Schlendergang aller Beteiligten gewährleistet einen sauberen Treffer, natürlich vorausgesetzt, der Schütze ist nüchtern.

Ziel: Weil so ein Schwarzwild eine Vermehrungsrate von vierhundert Prozent haben soll, was ja jeden vergeblich gegen den Geburtenrückgang ankämpfenden vegetarischen Mitteleuropäer vor Neid nur so zum Fleischfresser werden lässt, muss der Schwarzwildzuwachs reduziert werden.

Am Anfang war Sophie Widhalm ein wenig aufgeregt, immerhin ist sie auf Jagd. Mittlerweile ist eine Stunde vergangen, sie ist genervt, die neuen Schuhe tun ihr weh, unter der Kunstfaser-Warnweste bekommt selbst ihre überteuerte atmungsaktive Bekleidung einen ernsthaften Erstickungsanfall, und auch vom Schnaps, der ihr von ihren Begleitern immer wieder aus einem Flachmann angeboten wird, hat sie gestrichen die Nase voll. Getrunken hat sie allerdings kaum, nur so getan, im Gegensatz zu Rupert und Eugen. Ob der Alkoholgeruch der Grund ist, dass das Getier des Waldes bereits das Weite gesucht hat, bevor es überhaupt von irgendwo herausgedrückt hat werden können, weiß sie nicht, was sie aber weiß, ist: Die beiden Hundeführer links und rechts sind außer Sichtweite. Überhaupt ist es rundherum verdächtig grün geworden, denn Warnwesten sieht sie nur mehr drei, ihre eigene mit eingeschlossen.

»Wo sind denn alle hin?«

»Wir sind ja hier, Sophie!«, erklärt Rupert in kindlich tröstendem Wortlaut.

»Ja, aber der Rest, vielleicht sind wir vom geplanten Weg abgekommen!«

»Das kommt vor, dass man vom rechten Weg abkommt. Nur ich sag immer: Es ist alles erlaubt!«

Nach Äußerung dieser Lebensweisheit berührt Rupert erneut ihre Schulter und meint: »Aber mach dir keine Sorgen, daran hast du sicher Spaß!«

Sophie Widhalm wird rot. Diesmal sind es nämlich nicht nur die ruppigen Wurstfinger des Rupert von Leugendorf, die sie betatschen, diesmal sind es zusätzlich auch die kräftigen behaarten Hände des Eugen von Mühlbach.

39

Dass der Metzger an diesem Nachmittag nicht mehr viel weitergebracht hat, versteht sich von selbst. Und das, obwohl die Mühlbach-Möbel längst auf intensive Zuwendung warten.

Wer um Himmels willen war dieses Unheil einer Frau, was wollte sie ihm verdeutlichen mit derart schwerwiegenden Vorwürfen: Er sei bloß ein Theoretiker und setze kein Versprechen in die Tat um? Heißt das, es hat sich jemand seine konkrete Hilfe erwartet und wurde enttäuscht? Wer? Diese Frau? Und wenn, warum? Oder waren es die Burschen, denen er seine Visitenkarte hingeworfen hat? Stehen sie mit der Frau in Zusammenhang, das müssen sie in gewisser Weise, wenn sie behauptet, Sven würde als Freund etwas taugen. Hat sie deshalb seine Kontaktdaten? Und was heißt, Sven sei überfahren worden, und weil er dabei nicht ums Leben gekommen ist, habe der Metzger schon wieder Glück gehabt? Ist die Frau die Mutter eines dieser Kinder? Vielleicht sogar die von Sven, der ja zum Metzger gesagt hat: »Ich steh nicht auf Arschkriecher. Tu lieber was!«

Die erste logische Reaktion auf diesen Besuch ist klarerweise ein Anruf bei Eduard Pospischill, nur der hat sein Handy abgedreht. Dann wird dem Metzger klar: Um die Tat einer Frau verstehen zu können, ist es am besten, eine Frau zu befragen, außerdem will er sich den kommenden Abend samt der von ihm angekündigten Abschleppung wirklich nicht verderben lassen. Folglich schildert er telefonisch seiner Danjela das eben Geschehene und findet sich inhaltlich umgehend unter dem Louis-seize-Kasten in seiner Werkstatt, wobei er da den Gedanken nicht loswird, es wäre vielleicht doch besser gewesen, das dort als Reservebein missbrauchte Gedruckte etwas genauer zu studieren.

»Weißt du, ist so mit Frau, nein, mit Mensch: Sprache ist Ursache für Missverständnis. Sprache oft nix gut für Verstehen, aber gut für Lesen zwischen Zeilen. Vergisst du also, was hat Frau gesagt, sondern schaust du nur, was hat Frau nicht gesagt. Hat sie geredet von Philipp?«

»Nein, hat sie nicht.«

»Denk ich, hat sie schon. Weil, warum hat gesagt: ›Schon wieder Glück gehabt.‹ ›Schon wieder‹ kann heißen, dass ist auch beim letzte Mal nix passiert, und letzte Mal war Philipp Konrad.«

»Da braucht man wirklich viel Phantasie, um das zwischen den Zeilen zu lesen. Und wo, bitte schön, ist dann dieser Philipp Konrad? Und was hat die Frau mit dem Bengel zu tun? Vielleicht meint sie mit Glück auch das zurückgekehrte Sakko?«

»Zurückgekehrtes Hochzeitssakko von untreue Vater, das ist nix Glück, Willibald, das ist böse Natur von Schicksal. Meint sie mit Glück irgendwas, was hätte auch gehen können nix gut aus. Außerdem, kann sein, dass Frau war bei dir in Werkstatt, weil weiß sie, dass jeder Mann, bevor geht er in Offensive, braucht kräftige Tritt in Allerwerteste!« Und leid tut es der Danjela, dass ihr in der eigenen Beziehung ausgerechnet dazu der Mut fehlt. Dennoch setzt sie hinzu: »Bist du wie Schale ohne Boden. Wenn will jemand bei dir abladen seine Problem, fallt zwar hinein oben, aber fallt wieder sofort hinaus unten! Machst du dir ja keine schlechte Gewissen!«

Diesen Tipp dürfte sich wenig später auch der Schirm in seiner Hand zu Herzen genommen haben, denn das, was von oben darauf landet, kommt fein zerstäubt am darunter marschierenden Willibald an. Ein Spargeschenk, das sich die entsprechende Bank hätte sparen können. Draußen regnet es. Es ist genau dieser Herbstnieselregen, der einem die feuchte Kälte in den Kragen kriechen lässt und aus einer Wolke zu Boden fällt, die bis zu den dumpf über den Gehsteig laufenden Sohlen zu reichen scheint. Nebel hat sich zwischen die Häuser gelegt und verwandelt alles Bekannte in schaurige Umrisse. Dennoch spaziert der Metzger zielsicher zu der von ihm angekündigten Abschleppung.

Ohne die Schulwartwohnung zu betreten, erklärt er mit striktem Ton: »Zieh dich an!«

»Aber bin ich so müde!«

»Madame Djurkovic, eine derartige Ausrede kannst du dir für unser Zehnjähriges aufheben!«

Die Djurkovic muss lachen und verteilt einen herzhaften Kuss auf seine Wange. »Vielleicht ist dir schon aufgefallen, bin ich Frau. Also, anziehen wofür?«

»Wofür, wofür, wofür!«, wird ihr schmunzelnd erwidert: »Müsst ihr Frauenzimmer immer wissen, was kommt? Einen warmen Pulli zieh an und eine Jacke, fertig! Edgar bleibt da.«

Dann geht es auf die bereits von Laternen beleuchtete Straße, und schon nach wenigen Metern nimmt Danjela Djurkovic die vom Metzger so geliebte Haltung der Zugehörigkeit ein, nicht das Händchenhalten, nicht das Umarmen oder der ebenso oft gesehene devote Abstand des unterwürfigen Weibchens einen Meter schräg versetzt hinter dem patriarchisch voranschreitenden Männchen, sondern das Einhängen des Armes der Dame in die Ellbogenbeuge des Herrn. Für den Metzger gibt es kein schöneres Bild der Einheit. Jeder weiß, die zwei gehören nicht nur zusammen, sie gehen auch zusammen, schon länger und für länger.

»Für länger gehen hab ich aber nix an richtige Schuhe!«

»Gleich sind wir da!«

40

Sandra Kainz ist leichenblass, immer wieder liest sie den letzten Eintrag.

Dann schlaf gut, während sie Nummer 1 finden. Dann schlaf gut, bevor es morgen weitergeht.

Kammerton spricht sie persönlich an, und zwar als Einzige, und er schaltet sich immer erst dann ein, wenn sie zuvor etwas geschrieben hat. Warum? Kein Auge kann sie zumachen, denn wenn sie auch nicht weiß, was all diese Einträge sollen, eines steht fest: Es macht ihr Angst.

Am nächsten Tag klinkt sie sich ein, zum ersten Mal so zeitig in der Früh, und erlebt eine Erschütterung. Fast alle sind sie online, als gäbe es die Zeit nicht, als gingen die anderen mit vor die Brust geschnallten tragbaren Computern durchs Leben. Heißt mobiles Internet, selbst am Wochenende mit der vorhandenen Mobilität nichts anfangen zu wissen und deshalb einsam in eine virtuelle zu starren? Die große Welt ist zusammengerückt und die kleine auseinandergedriftet. Paare schicken sich E-Mails vom Arbeitszimmer im obersten Stock ins Wohnzimmer eine Etage tiefer, Kollegen vom eigenen Schreibtisch zum Schreibtisch ein paar Kartonwände weiter, sie selbst, Sandra Kainz, ihrem Nachbarn in die Wohnung nebenan. Menschen hocken vor ihren Bildschirmen, weltweit verbunden und doch ganz allein. Neben ihnen zieht das greifbare Leben vorbei, während sie Teil einer Allgemeinheit werden, die sich selbst nicht mehr wahrnimmt, die sich nicht angesprochen fühlt, wenn ein ERROR77 ankündigt, seine Schule auszuräuchern oder seine Eltern zu zerstückeln. Noch nie war das Aneinandervorbeisehen so einfach wie heute. Sandra Kainz weiß das alles, und doch ist es genau dieses Aneinandervorbeisehen, das ihr das Gefühl gibt, frei zu sein, anwesend und doch nicht bemerkt, lebendig und nicht tot.

Und der Tod will ihr nun einfach nicht mehr aus dem Kopf. Was ist mit Kammerton, den ganzen Tag wartet sie vergeblich auf einen neuen Eintrag.

Am Abend dieses Samstags informiert sie schließlich ihren Nachbarn, sendet ihm alle bedenklichen Dialogstellen und wartet erneut. Dann meldet sich ihr Posteingang:

Bin noch in der Arbeit, hab grad sehr viel zu tun. Bitte, Sandra, lassen Sie sich nicht auf so was ein, da sucht sich einfach so ein Spinner zufällig ein Opfer aus und will provozieren, aus reiner Unterhaltungslust. Solche Idioten gibt es zuhauf. Aber wenn Sie sich wirklich ernsthafte Sorgen machen, gleich ums Eck ist ein Polizeirevier. Rufen Sie einfach dort an. Und jetzt schlafen Sie gut.

Am Ende der Mail stehen die Kontaktdaten der Dienststelle. Und damit geht es ihr besser. Wie gut es ist, nicht allein zu sein.

41

»Mach dir keine Sorgen, daran hast du sicher Spaß!«, war Rupert von Leugendorf also der Meinung.

Es ist definitiv so, dass ein jeder etwas anderes unter Spaß versteht, und manch einer lacht ja grundsätzlich über alles außer über sich selbst. Sophie Widhalm wäre nicht einmal dann zum Lachen zumute, wenn sie lachen könnte. Denn dass bei den beiden Herren Einigkeit herrscht und wohl auch reichlich Erfahrung darüber bestehen, wie denn so ein Vergnügen mit einer Dame auszusehen hat, daran gibt es keinen Zweifel. Nur äußern kann sie sich dazu nicht mehr.

Denn vorsorglich hat Rupert von Leugendorf genau in dem Moment ein Klebeband in der Hand, in dem die Berührung Eugen von Mühlbachs an Eindeutigkeit nichts zu wünschen übrig lässt.

Eisern umklammert er von hinten ihren Oberkörper, während ihr der Mund verklebt wird. Dann ziehen die beiden Herren sie mit der Brust voran gegen einen Baumstamm und verkleben dahinter ihre Hände.

»Wir spielen nur ein bisschen Indianer, du weißt schon, wir Männer werden ja nie erwachsen. Ist dir das echt?«

Ein kurzes Rattern ist zu hören. Aus den Augenwinkeln sieht Sophie Widhalm die Klinge eines schwarzen Stanleymessers. Es ist ein kurzer Schnitt, keiner wird jemals bemerken, was damit entfernt wurde. Mit einem tiefen Atemzug lässt Rupert von Leugendorf Luft in seine Lungen strömen und flüstert ihr ins Ohr: »Wie gut es riecht, dein Skalp, kleine Squaw! Und wie schön du bist, wie unglaublich schön, nicht wahr, Eugen.«

Auf der anderen Seite gesellt sich Eugen von Mühlbach dazu, er wirkt apathisch, seine Augen sind glasig, seine Stimme kraftlos: »Rupert, es, es …«

»Sei still, Weichei. Du warst von Anfang an dabei und nicht immer nur Zuschauer, also reiß dich zusammen, was soll schon passieren!«

Dann ist es wieder Sophie Widhalm, in deren Richtung der von Schnaps erfüllte Atem Rupert von Leugendorfs strömt. »Es gibt immer ein erstes Mal, Schätzchen. Außerdem hab ich dir ja gesagt, ich liebe Drückjagden, vor allem das Treiben. Lass dich gehen, dann hast du Freude dran, glaub mir. In jeder von euch steckt eine kleine dreckige Schlampe, das weiß ich doch!«

»Ja, Sophie, vielleicht macht es dir Spaß«, erklärt nun auch der Mühlbach-Thronfolger zögerlich.

»Und wenn es dir kein Vergnügen bereitet«, dringt es wieder von der anderen Seite an ihr Ohr, »und wenn du auf die Idee kommen solltest, deine Freudlosigkeit anderen mitzuteilen, ist dein lächerlicher Bruder nicht nur seinen Auftrag hier los, hab ich recht, Eugen, sondern dann mach ich euch fertig, so richtig fertig, das ist ein Kinderspiel! Und glaub mir, kein Mensch wird dir irgendetwas glauben. Wir sind zwei, und du bist allein. Ein Niemand!«

Aus dem Wald sind Schüsse zu hören.

Jetzt sind die ersten Schweine erledigt! Und es werden nicht die letzten sein, ist der einzige Gedanke, zu dem Sophie Widhalm im Augenblick fähig ist.

Eugen scheint noch etwas sagen zu wollen und wird unterbrochen.

»Verdammt, lass uns endlich anfangen!« Heftig keuchend drängt Rupert nun seinen Freund zur Seite.

Das war sie nie, ein Mädchen in der letzten Reihe, eines, dessen Name ein Lehrer am Jahresende nicht gekannt hätte. Sophie Widhalm war vorlaut, provokant, hochintelligent und absolut unverwundbar in ihrer fachlichen Kompetenz. Eine Situation zur Kenntnis zu nehmen, die eigenen Möglichkeiten einzuschätzen und zu handeln, das ist ihre größte Begabung und mittlerweile ihr Beruf. Unternehmensberatung eben. Und eine Unternehmensberaterin weiß, wann sie gut beraten ist, etwas zu unternehmen. Wenn Sophie Widhalm wirklich auch ein wenig Spaß haben soll, wie sich das Rupert von Leugendorf offenbar so sehnlichst wünscht, muss sich an ihrer Situation schleunigst ein bisschen was ändern.

Nun ist es ja nicht so, dass sich die Bäume draußen in der Wirklichkeit auch nur annähernd mit jenen Bäumen decken, die Sophie als kleines Mädchen mit dicken Ölkreiden aufs Papier gemalt hat. Unten der Stamm, oben die Äste und das Grünzeug, das ist zwar alles wunderbar, aber dass unten am Stamm grundsätzlich nichts herauswächst, das stimmt nicht. Schon gar nicht bei einer Kiefer, und froh ist sie darüber. Trotz der zwar recht amtlichen grünen Krone können da im Parterre schon reichlich Äste herausstehen, oft trockene, folglich gebrochene. Und an so einen spitzen hölzernen Dornfortsatz anlehnen will sich keiner – außer er hat Klebeband um seine Hände.

Eugen von Mühlbach war noch bei seinem »Rupert, es, es …«, da hat ihn Sophie Widhalm schon zwischen ihren Handgelenken gespürt, den gebrochenen Ast.

Beim »Es gibt immer ein erstes Mal!« des Herrn Leugendorf hätte sie ihm für seine derart vorausschauende Klugheit bereits Beifall spenden können, ja, und beim

»Lass uns endlich anfangen!« kommt es nun zum ersten Kommentar aus ihrem verklebten Mund.

»Mmmhh!«, nickt sie zustimmend.

»Du bist also ein kleines Luder!« Rupert von Leugendorf ist seine Erregung anzuhören, während seine Hände von hinten an ihre Brüste fassen.

»Mmmmh!«, nickt Sophie Widhalm abermals zustimmend, wartet, bis die Leugendorf-Pratzen gierig den Weg unter ihre Jacke und schließlich unter ihr Unterleibchen gefunden haben.

Dann geht alles ganz schnell. Ruckartig presst sie ihre Ellenbogen seitlich an den Oberkörper, fixiert so die beiden fremden Unterarme, deren dazugehörige Hände brennend auf ihrer nackten Haut liegen, greift von vorn an den Baumstamm und stößt sich mit aller Wucht zurück. Rupert von Leugendorf verliert sein Gleichgewicht, und weil das Gleichgewicht zu verlieren, ohne mit den Armen rudern zu können, den Körper reaktionstechnisch zu einem ziemlich hilflosen Stück Fleisch werden lässt, fällt er zu Boden, rückwärts, mit voller Wucht direkt auf den Hinterkopf, denn Sophie Widhalm lässt es sich nicht nehmen, gleichzeitig mit ihrem eigenen Hinterkopf auf der kraterartigen Landschaft der Leugendorf-Visage einen weiteren Einschlag zu hinterlassen.

Wenigstens ist ihre Landung weich. So geht also ein männliches Brüllen durch den Wald der Mühlbachs. Und ein »Das wäre das erste Schwein!« durch den Kopf der Sophie Widhalm. Unter den fassungslosen Augen des zukünftigen blaublütigen Großgrundbesitzers stellt sie dann unter Beweis, warum ihre Sechzig-Meter-Zeit heute noch die Bestenliste ihrer Schule anführt. Sportlich war sie also auch.

»Du willst spielen, du Schlampe!«, dröhnt es durch den Wald.

»Ja, jetzt können wir spielen«, flüstert Sophie Widhalm und beobachtet, auf den Boden gepresst, die beiden nach ihr suchenden Edelmänner. Was zu tun ist, weiß sie längst, und allein der Gedanke daran bereitet ihr Vergnügen.

Was für Idioten, wird ihr nun klar. Denn während ihre eigene Warnweste längst in der rechten Jackentasche verschwunden ist, tragen die beiden noch eine leuchtend orange markierte, stolzgeschwellte Brust durch den Wald. Und so liegt Sophie Widhalm also unbemerkt im Gebüsch, dankbar über den zarten Nebel, der sich mittlerweile im Wald ausgebreitet hat. Beinah genial kommt sie ihr vor, ihre grauenvolle Idee. Genial und mehr als angemessen. Der Plan ist ganz simpel: Sie muss die Herren mithilfe ihrer Warnweste nur an den Händen nehmen und durch den Wald geleiten, und es muss schnell gehen.

Aus der Ferne ist der nächste Schuss zu hören. Im Liegen zieht sie ihre Warnweste an, springt blitzschnell auf und beginnt zu laufen. Aus der Drückjagd ist eine Hetzjagd geworden, nur mit vertauschten Rollen. Der Fuchs hetzt die Meute.

»Dort, dort ist sie! Jetzt schnappen wir dich!«

Das werden wir sehen! Im Höllentempo geht es durchs Geäst, immer wieder dreht sie sich kurz um. Der Abstand wird zu groß, sie muss ihr Tempo etwas zügeln, sie darf die beiden nicht abhängen, unter keinen Umständen. Der dichter werdende Wald macht den Sichtkontakt schwierig.

Hinter einer Fichtengruppe schlägt sie einen Haken, streift ihre Weste ab, kreuzt gebückt auf die andere Seite, sucht Deckung und wartet.

Rupert von Leugendorf und Eugen von Mühlbach wechseln nun zwischen Gehen und Laufen, ihnen ist die Erschöpfung anzusehen. Wieder sind Schüsse zu hören, Sophie ist ihnen näher gekommen. Ihre einzige Möglichkeit ist es, Zuflucht bei anderen Menschen zu suchen.

Pause genug, die beiden sollen sich nicht erholen.

Warnweste überziehen, sich zeigen und im Laufschritt weiter ihrem Ziel entgegen.

»Dort drüben, sie ist auf der anderen Seite! Du bist ein zäher Brocken, Widhalm, aber hier kommst du nicht davon, du kommst uns gar nicht mehr davon. Das war dein letzter Fehler!« Der Hass ist Rupert von Leugendorf anzuhören, er ist sichtlich angeschlagen, sein Gesicht blutet, sein linkes Bein scheint etwas zu lahmen.

Wie vielen Frauen haben diese beiden verwöhnten Söhne schon ungestraft derartiges Leid zugefügt? Sophie Widhalm graut. Die Szene am Frühstückstisch geht ihr durch den Kopf, unverkennbar wurde Clarissa von Hohenried zur Geächteten, und anstatt sich zur Wehr zu setzen, ließ sie die Häme über sich ergehen. Was für Druckmittel haben diese beiden Bestien, ist es die finanzielle Abhängigkeit der jeweiligen Väter, suchen sie sich so ihre Opfer, sichern sie so deren Schweigen, müssen die Töchter für die Karrieren ihrer Väter bezahlen?

Die Schüsse kommen näher.

Mittlerweile ist es nur noch ein gemächliches Dahinjoggen, so eines, wie es Sophie Widhalm jeden Morgen gemütlich an ihren Dauerlauf zur Herz-Kreislauf-Beruhigung anhängt.

Dann sieht sie das orangefarbene Band. Jetzt kann es losgehen.

Sophie Widhalm ist sich völlig im Klaren, wie übel die Geschichte ausgehen kann, der Gedanke an Barmherzigkeit kommt ihr allerdings keine Sekunde.

Was soll sie auch für derartigen Abschaum Mitleid empfinden. Ein Stückchen joggt sie noch dahin, dann reduziert sie das Tempo auf ein kommodes Schlendern.

»Jetzt haben wir diese dreckige Schlampe, sie wird müde!«

Langsam und unübersehbar zieht sie ihre Warnweste aus und behält sie in der Hand.

»Schau, die will Verstecken spielen und sich aus dem Staub machen, nicht blöd! Dass sie da nicht früher draufgekommen ist. Schnell, weg mit unseren Westen, sonst stehen wir in der Auslage!«

Zwei Warnwesten flattern zu Boden, auch Privatschulbildung schützt vor Dummheit nicht. Sophie Widhalm marschiert ein gutes Stück demonstrativ langsam weiter, genau in den vorgesehenen Bereich, lässt ihre zusehends erschöpfter wirkenden Spielkameraden nahe herankommen und lächelt ihnen zu.

»Jetzt bist du fällig, und das wirst du nicht mehr vergessen, das schwör ich dir!«

So schnell können die beiden Herren gar nicht schauen, da schaltet ihr Opfer scheinbar völlig unangestrengt einige Gänge höher. Sophie Widhalm zieht im Laufschritt ihre Warnweste über und nimmt ein Höllentempo auf.

Jetzt beginnt die Vorstellung.

»Ja, spinnt denn die!«

Rupert von Leugendorf ist nicht mehr fähig nachzusetzen, nur Eugen von Mühlbach kämpft sich noch voran.

Immer wieder stolpert er erschöpft und landet auf allen vieren.

Dann fällt der Schuss.

Horst Erhardter macht das für die Mühlbachs schon sehr, sehr lange. Und Spaß ist das keiner. Bei einer professionellen Drückjagd arbeitet man mit Profis, da weiß jeder, was zu tun ist, aber bei so einer Unterhaltungs-Herumballerei der hohen Herren, die sich aus rein gesellschaftlichen Gründen versammeln und wie Helden durchs Gemüse marschieren, da hat man es zeitweise wirklich mit Idioten zu tun.

Er ist ein guter Schütze, der Herr Erhardter, auch wenn ihn die letzten Jahre ob des vielen Obstlers die Sehkraft schon ein wenig verlassen hat. Trotzdem, er ist sich einfach sicher: Da war ihm ein Treiber durchs Schussfeld gelaufen, hundertprozentig. Laufen bei Drückjagden ist an sich unüblich, außer natürlich so ein Keiler heftet sich einem an die Fersen. Und das, was er da im Nebel hinter dem Leuchten der Warnweste daherkommen sehen hat, war definitiv ein Schwein, er hätte wetten können.

Das wäre das zweite Schwein!, flüstert Sophie Widhalm vor sich hin. Kurz nach ihrem Auftritt hat sie sich mit ihrer wunderbar grünen Kleidung, die wirklich jeden Cent wert ist, wieder ganz dem Wald angepasst und im Gebüsch versteckt. Logisch, denn das erbarmungswürdige Brüllen macht sie schon neugierig. Rupert von Leugendorf wird wohl das Weite gesucht haben, immerhin dürfte er ja gar nicht hier sein, und Eugen von Mühlbach wird dem ermüdeten Sehnerv des Horst Erhardter wohl auf immer und ewig dankbar sein: »Mein Ohr, verdammt, mein Ohr!«

Und weil im Fall dieser Wildsau knapp daneben alles andere als vorbei bedeutet, empfindet Sophie Widhalm so etwas wie Erleichterung. Ein gänzlich erlegter Mühlbach hätte ihr vielleicht doch eines Tages ein schlechtes Gewissen beschert.

Wenig später tönt das Signal »Hahn in Ruh« durch den Wald. Die Drückjagd wird abgebrochen.

Alles, was Sophie Widhalm danach noch in Zusammenhang mit dieser Veranstaltung zu tun haben will, ist, sich zu verdrücken. Was gar nicht so einfach ist.

Zwar kann sie sich unters herangeeilte Fußvolk mischen, mitleidig auf den Herrn Mühlbach junior zustürmen und erschüttert vermelden: »Du Armer, um Gottes willen, was ist passiert?« Auch kann sie ihn zum Rettungsfahrzeug begleiten, dann auf einen geeigneten Moment warten und im Inneren des Wagens verlautbaren lassen: »Wenn du und dein Freund zukünftig auch nur ansatzweise meine Bahn kreuzen, werdet ihr euch wünschen, nie geboren zu sein, das versprech ich dir!«

Deutlich schwieriger wird es für Sophie Widhalm aber, dem sorgenvollen Vater Wernher von Mühlbach begreifbar zu machen, dass sein Sohn einfach plötzlich weg war und sie allein im Wald stand.

»Er hat dich verloren, so war das, und das sieht ihm ähnlich!«

»Nein, nein, er hat schon aufgepasst, aber ich hab mich am rechten Hundeführer orientiert und er sich am linken. Und schreien wollte ich dann nicht, das wäre ja nicht unbedingt im Sinne der Jagd gewesen.«

»Und er riecht nach Alkohol, auch das sieht ihm ähnlich. Da kann man nur dem Himmel danken, dass Horst

Erhardter auch … na, du weißt schon! Ist wenigstens mit dir alles in Ordnung, Prinzessin?«

Das wird nichts werden, mit dem Prinzen und der Prinzessin, würde sie dem König gern sagen, stattdessen wählt Sophie Widhalm jene Entschuldigung, die wohl seit Jahrhunderten am besten funktioniert: »Wernher, ich hab leider so starke Kopfschmerzen bekommen, dass ich mich kaum noch auf den Beinen halten kann. Bitte sei mir nicht böse, aber ich werd mich jetzt verabschieden!«

Wernher von Mühlbach lässt ohne einen weiteren Blick auf seinen Sohn den Krankenwagen davonfahren und es sich selbst nicht nehmen, den Sanitäter zu spielen:

»Bevor du nichts gegen den Schmerz genommen hast und ich sicher bin, dass es dir besser geht, lass ich dich nicht fahren!«

Na, hat ja perfekt funktioniert!, ärgert sich Sophie Widhalm. Dann verbringt sie in hysterisch vom Freiherrn georderte Decken gehüllt eine weitere zähe Stunde am Anwesen der Mühlbachs und darf schließlich, da ist es bereits dunkel, das Weite suchen.

Während der nächtlichen Heimfahrt verspürt sie kurz noch so etwas wie Genugtuung. Kurz deshalb, weil sie auf einem leeren Baumarktparkplatz neben der Schnellstraße gegen zweiundzwanzig Uhr den Wagen Rupert von Leugendorfs stehen sieht, mit offener Tür, heraushängenden Beinen und, wenn sie sich nicht ganz täuscht, auf dem Asphalt liegenden leeren Flaschen. Der ist zwar bedient, geht es ihr durch den Kopf, aber bei Weitem nicht angemessen genug.

Zu Hause angekommen, braucht es nicht lange, und Sophie Widhalm wird der ganze Schrecken ihres Ausflugs bewusst. Heulend kauert sie in ihrem Bett, auch erschüttert von dem Gedanken an all jene, denen wahrscheinlich nicht so wie ihr das Glück beschert war, gerade noch davongekommen zu sein.

42

Es ist dann, sehr zur Freude von Danjela Djurkovic, wirklich nicht sehr weit zu gehen, und es sind die Aussichten, die ihrem müden Körper einen Triumphschrei entlocken.

Beim angepeilten Taxistandplatz warten tatsächlich Fahrzeuge, und obwohl das vorn eingereihte Modell mit Abstand die meisten Jahre auf dem Buckel haben dürfte, öffnet der Metzger die Wagentür, man will in der geparkten Kolonne ja keine Konflikte heraufbeschwören.

Der Insasse belohnt die Auswahl.

Perser, schätzt der Metzger. Der Lenker des Wagens könnte selbst im Rollkragenpullover jedes machoid bis zur Unappetitlichkeit aufgeknöpfte Hemd in puncto Schaukampf der Potenz locker ausstechen. Ihm wächst seine Männlichkeit büschelweise den Hals herauf, aus den Nasenlöchern und Ohren heraus, über die Augen hinweg und den Nacken hinunter. Und obwohl er sich an diesem Morgen gewiss gründlich rasiert hat, steht ihm neben einer alles einvernehmenden Freundlichkeit auch noch ein hierzulande gängiger Dreitagebart im Gesicht.

»Willkommen in Ibrahims Personentransportservice!«, begrüßt er die Kunden. »Mein Name ist Ibrahim Leitzelsdorfer, wo geht die Reise hin?«

Die beinah schwarzen Augen wirken vertrauenerweckend, ebenso wie die brummige, ein wunderschönes Schriftdeutsch artikulierende Stimme.

Das ihm genannte Ziel kommentiert er mit: »Wunderschön! Leider regnet es, aber vielleicht reißt es ja auf! Führen Sie also Ihre Frau aus. Hervorragende Idee, das sollte ich auch wieder einmal machen!«

»Verheiratet also?«, fragt der Metzger.

»Fast so oft wie Ibrahim kommt im Iran Leitzelsdorfer vor!«, erwidert der Taxifahrer ernst, blickt in den Rückspiegel, sieht etwas betretene Gesichter und prustet los.

»Herrlich, Ihre Gesichter, einfach herrlich! Das war ein Scherz. Vor meiner Hochzeit mit meiner Frau Elvira war mein Name Ibrahim Hussein. Hierzulande ist es aber natürlich viel einfacher, man heißt Leitzelsdorfer, glauben Sie mir. Wenn man so aussieht wie ich, kann man heutzutage, ohne skeptische Blicke zu ernten, weder sein Auto neben einer Fußgängerzone einparken noch mit einem Rucksack durch die Gegend marschieren, außer natürlich im Hochgebirge. Und dann auch noch Hussein heißen! Wissen Sie, ich kann das verstehen. Ich fürchte mich ja selber vor diesen Extremisten, die den Islam besudeln und die Welt mit Blut überziehen. Außerdem gehöre ich zu meiner Frau und ihren beiden unehelichen Kindern, na, nehm ich auch ihren Namen an, oder? Entweder wir sind eine Familie oder nicht!«

Der Kopf der Djurkovic fällt auf die Schulter ihres Sitznachbarn. »Schön!«, flüstert sie.

»Ja, schön!«, antwortet Herr Leitzelsdorfer, »und Sie, verheiratet, Kinder?« Nachdem die Antwort auf sich warten lässt, setzt er fort: »Also nein. Wer weiß – ich bring Sie jetzt erst einmal ans gewünschte Ziel! Da wohnt man in so einer schönen Stadt und ist viel zu selten dort oben!«

Während der etwa zwanzigminütigen Fahrt erhalten die Danjela und der Willibald eine dermaßen gelungene Einführung in die friedvolle Weltreligion des Islam, dass sich die Djurkovic am Zielort die Bemerkung nicht verkneifen kann: »Fährt Papst mit Ibrahims Personentransportservice von hier nach Rom, braucht er nach Aussteigen rote Teppich nur mehr für Beten nach Mekka!«

Zum Beten ist der Danjela nach Verlassen des Taxis auch, denn der Regen hat aufgehört und ein Stück Himmel freigegeben: »Himmelherrgott, ist so schön hier!«

Dann stehen sie zu dritt an der Brüstung, den Blick auf das Lichtermeer der Stadt gerichtet. In der Mitte die Dame, links und rechts die beiden Herren.

»Wie lange bleiben Sie?«, fragt Herr Leitzelsdorfer.

»Wir sind hier nicht auf Urlaub, sondern wohnen da unten!«

Jeder für sich!, ergänzt sie gedanklich, die Djurkovic, und schon ist es nicht mehr ganz so schön.

»Nein, ich meinte: Wie lange wollen Sie hier heroben bleiben?«

»Wir gehen dort oben eine Kleinigkeit essen, lüften unsere Seelen aus, und dann rufen wir wieder ein Taxi!«

»Sie brauchen keines zu rufen, ich warte. Das ist ein Geschenk Allahs, dieser Moment. Und Geschenke, die der Himmel gibt, muss man annehmen! Wenn Sie zurückkommen, bin ich noch hier, genießen Sie den Abend!«

Und weil der Himmel offenbar mitspielt, befinden sich die vom Metzger reservierten Plätze des gutbürgerlichen Restaurants direkt neben dem großen Panoramafenster. Der frische Schilchersturm auf der Getränkekarte und die in Butterschmalz herausgebackenen Kalbsschnitzel mit Kartoffel- und wunderbar knoblauchlastigem Rahmgurkensalat tun das Übrige und beschenken die beiden Schweigenden mit ein wenig Wohlbehagen.

Dreimal bestellt hat er die Hauptmahlzeit, der Metzger, mit der Weisung: »Einmal zum Mitnehmen, aber das bringen S' uns erst beim Zahlen!«

Natürlich will sich der Willibald jetzt nicht den Abend verderben lassen und unterbindet umgehend das von seiner Danjela angeschnittene Thema: »Reden wir bitte von etwas anderem und nicht dem Besuch dieser Furie in der Werkstatt. Weißt du, seit unserer kleinen Betriebsstörung wegen Sophie und seit ich mit diesem unglücklichen Untermieter in meiner Wohnung herumhocken hab müssen, ist mir etwas klar geworden.«

Und er ist nun nicht der Einzige, dem plötzlich sehr warm geworden ist, der Willibald. Die Hände seiner Danjela, die bis jetzt unberührt vor ihm am Tisch gelegen haben, fühlen sich feucht an, weder reagieren sie auf seine sanfte Berührung noch auf seinen dann schon resoluteren Griff. Kann es sein, dass ihm diese Dame wirklich alles zutraut?

»Sag, kann es sein, dass du mir alles zutraust?«

Sie weiß ohnedies schon nicht, wie ihr gerade geschieht, die Danjela, aber diese Frage gibt ihr nun den Rest: »Willst du ehrliche Antwort, Willibald, weil trau ich Mannsbildern wirklich alles zu. Kenn ich Geschichten genug, wo Märchenprinz führt gutgläubige Aschenputtel aus auf allerbeste Galadiner, nur weil will sagen, dass er nix wird vergessen diese eine wunderschöne Nacht. Und weil eben ist so unvergesslich, soll bitte auch bleiben nur eine. Sag ich dir, verwandelt sich öfter Prinz nach

Kuss zurück in Frosch als umgekehrt. Also, willst du nur romantische Tagesausklang, oder willst nur du ausklingen lassen was romantisch. Weil weiß ich wirklich nix, was ist klar geworden meine Willibald?«

Der Metzger ist entsetzt. Sie will es also nicht anders, beschließt er spontan, sie will kein romantisches, herzzerreißendes Geschwätz, sondern eine klare Ansage. Mit ernstem Blick löst er den festen Griff, nimmt sich das am freien Sessel ihres Vierertischs liegende karierte Schaumstoffsitzkissen und wickelt es unter dem erstaunten Blick einiger Gäste so in die vor sich liegende weiße Stoffserviette, dass beinah eine Kugel entsteht.

»Was ist das?«

»Das ist peinliche Aktion. Hörst du bitte auf, schauen schon Leute!«

»Weißt du, was mir klar geworden ist: Genauso wird dein Hund Edgar eines Tages aussehen, rund, fett wie ein Ballon, reif für den Suppentopf, wenn er in Zukunft nicht öfter als nur am Wochenende ein paar Stiegen zu bewältigen hat!«

Jetzt kommt Bewegung ins Gesicht der Djurkovic.

Richtig in Fahrt gekommen, setzt der Metzger fort: »Ob der Hund allein auf ein Herrchen aufzupassen imstande ist, das wage ich aber zu bezweifeln. Und weil ich es all den unwiderstehlichen Damen, die so gern in meiner Wohnung ein und aus spazieren, zukünftig nicht allzu leicht machen will, hab ich mir etwas überlegt.«

Mit einer Seelenruhe greift der Metzger in die Innentasche seines Sakkos und legt ein längliches Paket zwischen die Hände seiner Danjela, während sich das losgelassene Sitzpolster wieder aus seiner Gefangenschaft befreit und in voller Größe auf dem Tisch ausbreitet.

»Na, mach schon auf, der erschlankte Edgar sieht dir zu!«

Und dann wird es doch noch romantisch, wenn auch nur für die beiden und nicht für den Rest der Gäste, denn wie gesagt, wenn die Djurkovic so richtig losheult, klingt das nach chronischer Rhinitis.

»Wi-hi-hiillibald, du-hu bi-hidt ver-rü-hü-hückt!«

Vor ihr liegt ein Türschild mit den eingravierten Schriftzügen:

D. Djurkovic & W. A. Metzger

Ibrahim Leitzelsdorfer sieht sie sofort, die Veränderung im Gesicht seiner Fahrgäste. Zum Reden kommt er aber nicht, denn der Metzger ist schneller: »Wie war das mit den Geschenken, die man annehmen muss? Keine Sorge: ist Kalb und nicht Schwein!«

Ibrahim Leitzelsdorfer schaut drein, als wäre ihm gerade hundert Kilometer nördlich von Hamadan in den Ali-Sadr-Höhlen ein zweiter Leitzelsdorfer begegnet. Er verbeugt sich ehrfürchtig, geht zum Auto, hat am Retourweg einen Fotoapparat in der Hand und erklärt: »Das muss man für die Ewigkeit festhalten!«

Lächelnd stellt sich Ibrahim Leitzelsdorfer neben das verliebte Pärchen, hält geschickt die Kamera von sich weg, gibt das Kommando: »Kuckuck!« und drückt ab.

»Jetzt sind nicht nur wir Zeugen der Geschichte!«, erklärt er sichtlich zufrieden und weiß nicht, welche Lawine er damit im Hirn des Restaurators lostritt. Oft braucht der Geist, um in Bewegung zu kommen, eben einen Rempler.

Wie kann ich nur so blöd sein!, geht es dem Metzger durch den Kopf, und er ärgert sich, denn morgen ist Sonntag, da haben Gärtnereien geschlossen. Wenigstens kennt er den vollen Namen: Oskar Marek.

Was er allerdings nicht kennt, ist der Lauf des Schicksals, denn bereits morgen schon wird dieses Schicksal selbst die größten Einfälle vergessen machen. Die Kälte kommt plötzlich, überdeckt alles, der Schnee ändert die Konturen, und Eduard Pospischill ist wieder nicht erreichbar.

43

»Habt ihr eure Handys abgedreht, dass mir ja keines klingelt, denn auffallen wollen wir hier nicht!«, waren seine Worte im Foyer.

Abermals besucht Eduard Pospischill ein Konzert, diesmal erst im zweiten Teil, diesmal dienstlich, diesmal adjustiert, als hätte er vorgehabt, die Vorstellung auszulassen und sich gleich ein Bier im Beisel ums Eck zu genehmigen, diesmal ganz oben, Galerie letzte Reihe, mit Fernglas in der Hand. Wenn sie auch noch nicht viel wissen, die Damen und Herren von der Polizei, eines vermuten sie aber: Der Jäger ist hier, sitzt irgendwo im Publikum und beobachtet seine nächste Beute.

Irene Moritz wurde dazu vergattert, versteckt im Eingangsbereich Fotos von all jenen zu schießen, die in der Pause oder früher das Konzert verlassen. Herbert Homolka wurde in eine Balkonloge gesetzt. Ja, und Eduard Pospischill hockt am hintersten und höchsten Platz des Saales. Hier ganz heroben, auf den billigsten Plätzen, das ist schon mehr die Welt des Kommissars. Die Anzüge sitzen um einiges schlechter, so mancher trägt nur ein Sakko zur Jeans, auch die Damen, die Gesichter sind ungezwungener, man nickt beim Einnehmen des Platzes dem unbekannten Sitznachbarn freundlich zu, und es kommt einem fast so vor, als gehöre man zusammen. Wenn man niemanden mehr unter sich hat, ist man eben unter sich, das gilt hier ausnahmsweise auch für die weniger betuchte Schicht dieses Landes.

Es ist das letzte Konzert dieses Orchesters in der Stadt vor der Weihnachtszeit und dem Jahreswechsel. Bis dahin begibt sich die Herrentruppe in altehrwürdiger Traditionsbesetzung auf Konzertreise. Japan, China, USA, wohin auch immer, dem Pospischill ist das Wohin egal. Hauptsache, weg. Sicher, das wird schon erholsam, endlich diese mühsamen Verhöre von der Tagesordnung streichen zu können, froh ist er aber wegen etwas anderem. Denn diese Reise könnte, sollte es zu weiteren Morden kommen, der Aufklärung dienlich sein. Wenn nämlich die nächste Leiche mitgereist ist, gilt das auch für den Mörder, und wenn nicht, dann hockt der Übeltäter daheim.

Das Ende der zweiten Hälfte bereitet mit dem letzten Werk dieses Abends nun sogar den Ohren des Kommissars Freude. Joseph Haydn steht auf dem Programm. Vierter Satz der Sinfonie Nr. 45, auch genannt Abschiedssinfonie. Diesmal hat sich Eduard Pospischill bereits vor dem Konzert ein Programmheft zugelegt und ist im Bilde: Mit diesem Werk wolle das Orchester seinen treuen Freunden für einen doch langen Zeitraum gebührend Lebwohl sagen. Im vierten Satz folge nach einem Presto ein Adagio, während dem die Musiker laut Anweisung der Partitur der Reihe nach zu spielen aufhören und an diesem Abend symbolisch für die bevorstehende Reise die Bühne verlassen werden.

Eduard Pospischill ist wie ausgewechselt, die Leichtigkeit Haydns wickelt ihn um den Finger. Versteckt hinter seinem Fernglas, beobachtet er das Publikum. Volles Haus, nur die großen Namen der konservativen Kreise dieses Landes fehlen im Parkett, denn soviel er weiß, werden heute rund ums Palais Mühlbach Wildschweine gejagt, also die Entwicklungen dieses Landes besprochen, auf Basis freundschaftlicher Wirtschaft die besten Posten besetzt und sich gegenseitig die ertragreichsten Geschäfte zugeschoben. Was, um im Jägerjargon zu bleiben, des Öfteren nichts anderes bedeutet, als dass das Land selbst dabei den Bock abschießt.

Ein Herr mit rotem Haupthaar sticht dem Pospischill dann aber doch ins Auge: »Was macht der Mühlbach-Neffe Albert da unten, warum ist gerade der heut da?« Und weiter schwenkt er sein Fernglas. Er sieht den einen oder anderen vor sich hin schlummern, er sieht in einer Balkonloge rechts der Bühne den höchst aufmerksamen Herbert Homolka, er sieht seinen Vorgesetzten Oberst Reinfried Jung mit Ehefrau, er sieht ein paar Regierungsmitglieder aus den linken Kreisen, die sich ihre Posten anstatt mit Gewehr im Anschlag mit unbewaffneten Anschlägen ohne Gewähr erjagen, auch innerhalb der eigenen Reihen, er sieht äußerst grimmig dreinblickende Musiker, und er sieht das erste Orchestermitglied aufstehen. Jetzt geht es also los.

Die Oboe, oder eigentlich der Oboist, hat sich erhoben und nach einem kurzen Solo auch das Horn. Beide nicken sich zu, schnappen sich ihre Noten, während der Dirigent erboste Verwunderung vorspielt und im Publikum Gelächter auslöst. Ganz frech marschieren die beiden Musiker durch den Mittelgang, an den begeistert dreinschauenden Zuschauern vorbei, und verlassen schließlich den Saal. Richtig lustig wird es dann: Der Dirigent und sein immer kleiner werdendes Orchester legen eine darstellerische Leistung an den Tag, da kann sich so mancher hochgejubelte Film- und Fernsehstar zu einem gründlichen Schauspiel-Workshop anmelden. Langsam lichten sich die Reihen, bis schließlich nur noch der Stimmführer der zweiten Geigen und ihm gegenüber der erste Geiger, Viktor Hubertus, vorhanden sind. Mit herrlich gespielter Niedergeschlagenheit hat der Dirigent neben seinem Konzertmeister Platz genommen, umarmt ihn brüderlich und lauscht den letzten Klängen. Und die hört man gut. Je weniger Musiker, desto deutlicher wird, was jeder Einzelne so verzapft. Nicht umsonst haben sich diese beiden Herren an so führende Orchesterpositionen gespielt, und nicht umsonst beendet der Dirigent nun seine Liebkosung. Erstens bekäme er sonst einen Ellbogen in die Dritten, und zweitens ist es eher unwahrscheinlich, dass er zu so einem derart übertriebenen Vibrato, wie es sonst nur betagte Damen während des Sonntagsgottesdienstes mit einem lauthals herausgepressten »Heilig, heilig, heilig« zusammenbringen, seinen Sanktus erteilt hat. Viktor Hubertus lässt sein Instrument singen, als habe er nun erstmals die Gelegenheit, sich als Sologeiger einen Namen zu machen. Energisch wiegt sich sein Körper hin und her, seine Augen sind fest verschlossen, und sein Gesicht zeigt eine herzzerreißende Rührung. Dann hat selbst Joseph Haydn für ihn keine Note mehr, und er muss gehen.

Zurück bleibt ein frenetischer Applaus, dem sich der Dirigent, dem Publikum zugewandt, anschließt und weiter klatschend seinem Orchester in die Garderobe folgt.

Eduard Pospischill hat unterdessen seinen Platz verlassen und läuft eilig mit dem ebenso im Stiegenhaus aufgetauchten Homolka die noch menschenleere Treppe hinunter, was den Homolka nicht sonderlich stören würde, wäre der Kommissar vor ihm. So hört er hinter sich ein gehetztes: »Schneller, Schwachmatiker-Jugend!«

Irene Moritz wartet schon im Dienstwagen. Kurz wird alles besprochen: »So, wie ausgemacht, diesem arroganten Schnösel Hubertus fühlen wir heute auf den Zahn! Nur, bevor wir loslegen: Ist während des Konzerts noch irgendjemandem etwas aufgefallen?«

»Albert von Mühlbach war hier und nicht, wie alle anderen, auf Jagd!«, bemerkt Herbert Homolka.

»Das ist mir auch aufgefallen, der hat sich also diese vertrottelte Herumknallerei entgehen lassen, ganz im Gegensatz zur Halbschwester vom Metzger, was ich ja übrigens gar nicht verstehen kann!«

Irene Moritz mischt sich ein: »Und warum darf eine Frau nicht auch jagen gehen?«

»Darf sie ja, nur jagt die dort wahrscheinlich einer Lederhose hinterher!«

Und da haben sie's jetzt natürlich lustig, die beiden Herren, der Pospischill und sein Ziehsohn, was Irene Moritz zum eigentlichen Thema zurückkehren lässt: »Meine Güte, Männer! Nur: Vielleicht ist Albert Mühlbach ja auch jagen und deshalb hier.«

Er hat einfach gute Leute um sich, der Kommissar: »Hervorragende Überlegung, Moritz!«

»Da haben wir dann aber ein Problem, oder seh ich das falsch? Wir können ja zu dritt nicht zwei beschatten!«

»Können wir, Homolka! Wir müssen nur entscheiden, wer von den beiden der Wichtigere ist, der Hubertus oder

der Mühlbach-Neffe! Entsprechend teilen wir uns auf, zwei dort, einer da.«

Als sich Herbert Homolka angesprochen fühlt, und das freut ihn natürlich, erklärt er selbstsicher: »Wichtiger ist natürlich Viktor Hubertus, dessentwegen sind wir schließlich hier. Und wie man während des Konzerts und vor allem am Ende an seiner Körpersprache deutlich sehen konnte, nicht umsonst. Der glaubt ja tatsächlich, der Rest der Musiker wäre nur anwesend, um ihn zu begleiten.«

»Alles klar, Homolka, der Mühlbach-Neffe kennt Sie ohnedies nicht, was heißt, Sie hängen sich an den Adelssprössling, wir zwei hängen uns an den Hubertus!«

Wenig später versteckt sich Eduard Pospischill, belanglos an eine Hausmauer gelehnt, hinter einer Schirmkappe, einem Kapuzenpulli und einem ans Ohr gehaltenen Mobiltelefon, während Irene Moritz mit Kopftuch und Brille auf einer Bank in der Fußgängerzone Zeitung liest. Gegenüber am Würstelstand ordert Viktor Hubertus sein Leberkässemmerl.

44

JETZT MUSS ER ES GESCHICKT anstellen.

Viktor Hubertus ist kein Unbekannter, Viktor Hubertus ist sein wichtigstes Opfer, und Viktor Hubertus wird observiert. Sie rücken also näher, doch so nahe an ihn herankommen, um ihn zu gefährden, könnten sie gar nicht. Keine Sekunde mehr an Lebenszeit gönnt er diesem Selbstdarsteller Hubertus.

Das heftige Pulsieren seines Herzschlags erfüllt seinen Kopf. Heute erhält alles noch einen Deut mehr an Bedeutung, noch einen Funken mehr an Spannung.

Suchend bewegen sich seine Augen durch die Nacht. Das kann er, ein Ziel erfassen, es nicht mehr aus dem Blick verlieren und gleichzeitig dabei sein Umfeld überwachen.

Dann sieht er ihn. Er nimmt immer denselben Weg, folgt einem ständigen Ritual. Nach dem Konzert zu diesem Würstelstand, mit einer Leberkässemmel weiter durch die Stadt, entlang der Fußgängerzone weiter zum Stadtkanal, dort bleibt er stets an derselben Stelle stehen, isst zu Ende, entsorgt die Verpackung mit einer ausladenden Bewegung ins Wasser, geht das Flussufer entlang und schließlich die Stufen hinauf zu seiner Wohnadresse.

Die Semmel lässt er ihn noch zu Ende essen. Dann ist es so weit. Viktor Hubertus bleibt stehen, wendet sich dem Fluss zu und hebt seinen Arm. Das ist sein Moment. Heute muss er niemanden in ein Gespräch verwickeln, eine heuchlerische Bewunderung aussprechen und auf den richtigen, vertrauten Moment warten, heute musste er sich nicht einmal verkleiden, denn heute muss es schnell gehen. Flink greift er von hinten unter der Achsel durch und zieht den Oberkörper an sich heran. Während Viktor Hubertus seinen Arm herunterreißt, führt er das Messer über die Schulter zum Hals. Es ist gar nicht viel zu tun, der sich hektisch wendende Kopf erledigt die Sache ganz von allein.

Mit einem wird er fertig. Mühelos.

Jetzt wird sich, früher als geplant, langsam die Schlinge zusammenziehen, denn genau das ist einer jener magischen Momente, die einem das Leben infolge unbändigen Fleißes schenkt. Heute ist ein Glückstag, wie von selbst bietet sich die Gelegenheit, den nächsten geplanten Schritt vorzuziehen und alles in einem Aufwasch zu erledigen. Gleich sind fast alle Köder ausgelegt, und eines weiß er mit Sicherheit: Sie werden sie fressen, diese Köder, mit unbändiger Gier, blind vor Zorn.

45

ALS MITTEN IN DER NACHT das Telefon läutet, ist das Chesterfieldsofa leer und Eduard Pospischill seit einem Tag ausgezogen. Möbel sprechen ihre eigene Sprache, das, was sie zu erzählen haben, ist ähnlich der menschlichen Haut tief in ihrem Äußeren eingegraben. Es ist eine sanfte, nie da gewesene Mulde, die auf der Sitzfläche des Sofas dazugekommen ist, so als würde es durchs Wohnzimmer schreien wollen: »Es ist kalt an dieser Stelle, hier fehlt etwas!«

Und frostig ist dem Metzger jetzt auch, späte Anrufe verheißen niemals Gutes: »Hier Irene Moritz. Herr Metzger, verzeihen Sie bitte die Störung, aber wir haben wirklich ein großes Problem: Ist Kommissar Pospischill bei Ihnen?«

Halb drei zeigt sein Wecker, wie er da mit rasendem Puls im Vorzimmer steht: »Nein, der Kommissar ist seit gestern wieder zu Hause!«

»Zu Hause ist er aber nicht!«

Zuerst zögert Irene Moritz, dann bemerkt sie, dass ihr die Verschwiegenheit nicht viel weiterhilft. Sie muss es erzählen, außerdem ist der Restaurator in gewisser Weise ja Teil der Truppe.

»Wir haben vorhin, nach einem Konzertabend, Viktor Hubertus observiert. Und … und …« Irene Moritz gerät ins Stocken: »Wir sind ihm zum Kanal hinunter gefolgt, Eduard Pospischill am Fußweg direkt neben dem Wasser, ich oben am Gehsteig. Von dort hatte ich keinen Sichtkontakt mehr. Viktor Hubertus und der Kommissar sind dann dort, wo der Fußweg wieder in die Straße mündet, nicht mehr aufgetaucht. Da bin ich hinunter und … und …«

Ihre Stimme wird höher, beschleunigt: »… und da hab ich ihn liegen gesehen. Viktor Hubertus! Mit durchgeschnittener Kehle, seinen Geigenkasten auf der Brust. Eduard Pospischill war nicht mehr dort! Wenn er die Verfolgung des Mörders aufgenommen hätte, wären wir informiert worden. Niemals würde er mit uns im Rücken etwas auf eigene Faust unternehmen, niemals. Er … er …«

Schweigen. Auch der Metzger bringt kein Wort heraus.

Sehr gedämpft setzt Irene Moritz schließlich fort: »Wir müssen davon ausgehen, dass ihm etwas passiert ist. Es ist so schrecklich! Ich melde mich, wenn ich mehr weiß.« Dann beendet sie das Gespräch.

Fassungslos bleibt er an der Wand stehen, der Willibald. Was bleibt an Hoffnung, wenn man alles zusammenzählt? Könnte Eduard Pospischill freiwillig das Weite gesucht haben? Warum, jetzt, wo mit seiner Trixi wieder alles im Lot ist? Völlig ausgeschlossen, da ist sich der Metzger sicher. Könnte er verschleppt und nicht wie Viktor Hubertus sofort ermordet worden sein? Wozu? Wozu sollte sich der Mörder eine derartige Mühe machen und einer solchen Gefahr ausliefern?

Abermals läutet das Telefon: »Willibald, hast du schon gehört? Hat mich angerufen Trixi. Ist so schrecklich!«

»Ja, es ist schrecklich!«, bestätigt der Metzger ganz im Bewusstsein darüber, wie gut es tut, seine Danjela am anderen Ende der Leitung zu wissen. »Danjela, du musst dich jetzt anziehen. Ich komm dich mit einem Taxi holen, wir müssen zu ihr!«

Trixi Matuschek-Pospischill ist ein einziges Häufchen Elend. Wimmernd kauert sie am großen Wohnzimmersofa in Eduards Fernsehwinkerl und starrt ins Leere. Es sind schaurige Stunden, die Danjela Djurkovic und Willibald Adrian Metzger in dieser Nacht an ihrer Seite verbringen. Lethargisch in sich zusammengerollt, dringt kein Trost zu ihr durch. Erst bei Tagesanbruch gelingt es Trixi Matuschek, ein wenig zu schlafen, und Danjela Djurkovic, immer noch an das Gute zu glauben: »Weißt du, Willibald, muss ja nix gewesen sein selbe Mörder, und Pospischill is nix viel passiert, weil frag ich mich schon: Wo ist Mistkübel?«

»Ich glaube, es ist der Stadtkanal, Danjela!«

Um sieben Uhr läutet es an der Tür.

Es gibt Momente, die möchte man einfrieren, um dem, was im Anmarsch ist, zu entwischen. Man sieht eine Wirklichkeit ungestüm auf sich zukommen und weiß, jeder Schritt zur Seite hält diese Wirklichkeit nicht auf. Sie hat ihr Fadenkreuz auf uns gerichtet, und bereits im Augenblick unserer Vorahnung sind wir Getroffene. Nur der Stillstand der Zeit oder das eigene Ende könnte den Aufprall verhindern.

Allein das Öffnen der Tür ist dem Metzger bereits Erklärung genug. Plötzlich schwach auf den Beinen, muss er sich an der Wand abstützen. Wenn die Seele zu schreien beginnt, fühlt es sich an wie ein Brechreiz. Ein inneres Würgen steigt in ihm empor und drückt ihm den Atem weg. Es braucht keine Worte, und Irene Moritz scheint dazu auch nicht in der Lage zu sein. Mit gesenktem Kopf ist sie nichts weiter als eine farblose Abbildung ihrer selbst, umgeben vom Türrahmen. Alles an ihr wirkt leblos. Gerhard Kogler steht dahinter, seine Hände auf ihren Schultern. Es ist ein Bild, das keine Fragen offenlässt.

Danjela Djurkovic ist im Vorzimmer aufgetaucht, sie sieht die Szenerie, sinkt auf die Garderobenbank und stößt ein fassungsloses »Nein!« heraus, leise und durchdringend. Dann drängt sich ein markerschütternder Schrei aus dem Wohnzimmer in diese Welt.

Mit genau dem gleichen markerschütternden Schrei liegt ein Neugeborenes um Luft ringend und hilflos ausgeliefert vor seiner neuen Wirklichkeit. Das Leben hört auf, wie es beginnt. Am Anfang schreien wir selbst, am Ende schreien die anderen.

Eduard Pospischill wurde am Stadtrand ans Ufer gespült und in den frühen Morgenstunden von einem Läufer gefunden.

46

Sandra Kainz hat am Sonntag nur einen kurzen Blick hineingeworfen. Von Kammerton war nichts zu lesen. Sicher, sie hätte sich eventuell unter einem anderen Pseudonym anmelden können, nur ist ihr die Lust an einer derartigen Freizeitbeschäftigung etwas vergangen.

Sonntagabend ist sie dann mit dem Vorsatz ins Bett, diese Seite gar nicht mehr zu frequentieren.

Heute ist Montag, und alles ist anders. Fassungslos starrt sie auf den Artikel der Onlineausgabe ihrer bevorzugten Tageszeitung, und alles passt mit diesen Berichten zusammen. Die von Kammerton erwähnte Nummer 1 und die beiden anderen. Das kann kein Zufall mehr sein, unmöglich. Sie muss etwas unternehmen:

Loser_Bande
Kotzt mich das an! Schon wieder verloren. Tabellenletzter. Weltuntergang.

Lazarus_komm_heraus
Das ist jetzt aber nicht mehr lustig mit all den aufgeschlitzten Kehlen. Ehrlich! Ich bin auch kein Polizistenfreund, nur da hört sich der Spaß dann auf, wenn so mir nichts, dir nichts ein Hauptermittler ausgelöscht wird, oder?

Wotan7
Nur ein toter Polizist ist ein guter Polizist.

0-8-15
Welch eine originelle Wortspende. Idiot! Da ist ein Geisteskranker unterwegs, und du bist lustig.

Qrz15h
Da muss ich irgendwie gleich an Kammerton denken.

Simsalabim
Genau, er ist der Mörder, Adam und Eva waren die ersten Menschen, Jesus ist als Jungfrau gestorben, und außer auf der Erde gibt es kein Leben im Universum.

Kammerton
Du passt auf, Qrz15h, das gefällt mir.

schwarz_auf_weiss
Meine Güte, bist du ein bemitleidenswerter Potenzprotz. Wahrscheinlich selbst nichts auf die Reihe bekommen und hier auf dem Rücken anderer Angst verbreiten.

Qrz15h
Das seh ich anders, ich mein das nämlich ernst mit Kammerton. Es hat hier ja schon so mancher höchst bedenkliche Duftmarken hinterlassen, aber der stinkt zum Himmel. Es muss jemand zur Polizei.

BestesEcho
Da fällt mir gleich ganz spontan jemand ein: Geh doch selbst – mach dich nur zur Witzfigur!

Qrz15h
Ich kann nicht …

Doppel_Weh_Bush
Was für eine Überraschung. Andere in die Scheiße reiten und sich selbst daheim den Arsch wund hocken.

Siegeswille
Morgen ist ein Heimspiel. Ich hätte eine Karte übrig.

Silikonprophetin
Heißt das, man müsste mit dir dort hingehen? Bist du männlich, schlank, unter vierzig und alleinstehend? Wenn ja, schick mal ein Foto an renate_337@yahoo.de, vielleicht überleg ich's mir.

47

Trixi Matuschek-Pospischill ist ins Spital gebracht worden. Völlig erstarrt und weggetreten aus dieser Wirklichkeit.

»Wehe, kommt sie in Spinnerturm, braucht viel Liebe!«, hat die Djurkovic dem Herrn der Rettung aufgetragen.

Ein vielsagender Blick und ein Sichzunicken wurden zwischen dem Willibald und seiner Danjela ausgetauscht, dann öffnet die Djurkovic die bereits verschlossene Tür des Rettungswagens: »Fahr ich mit.«

»Wie bitte?«

»›Fahr ich mit‹ is nix Frage.«

Und jetzt steht er hier, allein in der Wohnung seines Freundes. Und dieses Allein lässt den Metzger die Unfassbarkeit des Todes in seiner ganzen Wucht spürbar werden.

Von einem Moment auf den anderen ändert sich alles. Die Fotos im Vorzimmer erzählen nicht mehr nur Geschichten einer glücklichen Vergangenheit, sondern werden zu tragischen Gedenkbildern. Aus dem Greifbaren wird Erinnerung. Nichts von dem, was die Räume füllt, behält seinen Wert. Erst der Mensch, der die Dinge in seinen Händen hält, gibt ihnen ihre Bedeutung.

Wie seine Mutter gestorben ist und er plötzlich allein in seinem Elternhaus stand, wusste Willibald Adrian Metzger mit einem Mal: Es wäre ihm nicht möglich, in einem Schaukasten an Erinnerungen zu sich zu finden, sein Leben zu ordnen. Das Gedenken an einen Menschen in einem zum Museum umfunktionierten Raum wäre kein Gedenken mehr, sondern die Flucht zurück. Nur die

Kredenz in der Küche hat er behalten, den Koffer seiner Mutter und ein paar Erinnerungsstücke.

Und wie der Metzger hier am Pospischill-Fernsehsofa, direkt neben einem großen, dunklen Fleck, seinen ebenso dunklen Gedanken nachhängt, wird ihm klar: Die letzten zwei Wochen seines Lebens hat Eduard Pospischill ja gar nicht hier verbracht.

So viel geweint wurde in seiner Umgebung schon lange nicht mehr: Danjela Djurkovic weinte in seiner Wohnung, wo sie zum Glück bereits den Inhalt ihrer Koffer im nun gemeinsamen Kleiderschrank eingeordnet hat; seine seltsam still gewordene Halbschwester weinte in der Werkstatt und machte auf den Metzger den Eindruck, selbst getröstet werden zu müssen; Irene Moritz weinte neben dem Bett von Trixi Matuschek-Pospischill und ließ in der Stille dieses Krankenzimmers all ihren Schmerz hinter der Fassade ihrer Stärke zum Vorschein kommen.

Nur aus dem Metzger selbst scheinen die Tränen nicht den Weg an die Oberfläche zu finden, trotz seiner tiefen Traurigkeit.

Das Krankenbett der apathischen Trixi Matuschek-Pospischill jedenfalls wird ein Ort, an dem sie alle zur Ruhe kommen und sich sammeln können. Und weil es sich Danjela Djurkovic zur Aufgabe gemacht hat, ihre Freundin so wenig wie möglich allein zu lassen, und folglich jede freie Minute bei ihr verbringt, wird sie die nächsten Tage Zeugin, wie sehr sich das ganze Polizeirevier um die Witwe des einstigen Vorgesetzten kümmert. Irene Moritz kam gestern zweimal, war heute Morgen bereits hier und hat sich auch für den Abend angemeldet, Gerhard Kogler war gestern zu Besuch, mit frischen Schnittblumen, und selbst Herbert Homolka, der ja erst seit Kurzem zur Truppe gehört, steckt nun seinen Kopf herein.

»Wie geht es jetzt weiter?«, stellt sie ihm die Frage.

»Was meinen Sie?«

»Na, mit Ermittlungen?«

»Wir tun, was wir können, geben keine Ruhe, irgendwann finden wir die Spur, da bin ich mir sicher. Man darf nur nicht lockerlassen! Er macht einen Fehler, das hat schon der Kommissar vorausgesagt, und daran glaub ich!«

Und recht hat er, der Homolka. Glaube versetzt eben Berge, mag man meinen, auch wenn viel öfter irgendwer Berge versetzt, damit andere glauben.

Denn bereits am späten Nachmittag des nächsten Tages kommt es in puncto Wahrnehmung völlig unvermutet gewissermaßen zu einer Kontinentalplattenverschiebung.

Es steht außer Frage, selbstverständlich hat auch diese Dienststelle seit einem Jahr, wie es halt im öffentlichen Raum so Sitte ist, eine nachträglich hinzugefügte Rollstuhlrampe. Immerhin sollen Menschen mit Handicap heutzutage all die im Alltag benötigten Orte wie beispielsweise Büros, Banken, Ämter, Lebensmittel-, Textil- und Baumärkte auch möglichst selbstständig erreichen können. Orte, an denen sie kaum jemand arbeiten lassen wird, obwohl viele unter ihnen die Anforderung dieser Arbeit anstandslos erfüllen könnten. Lang bevor ein Mensch ein gleichberechtigter Mensch ist, ist er eben ein gleichberechtigter Konsument.

Sie hat also eine Rollstuhlrampe, die Dienststelle. Ohne motorisierten Rollstuhl käme Sandra Kainz allerdings selbst da nicht hinauf. In diesem Fall ist es trotzdem für Arsch und Friedrich, denn bei der Eingangstür gibt es ein Durchkommen nur zu Fuß. Die schmale, dafür zweiflügelige Eingangstür hat einen fest verankerten Mittelpfosten, folglich trotz ihrer beiden Flügel zu wenig Weite, und der Vollpfosten namens Baumeister längst das Weite gesucht. Oben angekommen, wird Sandra Kainz von einem zuvorkommenden Beamten wieder die Rampe hinunter zum Nebeneingang geleitet, die Treppe hinaufbefördert und ins Innere der Dienststelle geschoben.

Seit der Rückkehr von ihrem Rehabilitationsaufenthalt ist diese Fahrt ins ums Eck gelegene Revier ihr erster Ausflug allein. Dabei hat sie längst hinausgewollt, raus auf eine einsame letzte Reise, raus aus diesem Gefängnis namens Fleisch, welches sie vor ihrem Schlaganfall noch Körper zu nennen pflegte. Genau das, was einem eigentlich niemals selbst passiert, sondern immer nur den anderen, hat sie getroffen, unvermutet, ohne eine dorthin weisende Lebensführung und ohne Gnade. Ihr wacher Geist und ihr unbändiger Wille sind ihr geblieben. Genau das empfindet sie als größte Strafe: bei vollem Bewusstsein dem zusehen zu müssen, was sie nun Leben nennt.

Als wäre sie ein Schauobjekt, versammelt sich eine Schar diensteifriger Beamter um ihr Gefährt. Hilfsbereit, aber hilflos. Sandra Kainz kann trotz allergrößter Anstrengung ihr Anliegen nicht verdeutlichen. Für das ihr gebliebene Sprachvermögen fehlen den Menschen die Geduld und das feine Gehör. Mehr noch, allein der Anblick des leicht zur Seite geneigten Kopfes, des halb offenen Mundes und des suchenden Blickes ist in Kombination mit den undeutlichen Sprechgeräuschen, die ihre Zunge zustande bringt, für die durchaus bemühten Beamten Grund genug, ihrem Gegenüber zusätzlich zur Lähmung auch eine schwere geistige Behinderung zu attestieren.

Schließlich wird es ihr zu blöd, und weil sie um das Handicap ihrer Mitmenschen besser Bescheid weiß als die Mitmenschen um das ihre, holt sie mit der funktionstüchtigen rechten Hand den zu Hause vorbereiteten Ausdruck aus der Tasche und drückt ihn dem nächstbesten Beamten in die Hand: »Mein Name ist Sandra Kainz, ich leide an den Folgen eines Schlaganfalles, was bedeutet, ich bewege und artikuliere mich anders als Sie, was aber keineswegs heißt, ich bin ein Idiot. Sie brauchen mich also nicht als solchen zu behandeln, sondern können völlig normal mit mir sprechen. Ich bin hier, weil ich den Eindruck habe, Ihnen einen wichtigen Hinweis zu den Morden an den Orchestermitgliedern und Ihrem Kollegen geben zu können. Bitte um einen fähigen Beamten!«

Dieser Beamte erweist sich als fähig genug, um die Tragweite des ihm auf einem weiteren Ausdruck zu Gesicht Gebrachten zu erkennen. Die Hauptermittlerin wird informiert, und Irene Moritz macht sich umgehend auf den Weg in diese Dienststelle.

Was sie dann dort in den vom USB-Stick der Sandra Kainz auf den Computer des Beamten kopierten Dateien zu sehen bekommt, gibt ihr zu denken: »Das heißt ja, dass seit diesen Einträgen des Kammertons Sie, liebe Frau Kainz, die Erste sind, die den Weg zur Polizei findet? Da liegen ja Tage dazwischen.«

Der Mensch, dem etwas leicht von der Hand geht, ist selten auch derjenige, der etwas in die Hand nimmt, das weiß Irene Moritz. Und dass gerade Sandra Kainz, ausgestattet mit aufrichtiger Sorge, all ihre Hindernisse überwindet und sich hierhermüht, gibt diesem Akt eine noch viel ernster zu nehmende Glaubwürdigkeit. Dieser Geschichte muss sich ein Computerfachmann annehmen.

Sandra Kainz wird von zwei Beamten zurück in ihre Wohnung geleitet, das gesamte Material an Herbert Homolka gemailt und Irene Moritz immer unruhiger. Lange dauert es dann nicht, und sie sitzt vor dem entsprechenden Posteingang.

»Also, Homolka, was haben wir hier? Die Ankündigung der Morde aus der Hand des Täters?«

»Möglich wäre alles. Das Web bietet nicht nur Zugriff auf jede mögliche Information, es ist das Kommunikationsmedium Nummer eins geworden und so die Spielwiese aller Einsamen, Verzweifelten und Spinner! Morddrohungen stehen oft wochenlang im Internet, und keiner reagiert! Was kein Wunder ist, denn hier vermischen sich Realität und Fiktion. Wer ist wer im Netz? Nichts ist leichter, als in fremde Identitäten zu schlüpfen, wie man an diesen Namen hier sieht«, stellt Herbert Homolka fest.

Irene Moritz liest vor: »schwarz_auf_weiß, Silikonprophet, Bungee11, Wotan7, Kammerton … Nur ehrlich gesagt, Homolka, ich würde auch nie meinen richtigen Namen irgendwo angeben. Kann man trotzdem herausfinden, wer da dahintersteckt?«

»Kann man, nur dazu hab ich hier nicht die Mittel, das braucht etwas Zeit und wahrscheinlich Spezialisten!«

48

Sie wollten es so, seine Eltern wollten es so, seine Mutter wollte es so, sein Vater, später wieder seine Mutter samt ihren Männern, und dann wollte auch er es, zumindest aus einem inneren Entschluss heraus: »Geh doch hinaus zum Spielen mit deinen beiden Freunden!«

Als seine Schwester eines Tages aus dem Wald zurückkam, war sie völlig verändert, in sich gekehrt, geweint hat sie in der Nacht, und nichts hat sie ihm erzählt, trotz seiner Fragen und Fürsorge. Seine Eltern waren nicht nur taub für ihr Leid, sondern auch blind für das Offensichtliche. Dann kam der Tag, an dem seine Schwester über das, was passiert war, gar nicht mehr hätte reden müssen. Schließlich bedurfte es keiner Worte mehr, er selbst bekam die Antworten am eigenen Leib zu spüren.

Wozu brauchen zwei wirklich dicke Freunde, zwei echte Kerle, einen Dritten, weitaus Jüngeren, Schwächeren, außer um mit ihm zu spielen? Und dieses Spielen hat er nie wieder vergessen. Mit einem Schlag wurde ihm damals klar, warum er als Zwilling nun allein war, warum sein zweites Ich eines Tages den Mut zum Leben verloren hatte: »Was bist du für ein Weichei, ein Mädchen bist du, so wie deine Schwester. Soll ich dir zeigen, was man mit einem Mädchen anstellt, ja, sollen wir dir das zeigen?«, hat der Ältere mit einem abgebrochenen Ast in der Hand erklärt, während der Jüngere nur tatenlos zugesehen und später immerhin um Einhalt gebeten hat. Genau deshalb lässt er ihn auch jetzt zuerst nur zusehen.

Bei dreien ist eben immer einer allein – ganz allein.

Lang genug hat er auf den richtigen Moment gewartet. Um Geschichte zu schreiben, muss der Zeitpunkt stimmen.

»Wir werden uns wiedersehen!«, so haben sich die beiden Blutsbrüder stets verabschiedet. Und da hatten sie recht: Sie werden ihn wiedersehen, beide, denn jetzt spielt er mit ihnen. Sie werden ihn nur nicht mehr erkennen.

49

Es benötigt nur eine einzige Information, und Irene Moritz' Zorn darf endlich wüten. Kein Erbarmen, das hat sie sich geschworen, und wenn sich die Gelegenheit böte, würde ihr ihre Pistole, die sie so zärtlich »mein Mädchen« zu nennen pflegt, ziemlich locker im Halfter sitzen.

Wie es das Schicksal so will, erzählt sie an diesem Abend am Krankenbett der Witwe ihres ehemaligen Chefs: »Frau Pospischill, wir haben ihn bald, und dann wird es Gerechtigkeit geben!«

Irene Moritz müsste allerdings auf diesen so wichtigen Teil ihrer Trauerarbeit noch etwas länger warten, käme in diesem Moment nicht zufällig der Metzger bei der Tür herein.

»Was heißt, wir haben ihn bald!«, will er natürlich wissen.

Überschäumend vor Tatendrang, wird ihm also die ganze Sandra-Kainz-Geschichte unterbreitet, an deren Ende Irene Moritz erklärt: »Und es ist garantiert ein Musiker.«

»Wieso wissen Sie das so sicher?«

»Wegen seiner Bezeichnung. Wer sonst sucht sich schon so einen Namen aus: Kammerton!«

Da muss er jetzt natürlich schlucken, der Willibald, und der Musiklehrer Professor Greiner hätte seine Freude: »Na, da wüsste ich schon wen! Einer, der nebenbei auch gerne Stanleymesser mitgehen lässt!«

Es folgt eine kurze Erklärung, dann wechselt eine Visitenkarte den Besitzer: »Rufen Sie mich an, Herr Metzger, wenn Ihnen noch so etwas einfällt, aber umgehend!« Und weg ist sie, die Frau des Gesetzes.

Und jetzt stehen sie hier, Irene Moritz samt ihrer ganzen Truppe, mitten in einem der nobelsten Viertel der Stadt, und warten.

Lange dauert es dann nicht, und in einem schwarzen Sportwagen öffnet das Drücken einer Taste die elektrische Garagentür. Langsam und vorsichtig wird das teure Gefährt durch die enge Einfahrt gelenkt, während eine nicht unerhebliche Zahl hinter Sehschlitzen verborgener Augenpaare klar und deutlich das Ende des Kennzeichens lesen kann: HZ440, dazu der auf der Heckscheibe angebrachte Violinschlüssel.

Vorher wurde gründlich recherchiert: Rupert von Leugendorf, zweiunddreißig Jahre, Sohn von Richard von Leugendorf und Konstanze, geborene Hofer, Schwester der verstorbenen Heidrun von Mühlbach, ebenfalls geborene Hofer. Begnadeter Geiger, phantastische Karriere, immer wieder Unterbrechungen wegen diverser Exzesse, arbeitet sich zurück, wird Ensemblemitglied, dann Konzertmeister eines angesehenen Orchesters, will aber in der landesüblichen Hierarchie derartiger Gruppierungen nicht länger die zweite Geige spielen und strebt den Posten des ersten Geigers seiner Wunschformation an, also den Platz von Viktor Hubertus. Nach Offenlegung seiner Ambitionen wird ihm wider Erwarten sogar die Aufnahme in diese edle Truppe verwehrt, ebenso wie, so stellt sich heraus, der Zugriff auf Galina Schukowas jungfräulichen und Annabelle Wertheim-Müllners bereits von einigen Musikerkollegen frequentierten Schoß, und das trotz kostspieliger Aufwartungen, was dazu führt, dass Rupert von Leugendorf verbittert dem Thema Orchester endgültig den Rücken kehrt.

»Das war dein letzter Auftritt außerhalb der Knastmauer, ab jetzt bist du Frischfleisch«, erklärt Irene Moritz, während sie die Autotür zuschlägt, im Laufschritt ihr Mädchen aus dem Halfter zieht, gerade noch durch die sich schließende Garagentür schlüpft und die besorgten Rufe Gerhard Koglers ignoriert. Sorge, die eher dem Verdächtigen gilt: »Darf ich Ihnen beim Aussteigen helfen?«

Das Gesicht des verdutzt aufblickenden Rupert von Leugendorf verdeutlicht Irene Moritz, dass ihr Angebot sehr ernst gemeint ist. In bester Verfassung scheint er nämlich nicht gerade zu sein, was für sie bedeutet: Viel Platz, um sich in dieser miesen Visage zu verewigen, bleibt ihr da nicht.

»Was machen Sie da herinnen? Obwohl, ein hübsches Mädchen hat bei mir immer Zutritt!«

Beschwerlich müht sich Rupert von Leugendorf ein kleines Stück aus dem Wagen, und weil er gerade vom Zutritt eines hübschen Mädchens gesprochen hat, erklärt Irene Moritz: »Na, das trifft sich hervorragend, ich hätte da nämlich ein ganz besonders wohlgeformtes Exemplar für Sie. Darf ich vorstellen!«

Mit einem vielversprechenden Knacken landet der Griff ihrer Pistole am rechten Backenknochen des Herrn Leugendorf und dieser zurück am Fahrersitz.

»Jetzt öffnest du das Garagentor, sonst vergess ich mich!«

»Diese Schlampe lügt, ich hab Zeugen! Das wird Folgen für Sie haben, das versprech ich Ihnen!« Und da meint er natürlich jemand völlig anderen als Irene Moritz.

Die muss weder ein Wort verstehen noch ein weiteres hören, um ihr Mädchen zu entsichern, mehrmals in die Luft zu schießen und den heißen Lauf ihrer Waffe dem brüllenden Rupert von Leugendorf in die offene Wunde zu bohren.

»Folgen, meinst du! Folgen wirst du nur noch dem Licht, das dich jetzt durch einen schwarzen Gang direkt in die Hölle führt!«

Nur Gerhard Kogler, der sich mit seinen Kollegen in weiser Voraussicht durch ein Fenster Zutritt verschafft hat, bewahrt Rupert von Leugendorf vor einem frühzeitigen Abgang und Irene Moritz vor dem schwersten Fehler ihrer Laufbahn.

Zärtlich legen sich seine Hände auf die Schultern seiner Herzdame: »Irene, mach keinen Blödsinn, dazu sind wir nicht Polizisten geworden. Er wird seine gerechte Strafe bekommen!«

»Diese Schlampe lügt! Ich hab nichts getan, fragen Sie Eugen oder den Freiherrn von Mühlbach höchstpersönlich, verdammt. Ich war auf dieser Jagd nicht dabei!«, wimmert Rupert von Leugendorf.

Herbert Homolka ergreift ihn, legt ihm Handschellen an und bringt ihn zum Dienstwagen, während Irene Moritz einfach nur schweigend in der Garage neben Gerhard Kogler stehen bleibt.

Es dauert nicht lang, da begreift Rupert von Leugendorf, dass Sophie Widhalm ihr Geheimnis für sich behalten hat, obwohl er sich demnächst noch genau das Gegenteil wünschen wird.

Weiter wird es nicht lange dauern und Rupert von Leugendorf begreifen, dass es ihm an Argumenten fehlt. Zu erdrückend ist die Beweislage.

Das Erdrückende dran ist unter anderem die Tatsache, dass das Abtasten seines Körpers durch einen Beamten ein Stanleymesser ans Tageslicht befördert.

»Das ist nicht meins!«

»Nein, das wissen wir doch, es ist dieses eine, das immer vom Regal eines Baumarktes ganz auf hinterfotzig heimlich in fremde Sakkos springt und sich so bei der Kassa hinausschummelt!«, trifft der Beamte beinah ins Schwarze. Beinah, weil das Messer am Tisch rot ist. Das Rot am Griff ist die Farbe des Plastiks, und das Rot der Klinge wird sich als eindeutig zuweisbares menschliches Blut herausstellen.

Gemeinsam wird dann von Irene Moritz und Gerhard Kogler der Vorschlag Herbert Homolkas für gut befunden, das erste Verhör des Herrn Leugendorf unter Ausschluss der Öffentlichkeit und unter Missachtung seines Grundrechtes auf einen Anwalt zu führen. Es bietet sich einfach an, wo sie doch gerade alle so nett im Dienstwagen beisammensitzen.

Herbert Homolka lenkt den Wagen direkt zu der verlassenen Fabrik, in der die Leiche Käthe Henrikshausens gefunden wurde.

Dann beginnt Irene Moritz das Verhör: »Na, kennen wir uns hier aus?«

»Ob Sie sich auskennen, weiß ich nicht, ich war hier jedenfalls noch nie. Verdammt, was wollen Sie von mir?«

»Eine Führung wäre nett, eine kleine Besichtigungstour!«

»Sind Sie schwerhörig, ich war hier noch nie!«

»Noch nie! Sie verspüren hier nicht das Gefühl von geraubter Kindheit, gestohlener Jugend?«

»Was wird das jetzt, eine Therapiesitzung? Sagen Sie mir endlich, warum Sie mich festhalten, ich hab der Schlampe nichts getan!«

»Leugendorf. Wen immer von den Damen Sie mit Schlampe meinen: Sie sind tot, alle drei. Genauso wie die beiden Herren, denen Sie die Kehle durchgeschnitten haben. Aber beantworten Sie meine Frage: Sie verspüren hier nicht das Gefühl von geraubter Kindheit?«

»Ich hab niemanden ermordet, hier liegt ein Missverständnis vor!«

»Missverständnis? Können Sie den Schriftzug dort sehen, sind ja nur zwei Buchstaben, lesen Sie vor!«

Rupert von Leugendorf schweigt.

»LD – wofür steht LD, Herr Leugendorf?«

Rupert von Leugendorf schweigt weiter, jetzt fehlen ihm einfach die Worte.

»Ich helf Ihnen, LD steht für Leugendorf und bezeichnet das Imperium Ihres Vaters. Und dann finden wir die Leiche der verschwundenen Harfenistin Käthe Henrikshausen, übrigens neben Viktor Hubertus eine ihrer größten Kritikerinnen, gerade hier, in der Mülltonne einer verlassenen Fabrikanlage Ihrer Familie! Blöde Sache, finden Sie nicht auch?«

Ohne auf eine Reaktion zu warten, nimmt Herbert Homolka nun wieder Fahrt auf und lenkt den Wagen direkt zum Kommissariat.

Dort wird gemeinsam von ihm und Gerhard Kogler der Vorschlag von Irene Moritz für gut befunden, das zweite Verhör des Herrn Leugendorf sofort durchzuführen und abermals unter Missachtung seines Grundrechtes auf einen Anwalt. Diesmal ist Gerhard Kogler an der Reihe: »Wenn Sie also nicht am Samstag beim Kanal gewesen sein wollen, um mit dem Messer aus Ihrer Tasche, das nicht Ihres sein soll, Viktor Hubertus und Kommissar Pospischill zu ermorden, wo waren Sie dann?«

»Ich war am Samstag auf Jagd bei den Mühlbachs!«

»Aber haben Sie nicht gerade vorhin genau das abgestritten?«

»Ja, das war meine Panik, aber ich hab einen …« Rupert von Leugendorf unterbricht kurz, betrachtet wohl seine ausweglose Situation und korrigiert sich: »… zwei Zeugen. Fragen Sie Eugen von Mühlbach. Das ist ein Ehrenmann!«

»Und der zweite Zeuge?«

»Sophie Widhalm. Aber ich sag ja, fragen Sie Eugen von Mühlbach.«

»Das werden wir!«

Das Gespräch dauert nur kurz und bringt ein eindeutiges Ergebnis.

»Nein, Rupert von Leugendorf war nicht mit uns auf Jagd, mein Vater kann das bezeugen. Er hat Jagdverbot und ist gegen sechzehn Uhr weggefahren. Sophie Widhalm war die ganze Zeit bei mir, bis auf einen kurzen Moment während der Jagd, sie wird das bestätigen. Auch dafür gibt es Zeugen. Jede Menge Zeugen!«

Durch dick und dünn kann für die dickste Freundschaft also um einiges zu eng werden! Rupert von Leugendorf ist fassungslos, wohl erstmals in seinem Leben.

»Ich würde vorschlagen, Sie kümmern sich um einen Anwalt.«

50

Die Nachricht der Leugendorf-Verhaftung sickert noch am selben Tag zu den Medien durch. Was kein Durchsickern benötigt, ist die Aufzählung der Ausschweifungen dieses Unholds, dieses verkappten Genies, dieses Mörders. Weiter bedarf es vonseiten der Medien keiner Anfrage der Art: »Bürgerinnen und Bürger des Landes, meldet euch und erzählt uns von diesem Herrn!«, viel eher können sich die Redaktionen bei einem derartig selbstständigen Ansturm nicht gegen den Eindruck wehren, es wäre Ferienbeginn und ihre Stiegenaufgänge die deutsche A9 ab Pfaffenhofen, die A8 Irschenberg oder die österreichische A10, Tauernautobahn. Ferienbeginn auch deshalb, weil einige der anwesenden Damen endlich ihrer Seele Urlaub gönnen und sich das Herz ausschütten. Ein Rupert von Leugendorf im Knast nimmt offensichtlich Ängste. Sophie Widhalm muss also vorerst gar nicht von ihrer geglückten Flucht erzählen, denn es gibt Kolleginnen, die zu berichten haben, wie so ein Indianerspielen endet, wenn sich ein Klebeband nicht durchtrennen lässt.

Kein Mensch interessiert sich für Themen wie Unschuldsvermutung, Vorverurteilung, Rechts- oder Medienstaat. Wozu auch, bei Rupert von Leugendorf sprechen die Dinge für sich. Und weil natürlich auch Rupert von Leugendorf selbst für sich spricht, streitet er nicht nur konsequent die Morde ab, sondern weist mit dem Namen Eugen von Mühlbach ebenso konsequent darauf hin, dass sie bei ihren Spielchen immer, wirklich immer eine Dreiergruppe gewesen seien. Also jeweils eine der Damen, Eugen von Mühlbach und er, und dass die Damen ja eigentlich recht gern dabei gewesen seien.

Dabei hat er natürlich vergessen, dass sich nur er völlig aussichtslos in Untersuchungshaft befindet, folglich nur er keine Gefahr mehr darstellt und demzufolge nur er in den Erzählungen der Betroffenen vorkommt. Als schließlich eine Zeitung beginnt, die von den Frauen angegebenen Tatzeitpunkte abzudrucken, ist der Wirbel im Land perfekt. Zehn Jahre liegen da dazwischen, was bedeuten könnte, dass viele der Betroffenen schweigen. Nur warum? Wie war es Rupert von Leugendorf überhaupt möglich, so lange ungeschoren davonzukommen? Die offizielle Erklärung könnte gewöhnlicher nicht sein: Erpressung der Betroffenen. Erpressung im Sinn: »Schätzchen, du glaubst gar nicht, wie leicht wir mit unseren Kontakten dein Leben und vor allem das deiner Familien, insbesondere deines Vaters, ruinieren können!« Vater deshalb, weil der Dienstgeber dieser Herren ein noch höherer Herr gewesen ist, nämlich Seniorchef Richard von Leugendorf höchstpersönlich. Gewesen deshalb, weil die Väter jener Damen, die sich zu einer Aussage überwinden konnten, allesamt bereits ihren letzten Dienstgeber haben, also tot sind.

Jene einfache Rechnung mit Rest, die gespielt wurde, wenn unter den Damen ein ungezogenes Mädchen dabei war und diese Erpressung nichts nutzte, verlief folgendermaßen: Der Leugendorf-Papa deckt aus Angst vor der möglichen Rufschädigung seinen missratenen Sohn und investiert Schweigegeld, und zwar reichlich Schweigegeld. Diesem Schweigegeld folgt der Karrieresprung des Vaters der jeweils betroffenen Tochter. Der Rest ist Schweigen.

Auch ohne dieses Wissen sind sich die Medien einig: »Eine Bestie ist ins Netz gegangen!« Und sie stellen die berechtigte Frage: »Hat Rupert von Leugendorf neben seinen Morden innerhalb der Musikerkreise auch Frauen getötet, an denen er sich zuvor vergangen hat? Wie viele Morde hat er wirklich zu verantworten?«

Willibald Adrian Metzger kommt nicht umhin, seine Arbeit an der Außenseite des Louis-seize-Kleiderschranks zu unterbrechen und in der neben ihm liegenden Zeitung dem Schwarz-Weiß-Foto Rupert von Leugendorfs einen Bubikopf, pralle Lippen, einen Schönheitsfleck und eine extravagante Brille zu verpassen.

Sicher, mit einer perfekten Maske ist theoretisch alles möglich, genauso wie alles dafürspricht, dass dieses Scheusal der Mörder ist. Nur eines passt nicht zusammen. Antonia Lenz war größer und hagerer. Gut, größer bekommt man eventuell hin, aber hagerer? Wenn man von Haus aus etwas stärker ist, nutzt ein bisschen Verkleidung beim besten Willen nichts, der Metzger kann ein Lied davon singen. Womöglich ist Antonia Lenz aber einfach nur eine Schmarotzerin gewesen an der Tafel des Freiherrn, ein ungeladener Gast im Palais, was dem Willibald im Grunde auch deutlich sympathischer wäre, denn einem Menschen wie Rupert von Leugendorf gehört das Handwerk gelegt, das steht außer Frage.

Nur: Ist ein Rupert von Leugendorf tatsächlich dazu fähig, derart abscheuliche Morde zu begehen? Alles fügt sich so perfekt ineinander, nichts spricht für ihn, und gerade das macht den Metzger stutzig. Wenn ein Zahnrad ins andere passt, gibt es zwei mögliche Erklärungen: Entweder es handelt sich tatsächlich um die Wahrheit, oder ein hervorragender Konstrukteur ist am Werk. Weiter macht es den Metzger stutzig, dass es zu einem derart verunstalteten Gesicht wie dem des Leugendorf nicht irgendwelche Zeugen gibt, denn für die Morde ist einfach noch kein ernst zu nehmender Beobachter aufgetaucht – und genau bei diesen Gedanken macht es klick im Hirn des Restaurators: klick im wahrsten Sinn des Wortes, denn er sieht ihn wieder vor sich – Ibrahim Leitzelsdorfer samt seinem Fotoapparat und dem damit verbundenen geistigen Rempler. Der Schmerz der letzten Tage hat derartige Gedanken einfach nicht zugelassen.

Ein Blick ins Branchenverzeichnis und ein kurzer Anruf genügen, dann macht er sich auf den Weg.

Die Fahrt zu seinem nördlich gelegenen Ziel dauert laut Fahrplan exakt vierzehn Minuten, nach zwanzig ist er am Ziel. Die Hochrechnung dieser Verspätung bis zur Endstation erspart sich der Willibald, oft braucht er die Bahn ja ohnedies nicht.

Während im Süden der Stadt bei diversen Wanderungen feste Schuhe und eine gute Kondition vonnöten sind, ist die einzige ernst zu nehmende Erhebung im Norden die Mülldeponie. Was sich natürlich auf die Grundstückspreise und folglich das soziale Gefüge auswirkt. Dieser flachen Ausgedehntheit kann der Metzger aber schon einiges abgewinnen. Sie vermittelt eine seltsame Form der Stille. Weite Felder und Gewächshäuser prägen das Bild, Pappeln durchziehen in geraden Linien die Landschaft und fangen den Wind, Kirchtürme überragen die Häuser und fangen den Blick, ja und genau diese Häuser, besser gesagt, Reihenhäuser, fangen das Leben. Denn dieses soziale Gefüge, das der Großstadt immer mehr den Rücken kehrt, weil es wenige Kilometer außerhalb für weniger Geld mehr bekommt, auch Sicherheit, heißt Familie. Hier ist sie einfach kleiner, die Angst, wenn die Kleinen in den Kindergarten und die Schule gehen, hier grüßt man lieber den Nachbarn in der Regionalbahn, als sich im Gedränge einer Schnell- oder U-Bahn zu verlieren, bläst am Wochenende den Plastikswimmingpool auf, zündet die Grillkohle an und sieht den Sprösslingen in der Wohnstraße beim Spielen zu, anstatt ihnen am Spielplatz unter der Schaukel gebrauchte Kondome und Einwegspritzen aus der Hand zu reißen.

Auch dort, wo der Metzger nun aussteigt, ist es ruhig. Kein Hetzen, kein Dröhnen, die Straße neben dem kleinen Bahnhof ist menschenleer, sein Ziel auf einem grünen Metallschild angeschrieben. Ein kleiner Fußmarsch vorbei am nahe den Gleisen gelegenen gepflegten Siedlungsgebiet, vorbei an einem großzügigen Kinderspielplatz, vorbei an zwei Müttern mit Kinderwagen, vorbei an einem gläsernen Gewächshaus. Dann ist er da.

Wunderschön, genauso hat er sich das vorgestellt. Ein Mischwald der besonderen Art eröffnet sich vor seinem Blick, unübersehbar beschriftet mit Gärtnerei Seipold.

Ganz anders als im Baumarkt letzte Woche strotzt hier alles vor Gesundheit, saftig stehen die Pflanzen im Grün, herrlich duftet es, alle paar Meter anders, überall stehen wunderschöne Terrakottafiguren, aus Holz geschnitzte Gartenzwerge, Pavillons und Bänke. Einfach idyllisch.

Von hinten legt sich eine Hand auf Willibalds Schulter, dann hört er mit brummiger Stimme: »Herr Metzger, stimmt's? Sie haben vorhin angerufen. Kommen Sie, ich bring Sie zu ihm. Er freut sich schon!«

Unter einem ausgefransten Strohhut lachen dem Metzger aus einem sonnengegerbten, faltigen Gesicht aufmerksame Augen entgegen. In seinem grün karierten Hemd, seiner Latzhose und mit der Schaufel in der Hand sieht er fast so aus wie einer seiner Gartenzwerge, der Herr Seipold.

»Schön haben Sie es hier!«

»Ja ja, das ist mein Paradies. Wir haben's ja immer so schön, wie wir's uns machen!«

Oskar steht bei den ganzjährigen Erdbeeren und zupft trockene Blätter heraus.

»Oskar, Besuch für dich!«

Wie kann man Freude besser zum Ausdruck bringen als mit: »Kosten Sie!«

Während die Mundhöhle all die nach einem Tag noch nicht gänzlich verfaulten Exemplare einer im Supermarkt frisch gekauften Schale benötigt, um halbwegs herauszufinden, was da zwischen den Zähnen zermahlen wird, weiß sie hier bereits nach einem einzigen bescheidenen Bissen: Erdbeere.

»Herrlich!«, bemerkt der Metzger.

»Bisschen weit für eine Erdbeere!«, erwidert Oskar.

»Glaubst du, Oskar, wir dürfen ein paar Minuten spazieren gehen?«

Ohne zu zögern, dreht sich Oskar um, winkt in der Ferne Herrn Seipold zu, deutet dabei zum Ausgang, erhält ein Nicken und meint: »Gehen wir.«

Hinter der Gärtnerei liegt ein Weg in der Sonne, der entlang einer Pappelreihe hinaus aufs Feld führt. Einige Zeit schlendern die beiden schweigsam nebeneinanderher, dann beginnt der Restautor das Gespräch: »Tut mir leid!«

»Was?«

»Der Unfall von Sven, das klingt ja schrecklich!«

Oskar behält den Schritt bei, blickt unbeeindruckt vorwärts und erklärt: »Das war kein Unfall!«

Und da wundert den Metzger nun nicht nur die Antwort. Denn bereits die Tatsache, dass sein Wissen über diese Angelegenheit bei Oskar keinerlei Erstaunen hervorruft, kommt ihm höchst sonderbar vor.

»Willst du gar nicht wissen, wer mir davon erzählt hat, das …«

»Das war kein Unfall!«, wiederholt Oskar seine Feststellung.

Wie sicher sich der Junge am rhetorischen Parkett bewegt! Denn um erst gar nicht in die Verlegenheit zu kommen, sich abermals mit einer unguten Frage herumschlagen zu müssen, wirkt eine gezielte Unterbrechung Wunder.

»Was heißt, es war kein Unfall?«

»Da fährt man nicht weiter! Das Auto, das in Sven hineingefahren ist, ist aber nicht stehen geblieben!«

Offenbar vertritt Oskar die Auffassung, dass die Angelegenheit nun umfassend genug behandelt worden ist, denn nach einer längeren Pause meint er, ebenso wie vorhin der Metzger: »Tut mir leid!«

»Wie soll ich das verstehen?«

»Der Kommissar, das war dein Freund, oder?«

Innerlich noch wund, trifft den Willibald dieses Thema nun völlig auf dem falschen Fuß. »Woher weißt du das?!«

Diesmal gibt es eine Antwort: »Er war bei der Schule. Wegen Philipp. Sven war böse auf dich, weil er meint, du hast uns die Polizei auf den Hals gehetzt!«

»Was hätte ich tun sollen, es war meine Pflicht, der Polizei davon zu erzählen. Das war ich Philipp schuldig, und ja, Eduard Pospischill war mein Freund!«

Der Metzger muss stehen bleiben vor Rührung. Hat er sich still und heimlich also doch mit dem Thema Philipp Konrad auseinandergesetzt, der Kommissar.

Ein stärkerer Wind kommt auf.

»Geburtstag? Schnell, schnell!«

»Was meinst du? Wer hat Geburtstag?«

»Nicht wer! Wann? Pospischill. Schnell?«

Der Wind streift über ihre Flanken, und wie ein Rauschen hört es sich an, das Rascheln der Bäume.

»Ich glaube, im Februar, 6. Februar.«

Oskar streckt seine Arme zum Himmel, lacht aus voller Kehle und brüllt: »Hallo, Pospischill, halloooo!« Dann blickt er mit glasigen Augen auf die Bäume: »Pappel: Geburtstag 4. bis 8. Februar, 1. bis 14. Mai, 5. bis 13. August. Braucht lockeren, tiefgründigen Boden. Lichtbedürftig, raschwüchsig, kurzlebig. Kann Stürme aufhalten. Verlässlich in schweren Zeiten, beweglich im Geist, besitzt Vernunft und Intuition, aufgeschlossen und umsichtig. Magischer Baum. Baum der Götterstimmen. Schön!«

Und endlich kann er seine Tränen nicht halten, der Metzger.

»Weinen ist gut!«, erklärt Oskar und weint mit. Auf einem Feld stehen ein Mann und ein Junge und heulen, den Mund erfüllt von Erdbeergeschmack, die Sonne im Gesicht, den Wind um die Ohren.

Jedes weitere Wort ist jetzt fehl am Platz. Erst bevor sich die beiden auf dem Weg zurück wieder der Gärtnerei nähern, kommt Willibald Adrian Metzger zum eigentlichen Thema: »Oskar, ich hab deine Truppe nun schon ein paarmal erlebt, du musst mir helfen. Wie du ja weißt, hat mir Sven davon erzählt, dass ihn Philipp direkt nach dem Diebstahl angerufen hätte. Dabei soll er dann so etwas Ähnliches ins Telefon gerufen haben wie: ›Ich glaub, da passiert was!‹ Kannst du dir vorstellen, dass Philipp dann genauso komisch reagiert hat wie deine Truppe?«

»Was heißt komisch?«

»Statt sich schleunigst aus dem Staub zu machen, zuerst das Mobiltelefon zücken und dem andern ins Gesicht halten. Das heißt komisch! Was bitte macht ihr dabei überhaupt?«

Völlig entgeistert, als käme der korpulente Mann neben ihm von einem anderen Stern, blickt Oskar zu ihm auf und erklärt: »Fotografieren. Manchmal auch filmen.«

»Filmen?«, wiederholt der Metzger und ist nun trotz der Tatsache, dass er sich seit dem von Ibrahim Leitzelsdorfer verewigten Ausflug mit seiner Danjela bereits die Erklärung »Fotografieren!« erhofft hatte, überrascht. Filmen wäre noch effektiver. Gespannt wiederholt der Metzger seine Frage: »Kannst du dir vorstellen, dass Philipp in so einer Situation auch noch filmt?«

Oskar überlegt nicht lange und antwortet: »Kann ich. Philipp macht so was!«

»Dann könnte das ja heißen, Philipp, wenn er noch am Leben ist, wäre womöglich imstande zu zeigen, was da vor seiner Erkrankung und seinem Verschwinden passiert ist?«

Unverrückbar blickt ihm Oskar in die Augen: »Ich mach das!«

Dann scheint er es eilig zu haben und steuert schnurstracks und mit unmissverständlichen Worten das Paradies des Herrn Seipold an: »Bis morgen. Auf Wiedersehen. Guten Tag!«

51

Sophie Widhalm kann seit Tagen nicht mehr schlafen. Je aufmerksamer sie die Zeitungsberichte verfolgt, desto unruhiger wird sie, desto mieser fühlt sie sich. Strafe gut und schön, aber Recht muss Recht bleiben. Vor ein paar Tagen wurde sie angerufen und mit der Frage konfrontiert, ob sie einen gewissen Rupert von Leugendorf kenne und ob der mit ihr am Samstagabend unterwegs gewesen sei. Kennen ja, unterwegs nein, hatte sie geantwortet, ohne noch von den Morden zu wissen. Sie war heilfroh, mit der ganzen Sache nichts mehr zu tun zu haben, außerdem hätte sie dann den Namen Mühlbach erwähnen müssen, und das wollte sie ihrem Halbbruder einfach nicht antun.

Dann kamen die Zeitungsberichte. Eine Zeit lang hat er geklappt, dieser Selbstbetrug: »Ja, das passt zu ihm, das muss er gewesen sein!« Dann scheiterte sie an ihrer Intelligenz und wählte das emotionale Schlupfloch: »Geschieht dem Schwein schon recht, soll er nur leiden!«

Mittlerweile ärgert sie sich nicht nur maßlos über die Tatsache, dass Eugen von Mühlbach in keinem der Berichte namentlich Erwähnung findet, sondern auch über sich selbst. Eugen von Mühlbach verleugnet seinen Freund, um den eigenen Kopf aus der Schlinge zu ziehen, und Rupert von Leugendorf wird eines Verbrechens beschuldigt, das er kaum verübt haben kann. Sie hat es sogar ausprobiert, sich mit ihrem Wagen um zweiundzwanzig Uhr am besagten Baumarktparkplatz hingestellt, alle Geschwindigkeitsbeschränkungen missachtet und bis zum Kanal trotzdem mehr als vierzig Minuten gebraucht. Das dortige Parkplatzsuchen nicht inbegriffen, und das kann um diese Uhrzeit dauern. Laut Zeitung und laut der Erzählungen ihres Halbbruders wurden Viktor Hubertus und Eduard Pospischill gegen zweiundzwanzig Uhr dreißig ermordet. Eine halbe Stunde Fahrzeit, das geht sich nie und nimmer aus. Sie muss mit jemandem darüber reden, sich Rat holen, draußen läuft ein Mörder herum, und nur sie weiß es.

Schwer ist es dem Metzger an diesem Abend gefallen, die sonderbare Antwort Oskars: »Ich mach das!« einzuordnen. Denn in Gefahr bringen will er den Jungen keineswegs. Wer weiß, was dem alles einfällt!, grübelt er vor sich hin und liegt mit seiner Einschätzung goldrichtig.

Da ist es natürlich Balsam für die sensible männliche Seele, sich am Abend zu Hause das Herz ausschütten zu können.

Seit vier Nächten ist seine Danjela nun fix eingezogen, und es kommt dem Willibald so vor, als hätte ihm beim

Eintreten immer schon diese einzigartige Djurkovic-Vanilleduftnote das Herz höher schlagen lassen, als hätte dieser leichte Hauch von Chaos, bestehend aus ungeordneten Damenschuhen, Handtaschen und Hundeaccessoires, der peniblen Aufgeräumtheit seines Vorzimmers immer schon ein Ende gesetzt, als wäre dieses kläffende, stets haarende Etwas beim Öffnen der Eingangstür immer schon zwischen seinen Füßen herumgesprungen. Was gibt es Schöneres, auch oder gerade im Moment der Trauer, wenn sich Lebensräume plötzlich mit Leben füllen, wenn ein Fleckchen Erde mit Menschen besiedelt wird, wenn man mit der Botschaft empfangen wird: Schön, dass du hier bist.

Im Fall der Djurkovic hört sich das beim Eintreten ihres Willibald so an: »Kommst du gerade rechtzeitig, hab ich nix in Griff verflixte Gasherd!«

Dann erlebt Willibald Adrian Metzger genau das, was ihm seine besorgte Mutter während ihrer letzten Tage vom Sterbebett aus so innig gewünscht hat: »Am häuslichen Herd sei Glück dir beschert!«

Was hättest du für eine Freude!, schießt es ihm in Gedanken an seine Frau Mama durchs Herz, während er gekonnt das fein geschnittene Gemüse in der Pfanne schwenkt, welches ihm gerade von rechts außen mit der Bemerkung gereicht wurde: »Glaub ich hat Messer in diese Leben seit Geburtsstunde nie mehr gesehen Schleifstein!«

Dann erzählt er, der Willibald, wieder glückerfüllt von dem Wissen: Sie ist die Richtige. Denn während er redet, wird zugehört, mehr nicht. Wie gut es tut, nach Schilderung des Erlebten in keinem derart sprudelnden, öligen Kommentar unterzugehen, als wäre man ein Brandteigkrapferl in einer auf Teleshopping angepriesenen Fritteuse. Es reicht voll und ganz, mit einem schweigsam-verständnisvoll geöffneten Ohr und maximal einem schlichten Sinnspruch beschenkt zu werden: »Kannst du ruhig loslassen. Weil wenn sagt diese Oskar ›Mach ich das‹, was heißt so viel wie ›Brauchst du dich nix kümmern‹, na, dann brauchst du dich auch nix kümmern! Musst du ein bisserl lernen vertrauen!«

Und recht hat sie, die Danjela oder ihr verdammter Ratgeber oder die Urli-Oma des Verfassers. Ja, das kann sie momentan gut, an passender Stelle eine hilfreiche Überschrift aus dem Ärmel zaubern. Da ist es wirklich kein Wunder, wenn auch andere in den Genuss dieses Wissens kommen wollen, auszuschüttende Herzen gibt es genug.

Einmal mehr vernimmt Danjela Djurkovic, ohne zu unterbrechen, die an sie gerichteten Worte, diesmal am Telefon. Dann glaubt der Metzger, er hört nicht recht. Hat Madame Djurkovic das jetzt wirklich über die Lippen gebracht: »Musst du reden? Na, kommst du gleich, sind wir zu Hause. Nein, is nix Problem!«

Natürlich, diese Wohnung ist nun auch ihr Zuhause, eine kurze Nachfrage in seine Richtung, und zwar vor dem Aussprechen einer Einladung, wäre aber schon angemessen gewesen. Das Letzte, was er jetzt braucht, der Willibald, ist Besuch.

Es dauert nicht lange, und Willibald Adrian Metzger sitzt heilfroh über dieses hilfsbereite: »Nein, is nix Problem!« seiner Danjela mit leerem Magen und schrecklich schlechtem Gewissen Sophie Widhalm gegenüber, denn sie hat wirklich ein Problem. Wie ein Hohn kommt es dem Willibald nun vor, was Sophie am Ende ihrer entsetzlichen Schilderungen beinah kleinlaut entfleucht:

»Aber er kann nicht der Mörder gewesen sein!« Nach ausführlicher Begründung dieser Behauptung und der Frage: »Was soll ich jetzt tun?« kann Danjela Djurkovic die Seiten ihre Bettlektüre noch so oft im Geiste durchgehen, das, was ihr nun schäumend vor Wut über die Lippen kommt, wird sie dort nicht finden: »Wirst du schön still sein wegen Alibi für Leugendorf. Weil gehört er auf elektrische Stuhl, samt Mühlbach, aber nix bis tot, sondern nur so lange bis sind gegrillt Eier!«

Da ist sie nicht die Einzige, die so denkt. Ganz im Gegensatz zum Metzger.

»Na ja, hier geht es um keine Kleinigkeit!«, bewahrt er den Überblick. »Immerhin wollte die Polizei von dir wissen, ob du Rupert von Leugendorf kennst, und du hast dazu, zwar aus verständlichen Gründen, aber dennoch, eine Falschaussage abgegeben. Trotzdem, allein die Kontaktaufnahme der Polizei bedeutet: Leugendorf muss während seiner Einvernahme deinen Namen genannt haben, wahrscheinlich um sich dadurch für Samstag ein Alibi zu verschaffen. Das heißt, er wollte zum eigenen Schutz eine versuchte Vergewaltigung eingestehen, das ist ja keine Bagatelle. Und dann streitet das die Betroffene ab! Das musst du richtigstellen, Sophie, auch im Hinblick auf Eugen von Mühlbach, denn der war im Wald ebenso dabei. Weiter sollten die Ermittler unbedingt wissen, dass du irgendwann in der Nacht den Leugendorf-Wagen samt Insassen stehen gesehen hast! Wir müssen also auf jeden Fall mit jemandem darüber reden.«

»Was heißt das? Soll ich zur Polizei Kontakt aufnehmen?«, will Sophie Widhalm verzweifelt wissen.

»Wir, Sophie, wir nehmen Kontakt auf! Immerhin sind wir ja so was wie eine Familie!«

52

Die Kreise schliessen sich. Alles ist bisher ganz nach seinen Wünschen verlaufen, von ein paar Kleinigkeiten abgesehen. Geduld ist eben eine Tugend. Die Weichen stellen und warten, bis der Zug kommt.

Dass es dann aber so flott geht, damit hat er nicht gerechnet. Qrz15h hat die Einträge von Kammerton also nicht mehr ausgehalten und bei den anderen Verbündete gesucht. Wie redlich und wie dumm zugleich, denn die anderen hatten dieselbe Stimme, seine, waren dieselbe Person, er. Alles kam von ihm, die Einträge, die Seite, der Weg dorthin. Wie einfach ein Mensch zu manipulieren ist, wie viel Vertrauen ein wenig Mitgefühl erzeugt.

Verblüfft hat ihn dann auch die Geschwindigkeit, mit der man von »Kammerton« auf Rupert von Leugendorf gekommen war. Irgendetwas, irgendjemand hat alles beschleunigt, ihm unwissend geholfen. Nicht, dass er den Weg nicht ohnehin perfekt ausgelegt hätte, man wäre ganz von selbst auf die Lösung gestoßen. Eigentlich könnte er feiern, alles ist so, wie er es wollte, und doch, es lässt ihn nicht los, dieses ungute Gefühl.

Dass Rupert von Leugendorfs Verhaftung keine Menschenseele hervorlocken würde, um ihm ein Alibi zu liefern, war zu erwarten. Trotzdem hatte er im Vorfeld dafür gesorgt, ihn zu den entscheidenden Zeiten allein zu wissen. Ein arbeitsloser Künstler springt auf, wenn es um mögliche große Engagements geht, nimmt viel auf sich, fährt überall hin, zu den absurdesten Treffpunkten, bleibt freundlich, wenn er irgendwo warten muss, wenn er vor Ort plötzlich von einem Anrufer erfährt, der Termin müsse leider ver-

schoben werden. So etwas funktioniert an sich immer wieder und wieder. Das letzte Mal aber ist er nicht gekommen. Etwas anderes war ihm wichtiger.

53

»Rufen Sie mich an, wenn Ihnen noch etwas einfällt, aber umgehend!«, waren die Worte, die Irene Moritz dem Metzger im Spital aufgetragen hatte. Auftragen kann dann folglich auch die Djurkovic, und zwar reichlich, denn lange dauert es nicht, und das Chesterfieldsofa ist voll besetzt. Willibald Adrian Metzger, Sophie Widhalm, Gerhard Kogler und Irene Moritz, das geht sich aus.

Und genau auf so etwas hat Irene Moritz insgeheim gehofft: dass dieser quälende, seit Tagen schlafraubende Gedanke »Leugendorf muss es nicht gewesen sein!« endlich auch real begründbar wird. Obwohl sie selten zuvor einen größeren Widerling kennengelernt hat und selten zuvor derart nahe dran war, völlig unbedacht ihr Mädchen um eine Kugel zu erleichtern, zweifelt sie insgeheim doch an seiner Schuld. Die Frage stellt sich nämlich schon: Ist diese penetrante Auflehnung authentisch oder Kalkül? Was treibt einen Verbrecher dazu, zwar die Misshandlungen einzugestehen, aber trotz einer Liste erdrückender Beweise nichts anderes zu behaupten als: »Die Morde hab ich nicht begangen, und warum ist Eugen von Mühlbach immer noch auf freiem Fuß?«

Reicht die Arroganz eines derart ekelerregenden Emporkömmlings, emporgekommen nur aufgrund des ihm gegebenen Geburtsloses, tatsächlich so weit, um selbst im Wissen um seine Taten und in Anbetracht einer an sich unausweichlichen Situation immer noch auf die Bestechlichkeit der Justiz zu hoffen?

Und dann wäre da noch die von Herbert Homolka aufgebrachte und durchaus berechtigte Frage: Warum kündigt ein Mörder im Internet seine Taten an und streitet sie dann ab?

Irene Moritz weiß es nicht, sie weiß nur eines: Ein Fehler darf ihr allein schon zu Ehren Eduard Pospischills bei dieser Angelegenheit nicht unterlaufen.

Dieses »Leugendorf muss es nicht gewesen sein!« am anderen Ende der Leitung kam ihr also gerade recht.

»Nicht am Telefon!«, gab sie zur Antwort und: »Fahren wir!« Dass Gerhard Kogler bereits entspannt auf der Couch lag, spielte dabei keine Rolle.

Jetzt hockt er mit einem Bärenhunger neben ihr auf dem Chesterfieldsofa, und die Djurkovic hat also reichlich was aufzutragen: »Stört arg, wenn geb ich in Nudelsalat ein bisserl Zwiebel und Knoblauch? Ist gut für Nerven!«

Und froh ist sie darüber, die zukünftige Frau Hauptkommissar, denn alles, was ihr da zu Ohren kommt, klingt besorgniserregend einleuchtend, auch das mit dem Knoblauch, denn Nerven wird sie noch brauchen.

So oft kann man nach einer derartigen Ladung an Gewürz- und Heilpflanzen aus der Familie der Lauchgewächse gar nicht Zähne putzen beziehungsweise duschen gehen, dass deren antibakterielle Wirkung nicht selbst vierundzwanzig Stunden später noch zur Geltung käme, zu nahe kommt einem nämlich keiner. Besonders wenn der betroffene Leib auch ordentlich ins Schwitzen gerät.

Dazu braucht der Metzger am nächsten Morgen erst gar nicht in die Werkstatt zu marschieren, es genügt vollauf, dem guten Rat seiner Herzensdame trotzend, in der Gärtnerei Seipold anzurufen.

»Kannst du ruhig loslassen« und »Musst du ein bisserl lernen vertrauen!« klingt ja ganz wunderbar. Wenn es einen selbst nicht betrifft, lässt es sich eben leicht mit klugen Sätzen brillieren. Nur, sie ist viel zu groß, die Sorge des Willibald Adrian Metzger. Wie soll man bei den bisherigen Geschehnissen nach einer derart kryptischen Bemerkung: »Ich mach das!« auch loslassen können. Im Hinblick auf die Nerven des Restaurators könnte der Anruf aber nicht unerfreulicher ausfallen, denn Herr Seipold erklärt: »Oskar hat sich krankgemeldet. Das ist jetzt das erste Mal seit zwei Jahren, da muss es ihm schon wirklich ganz schön dreckig gehen!«

Für Willibald Adrian Metzger steht nun fest: Oskar unternimmt also wirklich etwas, und genau das hat er befürchtet. Jetzt ist er selbst reif für einen Krankenstand, der Willibald, so schlecht geht es ihm. Einfach zu Hause bleiben und sich aufs Sofa legen kann er aber nicht, zu deutlich klingen ihm noch die Worte dieser Frau im Ohr, die letzte Woche auf höchst ungute Art und Weise in seiner Werksatt aufgetaucht ist: »Ein Theoretiker sind Sie, einer, der offenbar nichts von der Umsetzung in die Praxis hält!«

Sehr zur Freude der reichlich gefüllten Schweißporen befördert ihn also an diesem Morgen ein für seine Verhältnisse äußerst schneller Schritt in die Werkstatt. Und dort erwartet ihn eine Lektion, die er so schnell nicht wieder vergessen wird: Oskar steht vor der Tür.

Glückerfüllt schmettert ihm der Metzger entgegen: »Mensch, hab ich mir Sorgen gemacht.«

Mit hochgezogenen Augenbrauen wird er unterbrochen: »Gar kein Vertrauen?«

Davon wird Danjela Djurkovic nie etwas erfahren! Umarmen könnte er den Jungen, vor Erleichterung, was natürlich ein recht einseitiges Anliegen darstellt. Denn für den hörbar außer Atem geratenen Metzger wäre zurzeit selbst ein Mitternachtsspaziergang in Transsilvanien eine ungefährliche Angelegenheit, zumindest laut der ihm entgegengebrachten Wortmeldung: »Angst vor Vampiren?«

»Wie bitte?«, äußert der Metzger sein Unverständnis.

Und erhält als Erklärung: »Knoblauch, Allium sativum, ausgesäter Lauch, abgeleitet vom Althochdeutschen ›klioban‹, heißt ›spalten‹. Ist eine mehrjährige krautige Pflanze. Wuchshöhe …«

»Versteh schon«, unterbricht ihn der Metzger, »ich bin trotzdem froh, dass du da bist. Ich war mir sicher, dir …«

»Sich sicher sein ist nicht gut!«, unterbricht ihn Oskar nun retour, und auch da hat er natürlich wieder vollkommen recht.

Souverän legt der Junge einen Laptop auf die Werkbank, öffnet ihn und betätigt zweimal die Leertaste, was nicht nur für den mobilen Computer bedeutet: Es ist vorbei mit dem Ruhezustand. Auch der Film beginnt zu laufen, und der Metzger muss sich setzen.

54

Punkt zehn Uhr fünfundvierzig sitzt Irene Moritz frustriert im Büro und wartet, bis alle eingetroffen sind. Um elf Uhr beginnt die zweite Besprechung dieses Tages, und es wird nicht die letzte sein.

Willibald Adrian Metzger ist unterwegs hierher.

Bei der ersten Konferenz hat sie mit der Widhalm-Geschichte ja nicht gerade für Begeisterungsstürme gesorgt. Einhellig wurde ihr gekontert: Eine wildfremde Frau, die irgendwann in der Nacht irgendwo einen Wagen samt Insassen stehen gesehen haben will und daraus folgert, Rupert von Leugendorf könne nicht der Mörder gewesen sein, das sei einfach nur lächerlich. Dass dieser Leugendorf aus reiner Rache seinen Kumpel Mühlbach, der ihm kein Alibi verschafft hat, hineinziehen will, liege doch mehr als nur auf der Hand. Abgesehen davon sei es höchst fahrlässig, die Ermittlungen bei null beginnen zu lassen, denn alles, was sie dann hätten, sei das merkwürdige Phantombild von irgendeiner Dame, die laut Aussage eines einzigen Mannes zufällig zur Tatzeit aus dem Wald gesprungen sein soll, was also in Wahrheit bedeutet: Sie haben nichts!

Genau das soll sich nun bei der zweiten Besprechung des Tages ändern. Punkt elf Uhr, Gerhard Kogler, Herbert Homolka und dieser nun dienstälteste machoide Neuzugang namens Josef Krainer sind bereits anwesend, betritt Willibald Adrian Metzger in Begleitung eines Jungen das Besprechungszimmer. Eines Jungen, der bei seinem Eintreten von allen Versammelten zwar bedauert, aber in keiner Form ernst genommen wird – was im Kommissariat zur ersten Überraschung des Tages führt.

Denn genau dieser Oskar Marek legt, kaum dass er aus dem Mund des Restaurators vorgestellt wurde, seelenruhig eine gebrannte CD auf den Tisch und erteilt unmissverständlich den Befehl: »Sofort ansehen!«

Während Herbert Homolka sich der Sache annimmt, schildert Willibald Adrian Metzger, seit wann er zu dem Jungen Kontakt hat und dass es sich bei dem nun folgenden Film um eine Aufnahme handle, die von Philipp am Tag des Mordes an Galina Schukowa mit einem Mobiltelefon gemacht und an einen Freund weitergeleitet worden sei, der unerkannt bleiben wolle.

»Welcher Philipp?«, will der neu zur Truppe dazugestoßene Josef Krainer wissen. Irene Moritz schildert kurz das ihr dazu Bekannte, und Willibald Adrian Metzger ergänzt, erzählt von seinen Begebenheiten beim Denkmal, von dem Besuch der Unbekannten in seiner Werkstatt und von Sven.

Herbert Homolka hat mittlerweile die Daten in seinen Computer eingelesen und bittet die Anwesenden, sich vor dem Bildschirm zu versammeln. Dann startet die Vorführung.

Das Bild ist etwas unscharf und verwackelt. Zu sehen ist eine dunkelhaarige Frau mit biederem, ins Gesicht fallendem Haarschnitt, Perlenohrringen und Hornbrille. Sie steht vor einer geöffneten Mülltonne. Ruhig blickt sie in die Kamera, dann kommt sie langsam näher, mit den eintönig gesprochenen Worten: »Pech gehabt, mein Junge, falscher Ort, falsche Zeit!«

Das Bild wird unruhig, dunkel, bewegt sich hektisch hin und her, das Rattern des Brettes und der heftige Atem

Philipp Konrads sind zu hören, und mitten hinein in diese Geräusche klingt abermals die Stimme der Frau, diesmal tiefer, laut und eindringlich: »Das nutzt dir nichts, ich finde dich, da kannst du machen, was du willst!«

Minutenlang geht es dahin, die Geschwindigkeit scheint hoch zu sein, das Brett rattert, der Junge hechelt, zu den Atemstößen mischt sich ein Wimmern, er stürzt, steht wieder auf, fährt weiter und weiter, stürzt wieder, dann bricht der Film ab.

Es dauert, bis jemand im Raum ein erstes »Aha!« herausbringt. Da hat der Metzger noch durchaus das Gefühl, dieses Video könnte einem möglichen Durchbruch dienlich sein.

»Und was sollen wir jetzt damit?«, ist die sinnige Frage des diensteifrigen Josef Krainer.

Josef Krainer, ein erfahrener Kollege, soll, so die Idee des Vorgesetzten Oberst Reinfried Jung, hierherversetzt die entstandene Lücke inmitten dieser jungen Truppe schließen. Entsprechend ambitioniert geht er an die Sache heran und provoziert damit die überraschte Reaktion des Metzgers: »Wie bitte? Das Video zeigt in gewisser Weise den vermissten Philipp Konrad, von dem Sie offenbar noch nichts gehört haben, am Tag des Mordes an Galina Schukowa. Der Junge wird, bevor er panisch davonläuft, von einer Frau bedroht. Die Frau ist, so wie die mir im Wald der Mühlbachs begegnete Antonia Lenz, groß und schlank, von ähnlicher Gestalt, mit einer Frisur, bei der die Haare ins Gesicht fallen und vieles verdecken. Außerdem sind erneut die Lippen sehr stark geschminkt, und es gibt abermals eine Brille. Ja, und sie steht vor einer offenen Mülltonne. Was, glauben Sie, könnte die Dame da gerade gemacht haben, um als erste Reaktion auf die Begegnung mit dem Jungen lautstark dessen Todesurteil zu verbalisieren? Lulu? Das darf doch nicht wahr sein!«

»Ganz abgesehen von der Widhalm-Aussage!«, setzt Irene Moritz nach, die mittlerweile einen ähnlich massiven Ärger in sich hochkommen spürt wie Willibald Adrian Metzger.

»Welche Aussage?«, fragt Oskar zur Verwunderung aller, worauf sich Irene Moritz nicht zweimal bitten lässt und ihre Ausführungen der ersten Vormittagssitzung wiederholt.

»Das Foto, da gibt es auch ein Foto!«, mischt sich Oskar am Ende der Erzählung ein, was Herbert Homolka die angehängte Bilddatei öffnen lässt: »Wie man sieht, hat der Junge noch ein vergrößertes Standbild der Dame erstellt. Nicht schlecht, nicht schlecht!«

Irene Moritz versucht nun, mit einem ernsten, aber verbindlichen Blick in die versammelte Runde der angespannten Situation Herr zu werden: »Wir müssen das Foto bearbeiten, vielleicht gibt es noch Details, die wir genauer zum Vorschein bringen können. Und wir müssen das Video mit dem Tatort vergleichen, vielleicht gibt es Hinweise, dass es sich um dieselbe Straße handelt. Sollte es da Übereinstimmungen geben, steht klipp und klar fest: Mit diesem Bild haben wir neben Rupert von Leugendorf einen zweiten ernsthaften Verdächtigen und im schlimmsten Fall ein totes Kind, denn wie man sieht, bricht am Ende der Film ab!«

»Einen zweiten Verdächtigen?« Der Metzger kann es nicht fassen.

»Natürlich einen zweiten Verdächtigen!«, meldet sich Gerhard Kogler zu Wort: »Wir können doch die schweren Beweise, die wir gegen Rupert von Leugendorf in der Hand haben, nicht einfach vom Tisch wischen, da hat alles Hand und Fuß!«

Etwa zehn Minuten wird diskutiert, bis schließlich der beim Computer sitzende Herbert Homolka aufhorchen lässt: »So, hab das mal auf die Schnelle nachbearbeitet: Das also ist sie, geschätzte fünfunddreißig bis vierzig Jahre alt, hager, groß, schlaksig. Taufen wir sie Antonia Lenz, vielleicht ist sie ja mit der Dame aus dem Wald identisch. Die Frisur muss, wie gesagt, nicht stimmen, kann aber durchaus echt sein. Die Augenfarbe ist nicht wirklich erkennbar, da die Brille leicht getönt ist, vielleicht braun, dafür erkennen wir eindeutig die schmale Nase, das schmale Gesicht, eine ganz leichte Hasenscharte und ein Muttermal unter dem rechten Auge.«

Oskar gibt ein erstauntes Raunen von sich: »Sieht jetzt anders aus.«

»Unser Homolka ist diesbezüglich ein Genie«, erklärt Irene Moritz, die ein wenig Ahnung hat vom grafischen Arbeiten am PC.

»Der Meister seines Faches«, mischt sich nun auch wieder Josef Krainer ein, der keine Ahnung hat vom grafischen Arbeiten am PC und endlich den wohlverdienten fragwürdigen Blick seiner Kollegin erntet.

In Willibald Adrian Metzgers Hirn rumort es. Denn das kennt er nur allzu gut: Da reicht es, mit offenen Augen an städtischen Großbaustellen, an Einkaufszentren, Seebühnen oder Flughäfen vorbeizuspazieren. Vordergründig blank polierte gläserne Fassaden, die um Unsummen in Milliardenhöhe errichtet wurden, von denen ein paar Hunderttausender als staatliche und vor allem stattliche Altersvorsorge auf etliche Auslandskonten geflossen sind, während hintergründig das tragende verborgene Gemäuer bereits mit dem Zeitpunkt der Fertigstellungsanzeige marode vor sich hin zu bröckeln beginnt.

Genauso kommt es ihm jetzt vor: Geblendet von der Wucht aller gegen Rupert von Leugendorf sprechenden Beweise, wird das Video zu einer Nebensächlichkeit degradiert. Richtig aufgebracht ist er jetzt, der Metzger: »Soviel ich aus den Berichten weiß, an denen man ja kaum vorbeikann, hat der Linkshänder Rupert von Leugendorf ohne die Aussage meiner Schwester kein brauchbares Alibi und keine Entlastungszeugen. Er hatte mit Ausnahme zu Eduard Pospischill Bezug zu allen Opfern, außerdem wurde bei ihm die Tatwaffe gefunden. Er ist mittlerweile das mediale Feindbild Nummer eins, er kann sich mit Händen und Füßen wehren, er ist chancenlos. Es hat also, wie Sie vorhin gesagt haben, Herr Kogler, alles Hand und Fuß. Wenn Sie mich fragen, sind das aber gar ein bisserl viele Extremitäten für eine einzige Person, finden Sie nicht auch? Und nun gestatten Sie mir in Anbetracht dieses Videos, auf dem eine Person zu sehen ist, die nicht einmal ansatzweise eine Ähnlichkeit mit Rupert von Leugendorf aufweist, diesen Gedanken: Was ist, wenn der Täter genau das mit seinen Taten bezweckt? Was ist, wenn der Mörder nur deshalb mordet, weil er Rupert von Leugendorf von Anfang an genau da hinhaben wollte, wo er jetzt gerade steht, wenn es ihm nur darum geht, Rupert von Leugendorf zu vernichten, wenn jedes Opfer nur diesem Zweck dient? Was ist, wenn der Mörder oder die Mörderin jeden hier herinnen die ganze Zeit an der Nase herumgeführt hat, und die Einzigen, die ihm oder ihr bisher wirklich ernsthaft in die Quere gekommen sind, abgesehen von meiner seltsamen Begegnung im Wald, sind Philipp Konrad, Eduard Pospischill und in gewisser Weise auch Sophie Widhalm!«

Jetzt ist es still im Raum. Aufmerksam blicken alle Augen auf den Metzger, denn nichts von dem, was er gerade von sich gegeben hat, ist unsinnig, ganz im Gegenteil. Dann kontert Gerhard Kogler: »Und die Internetgeschichte? Denn all das wissen wir erst, seit eine aufmerksame Benutzerin bei der Polizei aufgetaucht ist und seitdem Sie, Herr Metzger, auf das Kennzeichen gekommen sind! War das auch vom Täter geplant? Das Internetcafé, von dem aus die Einträge gemacht wurden, man kennt Rupert von Leugendorf dort sogar, die Lage des Cafés ganz in der Nähe seiner Wohnadresse? Wer das alles bewusst so koordiniert, muss ein Genie mit übersinnlichen Kräften sein.«

»Mit Internet kenn ich mich zu wenig aus, aber in einem Punkt bin ich mir sicher: Menschen haben das erfunden, und Menschen betreiben es, also funktioniert es wie alles andere auf dieser Welt. Garantiert kann man sich das also zunutze machen. Abgesehen davon, bin ich überzeugt, dass die Polizei auch ohne meinen lächerlichen Rückschluss von Kammerton auf das Kennzeichen ganz von allein bei Rupert von Leugendorf gelandet wäre. Und jetzt wiederhol ich mich: Was ist, wenn der Mörder oder die Mörderin jeden oder jede hier herinnen die ganze Zeit an der Nase herumgeführt hat?«

Irene Moritz ist blass geworden, sie steht auf, geht langsam zum Fenster, stützt sich mit beiden Händen auf das Fensterbrett und blickt regungslos hinaus. Schließlich dreht sie sich um, eiskalt sind ihre Gesichtszüge, klar ihre Stimme: »Gebt mir das erste Phantombild!«

Lange betrachtet sie die beiden nebeneinander vor ihr liegenden Bilder. Dann hebt sie den Kopf: »Das wird nichts werden, Herr Metzger, mit diesem vagen: ›Philipp hat am Tag des Mordes an Galina Schukowa mit einem Mobiltelefon ein Video gemacht und an einen Freund weitergeleitet, der unerkannt bleiben will.‹ Philipp ist mit diesen Bildern eventuell unmittelbarer Zeuge in einem Mordfall, er gilt als vermisst, ich will wissen: Wo hast du dieses Video her, Oskar? Warum bekommen wir es erst jetzt zu sehen? Vielleicht ist Ihr Sakko ja doch nicht nur rein zufällig zurückgekommen, Herr Metzger? Und für alle anderen hier herinnen gilt: Heute ist Tag eins. Wir suchen eine Frau, fünfunddreißig bis vierzig Jahre alt, hager, groß. Augenfarbe braun, schmale Lippen, aufgrund der kleinen Hasenscharte sehr üppig geschminkt, schmale Nase, Muttermal unter dem rechten Auge, die Frisur hier könnte echt sein. Machen Sie noch einen Ausschnitt, Homolka, aber nur vom Gesicht. Ich will Bilder in allen Zeitungen! Ich will, dass dieser Sven im Spital von nun an bewacht wird. Bringt mir den Mühlbach her, den werden wir in trauter Zweisamkeit ein wenig zusammenhocken mit seinem Freund, vielleicht fliegen da ja die Funken. Ich glaub diesbezüglich nämlich mittlerweile eher Sophie Widhalm und Rupert von Leugendorf. Und Sie, Homolka, Sie wissen, was Sie zu tun haben, Sie nehmen das Video unter die Lupe!«

»Ja, ich weiß, was zu tun ist. Wird zur völligen Zufriedenheit erledigt!«

Dann folgen die letzten Anweisungen: »Kogler, Du setzt den Haufen hier in Bewegung! Herr Metzger und Oskar mit mir!«

55

Oskar ist wie verwandelt. In sich gekehrt, lässt er die Fragen über sich ergehen und erklärt mit kurzen, abgehackten Worten, er habe, so wie beinah jeden Tag, Sven im Spital besucht, sich aus den Privatsachen im Kasten des Krankenzimmers das Handy herausgesucht und sich dann von einem Freund, dessen Namen er niemals sagen werde, dabei helfen lassen, an die Daten und somit an das Video zu kommen. Es sei ihm einfach unangenehm gewesen, jedem hier offiziell von diesem kleinen Diebstahl zu erzählen. Das sei alles.

Mehr kann und muss Irene Moritz aus ihm dann nicht mehr herausholen. Nur der Metzger bemerkt, dass irgendetwas nicht stimmt. Beim Verlassen des Kommissariats will er schließlich mit dem starr vor sich hin blickenden Jungen ein Gespräch beginnen und erhält als einzige Antwort: »Ganz anders ist das, ganz anders.«

Ganz anders nimmt der Metzger nun auch seine Umwelt war. Das liegt vor allem daran, dass ihn dieser Film und die schrecklichen Schilderungen seiner Halbschwester vieles mit anderen Augen betrachten lassen. Und wie der Restaurator wenig später grübelnd in seiner Werkstatt zwischen den Mühlbach-Möbeln herumspaziert, ergeht es ihm, als würde er durch ein Fenster direkt in die Hölle sehen.

Vorbereitet wird dieser Einblick durch jenen Gedanken, der ihm bereits am Frühstückstisch im Palais und dem damit verbundenen paarweisen Auftreten von Eugen und Rupert gekommen war: Da haben sich genau die Richtigen zu einer ekelerregenden brüderlichen Symbiose zusammengeschlossen. Wie zweieiige Zwillinge, gezeugt von denselben bösen Geistern, wirkten die beiden auf den Metzger.

Und justament genau bei diesen Überlegungen läuft er nun in seinem Gewölbekeller gedankenverloren gegen sein aktuelles Werkstück. Durch den Aufprall gerät der Kasten in Bewegung, rutscht von seinem als Ersatz gedachten vierten Bein, also dem untergeschobenen Ratgeber, und verliert, wie das halt so ist, wenn einem etwas untergeschoben wird, hoffnungslos das Gleichgewicht. Krachend schlägt er am Boden auf. Ja, dem Metzger kommt es sogar so vor, als hätte ihn das Möbel anrennen lassen, sich seinen Gedanken in den Weg gestellt, aus voller Absicht.

Da liegt er vor ihm, der Kleiderschrank, und auch die Wahrnehmung dreht sich. Genauso wie es von Danjela Djurkovic angekündigt wurde: »Ist Ratgeber auch gute Unterlage für Leben! Dreht sich um Perspektive, wirst du noch machen Augen!«

Langsam geht Willibald Adrian Metzger in die Knie und starrt erschüttert auf die ehemals tapezierte Innenwand. Denn dieses Bild der bösen Geister hat mittlerweile auch in der Wirklichkeit seine Darstellung gefunden. Mit einer ins Gesicht gemalten, erschreckend gelungenen gezeichneten Niedertracht lachen sie ihm aus dem Kasteninneren entgegen, wenn auch auf den Kopf gestellt, wie Abbildungen aus dem Reich der Finsternis: die beiden noch nicht weggeschliffenen Strichmännchen am Galgen, die zwei Totenköpfe, die zwei aufgespießten Köpfe, die zwei Köpfe mit blutenden Einschusslöchern, die zwei Köpfe am Fuße eines Schafotts und die zwei Gräber. Wer immer das gezeichnet hat, eines steht jedenfalls fest: Superhelden dürften diese beiden Figuren in den Augen des Künstlers keine gewesen sein.

Und die Gewissheit darüber, welche realen Vorlagen hier Modell gestanden haben müssen, drückt dem Metzger nun den Schweiß aus den Poren. Den kalten Schweiß. Gewissheit deshalb, weil der Metzger jetzt natürlich auch die beiden auf den Gräbern angebrachten Symbole verkehrt herum betrachtet. Ganz anders sehen sie aus: diese nun nicht mehr nach unten hängende Krone, die den Metzger folglich auch nicht mehr an ein W erinnert, und diese deutlich dicker gezeichnete Ecke, die ehemals rechts oben, nun links unten ebenfalls einen Buchstaben verdeutlicht. Bleibt nur die Frage: Wer ist dieser Maler?

»Du brauchst was. Na dann, fahren wir?« So lautet wenig später die hellseherische Begrüßung, die ihm am anderen Ende der Leitung von Hausmeister Petar Wollnar entgegengebracht wird.

»Erst am frühen Nachmittag«, antwortet der Metzger.

Gegen sechzehn Uhr wird ohne viele Worte der in der Zwischenzeit gut präparierte Kasten eingeladen und der mit Wernher von Mühlbach vereinbarte Treffpunkt angepeilt. Er sei bei einer Hochzeit, könne zwar nicht weg, aber sich durchaus vor Ort etwas Zeit nehmen.

»Dann komm ich hin!«, antwortet der Metzger spontan.

Kurz nach halb fünf sind sie dort.

»Hier?«, stellt Petar Wollnar erstaunt fest.

Ja, heiraten kann man überall: mit gefrorenen Nasenhaaren am Gipfel des Mount Everest, mit schlackernden Wangen während eines Fallschirmsprungs, mit breiten Lippen während eines Tauchgangs, mit Gummibändern an den Beinen und toller Aussicht, auch auf eine Schädeldeckenzertrümmerung, im freien Fall vom Rand einer Staumauer und offensichtlich auch mit einem lautstarken »Ja, ich will« im höllischen Galopp vorm Wassergraben einer Pferderennbahn.

Dieses Schauspiel ist den beiden Herren aber nicht vergönnt, denn die Hochzeit im Sattel ist um diese Uhrzeit längst vorbei, das zur Unterhaltung gedachte Jagdrennen, die Königsdisziplin im Hindernissport, Tierschutz hin oder her, in vollem Gange, der Metzger schlechter adjustiert als die Stallburschen, Petar Wollnar sowieso mehr angezogen als gekleidet und die Sicht hervorragend. Von ihrer erhöhten Sitzposition aus beobachten die beiden hinter ihrer Windschutzscheibe durch einen Maschendrahtzaun das illustre Treiben auf der Zuschauertribüne. Die Männer allesamt in hellgrauen Anzügen, die Frauen in roten Kleidern. Da muss es einem Brautpaar schon ziemlich an Selbstbewusstsein und Originalität fehlen, wenn es seiner geladenen Gesellschaft eine derart rigorose Bekleidungsvorschrift auf die Hochzeitseinladung drucken lässt. Wie gewollt stechen sie also unübersehbar heraus, der Bräutigam in Schwarz, die Braut in Weiß. Wobei sich da, welch Anbiederung ans Fußvolk, auch aufs Haupt des Bräutigams ein rötliches Blitzen verirrt hat.

Heftig sind die Anfeuerungsrufe. Entsprechend heftig hetzen die Jockeys ihre Rösser über den Parcours. Riesige Hecken wachsen quer über die Rennbahn, hinter manchen befinden sich noch zusätzlich Holzbalken und direkt vor der Tribüne ein Wassergraben. Durchs geöffnete Fenster hören der Metzger und der Wollnar die männliche Stimme aus den Lautsprechern: »Naxos in etwa eine Länge vor Mephisto, drei Längen dahinter Black Lady, gefolgt von Deep Lake und Shiver, das letzte Hindernis haben alle glatt genommen, es geht jetzt auf die Diagonalbahn und den nächsten Sprung zu.«

Zumindest vom Auto aus kommt es dem Metzger so vor, die Pferde springen mehr durch die Büsche hindurch als darüber, und zwangsläufig stellt sich der Gedanke ein: Wie soll sich das bei Hecken mit dahinterliegenden Balken ausgehen, beziehungsweise soll es sich überhaupt ausgehen? Wer immer auch an diesem Irrwitz einen Spaß haben soll, die Gäule sind es mit Sicherheit nicht.

Mit Ferngläsern vor den Augen steht die Hochzeitsgesellschaft auf der Tribüne und beobachtet das Rennen, mit offenen Mündern hocken Petar Wollnar und Willibald Adrian Metzger auf löchrigen Stoffsitzen und beobachten das Treiben, mit einem Lächeln steht Wernher von Mühlbach neben dem Seitenfenster und beobachtet seine Verabredung. Dann klopft er, und im Inneren des Wagens schlagen zwei Herzen höher.

»Orte ich da eine gewisse Begeisterung für den Rennsport? Samstag, Punkt siebzehn Uhr, hier bin ich! Hab ich Sie etwa erschreckt?«

Das hat er, der Herr Mühlbach, und dennoch sieht vor allem er so aus, als wäre ihm der Schrecken in die Glieder gefahren.

Seit ihrer letzten Begegnung muss er um Jahre gealtert sein, was kein Wunder ist, denn ohne von der geplanten Festnahme seines Sohnes zu wissen, dürfte ihm beim Studium der Berichte über Rupert von Leugendorf ein derartiger Gedanke eventuell schon gekommen sein.

»Herr Metzger, was kann ich für Sie tun?«

»Es geht um Ihre Möbel.«

In Wernher von Mühlbachs Blick mischt sich Traurigkeit: »Kann ich zu Ihnen einsteigen?«

Das geht sich schön aus: zu dritt auf der durchgehenden Bank eines alten Pritschenwagens. Nur von gemütlich kann jetzt natürlich nicht die Rede sein: »Herr Metzger, wollen Sie also nicht mehr für mich arbeiten? Bei dem, was da gerade in den Zeitungen steht, und ich gehe davon aus, der Name Mühlbach wird noch dazukommen, kann ich es Ihnen nicht verübeln!«

Nach einem tiefen Seufzer setzt er fort: »Da baut eine Familie seit mehreren Generationen etwas auf, und dann kommt der Nachwuchs und zerstört alles. Man versucht den eigenen Namen, mit dem bisher ausschließlich Gutes verbunden war, zu schützen und gerät dabei nur noch tiefer in den Abgrund. Ich …«

»Naxos und Mephisto weiter vorn, Black Lady nun Dritter und, und, und – nein! Sturz von Deep Lake beim Wassergraben, Black Lady weicht haarscharf über links aus …!«, unterbricht ihn der Platzsprecher.

»Ich bin aus anderen Gründen hier!«, erklärt der Metzger und kommt umgehend zum Thema: »Im Zuge meiner Renovierungsarbeiten bin ich auf etwas Interessantes gestoßen, was mich zur Frage geführt hat: Waren Sie schon immer der Eigentümer dieser Louis-seize-Möbel?«

Wernher von Mühlbach überlegt: »Das kommt darauf an. Die Möbel standen in einem unserer früheren Nebengebäude. Dieses Haus ›Am Mühlengrund 1‹ gehörte immer zum Besitz, wurde 1946 von meinem Vater seinem Angestellten Heinz Reichert aus Dank für dessen Treue während der Kriegsjahre überschrieben und von mir vor etwa fünfzehn Jahren zurückerworben. Sie kennen das Bauwerk. Es ist heute der Gasthof ›Zum Goldenen Bären‹.

Die Louis-seize-Möbel habe ich aufgrund ihres Wertes ins Palais übersiedelt.«

»Das heißt, der Kleiderschrank war zwar immer auf Ihrem Anwesen, nicht aber im Palais, sondern Am Mühlengrund 1.«

Der Metzger, der ja nun den Platz in der Mitte eingenommen hat, bittet den auf Tuchfühlung sitzenden Herrn Mühlbach auszusteigen, tut es ihm gleich und öffnet die Ladefläche des Pritschenwagens.

»Warum um Himmels willen haben Sie den Kasten hergebracht? Und verkehrt aufgestellt ist er auch noch?«

Eine Handbewegung des Metzgers in Richtung der entsprechenden Stelle reicht als Erklärung: »Darum!«

Herr Mühlbach muss lachen. »Wegen der Schmierereien? Das ist ja lustig. Bekommen Sie das nicht weg? Das hätte ich Ihnen doch auch am Telefon sagen können, Sie hätten sich da doch nicht extra herbemühen müssen. Immerhin habe ich das vor Jahren selbst abgedeckt. Ist doch nicht schön, so ein Gekritzel!«

Der Tapezierer war also der Freiherr selbst, geht es dem Metzger entsetzt durch den Kopf.

»Ja, deshalb bin ich hier. Mir geht es aber nicht um die Frage, wie ich das herunterbekomme, sondern wie das hinaufgekommen ist!«

Verwundert ist der Blick des Freiherrn: »Woher soll ich das wissen? Ein Kind wahrscheinlich.«

»An ein Kind hab ich auch schon gedacht, in gewisser Weise sogar an Ihres. Sie haben mir ja kürzlich erst erzählt, Rupert und Eugen seien eng miteinander befreundet. Wie lange schon?«

»Leider seit sie Kinder waren. Rupert ist ja eigentlich bei uns aufgewachsen!«

»Wenn man diese Abbildungen hier betrachtet, muss jemand schon einen ziemlichen Zorn auf zwei Menschen gehabt haben, um sie immer wieder derart düster und verborgen in einem Kasten zu verewigen! Und weil diese sehr teuflisch dargestellten Figuren stets paarweise auftreten, bin ich stutzig geworden. Rupert von Leugendorf erwähnt, wie Ihnen ja gewiss bekannt ist, selbst in seiner ausweglosen Situation immer wieder den Namen Ihres Sohnes. Jetzt schauen Sie bitte einmal genau hin!«

Willibald Adrian Metzger deutet auf die Entdeckung von vorhin: »Betrachten Sie die Ecken der beiden Gräber. Die richtigen Buchstaben lassen sich erst erkennen, wenn der Kasten so wie jetzt auf dem Kopf steht.«

Die leise Stimme des Freiherrn erfüllt das Innere der Ladefläche: »M und L. Mühlbach und Leugendorf.«

»Das seh ich auch so!«, fügt der Metzger hinzu. »Aber nicht nur das, auch anderes veranlasst mich zu der begründeten Vermutung: Bei den hier gezeichneten Figuren könnte es sich um Rupert und Eugen handeln.«

»Mephisto nun vorn, Shiver weit abgeschlagen …!«

Wernher von Mühlbach wirkt äußerst bedrückt: »Auch anderes? Was für eine Vermutung?«

Lange überlegt der Metzger, dann wählt er eine unverfängliche, aber doch vielsagende Antwort: »Ganz im Vertrauen, Herr Mühlbach, sagen wir einmal so: Ich würde keinem empfehlen, in derartiger Gesellschaft auf Drückjagd zu gehen! Nun denn, ab und zu werden wenigstens dann doch die richtigen Schweine getroffen!«

Leichenblass ist Wernher von Mühlbach jetzt geworden. Ernst und traurig sieht er dem Metzger in die Augen: »Könnten wir wieder einsteigen?«

Lauschig zusammengerückt, ergreift er hemmungslos das ihm zugeteilte Wort: »Es ist schrecklich, so schrecklich. Ich hab mir schon so etwas gedacht, wie ich Sophie allein aus dem Wald kommen gesehen hab, und zum Himmel gebetet, es würde anders sein. Aber es ist sinnlos. Beten ist so sinnlos!«

Es folgt eine lange Gedankenpause. Dann greift der Freiherr mit glasigem Blick nach der Hand des Restaurators: »Glauben Sie mir, es tut mir so unendlich leid. Ja, in manch schwachen Momenten auch deshalb, weil dieses elende Schwein nur am Ohr erwischt wurde. Wie geht es Sophie, sagen Sie mir, dass es ihr gut geht, bitte, sagen Sie mir, es ist, es ist nicht, es …« Wernher von Mühlbach gerät ins Stocken, zusammengesunken ist seine Haltung, gebeugt sein Kopf. Dass er sich offenbar eine Vorstellung davon machen kann, was passiert sein könnte und zum Glück nicht wirklich passiert ist, erstaunt den Metzger ebenso wie der Inhalt dieser Bemerkung.

»Sie hat Glück gehabt, Sophie hat wirklich Glück gehabt. Nur derjenige, der seinen eigenen Sohn hier eines Verbrechens bezichtigt, sind Sie, Herr Mühlbach, ich will das nur feststellen, auch vor Zeugen!«

Petar Wollnar blickt bemüht unbeteiligt beim Fenster hinaus, ihm ist es ja bereits unangenehm genug, an diesem Gespräch überhaupt teilhaben zu müssen, da braucht man ihn nicht auch noch zu erwähnen.

»Gestatten Sie mir die indiskrete Frage: Laut Zeitung wurden die betroffenen Frauen jedes Mal von den Leugendorfs erpresst. Sie werden Ihren Sohn wohl ebenso jahrelang auf diese Weise gedeckt haben!«

»Ja, ich habe ihn gedeckt, gegen mein Gewissen, und ich hasse mich dafür, an jedem verdammten Tag. Auch ich bin erpressbar, Herr Metzger. Mehr möchte ich dazu nicht sagen! Aber damit ist es jetzt vorbei. Endgültig vorbei! Wenn dieses Thema öffentlich wird, und das wird es, werde ich nicht mehr schweigen, das bin ich meiner verstorbenen Frau und meinem Namen schuldig. Und ich denke, Sie können, was diese Abbildung betrifft, getrost davon ausgehen, mit Ihrer Vermutung absolut richtig zu liegen.«

Natürlich ist er verblüfft über die Offenheit des Herrn Mühlbach, der Metzger, alle Fragen sind aber noch nicht geklärt: »Jetzt interessiert es mich aber schon, wer da vor Ihrem Rückkauf zuletzt in dem Haus Am Mühlengrund 1 gewohnt hat.«

»Ganz am Ende nur mehr die Reichert-Tochter!«

»Allein?«

»Ja, nur sie mit ihrem Kind.«

»Also nicht allein.«

»Für die Reichert-Tochter muss sich das aber beinah wie allein angefühlt haben. Eine ganz eine schreckliche Geschichte war das: zuerst Vater, Mutter und zwei Kinder, Zwillinge. Dann ist die Tochter gestorben, Selbstmord. Im Wald hat sie sich erhängt mit dreizehn oder vierzehn Jahren, stellen Sie sich das vor. Ja, und dann ging auch noch die Ehe auseinander.«

Willibald Adrian Metzger ist schockiert, die Gedanken, die dem Metzger nun im Zusammenhang mit dem Selbstmord des Mädchens kommen, schnüren ihm die Kehle zu. Es dauert, bis er wieder Worte findet: »Hat die Reichert-Tochter auch zuletzt noch Reichert geheißen?«

Herr Mühlbach überlegt: »Während ihrer Ehe wohl eher nicht, aber wer weiß. Liiert war sie mit dem Vater ihrer Kinder ja länger, jedenfalls länger als dann mit all den anderen Herren. Und wenige waren das gerade nicht, das sag ich Ihnen. Viele von ihnen haben bei uns am Hof gearbeitet und sich quasi die Klinke in die Hand gegeben. Jedenfalls muss sie nach der Scheidung wieder ihren Mädchennamen angenommen haben, denn eines weiß ich mit Sicherheit: Im Kaufvertrag steht Henriette Reichert. Für mich war sie sowieso immer nur die Reichert-Tochter und immer ein rotes Tuch. Nach dem frühen Tod der Eltern ist mein Kontakt dorthin völlig abgebrochen. Nur, wenn ich mich jetzt recht zurückerinnere, fällt mir schon ein: Ihre Kinder, aber die Namen weiß ich nicht, haben eine Zeit lang mit Eugen und Rupert zusammengesteckt.«

»Und offenbar nicht sehr viel Spaß daran gehabt!«, ergänzt der Metzger.

Freiherr von Mühlbach ist leichenblass: »Um Gottes willen!«

»Hatte das zweite Mädchen eine Hasenscharte, ein Muttermal unter dem rechten Auge und dunkles, glattes Haar?«, brennt es dem Metzger nun auf den Lippen.

»Glattes Haar kann sein, ich glaub aber eher, es war ein Lockenkopf, Muttermal vielleicht, aber Hasenscharte garantiert nicht, an so eine Auffälligkeit könnte ich mich erinnern. Genauso wie ich mir gemerkt hab, dass das zweite Kind sicher ein Bub war. Es waren zweieiige Zwillinge. Henriette Reichert hat zuletzt mit ihrem Sohn in diesem Haus gelebt.«

Ein Sohn? Damit hat der Metzger nun wirklich nicht gerechnet. Ein Sohn, der wahrscheinlich nicht Reichert geheißen hat, denn dem Namen des Kindes wird man die Scheidung ja nicht ansehen.

Im Hintergrund bricht Jubel aus, das Rennen scheint beendet, Wernher von Mühlbach dreht sich um und meint: »Ich sollte zurück, so schwer das jetzt ist. Hochzeit meines Patenkindes Albert, Sie kennen ihn von unserem ersten Treffen im Konzert. Es heißt ja bei Patenkindern: Außer Spesen nix gewesen! Bei dem Jungen ist das aber anders: Ein feiner Kerl ist das, sozusagen die Lebensversicherung meines Namens. So hoch steht der bei mir im Kurs, da wird mein Sohn noch Augen machen.«

56

Danjela Djurkovic ist nach den letzten Räumarbeiten in ihrer alten Wohnung durch die Zimmer spaziert und nun erstmals völlig erfüllt von der Erkenntnis, dass eine Lebensphase zu Ende geht. In all dem Taumel der letzten Tage, all dem Schmerz und all dem Bedürfnis nach Zweisamkeit war für diese Empfindungen bisher einfach kein Platz gewesen.

Ihre Schulwartwohnung hat sich im Laufe der Jahre von einem rein zweckdienlichen Unterschlupf zu einem wirklichen Zuhause gewandelt. Hier gab es nichts von der Verachtung und Diskriminierung zu spüren, mit der sie außerhalb dieser vier Wände zu kämpfen hatte. Nachdem sie illegal eingewandert war, wurde sie einst von ihrem Cousin an einem der Wirtshaustische beim Novak dem so anständigen, schon etwas älteren und alles andere als schönen Schulwart Hans Djurkovic vorgestellt. Und dann lag sie plötzlich vor ihr auf dem Tisch, die beste Lösung zum Erhalt des Bleiberechts, ausgehandelt von zwei Männern, deren Sprache sie nicht verstand. Die Übersetzung ihres Cousins lautete: »Der Djurkovic nimmt dich zur Frau, unter der Voraussetzung, dass du für ihn den Haushalt schupfst, ihm in der Schule hilfst, für ihn sorgst, besonders wenn er alt ist, ihn nicht allein sterben lässt und bei ihm einziehst, natürlich in ein Extrazimmer – na, bin ich ein Verhandlungskaiser!«

Unter einer Hochzeit hatte sich die Danjela zwar etwas anderes vorgestellt, aber besser zu viert, also mit zwei Trauzeugen auf dem Standesamt in einem kalten Amtszimmer auf Plastiksesseln, als allein dorthin zurück, wo sie herkam.

All die Jahre war er gut zu ihr, der Hans Djurkovic, hat sich um sie gekümmert, sowohl finanziell als auch menschlich, nie schlecht behandelt, sie nie genötigt und von seiner Frau beinah alles bekommen, wovon ein Mensch nur träumen kann, sogar nach langem Leiden die warme Hand zu Hause am Sterbebett. »Wie haben wir das nur geschafft!«, hat er seine Danjela an seinem letzten Tag noch gefragt.

»Ist ganz einfach. Am Anfang war Respekt, jetzt ist Liebe!«

Lächelnd gestorben ist er, der Herr Djurkovic.

»Lebst du wohl, warst du eine so anständige Mensch!«, flüstert die Danjela ihrer Wohnung zu. »Geh ich weg, aber lass ich dich nix allein, machst du dir keine Sorge, alter Junge. Und gibst du mir jetzt Segen, für was kommt da Neues.«

Dann schließt sie die Tür. Sie wird die Wohnung zwar hin und wieder benutzen, eingezogen ist sie aber längst woanders. Und Abschied nehmen, wenn es Zeit ist zu gehen, kann man nicht früh genug.

Im Spital ist es ruhig, so wie immer. Besucher sind auf einer psychiatrischen Abteilung in etwa so häufig anzutreffen wie Katholiken in Beichtstühlen. Vielleicht, weil dieser Blick auf den hinter Gittern im Dunkeln sitzenden Geist, der nur schemenhaft zu einem durchblickt, tiefe Ängste hervorruft – wobei im Falle des Beichtstuhls nicht gesagt ist, dass da auf der anderen Seite überhaupt jemand sitzt. In der Psychiatrischen ist der Mensch aber immer vorhanden, und selbst wenn dieser Mensch so wie zurzeit Trixi Matuschek-Pospischill nichts spricht, hört er vielleicht aufmerksamer zu, als man glauben mag, und hat am Ende mehr zu sagen als: »Drei Vaterunser, vier Gegrüßet seist du Maria und ein Kerzerl beim Hauptaltar!«

Und irgendetwas muss ihr erzählt worden sein, der Trixi, denn wie die Danjela ihr Zimmer betritt, liegt ein vor sich hin weinendes Häufchen Elend im Bett.

»Wenn sie mal zu heulen anfängt, können wir uns schon freuen!«, wird der Djurkovic aus dem Hintergrund erklärt.

Ein junges philippinisches Fräulein steht lächelnd beim Fenster. An ihrem blauen Kittel steckt ein Schild mit dem Namen Mary Joy. Liebevoll begrüßt sie den Stammgast, wendet sich der Patientin zu und verdeutlicht, was den Unterschied ausmacht zwischen prämortaler Säugetierbetreuung auf Schlachthöfen und Krankenpflege – und den kennt nicht jeder hier.

Mary Joy jedenfalls wendet sich der Patientin zu, spricht freundlich auf sie ein und erzählt auf diese Weise dem Besucher, was er wissen muss: »Na, liebe Frau Matuschek-Pospischill, geht es Ihnen ja heute schon besser, schön. Weinen Sie nur, solange es geht. Die Frau Djurkovic ist auch wieder da. Jeden Tag kommt sie zu Ihnen, so eine tolle Freundin haben Sie. Ganz still wird sie jetzt bei Ihnen sitzen bleiben, gell. Denn die brauchen Sie dringend, die Ruhe, damit alles schön herauskann, ohne Ablenkung, das wissen wir ja, machen Sie sich also keine Sorgen, liebe Frau Matuschek-Pospischill!«

Beim Hinausgehen nickt sie freundlich und bedeutet, still zu sein.

Nur, wie soll die Djurkovic da still bleiben, denn es dauert nicht lange, und zu den bitteren Tränen ihrer Freundin mischen sich Worte: »Wir schaffen das, wir schaffen das!«

»Ja, Trixi, schaffen wir alles«, antwortet sie, auch wenn mit diesem Wir von der Gegenseite ganz wer anderes gemeint war.

Jetzt ist es natürlich ein ureigenes menschliches Bedürfnis, Neuigkeiten umgehend weiterzuerzählen. Und dass Trixi Matuschek-Pospischill langsam aus ihrer Erstarrung zurückkehrt, ist ohne jede zeitliche Verzögerung erzählenswert. Wenn es nur jemanden zum Erzählen gäbe. Danjelas Willibald ist mit Petar Wollnar unterwegs, und Sophie Widhalm hebt nicht ab.

57

Die Dinge sind etwas außer Kontrolle geraten, obwohl es ihm die ganze Zeit um nichts anderes ging, als sie zu kontrollieren. Nicht, dass er sich deshalb sorgen würde. Alles lässt sich richten. Still und heimlich ist neben ihm eine Front herangewachsen, die ihm nun entgegentritt.

Alles ist bisher perfekt gelaufen: das Wählen des Zeitpunktes, die lange Vorbereitung, das ewige Recherchieren, die Auswahl der Opfer, die Reaktionen auf seine Köder, auch der Mord am Kommissar, nach dem schließlich alle blindwütig wie Lemminge ins offene Messer gelaufen waren, einfach alles. Bis auf die Tatsache, dass er das unerwartet Aufgetauchte völlig falsch eingeschätzt, nicht ernst genommen hat. Aus Überheblichkeit, aus derselben Arroganz heraus, mit der auch sein Ziel Rupert von Leugendorf dem Irrglauben verfallen war, ein Leben lang immun zu sein – und das ärgert ihn. Es könnte wider Erwarten doch noch etwas gefährlich werden, wenn er nicht schleunigst gegensteuert, sich einen empfindlichen Punkt sucht und dort ansetzt. Bis zum Abend muss er noch durchhalten, dann gehört sie wieder ihm, die Nacht. Und ja, es hat auch etwas Gutes, in mehrfacher Hinsicht: Er darf es erneut tun, und diesmal wird es wieder eine Frau sein, nur die Vorgehensweise muss er ändern. Und nein, er wird es nicht in seinem eigenen Namen tun müssen, denn Eugen von Mühlbach ist immer noch auf freiem Fuß. Eugen von Mühlbach, der Zuschauer. Auch zuschauen kann zum Tod anderer führen, und genau das wird die Methode sein. Sie ist dem Mühlbach-Erben wie auf den Leib geschnitten. Genauso wie das Opfer. Was liegt näher, als sie loswerden zu wollen. Langsam verrecken muss er sie lassen, ganz ohne die Courage, einzugreifen, ganz im Stile Eugen von Mühlbachs.

Er fühlt sich wieder gut, ja, alles hat seinen Sinn, er hat sich diesen glücklichen Zufall verdient.

Dann läuft es eben am Ende etwas anders.

58

Schön hat sie's hier, der Ausblick ins Grüne, die Parkgarage, der Supermarkt und die Busstation ums Eck. Sophie Widhalm liebt ihre Wohnung am Rande der Stadt. Gut, ein Partner wäre eine willkommene Abwechslung. Nach dieser neuerlich unerfreulichen Erfahrung mit Männern wird sie ihr Anforderungsprofil allerdings deutlich in Richtung jenes rar gewordenen Typs ändern, der ganz den menschlichen und, wenn es sein muss, auch körperlichen Traummaßen ihres Halbbruders entspricht. Wie ein richtiger großer Bruder hat er sich die letzten Stunden benommen, dieser vor Kurzem noch fremde Willibald Adrian Metzger.

Nach der unglaublichen Gedrücktheit der letzten Tage, die den ganzen Körper lahmgelegt hat, spürt sie endlich, wie ihre Kräfte zurückkehren. In ihrem Hausanzug, also der löchrigen Jogginghose, dem viel zu großen Leibchen, und mit einer Tafel Edelbitter zwischen den Fingern steht sie im Vorzimmer, dreht sich mit dem Rücken zum Spiegel, streckt ihr Gesäß heraus und erklärt, als wären ihre eigenen vier Wände das Sprachrohr zur Welt: »Was braucht eine Frau schon einen feschen, trainierten, wohlhabenden Mann? Einen Arsch hat sie ja schon. Und ein Arsch, aber hallo, wenn das nicht reicht!«

Was ihr umgehend bewusst werden lässt: Fast eine Woche war sie schon nicht laufen. Sie muss hinaus. Der Herbst ist ihre Jahreszeit, endlich kann sie ihren Kopf wieder unter eine wärmende Haube stecken und die kleinen Wölkchen beobachten, die ihr Atem in die Luft malt. Zufrieden sieht sie zum Fenster hinaus. Ein dichter Nebel hat sich über die Hügel gelegt, der Tag neigt sich dem Ende zu. Sie liebt es, umhüllt von diesem weichen grauen Schleier dahinzulaufen, dem Rascheln der Blätter unter ihren Füßen zu lauschen, in sich hinein- und um sich herumzuhören. Alles klingt anders im Nebel, näher, intimer, dumpfer und heimeliger. Schnell ist sie umgezogen, dann geht es hinaus.

Voll Vorfreude öffnet sie die große milchgläserne Haustür des Neubaus. Vor ihr steht ein Junge. Er betrachtet aufmerksam die Sprechanlage, wendet sich ihr zu, blickt ihr lange ins Gesicht. Es ist ihr unangenehm, sie weiß nicht, was sie sagen soll, ihr fehlt es einfach an Erfahrung mit solchen Menschen. Eine Mischung aus Mitleid und Unkenntnis lässt sie wegschauen. Zügig geht sie an ihm vorbei, nimmt ihren Schritt auf, die Forststraße entlang. Die Straßenlaternen, die in großen Abständen den Weg säumen, ragen mit matten Lichtkegeln aus der Dunkelheit, wie Blumen mit hängenden weißen Köpfen.

Ohne Mühe findet sie ihren Rhythmus, gleichmäßig strömt der Atem durch die Lungen, ihr gehört die Dämmerung, ihr allein. In leichten Bögen schlängelt sich der Weg durch den mächtigen Eichen- und Buchenwald, hinauf in die Hügel. Still ist es, friedlich still.

Dann hört sie Motorengeräusche.

Nicht dass der Metzger nach den Neuigkeiten aus dem Mund Wernher von Mühlbachs ruhiger geworden wäre, ganz im Gegenteil. Hinzu kommt der bei seiner Rückkehr in der Werkstatt blinkende Anrufbeantworter. Zwei Nachrichten wurden hinterlassen.

Die erste ist von Oskar: »Du warst nicht da. Es ist dringend! Sehr dringend! Anrufen!« Es folgt eine Ziffernfolge.

Die zweite Nachricht ist von Danjela: »Geht mir so auf Nerven, wirst du nehmen in Zukunft wieder gefälligst Handy. Also: Gibt gute und gibt schlechte Nachricht. Zuerst gute: Kommt langsam zurück aus Dunkelheit Trixi, hat heute geweint und geredet, nur mit sich, aber ist egal, Hauptsache, hat geredet. Jetzt schlechte: Will ich machen keine extra Probleme, aber hab ich kurz telefoniert mit Sophie heute Vormittag und haben wir vereinbart lange Telefonat für heute Abend. Hab ich natürlich angerufen am Abend, mehrmals, aber war nur dran Sprachbox. Normalerweise Sophie ruft zurück sofort. Außerdem hab ich noch gut in meine Ohr: ›Bin ich mobil erreichbar immer, außer ist nix gut Netz!‹ Na ja, ist Netz jetzt nix gut seit fast zwei Stunden. Weiß ich aber, will Sophie nutzen Wochenende für gemütlich Herumlungern in Wohnung und maximal für kurze Spaziergang, und weiß ich auch, Netz ist perfekt in ihre Wohnung. Ist komisch, oder?«

Da ist sogar dem während des Abhörens noch in der Werkstatt stehenden Petar Wollnar eine Bemerkung ausgekommen: »Hinfahren!«

Und recht hat er. Der Rückruf bei Oskar muss also warten, denn klarerweise geht Sophie Widhalm vor. Und weil sich der Metzger beim überschwänglichen Datenaustausch der beiden Damen vor zwei Wochen nicht einmal die Sozialversicherungsnummer seiner Schwester hätte merken können, sitzen sie wenig später einmal mehr zu dritt im Pritschenwagen: »Ist ganz leicht zu finden, Adresse von Sophie, theoretisch noch vor Morgengrauen. Also fahrst du vielleicht so, dass sind wir wenigstens für Dreijährige auf Dreiradler keine Hindernis!« Eine Liebesbeziehung wird das zwischen dem Wollnar und der nunmehrigen Mitbewohnerin seines besten Freundes zwar nie werden, dennoch erfährt die Bitte, die ja im Grunde keine Bitte war, Gehör – was nichts daran ändert, dass Sophie Widhalm nicht zu Hause ist.

Nachdem Danjela Djurkovic eine Weile auf den Knöpfen der Sprechanlage herumgedrückt hat, erweist sich glücklicherweise doch noch ein Eigentümer als ausreichend dumm und rücksichtslos gegenüber den Mitbewohnern dieses Gebäudes und öffnet, ohne nachzufragen. Nach mühsamem Aufstieg in die letzte Etage stehen die drei schließlich vor der verschlossenen Wohnungstür Sophie Widhalms. Einige Minuten wird abwechselnd geklopft und heftig geläutet, was insofern nicht völlig sinnlos ist, da zumindest der hinter dem Türschild mit der Aufschrift »Hartlieb« wohnhafte Nachbar reagiert.

Unwirsch tritt er ins Stiegenhaus – ein in diesem knallroten Flanelljogginganzug durchaus als mutig zu bezeichnender Akt: »Ein bisserl laut für einen Einbruchsversuch, finden S' nicht auch? Wollen S' noch ein Zeiterl probieren, oder stört es Sie, wenn ich gleich ein Einsatzfahrzeug herbestell?«

»Na, wenn ich so anschau rote Pyjama«, erwidert die Djurkovic umgehend, »dann wird Einsatzfahrzeug wahrscheinlich kommen von Feuerwehr. Brauch ma aber Polizei, kann ich nämlich wirklich nix glauben, dass Sophie ist gerade bei Hartlieb auf kleine Imbiss, oder?«

Das Gesicht des Betroffenen nähert sich dem Farbton seiner Bekleidung, und weil nun auch der Metzger allmählich zu einer beschwichtigenden Wortmeldung imstande ist, folgt endlich ein höfliches Vorstellen der angerückten Truppe.

»Ah, der Bruder sind Sie, warum sagen Sie das nicht gleich!«

Ein vielsagender Blick trifft die einzige anwesende Dame, dann erklärt Herr Hartlieb: »Ich hab sie gegen sechzehn Uhr gesehen, da ist sie laufen gegangen.«

Das war vor mehr als drei Stunden.

59

»Müssen wir in Werkstatt sofort Polizei verständigen!« Die Djurkovic hat während der Heimfahrt Tränen in den Augen und ist kaum zu stoppen, was sich diesmal auch ohne Sonderkommando auf den rechten Fuß Petar Wollnars auswirkt. Ja, da hat es von der ersten Begegnung an gefunkt zwischen den beiden Damen, was nichts anderes bedeutet, als dass dem Metzger, ob er nun will oder nicht, weibliche Unterstützung zuteilwird.

Nicht nur, denn vor der Werkstatt wartet Oskar. Unruhig läuft er zuerst hin und her, den Schweiß auf der Stirn, das Skateboard in der Hand, den Rucksack geschultert. Dann kommt er eilig auf den einparkenden Pritschenwagen zu. Petar Wollnar kämpft noch mit der Lenkung, da reißt Oskar bereits die Tür auf und packt den Metzger am Ärmel. »Sehr dringend, hab ich gesagt, oder? Hab ich das nicht gesagt! Jetzt ist alles noch schwieriger.« Tränen des Zorns stehen ihm in den Augen.

Danjela Djurkovic und Petar Wollnar sehen dem Jungen fassungslos ins Gesicht. Beinah stürzt er, der Metzger, so energisch wird er zur Werkstatt gezerrt, beinah hebt sie sich aus ihrer Verankerung, die Glocke, so heftig stößt Oskar nach dem Aufsperren die Tür auf, und beinah werden die Treppen dem Jungen zum Verhängnis, so ungestüm stürmt er zur Werkbank und öffnet seinen Laptop: »Ganz anders, ganz anders!«

Es dauert, bis das Gerät hochgefahren ist, und das diesmal von Oskar bearbeitete Standfoto der gesuchten Dame am Bildschirm erscheint, und es dauert, bis Willibald Adrian Metzger überhaupt durchschaut, worum es hier geht.

»Ja, das sieht anders aus. Ich bin zwar diesbezüglich ein völliger Laie, aber das Ergebnis einer Fotobearbeitung hängt doch auch vom Computer ab, oder seh ich das falsch. Was regt dich da so auf?«

»Ja, völliger Laie stimmt! Falsch sehen stimmt auch!« Oskar schweigt, ohne eine weitere Erklärung hinzuzusetzen, und dann versteht er, der Metzger. Ein beunruhigender Gedanke findet inmitten des Gewölbekellers seinen Ursprung, auch wenn er mit dem, was ihm Herr Mühlbach vorhin unterbreitet hat, ganz und gar nicht zusammenpasst. Nur, welche von den wirklich bedeutsamen, epochalen Entdeckungen machte auf den ersten Blick schon Sinn? Da mussten sich große Köpfe oft ein Leben lang das Hirn zermartern, um dieses eine winzige Bindeglied zu finden, das aus vielen Einzelteilen ein ewig währendes, logisches Ganzes werden ließ. Ein immer schon existentes, nur bisher noch nie zuvor gesehenes Ganzes wohlgemerkt.

»Der Teufel steckt im Detail!«, denkt der Metzger, das hat ja schon seine Mutter immer gesagt. Und in diesem Fall kann von Teufel wahrlich die Rede sein.

Irene Moritz ist verwirrt. Großen Respekt hat sie die letzten vierundzwanzig Stunden diesem Metzger gegenüber entwickelt, und nun wird ihr zu vorgerückter Stunde am Telefon in gebieterischem Tonfall befohlen: »Allein, unbedingt allein!« Alle Bemühung des Restaurators gut und schön, aber das erscheint ihr beim besten Willen ein wenig kindisch. Außerdem hätte das, sehr zur Freude Gerhard Koglers, seit Ewigkeiten einmal wieder ein gemütlicher Abend werden sollen, und dann darf sie ihren Liebsten nicht einmal mitnehmen?

Obwohl, gemütlich sieht es da im Lichtschein hinter der Fensterscheibe schon aus. Irene Moritz steigt die Treppe hinunter, öffnet die Tür zu dieser heimeligen Werkstatt, hört den hellen Klang des Glöckchens und fühlt sich zurückversetzt in ihre Kindheit. Es will und will ihr nicht aus dem Kopf, dieses Bild: sie als kleines Mädchen am Sofa sitzend, an ihren Füßen die übergroßen Schlumpfhauspatschen und vor ihren Augen Meister Eder und sein Pumuckl. Zusammen mit ihren beiden älteren Brüdern hat sie vor dem Bildschirm gehockt, und heute noch, wenn sie zusammentreffen, wird einer der beiden Herren seine Hand vor die Augen nehmen, mit herausgestreckter, vibrierender Zunge unverkennbar die Pumuckl-macht-sich-unsichtbar-Tonfolge zum Besten geben und das Schwesterchen mit kindlicher Stimme nachäffen: »Bin ich jetzt verschwunden, ja? Ich bin doch jetzt unsichtbar, oder?«

Genau diesen Wunsch wird Irene Moritz in Kürze beim Verlassen der Werkstatt verspüren: mit der Hand vor den Augen verschwinden zu können vor dem, was ihr da an Wahrheit ins Gesicht starrt. Vorerst sind es aber nur der Restaurator, wieder dieser sonderbare Junge, eine unbekannte Frau, die als Danjela Djurkovic vorgestellt wird, und ein unbekannter Mann namens Petar Wollnar. Und wenig später kommt auch das Foto hinzu, welches am Nachmittag schon zur Genüge im Kommissariat betrachtet wurde.

»Wie meinst du das?«

Irene Moritz ist fassungslos, deswegen ist sie extra hergebeten worden? Verärgert starrt sie auf den Bildschirm des Laptops, den ihr Oskar mit den Worten: »Sieht anders aus!« vors Gesicht drückt.

»Ja, Mensch, das seh ich selbst. Nur verzeih, ich will dein Können nicht schmälern, aber der Fachmann, der sitzt unter Garantie bei uns am Revier und nicht hier in der Werkstatt. Wegen einer Hasenscharte und eines Muttermals, die du bei deiner Vergrößerung nicht zu sehen bekommen hast, mach ich jetzt keinen Wirbel bei den Medien und lass die Bilder ändern. Der Homolka soll das von mir aus noch einmal überprüfen. Das darf doch nicht wahr sein, dass Sie mich deshalb haben kommen lassen, Herr Metzger, am Samstagabend!«

Zur daraufhin vom Metzger angekündigten Kastenbesichtigung und der aufgebracht von Danjela vorgetragenen Vermisstenmeldung wird immer noch etwas verärgert geantwortet: »Vielleicht ist Sophie Widhalm auch einmal froh, irgendwo ein wenig Ruhe zu haben!«

Oskars Augen zwinkern nervös, sein Kopf ist zur Seite geneigt, er lächelt nicht mehr und wird deutlich lauter: »Du verstehst das nicht, ich …«

»Was heißt, ich versteh das nicht!«, erwidert Irene Moritz energisch und erhält eine ebensolche Antwort: Schrill und anhaltend ist der Schrei.

Mit hochrotem Kopf steht Oskar in der Werkstatt, beide Hände an seine Ohren gepresst, die Augen fest zusammengekniffen. Den Kopf zum Himmel gewandt, brüllt er sich die Kehle aus dem Leib. Petar Wollnar und auch die sonst so schlagfertige Danjela Djurkovic sind, wie schon vorhin im Auto, völlig unfähig zu einer Reaktion.

So wie er es vor ein paar Tagen bei der Gruppe Skateboarder gesehen hat, geht der Metzger langsam auf ihn zu, redet auf ihn ein und legt behutsam seine Hände auf die des Jungen: »Alles gut, Oskar, es ist alles gut!«

Vergebliche Liebesmüh. »Nein! Nicht alles gut, nicht gut, gar nicht gut!«

Völlig perplex stehen die Anwesenden unter dem hallenden Kellergewölbe. Wie soll man auch reagieren?

»Zeigen Sie mir jetzt den Kleiderschrank!«, wechselt Irene Moritz schließlich das Thema. Bewusst so, als wäre er nicht da, geht sie an Oskar vorbei und betrachtet das Möbelstück. Sie kennt das zur Genüge von ihren älteren Brüdern. »Wenn die zwei Affen ausrasten, einfach links liegen lassen und nicht aufregen. Die beruhigen sich ganz von selbst!«, wurde ihr von ihrer Mutter erklärt, und das hat sie umgesetzt, als lernfreudiges Töchterchen, mit unfassbarer Widerstandsfähigkeit. Eine gescheite Frau dürfte sie sein, ihre Mutter, denn es wird still. Als wäre nichts gewesen, steht Oskar plötzlich an ihrer Seite und lauscht aufmerksam der Geschichte, die der Metzger nun erzählt. Ohne Unterbrechung lassen die beiden den Restaurator zu Ende sprechen.

»Wichtig wäre es herauszufinden, wie Henriette Reichert während ihrer kurzen Ehe geheißen hat«, lautet sein Schlusssatz.

Irene Moritz meint dazu mit nicht überhörbarem Sarkasmus: »Na, dann werd ich, obwohl wir ja eigentlich gar keinen Sohn, sondern eine Tochter suchen, trotzdem einfach meinen Kollegen Gerhard Kogler anrufen, der sich übrigens auch im Wochenende befindet, in unserem gemeinsamen wohlgemerkt.«

»Niemanden anrufen!«, mengt sich nun wieder Oskar ein.

»Gerhard Kogler ist mein Lebensgefährte, für den verbürge ich mich, und den ruf ich jetzt an. Und da kannst du von mir aus so lange brüllen, bis der Papst aus der katholischen Kirche austritt!«

Mit einer derart direkten Ehrlichkeit behandelt zu werden, das geht nicht wirkungslos an Oskar vorbei. Selten fühlt er sich so gleichwertig angesprochen, und der Metzger kann sie sehen, die Zufriedenheit in seinen Augen.

»Hallo, Gerhard, setz dich an den Computer, aber dalli. Du sitzt schon, hab ich mir's ja gedacht! Also gut, pass auf: Henriette, geborene Reichert, Tochter von Heinz Reichert, sie heißt heute vielleicht wieder oder noch immer so, aufgewachsen und lange wohnhaft Am Mühlengrund 1 draußen beim Palais Mühlbach – nein, die Adresse heißt Am Mühlengrund 1, ›Am‹ gehört zur Anschrift. Das Gebäude ist heute ein Gasthof namens ›Goldener Bär‹. Ich will alles über sie wissen, wie war ihr Name während ihrer ersten Ehe, und wie heißen die dazugehörigen Kinder. Eine Tochter und ein Sohn, die Tochter ist schon tot.«

Dann legt sie auf. Die kurze Wartezeit wird gar nicht erst durch den Versuch eines Gespräches überbrückt, sogar Danjela Djurkovic schweigt, obwohl sie dieser arroganten Dame einiges zu sagen hätte. Die Anspannung ist für jede Art der Unterhaltung einfach zu groß. Endlich läutet das Handy. »Also wa…« Irene Moritz kann ihren

Satz gar nicht zu Ende sprechen. Aus dem Telefon ist eine laute aufgeregte Stimme zu hören. Aschfahl wird ihr Gesicht, eiskalt ihr Blick. Die Wirklichkeit bricht wie ein Sturzbach über sie herein und reißt alles Gute mit. Alles Gute, woran Irene Moritz trotz ihres Berufes bisher zu glauben gewagt hatte.

Gerhard Kogler verstummt! Das Handy leicht vom Ohr genommen, bleibt sie breitbeinig stehen und starrt ins Leere.

»Was soll ich jetzt tun?«, klingt es aus dem Telefon. »Irene, bist du noch dran? Was um Himmels willen soll ich jetzt tun?«

»Noch nichts!«

Dann legt sie auf.

Keiner spricht ein Wort.

Langsam wendet sie sich dem Laptop zu.

»Oskar, mach das bitte noch größer. Bring mich an diese Augen heran, ganz dicht!«

Oskar bringt nicht nur das Foto näher heran, sondern er nimmt noch eine Veränderung vor. Verschwommen blickt ein grünes Augenpaar aus dem Bildschirm heraus, und selbst wenn es messerscharf wäre, für Irene Moritz würde es in diesem Moment genauso unklar bleiben. Tränen der Wut laufen ihr über die Wangen und tropfen auf den Steinboden.

Willibald Adrian Metzger hat keine Ahnung, was eben am Telefon gesprochen wurde, er muss die Frage aber gar nicht mehr stellen, um zu wissen: Seine beziehungsweise Oskars Vermutung, ihre größte Befürchtung, trifft zu. Nur ein Name ist jetzt noch wichtig: »Sophie Widhalm!«

60

Konzentriert blickte sie nach vorn, ganz am rechten Rand des Weges orientiert. Der Wagen näherte sich, hatte ihre Höhe erreicht und nahm ihr Tempo auf. Sophie Widhalm beschleunigte ihren Schritt, der Wagen hielt mit. Eine kurze Kopfbewegung reichte, um ihr die Insassen zu verdeutlichen: Am Steuer saß eine hagere Frau, daneben ein Junge. Genau derselbe Junge, der vorhin an ihrer Sprechanlage gestanden hatte, und genauso wie vorhin sah er gebannt in ihr Gesicht. Das Fenster öffnete sich, dann folgte in stakkatoartigem Tonfall eine unmissverständliche Anweisung: »Sophie Widhalm, geboren am 22. Dezember? Du musst mitkommen. Jetzt!«

Liebenswürdig lächelte er ihr entgegen, und ja, sie hätte es als durchaus ehrlich durchgehen lassen können, diese offenherzige Freundlichkeit, wäre da nicht die Irritation in der Hand der Frau hinterm Steuer gewesen. Das passt nämlich ganz und gar nicht zusammen: Liebenswürdigkeit und der Einsatz einer Schusswaffe.

Dann blieb der Wagen stehen, der Junge deutete auf einen Baum und begann erneut zu sprechen »Buche: 22. Dezember. Festes Holz, Symbol der längsten Nacht, Winterbeginn. Kämpft sich durch Schatten, zielorientiert. Ist geduldig, zwingt kein Glück. Mutter des Waldes. Schön!«

Paradox kam es ihr vor.

»Bitte steigen Sie ein!« Nun sprach auch die Frau. Durchaus höflich wurde Sophie im Inneren des Wagens gebeten, ihr Mobiltelefon abzugeben und beide Arme hinter dem Rücken zusammenzuführen. Wie erst kürzlich in den Mühlbach'schen Jagdgründen, nur um einiges behutsamer, wurden ihr in weiterer Folge der Mund und die Hände mit Klebebändern umwickelt. Dann befahl ihr die Frau in ruhigem Tonfall, sie möge sich doch bitte seitlich auf die Rückbank legen, reichte dem Jungen die Pistole und wendete den Wagen. Und genau diese Ruhe, diese Höflichkeit machten ihr Angst, unsagbare Angst.

Sophie Widhalm begann zu weinen.

»Keine Sorge, bald ist es vorbei!«

Irene Moritz hat trotz der heftigen Auflehnung Oskars darauf bestanden, mit Willibald Adrian Metzger und Gerhard Kogler allein in der Werkstatt bleiben zu können. Die Einbindung zu vieler Privatpersonen in das nun Folgende müsse sie aus Sicherheitsgründen unterbinden. Nur dank des Zuspruchs von Danjela Djurkovic und Petar Wollnar konnte Oskar vor die Tür gebracht werden.

Kurze Zeit später sind Gerhard Kogler und Irene Moritz mit den notwendigen Vorbereitungsarbeiten fertig, Josef Krainer mit drei weiteren Beamten eingetroffen und alle um den Werkstatttisch versammelt, auf dessen Mitte Gerhard Koglers Computer steht.

Irene Moritz beginnt zu sprechen: »Was wir hier sehen, entspricht in etwa unserem Phantombild: eine dunkelhaarige Frau, zweiunddreißig Jahre alt, mit Bubikopf, zartem, üppig geschminktem Gesicht, prall wirkenden Lippen, auffälligem Muttermal auf der rechten Wange, schmaler Nase, extravaganter Brille und braunen Augen. Bitte das nächste Bild. Hier sehen wir das Philipp Konrads Film entnommene Standbild: eine nicht ganz so dunkelhaarige Frau, zweiunddreißig Jahre alt, mit biederer, ins zarte Gesicht fallender Frisur, anders, aber doch auch stark aufgetragener Schminke, Perlenohrringen und Hornbrille …«

Josef Krainer unterbricht: »Aber da fehlen das Muttermal unter dem rechten Auge und die Hasenscharte.«

Ohne darauf zu reagieren, setzt Irene Moritz nüchtern fort: »Wenn man genau hinsieht«, Gerhard Kogler blendet nun beide Bilder nebeneinander ein, »besteht der begründete Verdacht: Es handelt sich hier um ein und dieselbe Person, bis zum vierzehnten Lebensjahr wohnhaft Am Mühlengrund 1, dort gemeinsam mit der bereits verstorbenen Zwillingsschwester Spielgefährte von Rupert von Leugendorf und Eugen von Mühlbach. Zumindest eines der beiden Geschwister wurde dabei mit ziemlicher Sicherh…«

»Spielgefährtin, es muss wohl Spielgefährtin heißen, Kollegin Moritz!«, unterbricht sie abermals Josef Krainer und erfährt nun, wie es für ihn trotz seines deutlich höheren Dienstalters in Zukunft hier aussehen wird mit der Hierarchie.

»Unterbrechen Sie mich nie wieder, Krainer, nie wieder!«

Drückend ist die Stimmung.

Irene Moritz kann die Pause gar nicht zu lang sein, in der dieser machoide Schwachkopf Krainer die Schmach der öffentlichen Bloßstellung zu erdulden hat. Dann setzt sie fort: »Eines der beiden Geschwister, wahrscheinlich die Schwester, wurde dabei mit ziemlicher Sicherheit auch Opfer von Rupert von Leugendorf und Eugen von Mühlbach. Ein diesbezüglicher Zusammenhang mit ihrem Selbstmord ist nicht auszuschließen! Dieser Selbstmord liegt mehr als zwanzig Jahre zurück. Mittlerweile ist er ein erwachsener Mann. Gerhard, wenn ich dich bitten darf!«

In der Werkstatt wird es mucksmäuschenstill, während Gerhard Kogler nun vor aller Augen die entsprechenden Veränderungen vornimmt. Schweigend betrachten alle mit entsetzten Gesichtern das sich abzeichnende Foto.

Irene Moritz hebt ihre Stimme und trägt das blanke Grauen mit erschreckender Nüchternheit vor, eiskalt ist ihr Tonfall: »Wir suchen einen Mann, zweiunddreißig Jahre alt, groß, schlaksig, zart in seinem Erscheinungsbild, feminine Gesichtszüge, lockiges kurzes dunkles Haar, schmale Nase, schmale Lippen, grüne Augen, Mörder von Käthe Henrikshausen, Galina Schukowa, Annabelle Wertheim-Müllner, Viktor Hubertus, Eduard Pospischill, wahrscheinlich auch von Philipp Konrad, beinah von Sven Lippert, geboren 1978 als Kind von Henriette, geborene Reichert, und Clemens …«, kurz versagt ihr die Stimme, als koste es sie Überwindung, den Namen auszusprechen, dann setzt sie mit eindringlichen Worten fort, »und Clemens Homolka. Und heute ist sein Todestag!«

Die Stille ist erdrückend, über die Werkstatt hat sich eine schier unerträgliche Kälte gelegt. Es dauert, bis jemand Worte findet.

»Nein, so ist das nicht!« Auffordernd blickt der Restaurator in die Runde der entsetzten Gesichter: »Heute ist nicht sein Todestag, denn heute ist bald vorbei. Jedem hier ist nach Rache zumute, auch mir, aber umgesetzt wird dieses Bedürfnis mit Sicherheit erst dann, wenn sich geklärt hat, was mit meiner Schwester passiert ist! Vielleicht ist sie einfach nicht erreichbar, vielleicht ist das aber auch nur deshalb so, weil sie seinetwegen …«, dabei deutet der Metzger auf den Bildschirm, »nicht erreicht werden kann.«

»Keine Sorge«, beruhigt Irene Moritz. »Natürlich müssen wir vorher in allen Belangen auf Nummer sicher gehen! Und Sie, Herr Metzger, ich weiß, wie schwer das ist, Sie müssen uns jetzt einfach machen lassen und abwarten.«

»Das können Sie vergessen!«

61

»ICH FÜHR DICH AUCH MAL AUS, Ehrenwort, aber eines sag ich dir, da suchen wir uns eine garantiert unterhaltsamere Stegreifbühne, beispielsweise bei den Wirten ums Eck!«

Das waren die letzten Worte, die der Metzger von seinem Freund Eduard Pospischill gehört hat, und es werden auf ewig die letzten bleiben. Es lässt sich nicht zurückdrehen, das Rad der Zeit. Trotzdem beschäftigt den Menschen seltener die Frage: »Was wäre, wenn?« als die in ein geistiges Laufrad führende: »Was wäre gewesen, wenn?« Die Ehepartner überlegen, welchen Ärger man sich hätte ersparen können, wäre jeder für sich an der überfüllten Kirche einfach vorbeigefahren. Die Kinder, denen klar geworden ist, dass sie im Grund nur adoptiert sein können, überlegen, wie schön es wohl gewesen wäre, hätte sie und ihren Goldhamster jemand anderer mitgenommen. Ja, und der Goldhamster, der überlegt, wie ihm derart große Wesen nur so seelenruhig bei seiner Schufterei im Laufrad zuschauen können, ohne dabei ihr eigenes zu bemerken.

»Immer nach vorne schauen, Willibald, und aus der Vergangenheit lernen!«, hat ihm seine Mutter stets aufgetragen. Sollte Sophie Widhalm noch mittendrin stecken, in einem düsteren Kapitel ihres Lebens, will er, so gut es ihm möglich ist, seinen Beitrag leisten, damit dieser Abschnitt nicht ihr letzter wird. Und genau aus diesem Grund sitzt er nun hier, der Metzger, denn eines hat die Dame des Gesetzes vorhin in der Werkstatt sofort verstanden: Den Restaurator wird sie nicht los, da kann sie machen, was sie will. Bevor er anderen irgendwo sinnlos im Weg herumsteht, ist er also gleich in ihrer Obhut gelandet, und gut ist das. Obwohl, wenn es nach Oskar Marek gegangen wäre, würde der Metzger jetzt gar nicht hier sitzen. Mit beinah unerträglicher Penetranz hat der vor der Werkstatt wartende Junge den Restaurator immer wieder am Ärmel gezupft und gemeint: »Aber du musst mit mir kommen!« Erst Irene Moritz war fähig, den Metzger von diesem Angriff zu befreien, in entsprechend direktem Tonfall, versteht sich: »Ja, sag, kommt das in deinem Wortschatz nicht vor, ein simples Nein, das darf doch nicht wahr sein!«

Und wenn es nach der weitaus einsichtigeren ebenso vor der Werkstatt wartenden Danjela Djurkovic gegangen wäre, säßen sie jetzt theoretisch sogar zu dritt hier. Theoretisch, weil der private Zweitwagen der Zulassungsbesitzerin Irene Moritz, den im Kollegenkreis nur ihr Gerhard Kogler kennt, seinem Namen auch im Hinblick auf die mögliche Zahl der Insassen alle Ehre macht. Vielleicht ein Mopserl oder Zwergpudel hat da auf der Rückbank neben einem Sechsertragerl Obergärigem oder einer Schachtel feinster Pralinen Platz, aber garantiert kein Mensch von der Dimension einer Danjela Djurkovic. Und weil auch der restliche sich auftuende Innenraum in puncto Geräumigkeit durchaus als Vorübung zum Biwakieren geeignet ist, sind sie bald ein untrennbares Paar: die Observation und die stickige Luft. Drinnen laufen also die Scheiben an, das gilt übrigens genauso für die beiden anderen ums Eck geparkten, mit Polizeibeamten besetzten Privatfahrzeuge, und draußen laufen dunkle Schatten durch die Nacht: beispielsweise in Gestalt einer zwischen zwei unbesetzten Autos hockenden Einzelperson.

Dunkel wird es dann auch hinter den straßenseitig gelegenen Fenstern zwei Stockwerke höher.

»Das Licht ist aus. Es geht los!«, erklärt Irene Moritz.

Über ihr Privathandy informiert sie telefonisch Gerhard Kogler, wenig später kommt der Wagen Herbert Homolkas aus der Parkgarage, eines der beiden Privatfahrzeuge um die Kurve und beim Metzger das Herzflattern.

Und dass es losgeht, ist allein Gerhard Kogler zu verdanken. Denn er hat, wie ausgemacht, als notwendige taktische Gegenveranstaltung im Kommissariat um dreiundzwanzig Uhr zur letzten offiziellen Dienstbesprechung dieses Tages geladen. Thema: das Verschwinden Sophie Widhalms.

Geplant war, Irene Moritz krankheitsbedingt zu entschuldigen und zu erklären, man müsse sich die Wohnung der Vermissten vornehmen, sogar mit allen zur Verfügung stehenden Mitteln nach ihr suchen, da der dringende Verdacht bestünde, Sophie Widhalm sei aufgrund ihrer Erlebnisse und Verwicklungen das nächste Opfer. Gerhard Kogler hätte den Ton angeben können und sich damit wenigstens ein kleines bisschen seiner geliebten Irene Moritz ebenbürtig gefühlt, auch Josef Krainer wäre es endlich ungestört möglich gewesen, so zu tun, als hätte er etwas Bedeutsames zu sagen, ja, und Herbert Homolka hätte den Eindruck vermittelt bekommen, sein Hinters-Licht-Führen wäre von Erfolg gekrönt, und man tappe weiterhin im Dunkeln.

Wie gesagt, so schön hatte man sich das vorgestellt. Denn mittlerweile ist es dreiundzwanzig Uhr fünfzehn, und alles scheint ganz anders zu laufen.

Irene Moritz, Willibald Adrian Metzger und das aus dem anderen Privatfahrzeug entstiegene Team der Spurensicherung, geleitet von Bernd Domitkal, betreten das Stiegenhaus und schließlich den zweiten Stock. Noch bevor sie die Wohnung Herbert Homolkas erreichen, bleibt Irene Moritz plötzlich stehen, starrt auf eine Eingangstür und ballt ihre Hände zu Fäusten: »Er ist ihr Nachbar, er …«

»Wie bitte?«

»Sandra Kainz, hier wohnt Sandra Kainz! Die junge Frau im Rollstuhl, die uns auf die Hinweise im Internet aufmerksam gemacht hat. Zufall? Wohl eher nicht. Dieser Teufel hat auch sie benutzt, so wie uns. Es ist unfassbar.«

Zügig geht sie eine Tür weiter, stützt sich mit beiden Händen ans Türblatt und flüstert: »Du bist tot!«

Dann betreten sie eine stickige Wohnung. Das Licht im Vorraum erhellt ein bieder gehaltenes Interieur. Auch Wohn- und Schlafzimmer eröffnen denselben gewöhnlichen und gleichzeitig aufgeräumten Eindruck. Nichts deutet auf einen perfiden, höchst organisierten Mörder hin. Aus der Küche dringt ein Geruch nach Tierhaltung, ein verdrecktes Katzenklo samt zwei zur Hälfte geleerten Futterschüsseln erklären, warum.

»Bis auf die Futterschüsseln sieht das hier alles relativ unbewohnt aus!«, stellt Irene Moritz fest und setzt hinzu: »Wo versteckst du dein zweites Gesicht, wo?«

Die Spurensicherung macht sich ans Werk und Willibald Adrian Metzger davon. Er hat genug gesehen und vor allem gerochen. Ihn quält die Sorge um seine Schwester. Was ist, wenn wir hier keine Hinweise auf sie finden, wenn es bei Gerhard Kogler Probleme gibt? Im Stiegenhaus geht er nervös den Gang entlang, betrachtet abermals die Türschilder, entziffert aufmerksam die weiteren Namen, kommt zurück, geht vorbei an der Unterkunft Herbert Homolkas und wird stutzig. Die Nachbartür ist unbeschriftet, nur ein Aufkleber mit der Aufschrift »Keine Reklame!« haftet am Zeitungsschlitz.

»Es sind zwei!«, stürmt er zurück, an Irene Moritz vorbei und direkt ins Schlafgemach: »Ich glaub, es sind zwei Wohnungen!«

Wie erwartet, reagiert der mannshohe Spiegel neben dem Kleiderschrank auf die Klopfgeräusche des Restaurators. Hohl ist sein Klang. Problemlos lässt er sich hinter den Kasten zur Seite schieben.

Nach Irene Moritz, die ihr gezücktes Mädchen fest umklammert hält, und den ebenso ausgestatteten drei Herren der Spurensicherung betritt Willibald Adrian Metzger ein großes Zimmer. Jetzt steckt ihm auch ohne Einladung zum Essen ein Würgen in der Kehle. Vor aller Augen eröffnet sich eine Dokumentation des Grauens. Mitten im Raum steht vor einer großen Spiegelwand lebensgroß eine Schaufensterpuppe, deren Kehle von unzähligen Schnitten zerfurcht ist. Daneben befinden sich ein Schminktisch und eine Art Garderobe mit einer Vielzahl unterschiedlichster Frauenbekleidungen, Schuhe,

Perücken, Brillen und sonstigen Accessoires. An einer Wand gegenüber ein ausladender Schreibtisch voller Dokumente. Mit Akribie wurde jedes der Opfer ausgewählt, haargenau aufgeschlüsselt, wie sie untereinander bekannt sind und in welcher Beziehung sie jeweils zu Rupert von Leugendorf stehen. Genaue Zeit- und Ablaufpläne ihrer Gewohnheiten wurden erstellt, detailliert wurde festgelegt, wann was zu geschehen hat, sogar der Mord an Eduard Pospischill war von Anfang an geplant. Alles war organisiert, auch der Anruf des Herrn Opold, der zum Fund Käthe Henrikshausens führte, einfach alles. Ein einziges Schauspiel. An einer riesigen Pinnwand über dem Schreibtisch prangt ein Farbausdruck Rupert von Leugendorfs, von einem Messer durchstochen, darunter alle bisherigen Mordopfer. Daneben ein Bild Eugen von Mühlbachs, dann das Bild Sophie Widhalms und eine aufgeschlagene Akte, die sich mit ihren Lebensgewohnheiten befasst.

Keine Fragen sind mehr offen.

Willibald Adrian Metzger sinkt wie ohnmächtig auf den Rollsessel: »Sie ist tot, sie ist längst tot!«

Schrill hört sich die Kennmelodie des Privathandys der zukünftigen Hauptkommissarin an. Angespannt starrt sie beim Fenster hinaus: »Wie bitte? Seid ihr wenigstens schon unterwegs? Verdammt, ich bin sozusagen allein, beeilt euch!«

Dann legt sie auf.

»Weg hier, schleunigst! Domitkal, Sie kümmern sich um den Herrn Metzger und bringen ihn nach Hause, umgehend, hier könnte es gleich ungemütlich werden!«

62

Nach seiner bitteren Erkenntnis hätte der kraftlose und von einer schier endlosen Traurigkeit erfüllte Willibald kein Problem damit, sich tatsächlich, wie ihm aufgetragen wurde, von den Herren der Spurensicherung heimtransportieren zu lassen. Aus dem wird nichts. Kaum hat er nämlich, fürsorglich gestützt von Bernd Domitkal, gerade einmal einen Fuß auf die Straße gesetzt, folgt der Angriff.

Geradlinig stürzt er aus dem dunklen Spalt zweier geparkter Autos hervor und greift energisch nach der Hand des Restaurators: Oskar.

»Was, was?«, ist die einhellig gestellte Frage.

Dass der Metzger nun völlig verblüfft stehen bleibt, ist in seiner Verfassung verständlich; was allerdings die Versteinerung des Herrn Domitkal angeht, kann man Irene Moritz nur gratulieren zu ihrer selbst verursachten Einsamkeit. Dieser Beamte wäre ihr wahrlich keine Hilfe.

»Du musst jetzt endlich mitkommen. Bitte «, brüllt Oskar mit sich überschlagender Stimme dem Metzger ins Gesicht. Tränen stehen in seinen Augen.

»Woher hast du diese Adresse?«

»Komm!«

Wie ferngesteuert macht der Knabe auf der Ferse kehrt und marschiert los. Wobei es eher einem Laufschritt gleichkommt, völlig ungeachtet der Tatsache, dass der Restaurator momentan ernsthafte Schwierigkeiten hat, sich auf den Beinen zu halten. »Alles in Ordnung, fahren Sie nur!«, bringt er in Gegenwart des verdutzt dreinschauenden Bernd Domitkal noch heraus, dann nimmt Willibald Adrian Metzger die Verfolgung auf. Mit Müh und Not hält er mit dem Jungen Schritt. Trotz der keuchend hinterhergerufenen Frage: »Langsamer, verflixt noch mal, und wo gehen wir überhaupt hin?« wird es ein langer, schweigsamer, nur vom Mitternachtsschlag einer Kirchenglocke untermalter Ausflug. Vor einem modernen Wohnblock endet der Fußmarsch.

Oskar öffnet das gläserne Tor, läuft die Stiegen hinauf in den vierten Stock und bleibt vor einer Wohnungstür stehen. Es dauert entsprechend, bis der Metzger dasselbe Ziel erreicht. Für die notwendige Verschnaufpause bleibt ihm allerdings keine Zeit, denn abermals bleibt ihm die Luft weg.

Am Messingschild steht: Konrad.

»Um Gottes willen, Oskar, ich bin kein Polizist, ich darf das nicht.«

»Aber ich!«

»Weißt du was: Im Grunde ist mir das momentan alles ziemlich egal, und gerade du müsstest das wissen. Ich habe andere Sorgen, wahrscheinlich ist nun auch Sophie ...« Der Metzger muss aus emotionalen Gründen abbrechen.

Doch Oskar scheint das in keiner Weise zu berühren, erneut zückt er den Schlüssel. Dann betritt er das Vorzimmer: »Du musst jetzt mitkommen.«

»Die ganze Zeit dieses Muss. Ich muss gar nichts, und keinesfalls betrete ich jetzt die Wohnung eines mir wildfremden und dann noch vermissten Kindes. Und eines könnt ich wetten: Du darfst das auch nicht!«

»Ist nicht gut, wetten. Du musst jetzt mitkommen.«

Den kennt er schon, der Willibald, den anschwellenden Rotton im Gesicht seines Gegenübers. Bevor er ein derartiges Brüllen am halligen Gang eines wohl dicht besiedelten Wohnblocks zu verantworten hat, lässt er sich nun doch auf eine kleine Gesetzesübertretung ein.

Dann fällt die Tür zu.

»Was machen wir hier?«

»Schuhe ausziehen!«, ist die Antwort, dann verschwindet Oskar auf Socken im Inneren der Wohnung. Willibald Adrian Metzger folgt ihm orientierungs- und in gewisser Weise auch hilflos, klarerweise in seinen Schweinsledernen. Hier regiert der Reichtum. Dunkelgrauer Schieferboden im Vorzimmer, die Wohnräume mit wunderschönem dunklen Walnussparkettboden, weiße Wände mit weißen Regalen, gemischt mit diesen gerade modernen, überteuerten dunklen Designermöbeln in antiker Optik. Jeder Restaurator könnte weitaus wertigere Stücke zu weitaus günstigeren Preisen abgeben, ohne dass man darauf acht Wochen warten müsste. Sichtlich teure elektronische Gerätschaften stehen herum, und Fotos mit ein und derselben Person zieren Wände, Regale, Vitrinen: Philipp Konrad beim Planschen im Meer, Philipp Konrad als Superman, Philipp Konrad mit seinem wohl ersten Hipp-Gläschen samt Karottenvollbart. Hier also wohnt beziehungsweise wohnte Philipp Konrad.

Völlig absurd erscheint dem Metzger diese Situation. Hartnäckig kämpft er gegen seine gemischten Gefühle, bis nur noch ein gehöriger Ärger übrig bleibt. »Verdammt, was machen wir hier? Wenn du mir nicht sofort eine Erklärung gibst, bin ich weg, so schnell kannst du nicht bis drei zählen, nur dass das klar ist. Bei einem Einbruch erwischt zu werden ist nämlich das Letzte, was ich jetzt noch brauch!«

Seelenruhig fällt die Antwort aus: »Niemand erwischt uns. Frau Konrad ist weg, Philipp ist weg.«

»Ich weiß, dass Philipp weg ist. So weg ist der, dass ihn die Polizei sucht. Du erklärst mir jetzt bitte sofort, wo du den Schlüssel zu dieser Wohnung herhast!«

»Blumen gießen! Die brauchen viel Pflege. Ich mach das, wenn Frau Konrad weg ist.«

»Und dazu hast du den Schlüssel! Bekommen – nehm ich mal an? Was heißt, du machst das, wenn Frau Konrad weg ist? Ihr Sohn ist verschwunden, da muss doch eine Mutter da sein und die halbe Welt auf den Kopf stellen, um ihn zu finden!«

»Müssen?« Was für eine sonderbare Antwort.

»Ja, müssen, das Wort kennst du ja. Und warum bitte hast du mich jetzt hierhergeschleppt, um dir beim Blumengießen zuzusehen?«

»Nicht hierher.«

Unbeirrt steht Oskar vorm Fensterbrett des Wohnzimmers. Liebevoll widmet er sich einer Topfpflanze und übergeht dabei den Metzger mit einer Selbstverständlichkeit, als wäre der Restaurator der weiße Wohnzimmerteppich höchstpersönlich. Dann dreht er sich um, drückt dem Metzger einen wunderschönen Bonsai in die Hand und erklärt: »Dein Lebensbaum: Ulme, 12. bis 24. Jänner, 15. bis 25. Juli, zähes Holz. Starke, pflichtbewusste Persönlichkeit. Schwimmt nicht mit dem Strom. Erhabener Baum, vermittelt Sicherheit. Schön! Gehört jetzt dir, wird nicht kaputt in der Werkstatt, pass ich auf ihn auf!«

Der Metzger ist fassungslos, am 23. Jänner hat er Geburtstag, woher auch immer der Junge das weiß. Schwer fällt es ihm, da durchzublicken, diesem komischen, unsensiblen Verhalten irgendetwas Positives abzugewinnen.

Was soll das, in einer so traurigen Situation Topfpflanzen zu entwenden und jemandem eine Freude machen zu wollen. Nach solch abartigen Gefälligkeiten ist ihm nun wirklich nicht zumute. Erschöpft bleibt er im Wohnzimmer zurück, vor sich den knorrigen kleinen Baum, während Oskar ins Vorzimmer geht und in seine Schuhe schlüpft.

»Das heißt, wir gehen jetzt wieder, oder was?« Im Inneren des Restaurators rumort es, an den Kopf schmeißen könnte er dem Jungen dieses Pflänzchen, was sich gleich, wenn er sich nicht sputet, kaum noch ausgehen wird. Längst steht Oskar vor der Tür und wird zweifelsohne gleich von außen zusperren.

Hektisch tritt Willibald Adrian Metzger ins Vorhaus, unbedacht hat er das Diebesgut in seinen Händen aus der Wohnung mitgenommen. Oskar steht bereits mit einem Fuß im Lift.

»Bin ich froh, hier wegzukommen!«, bemerkt der Restaurator.

Dann geht es aufwärts, zwei Stockwerke höher.

Ohne Erklärung auf der einen und ohne Fragen auf der anderen Seite, wozu auch, wenn jedes Mal die Antworten ausbleiben. Nur ein Kopfschütteln bringt er noch zustande, der Willibald.

Erneut wird die Eingangstür einer Wohnung angepeilt. Auf einem aus Ton gebrannten Schild steht: »Andrea, Roswitha, Oskar, Markus und Jochen«.

Diesmal wird eine auf Anhieb sehr heimelig wirkende, wohlduftende Wohnung betreten. Aus einer geöffneten Tür, die den herausklingenden Geräuschen nach zu urteilen in die Küche führt, strahlt Licht in ein mit hellem Parkettboden belegtes Vorzimmer. Der Metzger erkennt eine Vielzahl fein säuberlich zusammengestellter Schuhe, viele an den Wänden hängende Bilder mit lachenden Gesichtern und viele geschlossene Türen mit entsprechenden, ebenso aus Ton gebrannten Namenszügen.

»Und jetzt? Bekomm ich jetzt was zu trinken, eine Mitternachtsjause, eine Pflegeanleitung für den Baum?«, meint er sarkastisch, der Willibald, ohne dabei natürlich an den Hochprozentigen zu denken, den er gleich brauchen wird.

»Schuhe ausziehen!«, ist abermals die Antwort.

Oskar geht durch den Vorraum, lässt das mit »Oskar« beschriftete Zimmer links liegen und bleibt vor der Küche stehen.

Es sind ruhelose Augen, die dem Metzger entgegenblicken: »Deshalb bist du hier!«

Dann öffnet er die Tür.

63

Er ist schon unterwegs, hat trotz eines seltsamen Gefühls im Bauch seine Vorbereitungsarbeiten hinsichtlich Sophie Widhalm abgebrochen. Auf seiner üblichen Route fährt er gemächlich dahin, vorbei an den Prostituierten, die wie Bauchladenverkäufer auf einem Jahrmarkt die Straße säumen. Erfüllt von einer Gewissheit der Stärke, mustert er ihre Gesten, ihre Statur, denn eines weiß er mit Sicherheit: Jede von ihnen könnte er ausstechen, mit Leichtigkeit in jene Rolle schlüpfen, die ihm der Himmel aus einer rein sadistischen Laune heraus, sozusagen als Bei-

gabe der Hölle, auf den Leib geschrieben hat. Ein Knabe, der vor aller Augen erst dann glaubhaft sein Geschlecht bestätigen kann, wenn er vollständig seine Hosen herunterlässt, wenn er seine Geburtsurkunde vorlegt oder wenn der Stimmbruch und der erste Flaum zu ihren verspäteten, vagen Versuchen ansetzen, hat an sich schon schwer zu tragen, in seinem Fall aber war es unerträglich. So lange, bis ihm klar wurde, dass genau in dieser Laune der Natur die ihm geschenkte Freiheit steckt. Äußerlich nämlich kann er beides sein, der Bruder und die Schwester, Mann und Frau. Und beides ist er überzeugend. So hat sich am Ende seine Physiognomie zur Erfüllung seiner Mission als Gnade erwiesen.

Die Ampel zeigt Rot. Eine der Prostituierten kommt zum Seitenfenster, klopft lächelnd an die Scheibe, nett sieht sie aus und freundlich, keiner würde ihr untertags ihre Profession ansehen. Und genau darum geht es. Je überzeugter man durchs Leben läuft und seine Handlungen vertritt, desto eher sind die anderen von der Richtigkeit dieses Handelns überzeugt.

An dieser Stelle seiner Gedanken muss er sich erstmals bremsen, plötzlich ist es wieder da, dieses mulmige Gefühl in der Magengegend, plötzlich weiß er, was an der Nachricht auf seiner Mailbox so irritierend ist: der auffällig bestimmende und amtliche Tonfall. Er kann sich nicht erinnern, jemals die ansonsten kraftlose Stimme Gerhard Koglers mit derart überzeugenden Worten sprechen gehört zu haben, was bedeuten könnte: Hier läuft ein Schauspiel. Die Frage ist nur, wer soll damit unterhalten werden? Er?

Langsam fährt er weiter, dann kommt der Beweis. Ein Läuten auf seinem Mobiltelefon. Noch nie zuvor ist er von dieser automatisierten Nummer angerufen worden, außer im Zuge des gelegentlich durchgeführten Probealarms. Diesmal ist es kein Test, diesmal nicht er selbst der Auslöser, diesmal hat sich jemand anderer Zutritt verschafft zu den an seine Wohnung angrenzenden Räumlichkeiten.

Umgehend macht er kehrt, und wäre der Wagen einige Autolängen hinter ihm nicht derart abrupt stehen geblieben, er hätte ihn gar nicht bemerkt. Es ist etwas schiefgelaufen, das steht nun fest. Nur was? Wo liegt die Ursache dieses Fehlers? Wo wurde außerhalb seiner Aufmerksamkeit eine Lunte gezündet, die nun ihr Ende erreicht?

Es war alles perfekt: nur nicht das Unvorhersehbare. Mühsam hat er jahrelang ein Spinnennetz gewoben, in dem alle sich verfangen sollten ohne den Hauch einer Chance. Hat er sie tatsächlich übersehen, die Fäden, die das Leben wie eine Baldachinspinne durch die Lüfte schickt, die sich, ganz dem Zufall überlassen, wie verloren gegangene silbergraue Haarteile in Wiesen, Sträuchern, vorbeigehenden Menschen verfangen? Hat er übersehen, wie sie längst an ihm haften und ihn gefangen nehmen? Wie ein Hohn erscheint es ihm: Er kennt jeden einzelnen Faden seines Netzes, doch von denen, die ihn nun selbst gefangen nehmen, weiß er nichts. Nicht, wo sie herkommen, nicht, wie sie ihn finden konnten, nicht, wie sie aussehen.

Eine dröhnende Leere nimmt ihn in Besitz. Soll alles vergeblich gewesen sein? Was bleibt dann übrig an Sinn? Nicht davonzulaufen, sondern sich den Dingen zu stellen, das war sein Plan, und genau dieser Vorsatz ist alles, was ihm jetzt bleibt. Er kann es spüren: Er ist wieder zurück an seinem Platz. Der Dritte, der aus zweien den einen zu viel macht. Es gibt die Guten und die Bösen, und es gibt ihn. Keiner wird ihn jemals verstehen können. Langsam fährt er zurück, von nun an hat er Zeit. Das Stiegenhaus ist still, hallend klingt sein heftiger Atem nach, dann steht er vor seiner Wohnungstür. Wie erwartet ist bereits geöffnet.

Sie sind hier.

Jetzt hat es also begonnen, das zweite Ende, und es sieht anders aus als erwartet.

Irene Moritz weiß nicht, wohin. Die Spurensicherung ist weg und die Truppe im Anmarsch. Sie beschließt zu warten, auf dem Sofa der offiziellen Wohnung, Hand in Hand mit einem ihrer Mädchen.

Ihre Hände sind feucht, ihr Puls geht schnell. Das Böse, das diesen Raum erfüllt, drückt auf ihre Schultern, und dennoch trägt sie eine tiefe, sonderbare Stille in sich. Soll sie darauf hoffen, dass alle rechtzeitig hier sind, oder soll sie hoffen, dass nur er allein kommt?

Allein.

Allein mit ihr.

Allein mit seinem Ende.

Hellhörig starrt sie ins Dunkel, dann kann sie ihn spüren. Er ist angekommen. Aus dem Vorzimmer dringt ein tiefer Atemzug zu ihr, ruhig und präsent klingt seine Stimme: »Ich kann dich riechen, dein Parfüm, deinen Schweiß. Kann es sein, dass du allein hier bist? Bist du tatsächlich so hochmütig, das völlig allein durchziehen zu wollen?«

Kurz bleibt ihr das Herz stehen. Unterhalb des Sofas huschen zwei Katzen hervor und zwängen sich durch den Türspalt hinaus zu ihrem Herrn. Mit sanften Worten werden sie begrüßt, ein liebevolles »Lebt wohl!« ist zu hören, dann kurz hintereinander jeweils ein dumpfer Knall. Er benutzt einen Schalldämpfer, und er ist gekommen, um sich zu verabschieden. Langsam öffnet sich die Tür ins Wohnzimmer.

»Kein Licht!«, befiehlt Irene Moritz. »Gewöhn dich an das Dunkel!«

Ein unheimlicher Flüsterton liegt in seiner Stimme: »Gewöhnen? Die Dunkelheit ist mein Licht.«

Mit einer seltsamen Gelassenheit hört Irene Moritz seine Worte, ruhig liegt die Waffe in ihrem Schoß, sie weiß, um wie viel sie schneller ist als er.

»Trotzdem fleh ich dich an um Erleuchtung. Ich will nur eines wissen: wieso ihr mich finden konntet?«

Die Freude macht sie ihm: »Zum Beispiel durch das nicht von dir retuschierte Standbild aus Philipps Film und durch das, ich nehme einmal an, von dir gezeichnete Tagebuch! Stell dir das vor, da beschmierst du Am Mühlengrund 1 vor einer halben Ewigkeit eine Schrankwand, malst Gräber und schaufelst dir dabei, ohne es zu wissen, dein eigenes. Ist das nicht wunderbar! Und jetzt«, kalt ist ihr Blick, sie hält dem seinen, der sich deutlich aus der Dunkelheit abhebt, stand, »bevor ich dich zum Teufel schicke, sag mir noch, wo sie ist. Was hast du mit ihr gemacht?«

Es ist eine leichte Irritation, die sich in seinem Gesicht abzeichnet. Er kann ihre Frage nicht verstehen. Nur noch schwer findet er Halt auf seinen Beinen. Dieses Dasein hat nichts übrig für ihn, es war von Anfang an mit der Botschaft versehen: Du bist ein Missverständnis. Nicht einmal der Segen der Rache ist ihm gegönnt. Nun weiß er, was zu tun ist: Er muss Vergeltung üben an diesem Dasein.

»Fahr zur Hölle!«, stößt er heraus.

Und noch nie hat Irene Moritz solche Worte in so resigniertem Tonfall ausgesprochen gehört.

»Wo ist sie, wo verdammt noch mal ist Sophie Widhalm. Sag es!«, brüllt sie ihm unbeirrt entgegen.

Längst hat sich sein Arm mit der Waffe in der Hand in Bewegung gesetzt.

•

64

Und jetzt ist es vorbei. Aus und vorbei mit jeder Zurückhaltung. Als wäre ein Loch in den Boden eines vollen Troges geschlagen worden, strömen aus seinem Inneren all der Schmerz und die Anspannung der letzten Tage heraus. Hier inmitten einer fremden Küche beginnt er vor aller Augen lauthals zu weinen, der Metzger, fest in den Arm geschlossen. Und dieses Vor-aller-Augen bekommt nun insofern zusätzlich Bedeutung, als sich zu den bereits drei in der Küche anwesenden Personen auch noch all jene dazumischen, die ohne diese Geräuschkulisse wahrscheinlich durchgeschlafen hätten.

Andrea, Roswitha, Markus und Jochen stehen verdutzt auf dem Gang, während sich auch noch die letzte zurzeit hier wohnhafte Person zwischen ihnen hindurchschiebt. Viel zu geräumig wirkt sein Pyjama, die kinnlangen blonden Haare stehen in alle Richtungen, müde und krank sieht er aus, nur die großen, runden Augen strahlen und sehen unschuldig zum Restaurator empor.

Ein kurzes Lächeln legt sich auf sein Engelsgesicht, mehr nicht. Willibald Adrian Metzger weiß nicht, wie ihm geschieht. Beide sind sie da. Ohne den Blick von ihm zu lösen, steht er vor ihm, sein Sakkoräuber Philipp, und ohne ihre Umarmung zu lösen, steht sie neben ihm, seine Halbschwester Sophie: »Es ist alles in Ordnung!«, flüstert sie.

Wie ein verloren gegangenes und nun wiedergefundenes kleines Kind kommt er sich vor, der Willibald.

»Kommen Sie, setzen Sie sich!«, beginnt von der Eckbank her nun endlich derselbe menschgewordene Albtraum in weiblicher Gestalt die Stimme zu erheben wie ein paar Tage zuvor in Willibalds Werkstatt: »Wir sind Ihnen eine Erklärung schuldig!«

»Eine?«

Befreiend ist das Gelächter, das sich, ausgelöst durch den Kommentar des Restaurators, nun in der Küche und im Vorraum ausbreitet.

»Ja, nicht nur eine. Sie haben natürlich recht!«

Oskar stellt dem Metzger wohlweislich ein Glas Rotwein auf den Tisch, und dann wird, hoch leben die Eckbänke rund um die häuslichen Küchentische, zusammengerückt, denn alle neun versammelten Personen haben, die beiden Stühle mit eingeschlossen, blitzartig gemütlich Platz – zumindest für einen kurzen Moment.

»Das hättet ihr wohl gern, ihr Neugierdsnasen!« Ein sanftes Lächeln steht im Gesicht der Fremden. »Bitte!«, fügt sie auffordernd höflich hinzu, und jeder kennt sich aus.

Sätze wie: »Gut, aber wundervoll, dass du da bist!«, »Na schön, dann gehen wir eben wieder schlafen!«, »Philipp, komm, ich bringt dich ins Bett!«, »Danke, Herr Metzger!«, »Gute Nacht, Roswitha!«, »Gute Nacht, Andrea!«, »Ja, gute Nacht, Jochen und ihr alle«, erhellen mit erfrischender Fröhlichkeit den Raum, kurz kommt es dem Willibald vor, er wäre bei den Waltons, dann sitzt er mit Sophie Widhalm und dieser seltsamen Frau allein am Tisch.

»Sie glauben nicht, wie froh wir sind, Sie wiederzusehen!«, beginnt die Dame im Eck ihre Ausführungen.

»Wir?«

»Natürlich wir. Von Oskar kann ich das mit Sicherheit behaupten, der redet ja Tag und Nacht von Ihnen, seit Sie da so neugierig beim Denkmal aufgetaucht sind. Und ich bin, ehrlich gesagt, mittlerweile auch ausgesprochen froh, Ihre Schwester sowieso, und meinen Sohn, denk ich mal, wird's am allermeisten freuen.«

»Sie sind also Frau Konrad!«

Insgeheim hat er sich ja schon so was gedacht, auch weil das Bild dieser Frau zumindest optisch dem entspricht, was Eduard Pospischill bei seinem ersten Anruf in der Schule berichtet wurde. Dass die Natur den harmlosesten Tieren zumindest äußerlich eine abschreckende Gefährlichkeit verpasst, ist ja nichts Neues.

»Ja, aber wie geht das? Philipp gilt als vermisst, wie und wann haben Sie ihn denn gefunden? Und dann Sophie, wie kommst du hierher? Weißt du, was wir uns für Sorgen machen, die Polizei sucht nach dir und …«

Frau Konrad denkt gar nicht daran, sich das Wort nehmen zu lassen: »Dass Sie die beiden überhaupt zu Gesicht bekommen, liegt einzig und allein an Oskar. Aber lassen Sie mich von vorne anfangen, Herr Metzger, dann verstehen Sie es besser. Also: Am Samstagabend war Philipp skaten. Erst kurz vor Mitternacht, ich hab mir natürlich schon größte Sorgen gemacht, ist er ziemlich erschöpft heimgekommen, hat mich völlig ignoriert und sich seltsam benommen. Seit sein Vater ausgezogen ist, redet er mit mir ja ohnehin nicht besonders viel, grad so, als wäre ich schuld an der plötzlichen Vorliebe meines Exmannes für deutlich jüngere Frauen. Ja, ihr Männer haltet zusammen, diese Lektion bekommt man als Sitzengelassene dann auch noch vom eigenen Kind zu spüren! Wenigstens ›Hallo‹ sagt Philipp aber für gewöhnlich doch, genauso, wie er auf meine Frage, wo er denn gewesen sei, normalerweise zumindest ein ›Geht dich nichts an‹ übrighat. Diesmal aber ist er ohne ein Wort in sein Zimmer marschiert. Ich war froh, dass er endlich heimgekommen ist, hab nicht nachgefragt, wollte keinen Streit. Wie er dann aber am Sonntag nach mehrmaligem Aufruf nicht zum Frühstück gekommen ist, bin ich in sein Zimmer. Und da habe ich ihn im Bett gefunden, wie ein Häufchen Elend, Schüttelfrost, hohes Fieber, wirres Zeug hat er geredet, ja, und dann ist mir das Sakko aufgefallen, und ich hab Oskar heruntergebeten. Die beiden sind wirklich gute Freunde. Ab und zu, wenn ich Nachtdienst hab und mein Kindermädchen nicht kann, schläft Philipp sogar hier heroben. Oskar war zuerst nicht gerade gesprächig, dann hat er aber gesehen, wie dreckig es Philipp ging, und mir erzählt, dass, nachdem am Samstagabend alle ins Nachtprogramm gestartet sind, nur noch Sven und Philipp beim Denkmal gewesen seien. Mehr wisse er nicht, außer dass die beiden manchmal Blödsinn machen und dieses Sakko sicher nicht einfach nur auf der Straße gefunden hätten!«

An dieser Stelle muss Frau Konrad unterbrechen.

»Das tut mir leid. Ich entschuldige mich aufrichtig für meinen Sohn Phi…!« Kurz kämpft sie gegen ihre Rührung, und dem Metzger kommt es so vor, als ob Helene Konrad in ihrem Leben alles tun würde, um diesen Kampf niemals zu verlieren. Mit fester Stimme erklärt sie: »Für mich. Ich entschuldige mich für mich. Dass Philipp auf diesem Weg Bestätigung suchen musste, ist einzig und allein meine Schuld und natürlich die meines nicht mehr anwesenden Mannes. Ich wusste bisher davon nichts. Was ich an diesem Abend dann aber wusste, war: Dieses Sakko muss zurückgebracht werden. Weder wollte ich, dass jemand durch meinen Sohn zu Schaden kommt, noch, dass mein Sohn durch diesen Diebstahl in Schwierigkeiten gerät. Oskar hat daraufhin ein wenig im Internet herumgestöbert, und wir hatten Ihre Daten.«

Das wundert den Metzger nicht mehr. Mittlerweile hat er sie ja kennengelernt, die aufgeklärte Welt. So aufgeklärt im Sinne von unbedeckt, da bietet kein Wölkchen mehr Schutz vor der völligen Durchleuchtung und somit Manipulation.

»Und dann waren Sie also bei mir vor der Tür!«

»Nicht ich«, stellt Frau Konrad wie selbstverständlich fest, »sondern Oskar. Ich hätte ja mein Kind nicht allein lassen können.«

»Oskar? Sie haben den Jungen geschickt, das ist doch wirklich …«

»… nicht zu vermeiden gewesen!«, fällt sie ihm ins Wort. »Sie haben ja keine Ahnung, was passiert, wenn sich Oskar etwas in den Kopf setzt. Außerdem war klar, nachdem Sie nicht in Ihrer Wohnung, sondern in der Werkstatt abgehoben haben, wo Sie sich aufhalten. Weiter waren Sie dann so überaus zuvorkommend, am Telefon gegenüber einem wildfremden und schweigenden Anrufer zu erläutern, dass Sie noch länger in der Werkstatt erreichbar sein würden. Gefährlich kamen Sie uns also nicht vor. Außerdem hat Oskar zuerst das Sakko abgelegt, an Ihrer Tür geklopft, sich im Stiegenhaus versteckt und erst dann, als nach einiger Zeit das Sakko noch immer da war, nach Ihren Pflanzen gesehen.«

»Nach meinen Pflanzen? Ich hab gewusst, es war wer in der Wohnung!«

»Ja, nach Ihren Pflanzen. Oskar behauptet immer, Pflanzen, die bei Menschen wohnen, erzählen einem alles über ihren Besitzer. Und Bücher. Und bei Ihnen war gemäß seiner Auskunft in keinem Raum etwas welk, und auf dem Wohnzimmertisch hat ein Lebensratgeber gelegen. Wie könnten Sie da gefährlich sein? Am Montag hat er sich dann beim Denkmal noch ein persönliches Bild von Ihnen gemacht, und seither haben Sie sein Vertrauen gewonnen, und diesbezüglich ist auf ihn absoluter Verlass. Er verfügt über eine Gabe, die kann man nicht erklären, schaut einem Menschen in die Seele und weiß in kürzester Zeit: Das ist ein Guter, das ist ein Schlechter. Irgendwie müssen Sie für ihn eine Art Rettungsanker gewesen sein – so wie er vor allem in menschlicher Hinsicht für uns einer ist. Bis Sonntag also hat Philipp hoch gefiebert, immer wieder Albträume gehabt, gerufen: ›Versteck mich, du musst mich verstecken, sag allen, dass ich verschwunden bin!‹ Am Montag hab ich aus lauter Sorge vergessen, ihn in der Schule zu entschuldigen. Hat natürlich gleich die Schule bei uns angerufen, in diesem Spinnerturm stehen wir ja sowieso auf der schwarzen Liste. Da hat Philipp dann erstmals zu weinen begonnen, und ich wollte alles von ihm fernhalten. Am Montagabend ist dann Oskar aufgeregt bei unserer Tür hereingestürzt und hat nun leider nicht nur von Ihnen, sondern eben auch von einer Frau erzählt, die beim Denkmal gewesen sei und nach Philipp gefragt habe. Da ist mein Sohn dann völlig in Panik verfallen, hat am ganzen Leib gezittert, schrecklich. Meine Idee, zur Polizei zu gehen, hat ihn nur noch mehr aufgewühlt: ›Versteck mich‹, hat er mir zugeflüstert, diesmal im Wachzustand, und: ›Bitte, Mama, lass mich bei dir sein.‹ Wissen Sie, wie das einer Mutter, die zu ihrem Kind ein distanziertes und schwieriges Verhältnis hat, ans Herz geht, so ein ›Lass mich bei dir sein‹? Ewig hab ich auf ihn eingeredet, ihm versprochen, niemanden an ihn heranzulassen. Bis Mittwoch hat er dann nur im Bett gelegen, stark verkühlt mit hohem Fieber, hat kaum etwas gegessen, war sehr sonderbar und in sich gekehrt, aber gesundheitlich ist es aufwärtsgegangen. Das war, ich bin ja Ärztin, einmal mein Hauptanliegen, ihn wieder auf die Beine zu bekommen. Und genau an diesem Mittwoch hat sich dann erstmals die Polizei in der Schule und schließlich bei mir gemeldet.«

Und das allein ist meine Schuld!, erinnert sich der Metzger nun an seine Ruhelosigkeit gegenüber Eduard Pospischill, der schließlich erst nach dem Druck des Restaurators ein wenig herumzustochern begonnen hatte.

»Philipp wurde also gesucht. Darauf ist er völlig ausgerastet, hat mich beschuldigt, ihn hintergangen zu haben, hat zuerst auf mich, dann auf sich selbst eingedroschen, vor allem auf seinen Kopf, immer wieder und wieder, entsetzlich war das, und dabei hat er gerufen: ›Ich hab doch gesagt, versteck mich!‹ und: ›Du willst mich nur loswerden!‹ Ich war nicht imstande, ihn zu beruhigen, zum Glück war Oskar herunten und konnte ihn fixieren. Wissen Sie, wie schlimm das ist, wenn man als Ärztin das eigene Kind niederspritzen muss, damit es sich nicht selbst bewusstlos schlägt? Innerhalb kürzester Zeit musste ich entscheiden: Will ich, dass die Polizei oder irgendein Arzt in meinem Haus aufkreuzt, und diesbezüglich kann man wirklich Pech haben, das können Sie mir glauben, will ich, dass diese Leute in unserem Leben herumwühlen, meinen Sohn wie einen kleinen Verbrecher behandeln, immerhin hat er gestohlen, will ich, dass man seine Traumatisierung bemerkt und ihn einliefern lässt? Will ich das, noch dazu wo mein Junge am liebsten verschwunden wäre? Verstehen Sie, Philipp hatte Todesängste, und um das zu wissen, brauchte ich keinen Therapeuten. Sollte ich ihn da irgendwo abgelegt in einem fremden Zimmer allein lassen? Ich wusste ja nicht, warum oder vor wem er diese Angst hatte. Da hat auch mein ganzes Zureden nichts genützt, Philipp hat mir nichts verraten, so dermaßen unter Schock hat er gestanden. Nur, bevor mir mein Junge in eine Klinik kommt, mit Medikamenten vollgepumpt und angegurtet in einem Gitterbett ruhiggestellt wird, unternehme ich alles, um ihm zu helfen – und mit alles meine ich auch alles. Also hab ich ihn, wie er wollte, versteckt, sozusagen verschwinden lassen. Und die effektivste Lösung, um ihn zu schützen und aus der Schusslinie zu bekommen, ohne ständig unter Beobachtung zu stehen und sich rechtfertigen zu müssen, war es, ihn als vermisst zu melden. Das hab ich getan und ihn an den nächsten, sichersten Ort gebracht, der mir eingefallen ist. Ein Ort, an dem ich ständig bei ihm sein kann, ohne dass es jemand weiß, wo ich sofort in meiner Wohnung bin, wenn ich etwas brauche oder die Polizei auftaucht, und ein paarmal war er ja bei mir, dieser Pospischill. Dieser Ort ist hier, zwei Stockwerke höher. Da sucht keiner, bei Menschen, die aus lauter Unwissenheit der anderen als geistesgestört abgeurteilt werden. Und eines kann ich Ihnen versichern: Hier hält jeder dicht! Ich selbst bin seitdem im Krankenstand, und jeder in meiner

Klinik versteht, ohne nachzufragen, meine Abwesenheit, immerhin ist das eigene Kind verschwunden. Mit Philipp ist es dann langsam besser geworden, er hat sich sozusagen mit seiner Situation arrangiert, zwar kaum gesprochen, weder seinen Computer noch sein Handy benutzt, was mich sehr wunderte, immerhin verbringen die Kinder damit die meiste Zeit, aber er hat zu essen begonnen und schließlich auf seiner PSP gespielt, und zum ersten Mal war ich froh, dass er das tut.«

»PSP?«, mischt sich der Metzger ein.

»Man merkt, dass Sie nichts mit Kindern zu tun haben. PlayStation Portable. Das sind die Dinger, von denen wir großspurig behaupten, sie niemals, aber wirklich niemals unseren Kindern zu schenken. Egal! Auf jeden Fall ist dann Sven angefahren worden und liegt seither schwer verletzt mit unzähligen Brüchen bei uns im Spital, und wenn ihn der Würstelstandbesitzer Herr Johann nicht sofort ins Krankenhaus gebracht hätte, wäre Sven heut wahrscheinlich tot. Milzriss! Natürlich hab ich Philipp nichts davon erzählt. Aber große Sorgen hab ich mir gemacht, natürlich auch Oskar. Und weil Oskar immer behauptet hat: ›Der Metzger kann helfen!‹ und er sehr darunter gelitten hat, dass Sie sich wegen Philipp unberechtigterweise Schuldgefühle machen, hab ich Ihnen eben genau in puncto Schuldgefühlen vorsorglich noch einen kleinen Tritt verpasst und Sie in der Werkstatt besucht. Nicht böse sein, bitte! Ohne Tritt unternehmt ihr ja nichts, ihr Männer!«

In einem Zug leert sie das vor ihr stehende Wasserglas.

Der Metzger sitzt wie gelähmt vorm Küchentisch und starrt abwechselnd ins Leere und auf seine Halbschwester.

So unglaublich ihm die ganze Geschichte nun auch vorkommt, er kann Frau Konrad und ihr Vorgehen verstehen. Was soll eine Mutter tun mit ihrem angsterfüllten Kind? Jemanden für sein Umfeld verschwinden zu lassen kann also durchaus bedeuten, ihn zu befreien. Mit dieser Klugheit brachte Helene Konrad ihren Sohn, ohne es zu wissen, ein zweites Mal zur Welt.

»Ja, und das hat dann gewirkt. Schließlich kam Ihnen die Idee mit den möglichen Aufzeichnungen auf Philipps Handy, das seit Beginn dieser ganzen Geschichte auf seinem Nachtkästchen liegt – zum Glück mit dem noch von mir eingegebenen PIN-Code. Geburtstagsgeschenk – Geburtsdatum – sehr einfallsreich!«

Ein Lächeln legt sich in ihr Gesicht, und wenn er es auch nicht sagt, der Metzger, er denkt es zumindest: Es steht ihr gut.

»Ja, und den Rest kennen Sie. Bis auf die Geschichte mit Ihrer Halbschwester natürlich!« Nun lächelt auch Sophie, und Frau Konrad setzt fort: »Oskar ist nämlich gestern völlig verstört von der Polizei heimgekommen, wollte Sie unbedingt sprechen. Ständig hat er sich wiederholt: ›Ganz anders sieht das aus.‹ Dann hat er mir erklärt, dass ihm dieser Mann bei der Polizei so komisch vorkomme, dass der das Foto retuschiert habe und im Zusammenhang mit der Geschichte um Sophie Widhalm und dem Video gegenüber einer Kollegin behauptet habe: ›Ja, ich weiß, was zu tun ist. Wird zur völligen Zufriedenheit erledigt!‹ Wie gesagt, Oskar verfügt über diese Gabe, Menschen in die Seele schauen zu können. Und wenn mir Oskar, nachdem wir Sie, Herr Metzger, nicht erreichen konnten, sagt: ›Sophie Widhalm, verstecken, wir müssen sie verstecken! Jetzt!‹, vertrau ich ihm. Dann hat er deine

Wohnadresse ausfindig gemacht, nicht wahr, Sophie, ja, und dann haben wir dich sozusagen aufgepickt, ein bisschen uncharmant, aber was …«

»Was heißt uncharmant?«, versteht der Metzger nun wieder etwas nicht.

»Na ja«, erklärt Sophie, »mit Pistole!«

»Was hätten wir tun sollen?«, setzt Frau Konrad ein. »Ich bin eine Frau, und Oskar kann keiner Fliege was zuleide tun. Hätte ja sein können, dass Sophie nicht einsteigen will, wir ihr dann zwar durchs Seitenfenster heraus erklären, warum sie einsteigen soll, sie uns dann trotzdem nicht glaubt und schnurstracks zur Polizei, also zum Täter, spaziert. Da ist ein bisserl Herumgefuchtel mit der Spielzeugpistole meines Sohnes nicht wirklich als Verbrechen einzustufen, oder?«

So einfach liegen die Dinge, wenn ihnen Erklärungen folgen. Wobei vieles einfach nicht erklärt werden kann. Denn wie er hier so im Zimmer sitzt und seine Halbschwester betrachtet, wird ihm klar, wie sehr das Leben aus sich kreuzenden Ereignissen besteht. Sobald nur eine einzige dieser Begebenheiten wegfällt, ändert sich der Verlauf der Dinge.

Hätte ihn Eduard Pospischill beispielsweise nach dem Konzert auf dem Heimweg nicht ebenso im Stich gelassen wie der Hosenknopf, dann wäre ihm niemals das Sakko gestohlen worden. Dann wäre Philipp zu einem anderen Zeitpunkt heimgerollt und niemals Zeuge des Mordes an Galina Schukowa geworden. Dann wäre Willibald Adrian Metzger niemals mit Oskar zusammengetroffen und Sophie Widhalm jetzt tot. Endlos könnte der Metzger nun derartige Ereignisketten fortspinnen, an deren Ende stünde: Ohne seine Begegnung mit Wernher von

Mühlbach, Sophie Widhalm und Oskar Marek wäre Rupert von Leugendorf ein von Herbert Homolka verhafteter Mörder.

Wie sehr das Leben aus sich nicht kreuzenden Ereignissen besteht, die, wenn sie doch nur aufeinanderträfen, den Lauf der Dinge ändern könnten.

65

Nein, die Vorstellung, dieses elende Schwein gleich tot zu sehen, behagt ihr mit einem Mal ganz und gar nicht. Nicht nur, weil Sophie Widhalm damit vielleicht auf ewig verloren wäre. Denn so ein wortloses Abtreten ermöglicht Herbert Homolka nichts anderes, als davonzukommen vor all der ihm bevorstehenden Pein.

Leben musst du!, beschließt Irene Moritz. Und genau diese Planänderung wird sich als seine größte Strafe erweisen. Als genau die Strafe, die er selbst für seine Opfer vorgesehen hatte.

So viel Verachtung wie nur irgend möglich legt sie in jedes ihrer Worte: »Homolka, davon träumst du, von einem schnellen Tod. Nur gehen bekanntlich nicht alle Träume in Erfüllung!«

Herbert Homolka hat sich seinen Schalldämpfer an die Schläfe gesetzt, da durchbricht zuerst ein Knall, dann ein Schrei die Stille. Nein, da kennt sie nichts, die Moritz, in puncto Kaliber hat ihre Dienstwaffe, ihr kleines Mädchen, Geschwister. Und vor allem die heute ausgerückte große Schwester ist an Durchschlagskraft kaum zu überbieten.

Nur noch ein dünner, fleischiger Strang verbindet die getroffene Hand mit dem immer noch hochgehaltenen Unterarm, und für den Bruchteil einer Sekunde scheinen die Finger die schallgedämpfte Pistole gar nicht loslassen zu wollen. Wie ein im Winter aus dem Ärmel eines bunten Overalls baumelnder, an einem dicken Wollfaden befestigter knallroter Kinderhandschuh sieht sie aus. Ein zwar schauriger, was die Treffsicherheit betrifft, aber durchaus befriedigender Anblick. Lange ist dieses Bild Irene Moritz allerdings nicht vergönnt, denn wirklich beeilt hat er sich, ihr Held Gerhard Kogler, natürlich begleitet von Josef Krainer. In die Wohnung hereingestürmt, ändern die beiden nach dem alles erklärenden Ausruf ihrer zukünftigen Vorgesetzten: »Leben lassen!« das Ziel und nehmen sich ohne große zieltechnische Feinarbeit die Kniekehlen und Schultergelenke vor. Herbert Homolka sinkt zu Boden, ohne weitere Aussichten auf den von ihm so heiß ersehnten Selbstmord.

Die wahre Strafe ist nicht der Tod, sondern die Einsamkeit im lebenslänglich irdischen Fegefeuer, das wird Irene Moritz nun klar. Langsam erhebt sie sich und geht auf ihn zu: »So leicht kommst du nicht davon!«

Sandra Kainz hat Angst, mit suchenden Augen steht sie beim Fenster. Nebenan wurde geschossen. Mehrmals. Auf der Straße stehen Einsatzfahrzeuge. Hoffentlich ist ihm nichts passiert. Sie ist allein, fühlt sich verlassen. Seit einigen Tagen findet kein einziger Eintrag mehr statt, alle sind sie verschwunden, nur sie ist übrig, Qrz15h. Und nun das, irgendetwas muss passiert sein.

Es dauert nicht lange, und zu den Fahrzeugen der Polizei gesellt sich ein Rettungstransport. Wenig später wird er aus dem Haus getragen, ihr Nachbar, ihr einziger Freund, festgebunden, offenbar schwer verletzt. Es kommt ihr vor, als hätten sich während des kurzen Stückes vom Haustor bis zum Wagen ihre Blicke getroffen. Es kommt ihr vor, als habe er ihr zugelächelt. Lange noch steht sie am Fenster. Dann läutet es. Mitten in der Nacht. Zögerlich fährt sie zur Tür.

»Bitte?«

»Frau Kainz?«

»Ja?«

»Mein Name ist Moritz, Irene Moritz, Kriminalpolizei. Ich müsste dringend mit Ihnen reden!«

Sie öffnet. Vor ihr steht eine Frau, jung, abgekämpft, mit ernsten Augen. Dahinter ein älterer Herr.

»Das ist mein Kollege Josef Krainer!«

Sie wird das Gefühl nicht los, dass er sie etwas zu lange ansieht. Dann schweift sein Blick ab und bleibt haften am Vorzimmerkästchen.

Heute war Großmutter zu Besuch.

Beruhigend klingt seine Stimme: »Ich liebe Marillenmarmelade, selbst gemachte natürlich, und wehe, sie ist zu süß.«

66

Die Festnahme Herbert Homolkas löst nicht nur eine mediale Woge der Erschütterung samt der endgültigen Rufschädigung Rupert von Leugendorfs aus. Sie diskreditiert auch den Mitläufer Eugen von Mühlbach sowie die ewig schweigenden Adelshäuser. Immerhin wurde, so einige Medien, die Bestie Herbert Homolka erst durch die Verbrechen dieser Familien erschaffen. Rechtfertigt ein schreckliches Verbrechen also ein anderes, noch schrecklicheres? Spätestens da hat der Metzger dann angewidert aufgehört, die Zeitungsberichte zu verfolgen.

Ihm lag ohnedies ein Klumpen im Magen, denn mit dem Abschluss der Ermittlungen wurden auch die in der Gerichtsmedizin aufbewahrten Leichen freigegeben.

Angst hat er gehabt, der Willibald, vor diesem letzten Weg am Fuße eines Holzsarges. Auch wenn Oskar erst kürzlich in der Werkstatt gemeint hat: »Eine Eichentruhe. Schön ist das!« Worauf ihm vom Restaurator die bei seinem ersten Besuch so inniglich umarmte Eichenkommode geschenkt wurde. »Die passt schön in dein Zimmer, denk ich!«

Trotzdem, was der Metzger nun erlebt, passt für ihn gar nicht. Denn da ist er völlig überzeugt: Das hat die Freude und die Mühsal eines Lebens nicht verdient, derart trostlos in den Erdboden versenkt zu werden. Gebückte Häupter schleichen in einer schwarz gefärbten Kolonne zu einer Grube; es folgen die unpersönlichen, hoffnungslosen Worte des Priesters über das Sterben und den Verstorbenen; Worte über die Vergebung der Sünden, die aufgeladene Schuld und als dezenter Hinweis auf das Jüngste Gericht die Bitte an den Herrn, den Dahingeschiedenen in Frieden ruhen zu lassen; das Hinablassen des Sarges in das feuchtkalte Grab, auf dass die Trauernden erschüttert, heulend, gebrochen dem quietschenden Abwärtsfahren nachblickend, ihre gebückte Haltung wahren; schließlich das Nachschaufeln der Erde und Nachwerfen der Blumen, die allesamt wie die Trauernden bereits hoffnungslos die Köpfe hängen lassen.

Das Wunder des Lebens endet in einer Erdgrube, weil es aus dieser Erde einmal genommen worden sein soll. Wer kann sich anmaßen zu behaupten, er wisse, woher das Leben kommt? Eine kostenpflichtige Erdgrube ist höchstwahrscheinlich aber nicht der Ursprung aller Dinge, davon ist er überzeugt, der Willibald. Keinen Funken an Positivem kann er dieser Prozedur abgewinnen.

Und dann kommt alles anders.

Nicht dass er schön wäre, dieser gewaltige Trauerzug zu Ehren Eduard Pospischills. Entsetzlich ist es, denn gerade er, der Metzger, hat die ihm von Danjela Djurkovic zugewiesene Aufgabe, Trixi Matuschek-Pospischill auf dem langen Weg von der Aufbahrungshalle bis zur letzten Ruhestätte zu begleiten. Wer dann allerdings wen stützt, sei dahingestellt. Unglaublich gefasst ist sie, die Trixi, während der Metzger, begleitet vom unrein intonierten Trauermarsch der Polizeimusik, schwer damit zu kämpfen hat, nicht lautstark ins selbe Horn zu blasen.

»Wir schaffen das!«, flüstert sie wieder leise in sich hinein, die tapfere Witwe.

Endlos erscheint es ihm dann, dieses gewiss mitfühlende Kondolieren und weiß Gott was ins Grab Nachwerfen. Ein pensionierter Kollege entledigt sich dabei sogar eines Ordens, eine unbekannte Frau eines Briefes, was von besonderem Feingefühl der Witwe gegenüber zeugt.

Dennoch steht Trixi Matuschek-Pospischill fest auf beiden Beinen. All das erträgt sie mit direkt sanftem Gesichtsausdruck, gelegentlich sogar mit einem friedlichen Lächeln, was bei jedem die Frage aufwirft: »Welches Zeug hat die sich bloß eingeworfen?«

Das klärt Madame Matuschek-Pospischill nun im Vertrauen. Da stehen sie nämlich nur mehr im kleinen Kreis vor der Grube, der Metzger und die Djurkovic, die Moritz und der Kogler, die Widhalm und der Wollnar und die Trixi mit dem Totenbildchen des schelmisch grinsenden Eduard in der Hand: »Du Saukerl, du elender kleiner Saukerl, so einen Abgang kannst auch nur du hinlegen. Mit so viel versteckter Liebe und einer Rücksichtslosigkeit, die ihresgleichen sucht. Nur damit du nicht dabei sein musst, nur damit ich mir allein in die Hosen mach, wenn es die ersten Schritte unternimmt. Und wer bitte hilft mir, wer? Aber eines sag ich dir, Eduard tauf ich es nicht, wenn es ein Bub wird, unser Himmelsgeschenk, das schwör ich dir!«, offenbart sie mit Tränen in den Augen.

»Es ist ein Kommen und ein Gehen!«, hat seine Mutter immer gesagt, und obwohl der Metzger weiß, dass es, global gesehen, weitaus mehr ein Kommen als ein Gehen ist, vermag allein die Ankündigung eines Kindes den Schmerz über den Verlust eines nahestehenden Menschen zu lindern. Bittersüße Freudentränen sind es, die Eduard Pospischill von dieser ihm zu Ehren versammelten kleinen Gemeinschaft nachgeworfen werden. Und nichts anderes hätte er sich für diese Stunde gewünscht.

So steht er also am Grab seines Freundes, der Willibald, im Arm seine Danjela, und obwohl es nicht sie ist, die ihm gerade die frohe Botschaft verkündet hat, sieht er sich dennoch gerade im Geist hinter dem Fenster seines Gewölbekellers hervortreten, um am Spielplatz gegenüber seiner Werkstatt einem Kind nicht nur beim Schaukeln zusehen, sondern auch den dafür nötigen Schubser geben zu dürfen.

Die Kleine wird es lieben.

PIPER

Thomas Raab

Der Metzger sieht rot

Kriminalroman. 320 Seiten. Piper Taschenbuch

»Sport ist Mord«, der Metzger hat es ja schon immer gewusst. Da lässt er sich überreden und begleitet seine geliebte Danjela Djurkovic zu einem Fußballspiel ihrer Lieblingsmannschaft, dem Spitzenclub Kicker Saurias, und dann stirbt der Tormann mitten im Spiel. Doch das ist erst der Anfang. Als die neugierige Danjela auf eigene Faust Nachforschungen anstellt und dabei lebensgefährlich verletzt wird, ist es mit der Gelassenheit von Willibald Adrian Metzger vorbei. Der sonst so friedliche Restaurator folgt seiner aufkeimenden Wut, und die schickt ihn nicht nur auf die Spur des Täters, sondern auch in dermaßen finstere Regionen, dass ihm plötzlich die Idee, es könnte doch ein Zusammenhang zwischen dem Tod des Tormanns und dem Mordanschlag auf seine Danjela bestehen, gar nicht mehr so an den Haaren herbeigezogen scheint …

»Ein ungewöhnlicher, ausgesprochen kluger Kriminalroman mit einer ordentlichen Portion Schmäh.«
Focus

01/1801/01/L